万象图

十三弦

著

中国青年出版社

目录 *Contents*

楔子

"天地玄黄，宇宙洪荒。日月盈昃，晨宿列张。寒来暑往，秋收冬藏。闰余成岁，律吕调阳。云腾致雨，露结为霜。金生丽水，玉出昆冈……"

窗外细雨斜织，穿着一件靛青旧棉布长袍的耄耋老者正摇头晃脑地讲着《千字文》，他唯一的学生正坐在他旁边打盹儿，甚至还发出一小串呼噜声。他将戒尺在案上用力一敲，学生吓得跳了起来。他是个只有七八岁的小童，生得眉清目秀，睡得发巾歪歪扭扭。他用袖子擦着口水茫然地四处看看，看到老者的怒容，伸伸舌头笑嘻嘻地离开座位来到老者身边。

"笑什么笑？你这种态度何时能念好书？小心我告诉你爹打你！"老者吹胡子瞪眼，眼中的慈爱和笑意却出卖了他。

那孩童歪进老者怀中抱怨着："太爷爷，每日读这些有什么用？您还不如给我讲讲故事。"

"这些都是天地之间最大的道理，哪朝哪代能逃脱这天地之道——你又要听故事，太爷爷哪里有那么多故事讲给你。"老者怜爱地帮他整理头发。

"就讲那大胤朝的故事。昨日我给小虎他们讲了大胤开国的故事，他们都对我佩服得紧。太爷爷，您接着给我讲好不好？"小童来回摇晃着老者的手臂恳求着，"我都跟他们说好了，不然我以后再也没有面子跟他们在一起玩了!"

老者持持花白的胡子,悠然看向窗外。白云悠悠,一切都安谧恬静。眼前似乎出现了一幕幕遥远的画面,他缓缓开口:"昨日,我们说到开天辟地以来,这世界朝代更替,中土大地无数次发生战争,造成家国分离,又无数次合并统一。"

"嗯,我们就在这片叫中土的大地上。中土以前有很多国家,比如我们这里以前就是大胤的所在。大胤灭国已经有好几十年,将近百年啦。"小童接口,以表示他昨日听得很认真。

"以前中土各国以大胤为首,小国也有很多,比较起来最强大的就是北方的姜国、西方的犬戎和南方的太越。大胤在灭国前一二十年都是中土的宗主国,每年各国都要给大胤上供牛马、布匹、药材,还有大量的岁币,那几乎是大胤最为繁华鼎盛的时候。"老者抬头看着有些茫然的小童道,"那个时候,你参参还没有出生,你自然不知道这些。"

小童睁着明亮的眼睛点点头。

老者又缓缓讲述道:"大胤国最后一个皇帝是宣宗皇帝,他让大胤朝走上最繁华的巅峰时期。那个时候四海皆服,万国来朝,连中土之外的国家也千里迢迢地到我大胤来学习文化、历法、剑术……而大胤那神秘的神仙方术是他们最为向往的。我亲眼看见宣宗皇帝建立起空前的盛世,可是他也让大胤以不可思议的速度没落灭国。"

"我大胤?太爷爷,您曾经是大胤的人吗?"小童好奇地问道。"大胤"对他来说只是一个名称而已,短短不到一百年,曾经繁华至极的大胤如今已经没了影踪,也许在史书中偶尔可以看到"大胤"这个称呼,也只是寥寥带过。年幼如他,生来便是大姜国子民,当然对"大胤"没有什么感觉。

"呵呵，普天之下，莫非王土，率土之滨，莫非王臣。当年，谁都是大胤的子民，外族若有谁来过大胤都是值得炫耀之事。"老者满怀热情地回忆着，他苍老的面容似乎泛起了光华，他混浊的双眼也清明起来。

"大胤的都城也像我们大姜的京城这般繁华吗？"小童随太爷爷称大胤，他记得父母曾带他去京城探亲，那般人潮汹涌，那般车水马龙，都让他睁大了眼睛。他从来没有见过那么多人，路边街市上，吆喝声、叫卖声不绝于耳；店铺林立，到处都是酒楼、客栈、小吃店；街市上白天有杂耍，晚上有皮影戏，从早到晚都热闹得紧。

"京城本就是大胤的都城，大胤建国三百多年才将京城建成人间乐土，宣宗皇帝在位时下令重新规划京城，分开市和坊，允许京城外的人进城来做生意，街市上甚至可以看到那些金发碧眼的远方之人带了很多新鲜玩意儿来和我们换取茶叶和丝绸。"

老者想起他曾经陪伴宣宗皇帝在街市上闲逛。那时候经历了严酷的充满血腥味的夺嫡之争，宣宗终于登上了皇位。宣宗正值壮年，他当时也只是个少年。宣宗站在楼台之上，看着穿梭的行人，富有生机的京城，豪气万丈地问："朕之天下如何？"

他还年轻，不知怎么回答，只是跪下磕头，忙说："皇上万岁！"

皇帝哈哈大笑着踢了他一脚，笑道："起来吧！"又极目四野，意气风发，"朕要让这中土都成为大胤的天下。"

只是，坐稳江山的皇帝励精图治了几年，慢慢地忘了他曾经的雄心壮志，变得贪图享乐，奢靡无度。他大兴土木，他广选美人，他草菅人命。他甚至还选过一个妖怪当贵妃，这个贵妃的哥哥还举兵造反……所有这些，让一片繁华的大胤在极短的时间内变得朝政混乱，国库亏空，民不聊生。很快，大胤内有军心不稳，外有北方姜国兴起，虎视眈眈，伺机而动。

"太爷爷，您怎么不讲了？后来大胤就灭国了吗？"小童看老者发呆，推推他继续问道。

"是啊，就那么灭国了。"老者一声长叹，"其实姜国早就不断犯边，只是宣宗却没把那个小国当回事，却不知姜国早就不是他年轻时候的姜国了。宣宗元朔三十六年，姜国一举攻破京城……那么多人都死了……满眼都是死人，满眼都是鲜血。我还记得，当时刚下了那年的第一场雪，鲜血染红了白雪，触目惊心啊！"老翁闭目回忆，满脸痛楚。

"没人抵抗吗？被人打了不要打回去吗？"小童面露不解之色。

"可是已经迟了，七皇子——不，当时殿下已经被封为太子，太子领命去御敌，谁知后来皇上不知信了谁的话，派人到战场上去收回虎符，代替太子领兵。"老翁叹着气，眼中闪烁着晶莹之色。他看小童还是似懂非懂，解释道："比如你和小伙伴们玩耍的时候，另外一伙小孩来欺负你们，你们是不是要派一个最厉害的带你们去找他们？"

"是啊！我们为了抢那个水塘的位置，正打算和邻村的那帮孩子一战定输赢呢！"小童点头摩拳擦掌，一脸的志在必得。

"可是带头的忽然换了人，换了个刚搬来的，甚至完全不会打架的，你们会怎么样？你们信任他吗？"

"啊，太爷爷，我明白了！"小童拊掌，又歪头想了想，面色凝重起来，"本来该小虎去，可那刚从邻村搬来的大牛却推荐自己去，说他和邻村那几个孩子都认识，更好说话一些。"小童霍地站起来，匆匆跟老翁说了一句："我先走了，太爷爷——背书的事不要告诉我爹……"他的声音远远地传来，人早就不见了踪影。

老者笑着看他跑远，叹了口气："连小孩子都懂的事，皇上却不懂。"他擦擦眼角，看向屋外一棵柳树上最后一片树叶。

一年又过去了。

不管是这世间的四季，还是他自己，这萧瑟的景象都似乎昭示着一件事——岁月忽已暮。

他已经没有几天活头了。倏忽百年，人间岁月流转。大胤已在风雪中消亡，在岁月中风化。如今，大姜子民在几代帝王的励精图治之后，迎来了几可比拟当年宣宗在鼎盛时期的盛世。世人再提宣宗，都称"昏君"，他一定不会想到自己会落得个"贻笑天下"的结局吧。如今大概只有他这个侥天之幸苟延残喘活下来的人，还记得宣宗当年也曾有过宏愿，也曾有过繁华，也曾有过悔恨。

宣宗有过英明有过暴虐有过昏庸也有过脆弱，这些，他都曾看在眼里。这是他曾忠心侍奉的主人啊。这么多年过去，这世上，大概也只有他还惦记着那个早已风化在历史缝隙中的人了吧。

老者眼角落下浊泪。

今日，是宣宗的生辰。而他只能对着当初都城的方向，虔诚地跪下，遥遥一拜。

一阵风吹来，有声音和着风声一起从门外传来："有人吗？在下想讨一碗水喝。"

老者睁开眼睛，大门口站着一个头戴斗笠的男子。这男子正站在细雨之中，身上似乎笼罩着一层氤氲的雾气，有些不真切之感。

老人用手抹抹眼角，也许是今日想得太多，老者觉得来人的身形似曾相识。他扬声道："请进来吧。"又指着桌上的水壶道："请恕老朽年迈，客人请自己倒茶吧。"

那人道了谢，倒了一杯茶，慢慢饮尽。

"天气寒凉了，老人家年事已高，该添加衣物才是。"那人放下茶杯，站在门边轻声道。

"多谢了！儿孙孝顺，这些都不用我操心。"老者看来人举止优雅如行云流水，越看越觉得熟悉，是在哪里见过呢？他活了一百零一岁，虽然眼不花，耳不聋，可是很多事情确实也记不得了。

来人又道："看您腿脚多有不便，怎么天寒地冻的，还在跪拜先人？"

老者道："那倒不是。今日是我家主人生辰。主人仙逝多年，老朽无能，连一把香火也……"

来人突然顿住。

老者顿觉失言，似随意转了话头："瞧我这老糊涂，倒忘了问客人尊姓大名。"

来人沉默许久，却也未回答，只道："有你这样的忠仆，倒是你家主人的福气。多谢老人家的茶，在下告辞了！"他鞠了一躬，转身便要离去。

老者忽然心中一动，颤颤巍巍地起身。他看着眼前身形挺拔飘逸的人。这人的声音听起来这么年轻，可是身姿多么像啊……一定是自己想多了，那个人早就死了，即使活着也垂垂老矣。带着微茫的希望，老者扶着桌案问道："客人从哪里来？是否曾经见过老朽？"

那人停了停，答道："在下来拜见一位旧人，旧人已经见过，这就要离开了。"

"旧人，姜国才不过六十余载，哪里有什么旧人？"老翁怅然道。

那人回头道："中土已有几万年之久，大胤也历世三百零七年。"

"大胤!"老翁胸中一热，趔趄地赶上几步，"阁下是哪位?"他赶得太急，几乎要摔倒。那人身影一飘，已经来到他身边将他扶好："老人家小心。"

离得这么近，那人斗笠下的模样老者已然看得清清楚楚。竟然真是他!他还活着，这么多年了，他还是当年的模样!

老者一时激动得不能自已，哭着拜倒在他脚下，泣不成声地叫着："殿下，殿下，老奴是曹功啊!"他老泪纵横地说着："殿下临走之时让老奴好好照顾皇上，老奴眼睁睁看着皇上自尽，老奴没用啊……老奴应该与大胤共存亡，却趁乱逃出宫，收养了远方侄儿当儿子，在乡间苟且偷生，这么多年……这么多年了，老奴没有一刻能心安……"

那人袖子微微一抬，将他扶起："往事如尘芥，不用再提了。老人家好好保重就是了!"他微微鞠了一躬，飘然远去。

外面雨帘织得更密。寒风袭来，那老者扶着门框驻足远望。不过瞬间，那人已在两里之外，远远可见一顶斗笠，猎猎长衫，一人踽踽独行于天地之间，渐渐融于泼墨山水般的苍茫之中。

明朝陈子和绢本画，现藏美国大都会博物馆。

第 1 话《古木酒仙图》

第1话　　古木酒仙图

　　初雪下了一夜，厚厚的白雪将山和树都掩盖。阳光照射在姑射山上，晶莹剔透的雪花开始渐渐消融。

　　一处宅院就在姑射山顶上，苍茫的大雪覆盖在灰瓦白墙之上，将檐牙上显露出的锐气尽数掩藏，朱红大门上方悬着黑色的门匾，上面"落雪斋"三个大字笔老墨秀、鸾翔凤翥。门外的桂树上也压满了细雪，树下一个身着蓝色长袍的少年正在扫雪。他耳朵冻得通红，一边挥动扫帚一边嘟囔："他们围着火炉吃茶打盹儿，却让我出来干活扫雪，这个天气哪有什么客人会来？分明是故意刁难于我，看不得我有一丝痛快，跟人都说我是他徒弟，其实和佣人又有什么分别？"这少年唉声叹气，几乎要洒下一把眼泪来。

　　几团雪球骨碌碌地从树上滚落下来，正好砸到少年身上，少年忙退后几步抬头喊道："是谁？"有团雪球从他后颈钻进去，正融成雪水，沿着他的背流下去。要冻死了！他拿着扫帚用力地拍打着树干："是谁在扔雪球？给我下来！"

　　一颗雪球又被扔下来，他忙躲开。从树上跃下一个胡子拉碴的男子。天气虽然寒冷，但他只是穿着一件褴褛的破衫，好似一点也不觉得冷，脸上拉碴的胡子上还沾着雪。

"你是谁？在我家门外做什么？"少年皱皱鼻子，有些提防地看着他，原来是个酒鬼。

"我看你扫雪扫得满身怨气，想听听你还会说什么。"那人笑道。

"你——你不要在我们公子面前胡言乱语。"少年有些紧张，这人如果多嘴多舌，被公子知道了，肯定又会派他去跟冥王那个变态下棋，想想就打个哆嗦。

"这里是落雪斋吧！"这人很开心地看他紧张的模样，抬头看向门匾上龙飞凤舞的"落雪斋"三个大字。

"是啊，怎么样？"少年提防地问道，这酒鬼浑身带着一种让人感觉压迫的气息，很是让人讨厌。

"我来找你们主人！"他从腰间取下酒葫芦又喝了几口酒，有些歪歪扭扭地跟跄了一下，看来醉得不浅，可他身上并没有任何酒气，倒也奇特。

"我们公子不在家。"少年认为这个人很不靠谱，决定尽量想办法阻止他见到主人。

"我可以等他，我并不忙。"这人笑嘻嘻地拍拍少年的肩膀便朝院内走去。

"喂喂，你等等，我还没说让你进去呢。"少年在后面边喊边追。谁知这人犹脚下生风，眨眼间已绕过影壁来到厅堂之前，稍一踌躇，听到有个房间有丝竹之声，他绕过厅堂沿着回廊循声而去。

房门并没有关，透明的珠帘在阳光照耀下闪耀出各种色彩。幽香穿过珠帘正从房间内传出，他稍一迟疑，举步走进去。

这是一间古朴雅致的书房，进门处就可见一个紫檀木书桌，旁边各置一个置物架，上面放置着一些罕见的古玩奇珍，一支蓝色的弯月形犀牛角分外醒目。书桌角上摆着的博山炉内熏香正袅袅地升腾，香气正是来自这里。书房墙壁上挂着珍贵而古旧的书画，另一边墙边摆着几个紫檀木书架，上面也叠放着一卷卷古旧的书画。

传出乐声的地方正是书桌旁琴架上的一张古筝。古筝无人拨弹，却自己拨弦演奏，音色清脆流畅，正弹奏出一曲《步步清风》。

他刚一赞叹，一眼看到书桌上一幅卷起的卷轴中似乎隐隐发光，他好奇地伸手去碰，谁料那古卷却凌空而起向书房另一边的软榻飞去，正落在一个年轻公子手中。他适才全被那无人而奏的古筝还有发光的卷轴所吸引，甚至没来得及发现书房中还有两个人。

"公子，公子，这人——"跟在后面的少年才气喘吁吁地跟进来，指着那人说不出话来。

一扇小窗打开着，可以呼吸到外面新鲜的空气，满眼冰莹，一朵寒梅正开在窗外，隐隐暗香浮动。有两人正坐在窗边软塌上的矮桌边喝茶边听琴。那卷轴此刻正在一个年轻公子手上，他二十多岁的模样，眉眼清俊、面容疏朗，穿着一件天青色的长衫，手持那古卷似笑非笑地看着他。

"抱歉，这画中生光，在下忍不住想拿来看看。"他抱歉地笑笑，眼前这人看起来像个贵家公子，却又有出尘之态，这几年他大江南北走过，还未曾见过如此气度的男子。

"阁下是哪位？就这么跑进我落雪斋中，似乎不大妥当。"那公子眉眼充满笑意，似乎看着熟人一般，又一眼看到他绑在腰间的酒壶，"这个酒壶倒是别致。"

"这是一位挚交好友送给我的。"他向那公子作了揖，"想必阁下便是落雪斋的主人吧！"

"正是，我姓柴。"那公子笑着回答，"这位兄台怎么称呼？"

"我叫——"那人无奈地笑笑却又想不起来，"我也许睡得太久，也许是酒喝得太多，很多事情都不记得了。"

"阁下来我落雪斋所为何事？"柴公子轻轻挥手，古筝顿时停止弹奏。

"我每日喝酒吃肉行遍五湖四海，活得倒也潇洒痛快，只是常被噩梦所魇，好生烦恼。后来听人说过京城不远处的姑射山上有个落雪斋，落雪斋主人本事很大，只是这落雪斋奇妙得紧，不是时时能看到，也不是人人都能寻得着。我这些日子正好来了这附近，便寻了上来。倒也顺利，不知柴公子可否帮我解决这桩心事。"

那一直没说话的人突然开口道："我就想知道，为什么他也可以看到万象图？"说话的正是和柴公子对面而坐一起喝茶的年轻道人，他身披鹤氅、脚蹬云靴、头戴芙蓉冠，手上一把拂尘，面容清俊无俦，恍若仙人，只是眉毛高高挑起，眼睛睁得大大，满脸探究的好奇，与他高雅超凡的模样实在是不相匹配。

"因为有缘，你和万象图无缘，所以不要多想了。"柴公子淡淡地道，完全不把他纠结气愤的样子放在心上。

"什么无缘？都是借口！我不相信！前些日子有人在里面迷路你还求我进去帮你找人，这几日我就经常看不见万象图，定是你过河拆桥！耍了什么手段！"他愤愤地道，满脸受伤的表情。

站在门口待了一会儿的少年见状忙着邀请他一起出门："这房里待

着甚是无聊，不如跟我到外面去，雪刚停，外面空气好得很。"

鹤氅道人正要答应，又看了看他手中依然拖着的扫把，又坐了回去："小净心，你是想要我出去帮你扫雪吧！哈哈，我是不会上当的。"

那少年哼了一声坐上软榻窝在窗前，自己倒了杯茶欣赏窗外的梅花。那道人看他生气，开口求和解："净心，净心。"少年很有骨气地不看他，认真地品茶，认真地赏梅，侧影看上去颇为寂寥。鹤氅道人快快地无趣，又觉得自己做得太过分，帮他扫扫雪又能怎样？他还是个孩子。于是又讨好地道："我帮你扫雪去吧！"

净心哼了一声依然认真地看雪。鹤氅道人长长叹气一声，自己起身拿了扫帚出去。净心用余光看到鹤氅道人走出大门去扫雪，嘿嘿一笑，瞥到柴公子并没有注意这边，于是放下心来，盘腿剥了个罗汉果吃起来。

"这位公子坐，你时常做什么噩梦？"

"我好像在梦另外一个人的人生，那个人有时候好凄惨，我看不真切，但知道他经受折磨，生不如死；有时他又残暴如魔鬼，草菅人命杀人如麻。梦到这些其实并不可怕，只是每当梦到这些事的时候我都能体会到那种生不如死的痛苦，还有恨不得杀尽天下人而后快的残忍。每次做梦醒来，我都觉得自己身心俱疲，只能喝酒来麻醉自己，幸亏我的酒是解愁良药。"他爱惜地拍拍酒葫芦。

"那你认为是怎么回事？"柴公子表情深奥莫测。

"有法师说我有鬼上身，我梦到的都是鬼怪作祟，然而我睡前曾多次对那鬼叫骂，说了很多辱骂他的话，也从不见什么鬼现行，被人骂成那个样子都不现行，如若真有鬼的话，那它当不是太没骨气，要是谁敢这么骂我，老子上天下海也要与他打一架！"他气冲冲地道。

"那你有没有想过这也许都是你曾经经历过的事呢？只是你都忘记了！"柴公子提出了一种可能性。

"怎么可能？你是不知我那梦有多可怕，我不信有人经历了那些还能忘却。再说，我这人虽然看上去有点浑浑噩噩，实际上却不是什么歹人，上辈子下辈子都不会做出那等事。"他连连摇头，坚决不信，又想了想道："可我看柴公子你有些面善，却想不起在哪里见过你。还有那个——"他指着紫檀木的置物架上的一只弯月形的蓝色犀牛角，"这个东西我也觉得好熟悉。莫非我真的忘记了什么？"

他心中转过无数个念头却似乎有什么将他的记忆锁上，越想越头痛欲裂，仍然什么都想不起来，他拍拍脑袋，摇头笑笑："罢了，不想了，我试过好多次都没用，但我有预感，我的记忆里绝对没有什么好事——反正到姑射山来也是顺路，不如就这么浑浑噩噩倒也自在。"他哈哈一笑，拿起酒壶揭开塞子狂饮几口，道："好酒好酒！"

柴公子看他狂放自在的样子也笑问："这酒美味吗？"

那人笑着递过去："好酒大家一起喝！你也喝——柴公子，我与你一见如故，不如将这酒葫芦的秘密说给你听。"

"哦？这酒葫芦有什么秘密？"柴公子饶有兴味地问道。

"我这酒葫芦不是凡品，有一次我路过一处干涸的小池塘，里面有条鱼快渴死了，那个时候我也醉得糊涂了，竟然将这葫芦里的酒倒入那池塘中，你猜怎么样？"他满脸神秘。

"怎么样？"柴公子很配合地充满好奇之色。

"池塘都被灌满了，葫芦里竟然还是满的。我这酒葫芦里的酒从来不会喝光，不管怎么样里面都是满的。"他公布答案。

"原来是这样！"柴公子也赞叹，却看不出柴公子面上有什么不可思议来。

"后来我就在池塘边睡着了，等我醒来忽然想到我在池塘里倒酒那鱼还能活吗？可那鱼却游得自在，连枯死的水草都活了，在水里招摇摆动，我越发相信我这酒葫芦不是平凡之物了。"

"适才阁下说这酒葫芦是一个好友所赠？可否告知在下是哪个朋友赠的这妙物？"柴公子边问边将塞子打开，酒壶里面一股清凉幽香的气味。

"我也不记得了，只知道它一直就在我身边。这些年我雪野也去过，水乡也待过，便只有这老兄跟在我身边——我想，我那朋友一定是过命的交情，否则也不会送给我如此神物。"

他性子洒脱随意，随遇而安，凡事都想得开，从不勉强，只是想不起这个送他酒葫芦的朋友究竟是谁，让他总是有些遗憾。

柴公子颔首微笑，端起那酒葫芦端详了一番，用手指在酒壶底拍了拍，轻声问道："谁在里面？"酒壶中忽然咕噜噜响起来，有什么东西从底部冒了上来，从壶口飞出一股翠烟，那翠烟绕着柴公子转了几圈随即落地，变成一个身着绿衫的美貌少女。那少女眉若远山含黛，眼睛黑白分明，目光清澈灵动，朝柴公子嫣然一笑："多谢！"

那人惊讶道："你是谁？怎么会在我的酒葫芦里？"

那少女朝他一笑："我一直在这里面，夜晚的时候我还在里面唱歌，你没有听到吗？"

那人恍然，又一拍脑袋笑出来："原来如此，我还以为那也是在做梦。"

"还记得上次你没银子吃饭就卖酒吗？卖给人家一壶水非要收酒的钱，被人追上来讨回银子的事？"少女想起好笑的往事乐不可支。

"明明就是甘醇的美酒，那人喝了我的酒却诬陷我那是水，你说我该不该生气？"他此刻想起仍然心有不甘。

柴公子笑着问那少女："姑娘在这葫芦中待了多久？不曾喝醉吧！"

那少女看柴公子笑得促狭，知道他也明白这壶中乾坤，笑着点头："你都知道这葫芦中是泉水，他竟然能把它当作是酒，还日日喝醉。"

"水？这明明是酒，香醇馥郁，怎么会是水，哪里的水是这个味道？简直是胡闹！"那男子失笑。这柴公子看起来一本正经的模样，和这小丫头刚相识就合伙来与他玩笑。

"这位公子，你知道这葫芦里是什么水吗？"少女好奇地发问，她可不相信这人这么神奇什么都猜得到。

"清澈凛冽香甘无比，我有幸喝过这玉冷泉泉水煮的茶，终生难忘。"柴公子回忆道。

少女面露钦佩，拊掌笑道："你竟然还能嗅得出玉冷泉之水！"

柴公子也笑："我还能看得出翠若新竹，嗅得到清新幽香，姑娘定然是——"

少女睁大眼睛等他说下去。

"啊呀啊呀！我闻到好清新的薄荷味道！"鹤氅道人叫嚷着跑了进来，肩上还扛着一把扫帚，扫帚上沾满了雪。

绿衫少女"啊"了一声，这仙人一般的人又是谁？还能嗅得到自己的味道？

柴公子接着那道人的话继续道："姑娘是一株薄荷。"

少女目瞪口呆，连她的来历都清清楚楚，简直惊掉了她的下巴。

柴公子看她眼睛睁得圆溜溜，满脸的不可置信，笑道："我姓柴，他是水云子。"

"我叫净心！"正在软榻上喝茶吃坚果的少年也拨冗跟了一句。

"你可以叫我三公子，"那鹤氅道人一本正经地自我介绍，"我找橙光寺的枯禅大师算过，他说不久之后还会有人出现，我们三个要结拜为兄弟。"

"噗——"净心将口中的茶水喷了出去，"你——你去找和尚算卦？"

"是啊，那日路过橙光寺，枯禅大师说我面相清贵，不似常人，我觉得算得太准了！"

"而你觉得他算得很准？"柴公子扶额问道。这是个多么独特的奇葩啊，身为灵宝天尊的弟子，享受人间香火的上仙，活了已经有好几万年未来还要有无穷无尽的岁月要活下去的人，竟然去算命，还是去找一个附近闻名的不学无术到处骗财的假和尚算命，这都是活得太久闲出的毛病。

少女也介绍自己："在家乡，人们都叫我小薄荷，有人也叫我小草儿。"

"薄荷很好，清新雅致。"柴公子目光温和，笑着点头。

薄荷与他充满暖意的目光相对，看他颜貌俊美、风表娴雅，顿时双颊飞霞，忙低下了头。

那男子拿过酒葫芦又喝一口："这明明是酒，我走遍天下，哪里的酒都喝过，怎么会分不清是酒还是水？而且，我日日喝醉，这怎么能是水？谁喝水能喝醉？"

"这水是昆吾山玉冷泉的泉水，昆吾山的草木生灵都靠这泉水而活，我也在昆吾山上生活过，怎么会不知这是酒还是水？"薄荷耐心地对这固执无比的人解释着。

柴公子看那男子疏狂的外表之下的样子，叹口气道："你真的想知道真相吗？也许你忘掉的正是让你痛苦的事，忘却也许会更好，往事并不都值得回忆。"

"至少，我也想知道自己是谁。"他一直在逃避，隐约知道那梦中所见都与自己相关，但内心深处却拒绝知道真相。他早就决定到落雪斋来，却走一日就能歇息两日，在姑射山下遇到上山来寻柴公子而不得的人，又告诉自己，也许我也见不到那神秘的柴公子，还是离开吧，踌躇着上山，直到落雪斋就在眼前，他几乎要转身离开，随后就听到门开的声音，才慌忙跃上门前的桂树。边扫雪边唠叨不停的净心让他稍微忘记了紧张不安，与净心说笑间便不觉进了落雪斋。

柴公子看向他脖颈上挂着的一根绳，那绳不知是什么材质所做，如今已然掉色得看不出颜色："这绳上挂着的也许有用呢？"

"这东西一直就在我身上，我也不知有何用处。"他摘下那根绳，上面吊着一个精巧玲珑的玉锁，把玉锁放在手心，顿觉滑润清凉。玉锁一面雕刻着一个睡在荷叶中的胖娃娃，那娃娃憨态可掬，手中正把玩着一支莲藕。另一面写着四个字"长命百岁"。他从未曾认真看过这玉锁的模样，此时仔细看了皱眉嫌弃道："这是个小孩子的长命锁，我堂堂七尺男儿挂着这玩意儿真是让人笑话。"他虽然是在说笑，然而语气充满了落寞，眼神中全是迷茫。

"这玉锁是令堂亲自挂在你颈上的，你忘记了吗？"柴公子淡淡地道，目中却闪烁出别样的光泽，那人一时恍惚，也许是错觉，这柴公子看他的目光中竟然充满了怜悯。

"我母亲？""母亲"这个称呼让他觉得陌生，他把自己的一切都忘得干干净净，他甚至不记得自己到底是谁从哪里来，不知是谁送了那酒葫芦给他，不知那小丫头怎么会在酒葫芦里。

柴公子看着那玉锁叹道："那忘字诀果然很有用，而且玉锁已经被锁住，你的记忆全在里面。"他转而向薄荷问道："薄荷姑娘，你在葫芦里可曾见过一把钥匙？"

"钥匙？"薄荷歪头蹙眉，思索着，"钥匙……在什么地方？山中还是河边？"

"里面会有钥匙？"那人挠头不解，"我每日喝的酒——即便那是水，里面竟然会有钥匙？还有山有河？"

"袖里乾坤大，壶中日月长。佛家也说过'一花一世界，一叶一菩提'，前些日子在东海边见到吕纯阳，他也说了句'一粒粟中藏世界，二升铛内煮山川'，这世界哪里都能成一世界。"水云子抓住了他可以说话的机会，开始唠唠叨叨地解释。

净心捂着耳朵哀叫："就是说这酒葫芦里别有洞天，你为什么要唠唠叨叨这么聒噪伤害我们的耳朵？"

水云子好为人师，正在状态中，扭头便要找净心讲道理，净心忙捂住双耳用行动抵抗水云子的聒噪。水云子控诉地看向柴公子，柴公子却看都没有看他一眼。

薄荷看那人还是一脸茫然，好心地解释道："葫芦里虽然都是水，但是壁上有一个缝隙，从缝隙进去，别有洞天，风景秀丽幻化无方，犹如琅嬛福地，没有夏日的炎热也没有冬日的严寒，我几十年前正要修炼成人形的时候受了重伤，被人所救放到这葫芦里面疗伤——对了，想起来了，我那次在河边濯足，头发总往脸上掉，在旁边的大石上捡到了……"她说着从头发上摘下髻上的玉钗——玉钗竟然是一把钥匙的模样。

柴公子点头："应该正是这把。"他接过钥匙，定定地看向那人："你真的要记起所有的事吗？"那人郑重地点点头，闭上眼睛，听到柴公子一声微叹。

钥匙从玉锁上的锁孔插入，只听咔嚓一声，钥匙缩进去，与整个玉锁浑然为一，从玉锁中闪出一股清气，直向这男子飞去，消失在他的眉间。

他头痛欲裂，痛楚又瞬间消失，电光石火般地出现了好多情景。

"我，我叫韩令卿是不是？"他气息不畅，梦里的很多情景更加清晰地出现在他脑海里，只是那些情景的主人公变成了他，那真的是他！

柴公子点头："没错。你是韩令卿！"

"我竟然是韩令卿？怎么可能？"

韩令卿的大名是酒楼茶馆说书先生的心头好，"乱世魔王韩令卿"的故事他熟得能背下来，只是从未想过自己会和那个人有什么关系。

韩令卿，大胤朝末年之人。其时天下大乱，以前从未听说过的不知来历的韩令卿却急速崛起，趁势占据了墨城，割据一方，在大胤和北姜之间自成王国。

传说韩令卿是人和妖怪生的魔物，他生性残暴、奢侈享乐、杀人如麻，还抓来大胤最好的工匠建了一座"凌霄楼"享乐，这凌霄楼高达三十丈，里面有几十个宫殿，金碧辉煌、穷奢极侈。他疯疯癫癫，有时无故登上高台用箭射杀路过之人，动辄就将人砍手砍脚，株连家人，即使这人是王国重臣；有时却又脆弱无比多愁善感，看到落花都会掉下眼泪来。有一次他看到厨房正在宰杀一头猪，忽然抱着猪的尸体大哭起来："何故生不为人？"又把宰杀猪的厨师每人杖责一百，还让他们为那头死猪披麻戴孝行孝子礼，连他自己也身着素服。一个厨师不堪忍受侮辱当场自尽。他夜夜不能入眠，必须要有成过亲生育过的妇人搂着才能入眠。曾有个被他无端杀了丈夫的妇人想刺杀他，被他识破，他却并没有杀那妇人，只是打发她离开，还赐给她金银。

他精通兵法，能征善战，大胤和姜国同时出兵费了好多精力也不能攻破他的城池，直到百姓和守城士兵一起打开城门迎接攻城的人。不管是姜国还是大胤，他们都愿意投降。

韩令卿被大胤和姜国的联军砍头，头颅却不知所终。联军把他的尸体挂在城楼示众。也有人说那个尸体根本不是韩令卿，他原是天上的星宿下凡历劫，被天上的神仙救走带回了天庭。传说越来越诡谲，只是从此以后真的再也没有人见过韩令卿的踪迹。

他在茶馆酒楼听得多了也和那些人一起评论一番，将那韩令卿骂上一番。他从未想过自己就是人们口中的历史。

他口中竭力不承认自己是韩令卿，然而头脑中越来越清晰地闪现那些情景，暴虐、疯癫却孤独敏感让他不得不承认——是的，他就是韩令卿。

"我娘呢？——不，她不是我娘，她是这世上最狠毒的女人，她抛弃了我，抛弃了我爹——"他的记忆涨潮般慢慢地涌上来，虽然仍有些支离破碎，但足以拼成几乎完整的故事。

他双眼通红，眸中泛上了野兽般的光泽："可是我不相信，她为什么那么对我，我不相信。"他颈部青筋暴出，头痛欲裂，一个妇人的脸在他脑海中渐渐清晰，那是他母亲，他想伸手抓住她，然而那妇人却掉转头去，越跑越远。

柴公子叹口气将他扶起，来到万象图前。万象图闪耀着光泽，画轴在书桌上自己缓缓展开，韩令卿"啊"了一声，满脸惊诧之色，这画卷竟然是活动的，他看到高可插天的大山巨峰、澎湃奔腾的巨浪长河，又有山花盛开、蜂蝶飞舞、琼果累累、飞雪漫天……这些景致在他眼前一幕幕而过，他甚至听得到水声、风声、鸟鸣声、猿啼声……他整个人犹如身临其境一般，时而独自一人站在山峦之巅，时而又奔跑在原野之上。虽然人还在书房中，却似乎已在天上地下周游一遭，行走了几万里、历经了上百年，身心俱疲，几乎要承受不住，不由自主地扶着桌沿，大汗淋漓不止。

净心认真地砸一颗核桃，清脆的声音让韩令卿蓦然惊醒，他抬手抹抹汗水："我刚才——"

"这幅画叫作万象图，可以入四时度经纬，世间万物都可入画，入画之人都有自己的轨迹，若是走错了，就会迷路，会迷失在别人的世界里或者混沌之中再也回不来了。"柴公子解释道。

韩令卿想起刚才的经历，依旧汗涔涔："那我适才是——"

"没我的帮忙，万象图又急着要你进去，你迷路了。"柴公子又问道，"你真的决定了吗？进得这万象图中，你会知道你想要知道的一切，但也许会让你失去很多。"

韩令卿哈哈一笑："我本就孑然一身，还有什么好失去的？只是柴公子，你帮了我这么大的忙，我该怎么报答你？"

柴公子摇头："你不用谢我，万象图会选择能入画之人，我只是带个路而已，我倒是该谢谢你——"他话未说完，又摇摇头不再继续说下去了，他眼中亮起两支火苗，又将之掩藏，收拾好一瞬即逝的心事，又对韩令卿笑道："我们初次相识，韩公子就对我如此信任吗？"

"我既来找柴公子，就自然能信得过你，更何况，就算真的在这画里迷了路，也就当是换了个地方游历，又有什么干系？"他毫不迟疑，说得洒脱至极。

"我也要去！"水云子弱弱地插嘴，"我不会迷路的！"

柴公子想都不想地摇头拒绝："我倒是希望你迷路——我知道你不怕迷路，是怕你误了别人的事。"水云子眼中的光彩瞬间熄灭，他的希冀又一次落空，满脸失落，上次云游遇到了麻姑大仙，还跟她吹嘘了一番神物万象图，还打算下次蓬莱聚会之时带万象图去跟各方仙友显摆一番。眼看蓬莱聚会的日子只剩下不到一百年了，他到时候带不去万象图，这可丢人得紧。

"准备好了吗？"柴公子不再理会水云子，看向韩令卿，韩令卿点头。一直默然不语站在柴公子身旁的薄荷发现韩令卿一直浑浑噩噩的模样此刻变得不大一样了。目光深邃，隐隐有风雷之势，一直醉得东倒西歪的身子挺拔如松。这个人已经不是颠倒山河逍遥世间的那个韩令卿了。

万象图的光彩开始收敛，韩令卿被笼罩其中，渐渐地消失在万象图中。

韩令卿是在黑暗中醒来的，黑得纯粹，伸手不见五指，一点光亮都看不到，空气中隐约还有着难闻的气息。

他动了动，听得"吱——"一声，有什么从他脚上蹿了过去，他没有提防，发出一声轻呼。

"啊，是谁？"一个小孩稚嫩的声音传来。

他从怀中摸索出火折子点着，才看到这是一个牢房，里面逼仄狭窄，周围都是精铁所制。角落里有个十一二岁的少年正瞪大眼睛盯着他，这少年衣衫褴褛和他却有一拼，骨瘦如柴、脸色苍白，双颊深陷，眼睛发黄，一看便知他身染疾病。

那少年向角落里躲了躲又问了一句："你是谁？怎么进来的？"

韩令卿看到这少年畏缩的样子，心生怜悯不由得放轻了声音慢慢问道："这是哪里？你怎么被关在里面？"

"我一直都是被关在里面的。"他淡然地说道，似乎他本就该关在这里似的。他好奇地看了看韩令卿："你刚被关进来的吗？我没听到铁门响——现在外面什么样子？我只看过一次桃花盛开，那花真美，那味道真香。"

"你，你从来都没有离开过这个监牢？"韩令卿心中一颤。

"好几年前就在这里面了，我不知道是多久，那时候还小，很多事我都不记得了。"

他看到韩令卿满脸痛惜的样子，安慰他道："虽然以前我一直都很痛苦很难过，可时间久了也便习惯了。"那男孩的声音尽量轻松一些，却依然显得细弱无力。

韩令卿心中怒火大盛，是谁将这么小的孩子关在这暗无天日的地方？

这时头顶处传来闷闷的声响，少年脸色顿时大变，韩令卿将火折子熄灭。从监牢顶部打开一个碗大的窗，一个罐子被固定在一根粗绳上从上面送下来，那少年苍白着脸将手伸进衣服中，从胸前取出一个手掌高的小瓶，将小瓶放在粗绳末端系的罐子里，又从罐子里拿出另一个小瓶。那粗绳慢慢上升，窗又被锁上。

等外面的声音都远去，火折子又一次点着，韩令卿看到那少年满脸痛楚，他上前拨开少年血迹斑斑的外衫，惊得喊出声来。饶是七尺男儿，即使走遍千山万水看尽世间百态，他还是惊诧得双手发抖—— 一根细细的管子从这少年心脏处进去，另外一端伸进那小瓶中。鲜血，一滴一滴，缓慢而沉重地滴进瓶中。他急怒攻心就要拔掉管子，少年忙阻止："不要，不能往外扯，它会咬我。"

韩令卿才发现，这"管子"竟然是活物！

少年浑身颤抖，汗珠不停地从额头上滚落而下，他的手抠向铁墙壁，紧紧咬着下唇，咬出了鲜血也毫无知觉，这种痛苦，哪怕是英雄豪杰也无法忍受，更不要提这么小的孩子。

过了许久，少年才缓过劲来，虚弱地靠在墙壁上："多谢你大叔，但是不能拔下来，这东西不是绳子，而是一种奇怪的小蛇，越想往外拔就越会往里钻，它的牙咬在我的心上，稍微用力我就疼得受不了，我以前曾经痛得晕过去，只要习惯了，不要惹它也就好多了……"

这诡异的小蛇吸食着人的心头血，在古怪的瓶子里，蛇在尾端将吸取到的心头血排出体外。怕他早死，这蛇吸血的速度很慢，每日只有一小瓶，但是日复一日，年复一年，生比死还要痛苦。他看着少年的痛苦，觉得自己的心也针扎般地疼了起来。

他轻轻揽住小孩瘦弱的身躯："我会带你离开的。"

"我不走！"小孩的话斩钉截铁。

"你为何不走？"他诧异不已，这样痛苦，还留在这里做什么？

"我等我娘，她说过一定会来救我的，我若是跟大叔你走了，我娘来找不到我怎么办？"

"娘？呵呵，那是最靠不住的人，你等她多久了？她早就不理会你了，若是还管你，怎么会任凭你在这里受这样的苦？"韩令卿想起了自己的母亲，就变得愤世嫉俗起来，嘲讽地道。

"不是的，我娘还没找到我，她答应过我的，她说过我和爹是这世上最重要的人，她不会不管我的！"少年被他污蔑自己的母亲气急，大声反驳，又引得那小蛇动了一动，他痛叫一声。

"我不说你娘的不是了，你不要激动！"他忙安抚着少年，不由得暗骂自己一声，他母亲抛弃了他，天下的母亲也许并不都是这样。

"大叔，你不知道，我能活下去都是因为有我娘，不然我早就去死了。"他哽咽起来，眼泪扑簌簌滚落，又抬袖去擦，"我娘跟我说过，我爹在她怀孕的时候就曾对着她的肚子对我说：'儿子，不能哭，跟对你好的人哭，会让他也难过，跟对你坏的人哭，让他更得意。对自己哭，那更是没用。'所以我从来都不哭。"他这么边说边擦泪，却怎么也擦不干净。

韩令卿苦笑，他也曾经那么依恋自己的母亲，可是结果呢？他还没全然想起往事，却记得她抛弃自己，宁愿眼睁睁看着他去死。

外面响起哗啦啦的铁索声，有人来了。韩令卿四处看了看，跃身而起，飞上屋顶，用壁虎游墙功紧贴屋顶。门咔嚓一声打开了，一群人拿着烛台火把进来，暗无天日的铁牢前所未有地亮堂起来。少年常年在黑暗中不能适应这光亮，忙用手捂眼。

手持火把的一行人分作两列，后面进来两个身着绫罗之人。那男子精瘦挺拔，气度非凡，嘴角勾起一抹笑，只是目厉如箭，浑身上下带着浓浓的阴鸷之色。跟在他身旁的是一个美貌女子，这女子秀颈长眉，美艳妖娆，眉间一颗胭脂记，更添一番风韵。

韩令卿呼吸一窒，这个女子——怎么会是她？——这是他母亲。在无数个梦里，他经常能看到她的样子。柴公子将他的玉锁刚刚解开之际，他脑海中最先出现的也还是娘亲的模样。他一生执着，全是因为她啊。

"就是这个，爱妃来看吧！"那精瘦男子指着角落里的少年笑道，"为了养这小东西，费了我不少力气！"

女子缓缓走向那少年，韩令卿气息不均，几乎贴不住屋顶要掉下来，他忙收敛心神。

那少年先是迷茫而惊惶地后退，又忽然眼睛大睁，跌跌撞撞地向前爬了几步想要抓住那女子的裙裾："娘，娘，你终于来了，你来救我了！娘！"他大叫着，顾不得剧烈活动就会刺激到那条蛇，心口疼痛欲死。

那女子往后退了两步惊呼道："天哪！王爷，吓死我了，这孩子是傻了吗？为何叫我娘？"

"哈哈，爱妃莫怕，我就说你不会想来的，这里这么臭，你非要看什么？"那男子安慰地轻拍着女子的肩膀。又回头问跟在身后的下人："这几日如何？"

"客人们都很满意，只是需求太多，属下觉得应该多取几次这心头血。"

"不妥，若是他受不住死掉怎么办？本王花了多大力气才抓住这么一个，再想些别的办法吧！"精瘦男子挥挥手搂着女子往外走去，"你有身孕，小心身体，回去喝点安神汤，好好休养，给本王生个白白胖胖的小世子……"

女子回头看了少年一眼，又躲进那精瘦男子怀中："人家不要看，快些走啦！"精瘦男子哈哈大笑，搂着她离开了牢房。

他们渐渐走远了，锁牢门的人低声议论着："这便是媚姬吗？果然美若天仙啊！"

"不然以我们王爷的身份怎么会宠爱她这么多年，还封她为王妃？王府中那么多年轻的美姬有哪个能比得上媚姬呢？"

"快锁门，动作快点！磨蹭什么？"有人远处喊道，他们忙噤声，铁门咔嚓一声紧紧锁上。

万籁俱寂，一片漆黑。

韩令卿心胸激荡，再也支持不住，几乎是从屋顶掉了下来。那是他娘，没错的，他都想起来了，很多片段式的记忆连了起来。

这饱受折磨的少年正是自己，是很多年前的自己。在没有时间没有光明的无边黑暗中，被蛇咬住心尖吮血，只要心跳就会疼痛，他不敢动甚至不敢用力呼吸，在痛苦中他忘了很多事，却仍然记得母亲的笑容，记忆中的母亲端庄温柔，完全不似此刻妖艳的模样。

这么惨绝人寰的遭遇，多年前他亲身经历过，此刻，他又亲眼所见。难怪他看到这个少年第一眼就有熟悉之感，看他痛苦自己也有锥心之痛，看他伤心他也想落泪。那本就不会随时间淡忘的遭遇又一次啃噬着他的心。怎么可能会忘？如若不是记忆被封锁在玉锁内，他会痛不欲生夜不能寐，怎么还能潇洒自如放荡不羁地四处游历。

母亲，娘亲，他日日夜夜思念的人，竟能狠心到如此地步。她看到儿子受了如此伤痛却面不改色地和那个男人离开，甚至不承认他是她的儿子。这世上怎么会有如此狠毒的女人，她到底有什么资格做母亲？韩令卿忍耐了许久才抑制住自己追出去杀了那二人的冲动。

少年趴在那里一动不动。韩令卿忙上前抱他，却见他双目紧闭，气息全无。

韩令卿心中大慌："你醒醒，你不能死！那女人还活得好好的，你怎么能死？"他伤心欲绝，忘记既然这少年是多年前的他，那决计是死不了的。

少年颈前微光闪烁，是那个玉锁，和他的一模一样。他胸前的玉锁也嗡嗡发出声音，悲声互鸣，似乎在彼此召唤。

"竟然在这里！我来往数次都不曾想到藏在地下。"一个声音兀然传来。

不知何时，牢房中又出现了一个人，这人身着天青色长衫，二十多岁的年纪，手持一支月牙形的犀牛角，犀牛角莹润光亮，发出幽幽的蓝光。光线虽弱，却足以把整个牢房都照得一览无余，连铁墙铁顶的牢房之外都能看得清清楚楚。

"柴公子？"韩令卿脱口喊道，这个人正是那落雪斋的柴公子，把他送进这万象图中的人。

那年轻人微微一愣："阁下怎么知道我姓柴？不过还没人这么称呼过我。"

韩令卿看这人虽然和柴公子长相甚至穿着都一模一样，但眼神完全不同，此刻的柴公子由内而外温润谦和，眼神平和清澈，虽然已经染了风霜，可光彩依然真切。而他在落雪斋遇到的那个柴公子，虽然总是带着笑意，可那笑意却并不能达到眼角，眼神深沉如寒渊。

莫非，这个人也是当年的柴公子？

这么多年过去了，他早已从一个小孩子成了如今的模样，而柴公子的相貌竟然没有半点分别。

他心中一动，醒来之后游历天下之时他就知道已经是大姜朝三百多年。小时候是在大胤朝，现在也才是中年的模样，莫非自己也有不老的本事？

"我受人所托来救这个孩子。"他低头用犀牛角探照，皱眉道，"竟然用此妖法害人——"

"他死了吗？"韩令卿忘记去想别的事，焦急地问道。

"没有，他气急攻心又失血过多，太过疼痛绝了气息，不过放心，我会救他的。"柴公子皱眉看向那小蛇。

柴公子用犀牛角放在小孩身前，犀牛角发出幽幽蓝光，小蛇整个身体蜷缩，竟然从少年的体内钻出来，到处奔走。只见这蛇并无双眼，牙齿尖利如箭，整个身躯透明，身体似乎没有内脏，一筒而下，身体内还残留一些血迹。

韩令卿上前一步将那小蛇踩成了肉泥。

柴公子一边给少年心口涂抹白色的药膏，一边有些惋惜地看了一眼那小蛇："这小蛇只是被奸人所利用，它也来自青城山，若当年白娘子不下山，能庇护于它，也不至于到如此地步——这孩子性命无虞，但还是需要疗伤休养，我带他去找我师父。"

"多谢柴公子！在下感激不尽。"他作揖致谢。

"不必多礼，韩大人忠肝义胆、刚正清廉，在下只是做这点小事，和韩大人比起来又算什么呢？"

"韩大人？请问是否是韩策风大人？"韩令卿一直都对父亲的记忆不甚清晰，此时听起来柴公子对他似乎非常钦佩。

"正是，韩大人行止高洁，实是百官之表率，可惜遭遇奸人所害，被关在天牢多年，恶疾缠身，我赶到之时，韩大人已经救不得了，他临死之时拜托我去救他妻儿。我按韩大人所说访遍云城，却找不到他们，适才我正在这附近，却见有绿光从地下升起，循着绿光找来，原来是这孩子颈上的玉锁发出的光泽。若是我能早些找到孩子，他也能少受些这非人的折磨。"柴公子满脸懊悔。

"韩大人死了？"他的声音有些颤抖。

"韩大人的骨灰被我收藏起来，想要交给他的妻儿。只是现在不知韩夫人身在何处。"

"韩夫人？"韩令卿冷笑一声，"她死了。"

"当真？"柴公子大惊。

"我亲眼看到她死的，柴公子不用再找她了。"在他心中，他母亲真的已经死了，她不配做韩策风的妻子，也不配做韩令卿的母亲。

父亲的形象在他心里是模糊的，父亲在外做官，与家人一向都是聚少离多，他一直都是和母亲相依为命。关于父亲的记忆，却都来自母亲，那几乎是他对父亲所有的记忆，也是他一直怀念的母亲最温柔美好的模样：

"你爹光明磊落，虽然是个文弱书生，但傲骨铮铮，行事从来都无愧天地良心，我儿长大也要做个像你爹那样的人。

"你爹身为父母官，他体恤百姓，卸任调职的时候，百姓们都出来送他，那队伍足足有好几里——"

"可是娘，我都忘记爹爹长什么样了，你还记得吗？"他当时有些困倦，在娘亲怀里感觉香香的、暖暖的，他都快睡着了。

"娘记得，你爹和娘第一次见面的情景，娘一直都记在心里。阿卿，你爹中秋节就回来了，他来信说今年中秋会回来和我们一起过节，他还说官场险恶，他一人之力无力回天，中秋的时候他就会卸任，我们一家从此就再也不分开了。"

可是他终究也没有见到他爹，中秋还未到，娘就匆忙带他离开。夜色之中，他趴在娘的背上，随着一阵阵的颠簸他睡着了。只是再次醒来，没有了爹也没有了娘，他不知到底发生了什么事，仅仅一场梦的时间，他成了被母亲、被这个世界抛弃的人。

收回思绪，韩令卿又黯然问道："韩大人还有什么话吗？"

"韩大人希望骨灰能被带到昆吾山上去，既然韩夫人已逝，在下自会送韩大人这一程。"

柴公子长叹一声，看少年脸色更加泛上一层土灰色，心中大急，从袖中取出一个拇指大小的小葫芦。小葫芦倏忽变成手掌大小，他将葫芦中的水喂给昏迷不醒的少年，又将那葫芦系在少年腰间。

韩令卿怔住，这葫芦，他一直带在身上的酒葫芦——竟然就是很多年前柴公子送给他的。他下意识地又向腰间摸去，才想起葫芦此刻还在落雪斋柴公子手中。他本来只是觉得柴公子看上去有一种难言的亲切，没想到多年以前，他就已经受过他的恩惠了。

柴公子看韩令卿盯着葫芦失神，解释道："这里面是昆吾山玉冷泉的泉水，这孩子身体如此虚弱，时常饮用此泉水，能让他的身子慢慢强健起来。"

韩令卿脱口问道："这葫芦能让泉水不尽，如此珍贵，便送给这萍水相逢的小孩子了吗？"

"比起这孩子的命，一个葫芦而已，没什么珍贵的——更何况，他是韩大人的公子，用天下所有的宝贝也换不回大胤如此忠良！韩大人只有这一点血脉，我定当拼尽全力护他周全。"柴公子语气铿然，似是想起不平之事。

韩令卿只是小时候从母亲口中对父亲有些模糊的印象。这么多年过去了，他忘却的往事还未曾完全回到他的记忆中。此刻见柴公子对父亲韩策风如此敬重，心中也颇有所感，对柴公子更加感念，当下抱拳行礼："多谢柴公子了！"

柴公子抱拳回礼："兄台怎么称呼？"韩令卿一身褴褛，满脸胡须，看上去颇为落拓，可他说话的语气却似极力隐藏着自己的情绪一般。

"我也姓韩，是韩大人的——远房亲戚。"他草草地答道。

柴公子抱起少年："韩兄，你跟我一起出去吧。"

"柴公子先离开吧。"韩令卿摇头拒绝，他不能就这么离开，他现在不是柔弱无力任人宰割的小孩子，这么多年来不能释怀的，那个女人欠他的，他都要一并收回来。

柴公子虽然微微惊讶，但也未曾多问，向韩令卿点点头："韩兄保重！"

犀牛角所照的墙壁，薄如蝉翼纸张。柴公子抱起小孩子，轻松地破墙而出。

韩令卿躺在地上，感受冰凉潮湿与呼吸困难的痛苦，这是他曾经住过好多年的地方。这么多年过去了，旧地重游，他才发现，那种让人绝望的湿冷与压抑，已经深深地烙印在他的灵魂深处，永不会忘。

不多时，铁牢的铁索哗啦啦地又响了，似乎有人刻意放轻了动作，慢慢地打开了门。进来的人，竟然是她——容貌极美，眉间一颗胭脂记，正是去而复返的媚姬。

"你——你是谁？那孩子呢？"女子大吃一惊，四下看去，都没有看到那个少年，这个凭空出现的满脸络腮胡子的落拓之人又是谁？

"你不是走了吗？回来做什么？看看那个孩子是不是死了吗？"没想到她竟然去而复返，韩令卿目光中带着些复杂的神色，冷冷地问她。

媚姬顾不得管这男子看自己的眼神中充满了厌恶，她强压下焦急连声问道："阁下是谁？这里的孩子去哪儿了？"

"他已经被人救走了，你再也不能伤害他了。"韩令卿冷笑一声，"你是怕那孩子把你的事告诉别人耽误了你荣华富贵吧！"

"真的？是谁救了他？"媚姬满脸惊喜之色，全然没有把他的揶揄和讥讽当一回事，"这位英雄，是你救了那孩子吗？媚姬不知该怎么报答你的大恩大德。"她扑通一下给韩令卿跪下。

韩令卿忙闪身避开："你这是做什么？——既然关心，为何适才装作不认得他？何必在我这个外人面前惺惺作态？"他满脸讥诮，腔中那曾被毒蛇咬噬过的地方似乎又在隐隐作痛。

"刚才，英雄就在这里了吗？"媚姬叹口气，"我能怎么样？这里全是宁王的人，我认了他，我活不成，他也活不成。"

"活着？哈哈哈哈——"韩令卿大笑，好像听到了什么笑话，"让你像他那么活着，你愿意吗？"他骤然收起笑，目光如电一般看向媚姬，"蛇咬在他的心尖上，时时地吮着他的血，只要活着，只要心在跳，他就会痛。"他看到媚姬的手紧紧攥着衣襟，微微颤抖。

"我跟他说我救他出去好不好，他说不要。你知道为什么？"他逼近媚姬，她的模样他从未忘却，却又觉得自己从来不曾认识她。

"为……为什么……"媚姬下意识地重复着。

"为了你啊，他说你曾经说过不会不理他，会永远都在一起，于是他不敢死也不敢逃，只是为了等你回来！"很多年前切身体验过的痛苦今日又目睹了一次，韩令卿觉得自己几乎不能承受，要强撑着才能让自己站在这里，而不会在这个女人面前倒下。

"孩子——"媚姬再也忍不住，掩面呜咽，眼泪从指间流出。

"我该死，都是因为我，我儿才会遭受那样的罪。"

"你知道他等了多少年？七年！你寻欢作乐的时候听见他痛苦的呻吟了吗？你的儿子就在这炼狱里受苦，他是一边思念着你一边才支撑自己坚持了这七年。你，但凡……"韩令卿觉得眼前有些模糊，他用袖子抹了一下眼睛，腔子里的血液慢慢地凉了下来，不再激愤，声音低沉了下去，"但凡，你对他有一点关心，也不至于见他受到那样的虐待还能装作不认得他，若无其事地和别人打情骂俏。你根本不配做母亲，你也不配做人。"说完这些，他好似一下子没了力气，对眼前的女人也不再憎恶，他心如止水，再也兴不起一点波澜。

那个受了非人虐待的少年没有死，甚至会成为一个被历史所记住的人。只是，在他内心深处的角落里，他一直是那个孱弱的少年，他躲在角落里融化在黑暗中，心心念念地等待着母亲给他带来一束光。可是她来了，却彻底将他毁灭。

"我，我当时轻信人言，他骗我说我丈夫就在要开的船上，我抱着孩子来不及赶路，是我傻，竟然相信那人的话让他帮我看着已经睡着的卿儿——我发觉自己被骗赶回去的时候，那人和卿儿都不见了——这么多年我一直在找，我在找他，我两个月前才知道宁王有这个地下监牢的，我没想到我卿儿会在这里……我……真的没想到……"媚姬泣不成声。

"你知道刚才我不能认他有多痛苦吗？我用了多大力气才控制住自己不要扑上来，然而我还要笑，我还要对着那个人笑——"媚姬满脸眼泪，她不知自己为何要对这个陌生人倾吐这些心事。

韩令卿看她表情不像作伪，他张张嘴想要说什么，却又什么也没说出来。

这时，门外传来轻声催促的声音："该走了，他们回来了！"

媚姬深深地呼吸，收了眼泪对韩令卿道："你跟我走。"

"我为何要跟你走？"他冷冰冰地拒绝。

"宁王一个你也许不怕，只是他身边的那个法师本事大得很，你不跟我走，被那法师抓了，求生不得求死不能，快走！"她急促的声音带着命令的语气，韩令卿以为自己会继续拒绝，但他没有再说什么，而是跟着媚姬走出了牢房。

那在外面望风的人长得黑黑瘦瘦，看到韩令卿吃了一惊，但是也没有多问，只是带他们从暗门离开。

暗巷中有一马一轿等候。

"这位英雄，你与先夫可是熟识？"媚姬在软轿前站定，回身看他。

"神交已久。"他淡淡地道。他对她的恨意似乎早就深入血液，然而看到她的眼泪和痛苦，他心中一道筑起许久的墙不自觉地在慢慢瓦解。

媚姬点点头道："策风入狱后，从前的故友同僚都躲得远远的，恨不得从未和他相识过。没想到还会有这位英雄这样的好友记得他，记得他的妻儿。"她露出感怀之色，"不知英雄怎么称呼？"

韩令卿一怔，告诉她自己叫作韩令卿，她恐怕也会以为是在说笑。

媚姬看他迟疑，得体地向他微微一福："英雄不便透露真姓大名的话，媚姬绝不勉强。"她坐进等在暗巷的软轿中，刚要放下轿帘又迟疑片刻，"请英雄过来说话。"

韩令卿微微一愣，走到轿前媚姬身边。媚姬轻声道："我知道先夫是得罪了宁王才会被构陷入罪。他一直在调查京城的一家叫紫金楼的酒楼，那酒楼招待的客人都是朝廷大员和有权有势的人，宁王在那酒楼中有不得告人的事。"她从袖中拿出一张锦帕，"这上面绣着的名字都是已被宁王收买的官员名单，先夫见我最后一面的时候将这个交给我的。这几年，他们又用我卿儿的心头血制成极乐酒给朝廷大员享用，我儿的血——”她顿了顿，没有说下去，“若是还有机会再见，我自会对你解释清楚，接应我们的这位叫奎三，他也是来调查宁王的。”

那黑黑瘦瘦的男子向韩令卿点点头。

媚姬双眼望着韩令卿："我把先夫以死得来的证据交给英雄，若是有一日这锦帕上的名单能交给皇上，那就算完成我夫的心愿，他就没有白死，我和我卿儿受的罪也……"她声音微微一哽。虽然看上去依然柔弱，可她目光中露出无比坚毅之色。韩令卿从未见过这样的母亲，心中竟有些震动。

她收回泪水，强自露出个微笑："英雄将来若是见了我卿儿，你跟他说，娘从来都没忘了他，娘这辈子，最开心的事就是有卿儿和他爹……不管怎么样，我总是对他不起，他不原谅我也没什么。"

媚姬正要放下轿帘，韩令卿忽然道："等一下。"

媚姬停下来看着他。

"韩夫人，你保重！"他看着她的眼睛嘱咐道，语气是他自己都没有预料到的温和。

"放心，你也保重！"媚姬向他点头，展颜一笑，韩令卿的眼睛几乎湿润了，这真的是他记忆中的娘亲的笑容，看来温柔如水，却也坚强如山。

轿子渐渐远了。韩令卿手中握紧锦帕，上面还有着她馨香的味道。

奎三向他抱拳一笑："希望我们会在京城相遇！"

韩令卿也向他抱拳，跨马掉头，朝着京城去了。

京城只在二百里之外，多半日便到。

紫金楼并不在繁华之地，反而在幽僻的近郊之处。看守森严，有守卫来回巡视。

夜幕降临之后，有达官贵人的车马陆续而来，紫金楼热闹起来，灯火辉煌如同白昼。韩令卿跃上一棵树，将靴筒中的匕首拿出，看准一顶轿子，悄无声息地跳下去，"哗啦——"一声轿顶被破开一个洞，轿里的人还没来得及叫出声来就被一柄匕首逼住喉咙："你若是说一个字，你肯定再也见不到轿子外面的世界了。"那官员吓得眼睛大睁，一动不敢动。外面抬轿的人觉得轿子无端重了些许，只是四人分担，感觉也不是太明显，况且轿子里的人什么都不说，他们也不敢多嘴。

韩令卿换上那官员的外袍，等轿子在后院落稳，他从轿子窗口一跃而出。人们只看到有人影闪过，却并未看清楚，直到那官员在轿子里嘶声大喊："来人啊！来人啊！"众人这才惊惶起来。掀开轿帘，只穿着白色中衣的官员手脚被缚，满脸激愤："快抓住他！快抓住那歹人！"

虽然进了可疑之人，但是紫金楼并不能因此就不做生意，耽误了有些人的玩乐，他们可得罪不起。所以搜查只能在暗中展开，效率低了不少，这也给了韩令卿一些时机。

他找到一个僻静的空房间刮掉胡子，整理了头发，用发带束住。整个人看上去精神了不少，甚至还有些俊朗。他怔忪片刻，铜镜里的人让他觉得有些陌生。他多少年没有收拾过自己了？对这个样子还真的有些陌生。

他又偷换了紫金楼里下人的衣服，躲在后院里拿起斧头就开始劈柴。

喧哗熙攘之声越来越近，韩令卿的心吊到了嗓子眼。若是有人发现他不是这里的下人怎么才好？

"大人，这里没有外人，都是——"有人解释着，却忽然停下了，走到他身边好奇地问道："你是？"韩令卿下意识地抬头，看到一个中年胖子，二人目光对视，那胖子后退一步，"你是……你是谁？大人，我没见过这个人……这是……"

韩令卿握紧斧头，却听得一个声音道："这是我家乡的表弟，刚来紫金楼干活。"韩令卿向那人看去，却发现这人竟然是刚分开不久的奎三。

那胖子一呆，随即脸上又堆满了笑："误会，都是误会。我还以为是那个歹人……兄弟，对不住了！"他朝韩令卿笑笑。韩令卿点点头也挤出个笑来。

奎三走到韩令卿面前呵斥道："我把你从乡下带出来是让你来劈柴的吗？快给我滚过来！"说着便向外走去。韩令卿忙跟上去。

"郑师傅。"奎三走了几步又停下来，那胖子忙跟上来，眼睛眯成了一条缝："大人您说。"

"你也知道这里管得严，不能私自带人回来。我这兄弟在家乡没了活路才来投奔于我……"奎三嘴角扯出个笑来，意味深长地道。

郑师傅马上领悟："在下明白，在下明白。这位兄弟来紫金楼的事我绝对不会对别人吐露半个字。"

"多谢郑师傅！奎三感激不尽，改日请郑师傅喝酒，可一定要赏光啊！"奎三拍拍胖子的肩，带着韩令卿和这队守卫离开了。

郑师傅抹抹头上的汗珠，自言自语道："幸亏没得罪了这活阎王。"

来到幽僻之处，奎三给了韩令卿一个腰牌："有了这个腰牌，这紫金楼大部分地方你都能去。"

韩令卿想说什么，奎三向他摇摇头："你就在这楼中端茶送水吧！有点眼力见儿，别给我丢脸。"韩令卿看他如此，便知周围肯定还有宁王耳目，便垂首接过腰牌，恭敬地说了声："是！"

只是过了一日，紫金楼里就乱了起来。不多时间，紫金楼里的士兵守卫就走了一大半，很多本来设置岗哨的地方都抽走了人。韩令卿正不知发生何事，奎三却来了。他淡淡道："那孩子被救走的事被宁王发现了。他调动兵力去寻找那孩子。紫金楼这边守卫大空，正是个好机会。你有腰牌，除了宁王的房间进不去，哪里都可以去得。"

韩令卿点头："那日我没问韩夫人，到底，为什么宁王非要那孩子的心头血？"

奎三摇头："我不晓得，我只是在执行圣上的命令，别的事情我劝你也别多打听。"

夜色降临的时候，就是紫金楼最热闹的时候。韩令卿发现这紫金楼和外面的青楼妓馆也没什么分别。到处可以听得到丝竹管弦之声和美人吟哦歌唱的靡靡之音，只是这里更加奢靡而已。可是那些达官贵人什么美人没见过，什么好酒没喝过？他们一定不只是因为这个来紫金楼的。

他正端着托盘走到一个房间门口，听到房间中传来一个男人的咆哮声，还有酒杯摔到地上的声音。一个女子呜呜地哭着："大人您别这样，这种事寒翠并不知情，王爷怎么会让我们碰极乐酒？大人，大人您别打了——"又听得那女子一声惨叫，韩令卿忍不住推门进去，只见一个中年男子披头散发，上身赤裸，下身只穿着中衣，他一手拿着一只瓷瓶另一只手攥着一个女子的手臂正要砸下去。他们背对着门并没有听到有人进来。

他用手肘在那人颈部用力一击，那人悄无声息地倒下去。女子衣衫不整，满脸惶然："谢谢，谢谢你！"韩令卿用力将那人拖到床上用被子盖好，交代跟在他身后的女子道："有人问到就说他喝醉了。"女子点头。

"他为什么好像疯了一样？刚才来的时候我见他还很正常。"韩令卿迟疑地问道。这些天在这里，他有时候会听到有人大叫狂笑。

"是极乐酒，他们来这里必喝极乐酒，可是他们喝不喝极乐酒都会发疯……只是疯的法子不同而已。听说酒源出了问题……详情我也不知，总之像李大人这种二品以下的官就喝不到了。他，他等不来酒……他就疯了。"女子抽泣几声，又抬眼看韩令卿，"我见过你，你是最近才来紫金楼的吧！"

极乐酒！韩令卿的心中正在思考着极乐酒。他们喝的极乐酒究竟是什么？为何这几日极乐酒的酒源出了问题？难道……

韩令卿的额头出了一层冷汗，莫非这酒源就是——

外面传来脚步声，那女子忙道："你快走吧！我会按照你说的——我叫寒翠。"韩令卿忙闪身出门。

他有些失神地回到住处。按照寒翠的说法，那极乐酒很可能就是他的心头血。若是所有孩童的心头血都有此功效，那小韩令卿不见了自然可以再找到别的小孩。那么，他的血到底有什么不同？

连续几天他都有些失魂落魄，直到宁王回来紫金楼。宁王还陪着一个穿着显贵的老人。

眼见宁王陪着那老人进了一件雅室。奎三在他身边悄声道："这是穆国丈,也是宁王最想巴结的权贵,你见机行事。"

说话间,一个女子端着一个托盘经过他,上面一只水晶杯,里面是一杯鲜红的酒。那女子回头看他一眼,这正是寒翠。韩令卿抬手欲言,寒翠微微一怔,慢下脚步。韩令卿快走几步赶上前去轻声道:"让我去可以吗?"

寒翠微微一愣,把托盘交到他手中,也不看他只是微不可闻地说了声:"这是极乐酒!"

极乐酒——这便是极乐酒。韩令卿边走边看着那鲜红的颜色。他用力吸了吸鼻子,并没有嗅到什么血腥味,反而有一股极淡的清香。

他轻轻敲门,听得里面一声:"进来!"走进房中,将托盘轻轻地放在桌上。这个房间极尽豪华,比他之前救寒翠的那个房间要奢华精致得多。

他看清楚了房间中的人,除了宁王,那个老人看上去已经七十多岁,脸色红润,皮肤细嫩犹如少年,只是目光中偶尔闪过一丝贪婪与淫邪,他穿着紫色锦袍,上面还点缀着暗金色的仙鹤图案。他的左手拇指上戴着一只青翠欲滴的翡翠扳指。

宁王笑道:"快给大人端酒过来,耽误了这么久。"忽然又问道:"你是哪个?不是该寒翠端酒来吗?"

韩令卿正要回答,那穆大人捋须笑道:"不急不急——不过为何今日没有美人送酒?莫非最近也听到了什么风声?"

宁王忙道:"哈哈,国丈说笑了,谁知那奎三搞什么,本王这就派人帮您——"

"奎三定是听说老夫最近宠溺几个女子,但那都是年轻漂亮的,你看这个虽然也相貌端正,可这颔下胡须根根清清楚楚,老夫还没有那重的口味，哈哈哈哈——"

宁王也附和着大笑，韩令卿却几乎将那酒杯掀到他身上去。穆国丈意味深长地打量了韩令卿一番，从他手中接过酒杯，享受地将里面的红色液体一饮而尽，还意犹未尽地舔舔嘴角。

葡萄美酒中一滴心头血，便是这珍贵的极乐酒。

韩令卿却几乎要呕吐出来。他又回忆起那种非人能忍受的痛苦，被关在铁牢里七年，就是因为这群披着人皮的禽兽要饮他的血。胸口处似乎又传来剧痛。他忘记了父亲的愿望也忘记了母亲的嘱托，阴鸷地看了一眼穆国丈，他目光中划过一丝狠绝，手向腰后匕首伸去。

忽然，他听到外面有几个女子走过，传来几声轻笑，他顿时清醒过来。他要是动手杀了穆国丈甚至宁王，被追究起来，寒翠肯定会受牵累，奎三也会被查出来真实身份，甚至还会祸及他的母亲媚姬。他深呼吸几下，调整好心态，站在一旁伺候。

喝过极乐酒的穆国丈靠在被金饰镶嵌的躺椅上沉沉睡去，脸上还挂着微笑。他做了一个无比美妙的梦，没人知道他梦到了什么，也许是成了皇帝，也许是成了神仙。

人永远都不可能满足，哪怕富贵泼天，哪怕显赫无匹。

宁王示意韩令卿出去，他轻轻地关上房门，只听得宁王向已经在睡梦中的穆国丈问了一句："今日皇上召见你和兵部尚书去做什么？"韩令卿心中鼓声大作，他不敢多停留，忙离开这里。

奎三听了韩令卿的话叹了一声点头道："没错，正是这样。紫金楼和那些青楼妓馆的不同之处便是这里聚集了京城一半以上的朝廷大员，你说这是为何？这里的姑娘更美貌吗？这里的歌舞更动听吗？"

韩令卿脱口道："是极乐酒！"

"正是极乐酒，极乐酒便是从铁牢那小孩的心头血中抽取的，宁王谁都不信，只有他和一个古怪的法师知晓极乐酒的秘密。不知那孩子的心头血有何特别，只是喝了那酒的人都可以乐而忘忧，可以随心所欲地做任何美梦，甚至也可以在梦中说出所有秘密——每个人都有秘密，家庭琐事也有，军机要务也有。宁王便是用这种方法建立起庞大的关系网，控制结交各种官僚大员。"

韩令卿听奎三这么说，心中忽然想起一事，犹豫着开口："这宁王做的事怎么能被皇帝容忍？如果被皇帝知道了，他这可是大罪——若是被治罪，王妃岂不是也要受到牵连？"

奎三一笑："极乐楼极为隐蔽，虽然涉及人员众多，但是个个都保密，外人只知道这里有个妓馆，内里乾坤连紫金楼内都有人不知。圣上只知道宁王不规矩，却也没把柄，派我出来查，我也全无头绪。能找到这条线索，也全是韩夫人告诉我的。韩夫人跟我说过，只要能完成亡夫遗愿，九死不悔。"奎三赞叹道："韩策风大人风采超然，没想到连夫人也不让须眉，真真是个有大胸怀的奇女子啊！"

韩令卿正要说什么，外面忽然一阵罡风吹来。他心中莫名一寒，向外看去，只见一个文士模样的人身着白袍，正从空中飘然落在院落中。月光照在那白衣人身上，更照得他眉目如画。风中长袍猎猎，这白衣男子长发散落，随风轻扬，更是恍如仙人。他听得奎三在旁边道："这便是大法师，宁王的座上宾。此人颇懂法术，却生性乖戾，还是不要招惹他为好。"

在风中，遥遥渺渺地传来一阵空灵的歌唱声。歌声入耳，一切都似遥远了起来，韩令卿感觉有些昏昏欲睡，他隐约听得外面似乎传来宁王的声音，想要起身看清楚些却一阵又一阵的睡意袭来，他沉沉地陷入了梦乡。

在梦中，他又一次看到了母亲。母亲怀中竟然还抱着一个小孩子，他抢上前去想要和母亲说话，母亲却厉声喝道："你走开，不要动我的孩儿！"

"我就是你的孩子啊！"他焦急地解释着。

"你不是，我孩儿怎么会是你这般怪模样！"媚姬满脸嫌恶。

他低头看自己，他的手、身体上都布满了赤色的毛发，这是怎么回事？他惊叫一声，把自己吓醒了。

此时天已经大亮。

他在紫金楼里再见到宁王，却发现宁王眉宇间的惆怅已经一扫而空，那法师似乎从来不曾出现一般再也没了踪影。

这日奎三来道别："前些日子多亏你救走了那个小孩子，致使紫金楼大乱，我趁机收集了不少有用的证据，这便要回去复命了。外面人人都知道你是我带来的，我要走了你也不要待在这里了。"

韩令卿本想点头，又问道："那韩夫人——"

"你放心，我自当保韩夫人周全。"奎三郑重答应，又对韩令卿道："宁王这只社稷的蠹虫很快就会被朝廷挖出来，韩兄是否愿意效忠朝廷？如若愿意，兄弟自当帮你举荐。"奎三与韩令卿虽然相识只有几个月，但气味相投，惺惺相惜。

韩令卿婉言谢绝，将那写了名单的锦帕交给奎三。奎三看到锦帕喜出望外："这是——"韩令卿点点头道："希望能有用，也希望可以为韩大人洗刷冤情！"

奎三点头："奎三当年曾受韩大人救命之恩，当年我家乡遭遇蝗灾，我全家都死了，我也奄奄一息，被路过的韩大人所救，送入行伍之中，这才有了今日的奎三。我看韩兄形貌举止与当年的韩大人颇为相似，想来定与韩大人有渊源。韩兄放心，韩大人的事就如我的事，奎三拼尽全力也会为韩大人洗刷冤情的。"

韩令卿点头，与奎三拱手告别。

韩令卿离开紫金楼后，又在京城周边游历了月余。他有时候思念起母亲来，只觉得自己恨了她那么多年，此刻那些痛恨烟消云散，心中竟然空落落地惆怅，想要去探望她，又想自己只是来自几百年后的人，本就和她不是一个世界，多见无益，便压抑下思念之情，流连于街头巷尾，酒馆青楼。

他在市井中、酒楼里听说了好多野史秘闻，虽然不知哪些是真哪些是假，但也能开些眼界。他在大胤的时光其实是很迷糊的，在铁牢里受苦多年，又被带走疗伤，后来，他竟然成了臭名昭著的大魔王。再后来他似乎睡了好长的一觉，再醒来已经是大姜朝的天下。时间已经过去了上百年，可还是一样的京城，一样的茶楼，一样的说书。

风流总被雨打风吹去。然而百姓们经历了战争与动荡，不管是在大胤朝还是大姜朝，日子还是要一样地过下去。

这日他在一个常去的酒楼喝酒听书，那说书先生正说到外面的大胤国的历史，虽然就是些英雄侠义、忠臣良将，但还是让人听得心生向往之情。

人们正围着说书先生听得起劲，酒楼下吹吹打打地过去一行人。有人围到栏干旁边去看，韩令卿也凑过去，只见一队穿着喜庆的人抬着一个个箱子向城南去了。

“这是做什么？有什么喜事吗？看这阵势不像是普通人家办喜事啊！”有一个酒客发问。

白发苍苍的说书先生捋须叹了一声：“你们看那些人的衣衫，正是宁王家的家丁啊！”

一听到宁王二字，韩令卿身子一震，不由得凝神听说书先生的下文。

“宁王可是先太子的——”一个老人发问道。

“正是，这宁王……”说书先生正要说什么，又改口道，“老朽乃是一介草民，平日多读些书，能给大家伙儿讲几个掌故，自己也挣几文钱糊口。宁王究竟怎么样，老朽又怎能知晓啊？”

“是啊，宫廷秘密他一个穷苦老人家怎么会知道？老先生还是继续讲英烈的掌故吧！”韩令卿大声道。

众人又应和起来，揭过此事不再提。

天色渐晚，客人们渐渐也都散了。那说书老人也收拾了东西慢慢地踱回住的地方，他行走起来，韩令卿才发现他跛了右脚，走起路来一颠一簸的，走不快。韩令卿不紧不慢地跟在他身后。

老人落脚之处竟然就在城南破庙中，这里离宁王府不到两里的距离。

那老人在庙中坐下，扬声道：“跟了我一路，进来吧！”

韩令卿没想到他已经发现了自己，走进破庙，抱拳告歉道：“老先生，对不住，在下只是想要问你一些事。”

“问我？我能知道什么？我浑身是伤病，半截身子进了黄土，只能挨日子罢了。”说书老人摇头叹息，用火折子生了火，又架起支架用一只残破的瓷碗烧热水。

"关于宁王的事，老人家您知道的事情可否告诉我？"

"宁王？"说书老人抬起头来，盯着韩令卿看了一刻，"为何要来问我？"

"远远一眼就可以知道那帮家丁是宁王府的人，老先生想必和宁王也颇有渊源吧！"韩令卿也认真地看着说书老人。

说书老人叹了口气："何必要知道这些？宁王和你又有什么关系？"

韩令卿切齿道："深仇大恨！不共戴天！"

"哈哈哈——深仇大恨，和宁王有深仇大恨的多得很，有几个人真的能向他报了仇？我辅佐太子那么多年，可后来太子兵败，临死的时候让我帮他儿子，我忠心耿耿为宁王做了那么多事，可是结果呢——你看看我的腿——"他大笑起来，"我被他派人一直追杀到了北姜，一条命险些就葬送，腿也进了饿狼的肚子。我想来想去，不管我在哪里都不如留在京城安全，我甚至就住在宁王府旁边，我倒要看着这豺狼般没有人性的东西会有什么好下场！"

原来宁王的父亲曾是太子，也是当今皇帝的大哥，但是在当年的夺嫡之战中命丧黄泉。这说书先生正是先太子的门客。

"他为何要这么对你？"韩令卿不解。

"他本来还是个不错的孩子，只是后来认识了那个所谓的法师，整个人就变了。"说书先生叹气。

"法师？"韩令卿想起那日在紫金楼中所见的白袍文士。

"正是，那妖人不知怎么骗取了宁王的信任，帮他做了那缺阴德之事。想当年太子爷虽然丢了太子的位子，甚至还丢了性命，可太子爷是一流的人物，不知怎么养出这么个没脑子的逆子来。"说书先生想起以前效忠的主人，老泪横流，他用手抹了一把泪水，目光中又露出狠绝之意："我倒要看着他怎么能养熟那妖人，那妖人迟早要反噬于他。"

"老先生，你适才说他做了什么缺阴德之事？"韩令卿心中忽然剧烈地跳动起来，总觉得接下来要听到的话他想听到又不想听到。

说书先生不说了，反而冷冷地瞧着韩令卿："我为什么要告诉你这些？"

韩令卿一愣，说书先生又嘿嘿一笑："不管你是谁，你想不费一点力气不花一文银子就从我这里知道这么多事吗？"

韩令卿听得正急，又见他故弄玄虚，隐忍下的暴戾又蹿了上来，他一把抓过说书先生的衣领："快说！不然我不客气了！"

那说书先生忽然脸色大变，眼睛大睁："你……你……"

韩令卿只是吓唬他一下，没想到他惊骇成这个样子，不由得将他放开。

说书先生声音沙哑，甚至有些发抖："你……你到底是谁？那玉锁怎么会在你身上……"

原来他如此失色是因为看到了韩令卿不小心露出来的玉锁。

韩令卿正要说是自己的，又转念一想，如果这说书先生见过这玉锁，一定是见过小韩令卿的——他曾经见过年少时候的自己。韩令卿冷笑一声："你说为什么在我身上？"

"玉锁是摘不下来的，除非——"说书先生双目圆睁，喃喃道："他，他死了？"

韩令卿哼了一声并不答话。

"果然是死了，他那么小的孩子怎么能受得了那样的罪？已经挨了这么多年，作孽啊——"说书先生长声叹气。

"你知道那孩子的事？"韩令卿目光一厉，大声问道。

"何止知道，我亲眼见过。你既然和宁王是仇敌，又戴上了那孩子的玉锁，想必也是亲近之人，老夫这便把当年之事告知于你。"说书老人声音更加沧桑起来，他目光望向已然漆黑的庙门之外，似乎望见了往事一般。

"太子死后，世子被封宁王，新皇即位，给宁王荣华富贵，却不给他一点权力。太子崩前就嘱咐过宁王，老老实实过日子，不要动什么别的心思。宁王之前还不显露声色，谁知自从到涿州去游玩了一趟后，就带回了那个妖人，从此心心念念地要为父报仇，谋取大业。"说书先生叹气，"他称那妖人为法师，事事都听他的，后来又听信了法师的话动了歪邪的心思，按照那妖人的指示抓到一个小孩子，那孩子当时才三四岁……老夫还记得那小娃娃，清秀白嫩，当时还一脸懵懂地喊着要找娘亲，我亲眼看到他被怪蛇蹿进体内吸取心头血……具体为何如此，我当时已经被宁王厌弃，他们到底在如何图谋，我却是不知的。"说书先生摇摇头，想着心酸的过往，"我守着太子的嘱托，不断地进言，得罪了那妖人，妖人向宁王谗言我已经成了皇帝的眼线。我看情势不对，连夜出逃，被他们追了大半个中土，落得这副模样。"

说完这些，说书先生犹如虚脱了一般靠在柱子上，他逃跑、谋生，六七年的时间已然把他折腾得好似老了三十岁。这些话他藏在心里这么多年从未跟人讲过，如今全部倾吐出来，却是和一个陌生人。

韩令卿听他说完，想起自己小时候被宁王抓去，心口处似乎又隐隐作痛，他踉跄几步，皱眉抚上心口。

说书老人端起已经烧开的水，抿了一口又道："今日在酒楼看到那些家丁大张旗鼓地置办什么东西，也许是宁王新娶几年的王妃产下孩子了，他这等——"那说书先生又在骂什么，韩令卿没有听清楚，他拔足便向宁王府奔去。他心中一直觉得隐隐不安，终于找到了缘由，他是在担心母亲，听了这么多，他不再犹豫，不去看看心中总是不安。

宁王府张灯结彩，宁王大摆筵席给新生的世子办满月酒。作为闲散王爷的宁王并不一定请得来这么多达官显贵，但是作为紫金楼主人的宁王却让不少皇亲国戚、朝廷要员都亲自前来庆贺。

韩令卿混在人群中进了宁王府。前厅设宴，觥筹交错、急管繁弦。韩令卿到处寻找母亲却不见踪影。一直到欢宴既尽，韩令卿还没有找到头绪，除了宴客大厅，到处没有一点动静，整整一个晚上，宁王府都未曾听到有婴孩的哭声。

客人渐渐散去，整个宁王府陷入一片寂静之中。韩令卿忽然感觉颈上的玉锁一阵微微震动，他越向东行，玉锁震动越强烈。依着玉锁的震动，他穿过一片密林，又过了一座弯桥，终于来到一处房舍前。越是接近，他越是有一种不祥的预感。血腥味，越来越浓重的血腥味。以及，越来越清晰的小孩子的痛哭声。

蹑手蹑脚走到门前，只听到一声清脆的响声，有什么东西被摔碎了。

"你这个畜生，这是你自己的孩子，你是人不是？"韩令卿从虚掩的门边看到了母亲。媚姬大眼圆睁，地上一个摔碎的白瓷花瓶。旁边的宁王面色狼狈，还有些无措地看向站在一旁气定神闲的白衣文士，那白衣文士长发飘散，怀中抱着一个小婴孩，小婴孩一丝未挂，在白衣文士怀中大声哭泣。

韩令卿心中一动，这个白衣文士就是那法师，宁王找来小孩子让怪蛇吸取心头血就是这个法师出的主意。

宁王有些迟疑地道:"法师,这孩子,毕竟是——"无论如何,这是他的亲骨肉,毕竟血浓于水,说没有感情是不可能的。

"王爷,你可曾经是皇太孙,是皇位继承人,如今成了只领俸禄六百石的闲散王爷,真的能咽下这口气吗?"法师声音温和,听起来似乎漫不经心,可却带着蛊惑人心的力量。

"就没有别的法子了吗?"宁王又问。

"极乐酒的功效王爷你也看到了,没有极乐酒,那些朝廷勋贵为何要跟你走得这么近,今晚宴会会有这么多人给你捧场吗?"法师低头看向那哭泣的小婴孩,面露微笑,轻轻拍拍他,小婴孩竟然慢慢停止了哭泣。法师赞叹一声:"这小娃娃真是粉雕玉琢,可爱得紧,只是……"他抬起头来紧紧盯住宁王的眼睛,"这孩子看起来是个小婴孩,其实是个怪物,就如同他母亲一般,王爷又不信了吗?"

宁王此刻也徘徊惆怅,法师说得自然不会错,到目前为止,极乐酒也真的是他能控制那些人的唯一方法,他大业未成,岂能功败垂成。但是媚姬是妖怪?心中隐隐不信,还有他白胖可爱的儿子,怎么会是妖物?

看他犹豫,法师笑容微微收敛,轻哼一声:"王爷不信吗?"

宁王忙道:"本王没有怀疑法师,只是——只是——"

"我们来试试这孩子的血究竟有没有极乐酒的功效如何?"法师的手指在婴孩心口处画着圈。

"不要伤我孩儿!"媚姬看得胆战心惊,她又跪在宁王身前,"这真是你的儿子,求你放过他吧!你要我怎么样都行,放了我的孩子。看在这么多年的情分上,看在这个孩子是你的亲骨肉的分上——"

法师看宁王犹豫不定的样子，轻笑一声："我曾想过有一日能喊王爷一声万岁呢！"这句话让宁王愣住，他狠心转过身不看媚姬："法师，本王听你的！"

法师微笑，就要将那孩子装进随身携带的一只口袋中。

媚姬大惊，起身逼近法师，厉声道："你害了我一个儿子，如今还要害另外一个，今日我便与你同归于尽。"

说话间媚姬发出一声巨吼，谁能想到美貌柔弱的女子竟然能发出如此让人胆寒的号叫，美貌的女子化身成为一只丑陋的怪兽，这怪兽长相如虺，头顶长着一个长长的尖角，满身赤色。

宁王被吓到，跌跌撞撞地躲到法师身后，法师大笑："我正怕你不现形王爷不信本座的话。王爷你可看到了？她是昆吾山上的蠹蚳，食之可以忘忧，可以使人吐真言，与人生了孩子，那孩子自然也有此功效，极乐酒便是借此缘由！"

宁王之前虽然听法师说了媚姬是妖物，可毕竟没有亲见，此刻看她变成这副模样，早已吓得失魂落魄，什么恩爱什么不忍早就忘记得一干二净，结结巴巴地道："法师快将这妖物降服，本王瞎了眼，竟与她同床共枕这么多年。"

蠹蚳一跺脚，尖角直向法师刺去。法师冷笑一声，身形微闪，躲开蠹蚳。蠹蚳低吼一声，又转头将尖角向法师刺来。法师每次都轻而易举地闪开，他唇角微微翘起："没想到蠹蚳看起来凶猛难当，却一点本事也没有。"他右手一伸，凭空出现一把长剑，那长剑自带寒气，霍然飞起，正刺到蠹蚳的角上，它哀号一声，跌倒在地，又成了女子的模样，只是额头受伤，鲜血直流。

宁王定了定神，怒道："你这个妖怪，骗本王那么久，到底有何目的？"

媚姬趴在地上无法起身，冷笑一声道："我日夜与你相对，对你委曲逢迎，真是无比恶心。"

宁王怒起，拔过一把剑就要刺向媚姬。媚姬深深地看了一眼法师怀中的小婴孩，闭目等死。

韩令卿见情势紧急，飞身入内，挡在媚姬身前。

宁王大怒："你是何人？——你是紫金楼的——"

韩令卿一言不发，在紫金楼的时候奎三曾给他一把宝剑防身，此时他拔剑上前袭向宁王。宁王忙退后几步，法师长袖一甩，将宁王甩到身后，又低头看了看怀中的婴孩，面露好奇之色："你也有那个味道，你也是——"

韩令卿并不想让母亲知道他是从几百年后回来的韩令卿，他长剑向前，挽起几个剑花便将长剑送到法师面前。法师并不躲避，只是将小婴孩慢慢举到面前。韩令卿忙停手："用小孩子做盾牌，不怕被人笑话吗？"

法师哈哈大笑："这种激怒小孩子的把戏也来对付我——"他看向宁王："王爷，时辰快过去了，主意还要你拿，这里的几个人，要谁生要谁死你说了算。"

韩令卿脑中忽然电光石火般地闪过一个念头，这法师看样子只是想帮宁王当上皇帝，可实际上大胤皇帝从未有过宁王这个人，当朝皇帝是大胤最后一个帝王，最多再不过十年大胤朝就要灭亡了。如果那法师知道了这些，还会再帮宁王吗？

韩令卿当下便对法师道："法师可有推演未来的本事？"

法师一怔，随即又露出一闪而过的一丝怅惘之色，他微微叹气，似乎在回忆往事："推演预测之术曾经只是手边小玩意儿而已，只是如今——"他看向韩令卿，唇角勾起一抹若有若无的笑："为何要这么问？"

"法师借一步说话！"韩令卿故意神秘兮兮地道，一边走近法师，在法师耳边悄悄说了几句什么，随即又退回去。他似乎很确定法师不会再来为难他们，扶起媚姬："娘——韩夫人，你怎么样？"

韩夫人摇摇头，抓紧韩令卿的衣袖："我没事，求英雄帮我救救孩子，已经有一个孩子受了那样的罪，我不能让这个也——"

宁王惊疑不定地看着这一切，迟疑地喊道："法师！"

法师没有理会宁王，愣了一会儿才又问韩令卿："你说的都是真的？"

韩令卿哈哈一笑："法师可以一一验证，只要你将这孩子交还给我，我自然会把你想知道的都告诉你。"

谁知法师踟蹰片刻竟然点头答应，韩令卿忙上前接回孩子，生怕他又反悔。孩子交还到媚姬怀中的时候，媚姬紧紧地抱在怀里，泪水如断线珠子般不住地滚落下来。

韩令卿又道："放他们走！"

"妄想！"宁王喝道，又惊疑不定地看向法师："法师，这究竟是何故？把孩子放了，极乐酒怎么办？我们的大业该如何……"

法师不耐烦地看了宁王一眼："别吵！"此刻他的注意力都在韩令卿身上，他依附宁王只是为了试验他的法术，但他苦于不能回到过去或者去往未来。那次事情之后，他本具天赋的推演预测之术竟然不再灵光，窥不到先机，参不透天意，这让他无所适从。这人适才说他是从几百年后来的，此刻在他看来，韩令卿的价值比那宁王的什么大业要重要得多。

也不知那小子和法师说了什么，宁王看法师已经完全倒戈，完全不把自己的事情放在心上，也不再客气，一个呼哨，屋子外面已经密密麻麻地布满了拿着弓箭准备射击的兵士。

法师毫不在意这周围密密麻麻的围兵，笑问韩令卿："你说的话可算数？"

韩令卿也笑："大丈夫说话岂能言而无信，只要他们母子能安全，我自然跟你去。"法师长袖一卷，本来晴朗的天气瞬间狂风顿起，飞沙走石。连屋内也阴风阵阵，鬼哭狼嚎的声音响起，那些士兵甚至能感觉到有什么在耳边吹气，回头去抓，却黑漆漆一片，日月无光。人们都吓得弃甲曳兵，连逃跑都失去了力气。等到风平浪静，月亮又出现在夜空，点着灯火，法师、韩令卿、媚姬连同那婴儿都失去了踪影。

宁王面色铁青，咬牙切齿地下令："给我追！一定要追回来！"

这时，有兵马声从远处而来，是大内禁军。宁王心中一凛，却见那首领举着圣旨大声宣布："圣旨到，宁王接旨！"宁王下意识地跪下，看这阵势便知不妙，耳边嗡嗡地响着，那下圣旨的禁军首领是——他抬头一看，换了装束也换了一副表情，他开始没敢认，这人正是紫金楼的小管家——奎三。

"你——"宁王几乎要站起来了，圣旨没有听得清楚。奎三瞥他一眼继续念道："……勾结妖邪、迷惑朝臣，干系重大，其罪当诛……"

"还不谢恩接旨？"奎三俯视着宁王，面色端严。

"我没罪！"宁王霍然站起，露出狰狞之色，"说我有罪，你们有什么证据？皇上容不下我就要编织莫须有的罪名加害于我吗？"他知大势已去，说话百无禁忌起来。

"若是没有证据，怎么会来抓你？"奎三目光中闪出一道厉色，"既知今日，何必当初？若是皇上愿意见你，你也可以跟皇上说！"他一挥手："带走！"

宁王看他手下的兵都已缴械投降，连反抗都不可能了。他哈哈大笑："死便是，又有什么大不了的，告诉皇帝老儿，我今日死，他也活不了几日了！"

奎三冷笑一声："皇上千秋之后，自有太子，太子之后还有太孙。倒是宁王你——"奎三向前一步在宁王耳边道："你并无后，断子绝孙啊！"

宁王大怒，疯狂地大叫起来："你胡说！我儿子刚过了满月，怎么就断子绝孙？你胡说——"

奎三哈哈一笑，向属下使了个眼色，转身走开，不再看宁王一眼。他找遍宁王府都没有找到媚姬，问了宁王府的一个下人，正好在门外看到了一场怪风之后媚姬和小世子凭空消失的情景。奎三稍稍安心，只能心中遥遥默祝媚姬此去安泰，从此岁月静好，再无波澜。

宁王府很快就被抄。皇帝没有株连宁王府中其他人，只是将宁王发配边疆，终生不得回京。宁王在发配的路上便病死了。

那日法师将一行人带走。在京郊长亭，韩令卿与媚姬告别。

媚姬向韩令卿再三道谢。韩令卿看她怀中已然熟睡的小婴孩，不自觉地露出一丝微笑。

"其实我总觉得和英雄似曾相识，英雄救过卿儿，这次又救了我与风儿……英雄也见到了我的真身，我本是昆吾山上的蠜蚔，那日遇到了上昆吾山取玉冷泉水救人的夫君，我们一见钟情，互许了终身，我便随他下山去了。"媚姬想起和夫君初遇之后的倾心相恋,"只是我虽为上古神兽,除了能化身为人之外,不会任何法术,不能救夫君不能救孩子,甚至连自己都救不了,多亏英雄数次出手相救。这等大恩,不知如何才能报答。"

"带着这孩子好好过吧!别再把他也弄丢了!"韩令卿对母亲多年的怨恨已然烟消云散。多想从此和她在一起生活,只是他要随那法师而去,此去凶险,只能在这里告别。

前路茫茫,也许再也不能相见。他犹豫片刻,还是问出那句话:"我父——韩大人,他知道你的真实身份吗?"

媚姬的目光看向远方,却波光潋滟。她的笑容缓缓盛开,犹如春花初绽:"我们第一次相遇之时,我正是真身的模样。他那人有时候看起来古板得很,可是看到我的样子竟然毫不动容。我变成人形之后他明明对我有情,却总是躲躲藏藏,唉声叹气。后来我逼问于他,他这才红着脸说:'卿美貌至此,小生怎么配得上?'我问他若是他离开我下山会不会想念我,这次他倒是说了真话:'若是与卿分开,我一天不想上十遍八遍恐怕都睡不着觉!'他既然不在乎我是异类,我又有什么好犹豫的,便随他下山,陪他考功名,陪他做官。"

媚姬叹了口气:"不多久朝廷便不允外官携家眷赴任,从此,我便与策风聚少离多,我甚至……甚至没能见到他最后一面。"

韩令卿也长叹一声,似乎也遥想到当年父母相识相知的点点滴滴。

一直一言不发的法师忽然笑了一声:"好动人的感情,为了丈夫,就连亲生儿子也丢了,不知韩策风知道了,会不会埋怨你。不过说来你们鼍蚳一族,这么千万年来都同类鲜少,你竟然能与人生下后代,你这本事可了不得,我倒是有些后悔了——"

法师满含深意地看了一眼韩令卿。这么会儿工夫，谁知道这古怪的法师知道了什么？又怕他改变主意，韩令卿忙与媚姬告辞："天色不早了，韩夫人上路吧！"

媚姬又向韩令卿屈膝作揖："多谢英雄！山高水长，希望还有相见之日！"

韩令卿觉得眼前蒙眬起来，担心被人看到他的眼泪，大笑一声，摆摆手率先向相反的方向去了。法师也不多言，跟在韩令卿身后。

走了一阵，韩令卿回头问法师："我们去哪里？"借机向后看媚姬的踪迹。隐约可见那个身影越来越小，消失于杳渺的天际。

法师随意指指："去北边吧！"

一路上法师总是推算出些什么事就去问韩令卿，别的时候也不来打扰他。二人倒也相安无事。韩令卿生来厉害。韩令卿本就是个浪迹天涯的游子，法师虽然本事大，他却也不怎么放在心上，只是忌惮古怪阴鸷的法师会伤害媚姬和小弟弟。此时越走越远，即将要到姜国国境了，他料想母亲已然走得远了，不再惧怕法师，便想伺机杀掉他报仇，如若不成，能逃跑也是好的。

这日早上，他们已然到了大胤和姜国的边界。只是雾气浓重，前方迷蒙难辨。

法师忽然停住，指着前面隐约可见的一座高山问道："你看那座山，叫昆吾山。"

韩令卿本想趁着雾大，正好是行动的好时机，此时一听"昆吾山"三个字，顿时愣住，这是他的母亲——媚姬当年生活过的地方。

"昆吾山是座仙山，只有云雾极盛的时候才能看得到，这也算是你的老家，正好可以上山去瞧瞧。"

昆吾山并不很高，只一个时辰便已上了山顶。山顶疾风呼啸，并没有雾。法师站在山崖边望向远方，似乎已魂出天外。许久，他长叹一声道："我上次离开，也是这样的天气，这样的风。"他忽然转身，却见韩令卿手持长剑对着他："我愿和你一决生死！"能不能报仇，能不能逃走，不如光明正大地决定。

法师似乎愣住了："为何？我并没有说要杀你。"

"也许是我杀了你也不一定。"韩令卿不去理会法师怪异的逻辑。昆吾山，也许是做个了断的最好地方。

法师看了看他，忽然笑起来，凤目微微眯起。

"我又想到了别的事要做，实在不想和你多纠缠。我似乎并没有对你做出什么天理难容的事来——你是为了那蠱蚄？"

韩令卿冷笑道："没错，你对那小孩做的事怎么不是天理难容？"

法师双臂拢进袖中，露出一丝高深莫测的表情来："我没在蠱蚄面前揭露你的身份，你不该感谢我吗？"

韩令卿一怔。

"你就是那小孩，你是长大后的他是不是？"法师一语点破。

韩令卿并不否认，点头道："正是。"

"只要你回答我最后一个问题，我便如你所愿与你打上一架如何？"法师面带微笑，韩令卿将之视为对他的蔑视，心中激愤不已。

"大胤还有多久就要灭国？"

"我也不清楚，大致上是十多年的样子。"

"十年——"法师思忖片刻，边点头边自言自语道，"我就说那人明明有帝王之气，可我却又算得他此生坎坷崎岖一生孤苦，原来是这样。"

韩令卿不知法师说的是谁，正要发问，却见法师看着他笑得一脸神秘。他的目光似乎被法师的目光黏着，想要转移却也转不开，他的意识越来越模糊起来，眼前只剩下法师的笑容。

忽然，他颈上戴着的玉锁发出铿然的破裂之声。这玉裂声顿时将韩令卿惊醒，他的意识刹那清明，蓦然发现自己正举着长剑置于颈上要自刎。他顿时冒出一身冷汗。

法师面露诧异之色，随即恍然道："这玉正是昆吾山上的冷玉所制，你母亲救你一命。"他不待韩令卿有所反应，长袖一甩，随即飞身而起，眨眼间已飘然远去，只留下一句："就留在这里吧，我去去就回。"

韩令卿本不知法师是什么意思，直到他发现原来是法师在山顶结了结界，他被困在山顶，才知晓了法师说的话。

韩令卿发现自己只能在山顶方圆十几里的空间生活，开始焦躁不安，可时间久了却也习惯了。山上风景秀丽，有野果可以充饥，还有玉冷泉水清澈甘甜。他甚至在一棵树上看到了刻着的几个刚劲有力的字："有美人兮，见之不忘，一日不见兮，思之如狂。"下面跟着两个似乎是初学者有些稚嫩的小字："呆子。"

韩令卿抚摸着这两行字，只觉自己虽然不能承欢膝下，此刻却似同他们在一起一般。再加上他本来生性闲散自由，在这山林中不见纷争、心无挂碍，虽然被关，却也能排解郁闷，心中颇为逍遥自得。

山顶上有一小木屋，正是当年韩策风在山上时所盖。里面多年无人居住，浮满灰尘。韩令卿白天练剑游玩，晚上就睡在这木屋之中。

起重雾之时，有人能看得到昆吾山，便上山来，却苦于被结界所阻，上不得山顶。时而有人也能看得到他在山顶舞剑，也有人听得到他在高声唱歌。于是慢慢地传出了昆吾山上有神仙居住的传说来。

不知过了多久，他才在屋外树下寻到几坛陈年好酒，便喝了个痛快，醉得不省人事。他跌跌撞撞出门，歪歪扭扭地到处乱走。

醉眼迷离中，他看到前面一棵倒地的枯树犹如一个仰卧于地的醉汉，他哈哈大笑："有高枕岂能不憨卧？"便枕着那树干抱着树枝美美地睡了一觉。

其时，有一个姓陈的书生与朋友李生结伴游历，正逢大雾，他们便登上这座平时看不到的仙山。风光无限，只是和传言中相同，山顶似乎有一道厚屏障将人们隔绝在外。

"陈兄你看那边！"李生大呼小叫地指着前面。陈生定睛看去，只见一个胡楂满鬓形态洒脱恣肆的男子正在古木下酣睡，脚边一个酒坛倒地，还有些许酒水缓缓流出。

陈生兴致大起，从怀中拿出一张晶莹剔透的画纸，那画纸薄如蝉翼，细腻如丝。他将之在旁边一块平缓的大石上展开，就要将此景画下。朋友惊道："这画纸是水云仙长所赠，乃昆仑圣品，岂能此时就用？陈兄三思啊！"陈生笑道："水云仙长便是随性洒脱之人，我们画的又是神仙，兴之所至，画出来岂不是最好的画？"说着泼墨挥毫，酒仙的醉态便惟妙惟肖地呈现纸上。李生赞道："笔意散逸，潇洒出尘，不入俗格！好画，实在是好画。"

陈生也很是满意："不如就叫《古木酒仙图》如何？"

"好名字，好名字！"李生称赞着，话音未落，他忽然指着画纸高声道："你看你看，这神仙动了！"

二人凝神看去，画上的仙人果然手足伸展，慢慢坐了起来，身子一跃。他们吓了一跳，忙向后躲去。这神仙竟然从画中跳了下来。

"这——这——"陈生惊讶地发现神仙从画中下来，画却并未空白，山水人物依然在画面上，只是整个画纸不再新鲜，而是犹如被风干了的陈迹。

山顶处传来哗啦一声响，似乎有什么东西粉碎了一般。闻声看去，却只是感觉到一阵风从山顶吹来，并未看到任何东西。

韩令卿揉揉眼睛，看看那幅画，又看看面前两个呆呆的年轻书生，捡起一块石头向结界内扔进去，没有遇到任何障碍，结界已经破碎。他虽被困在山顶结界中，可却从画中出来，结界内有东西出来，自然就被打破了。

韩令卿向书生拱手行礼："多谢，多谢搭救之恩！"

"啊？神仙，你——"陈生一时语塞，不知该说什么。

韩令卿心情大好，问道："请问现在是哪一年了？"

"元朔三十二年。"李生调整好心态，拱手回礼。

"已经过去了十年啊！"韩令卿感叹着，忽而想起什么大事一般向二位书生告辞："大恩如此，无法言表，将来如有所用，在下韩令卿一定肝脑涂地回报大恩！"说话间他人已在十几丈外。

二书生愣在那里久久不能动弹。许久，陈生才问："李兄，你听到了吗？他说他是谁？"

李生的脸色也难看得紧："好像是韩令卿，可是那个大魔头怎么会在这里？"

"这个神仙不会是那个'韩屠'的，我们想多了。"陈生安慰着李生也安慰着自己。

李生想了想忙把《古木酒仙图》叠好交给陈生："我们要把这幅画

收藏好，将来也许会有用的。"

韩令卿在山上住了十年，外面已然是风云变幻、战争频起，本来处于弱势的姜国时常主动挑衅大胤，两国战争不断。

刚下山几日，他耳中就听遍了人们口中那占城为王杀人如麻的大魔王韩令卿，人人谈起韩令卿都变色，给他起了个外号叫作"韩屠"。当年柴公子将少年时的他救走，他后来怎么就成了这个在历史上都有名的暴虐之徒呢？

韩令卿马不停蹄地向墨城赶去。赶到墨城外的时候，正好赶上大胤和姜国两面夹击一起攻打墨城，墨城岌岌可危。

韩令卿想尽法子终于在城破前进了墨城，此时人心惟危，没人看守，他轻而易举地到了那传说中的"凌霄楼"，看到了正要自尽的韩屠。

二人对望，他看到对方眼中的不可思议——两张一模一样的脸，只是一个身裹绫罗，另一个破衣烂衫落拓无比。

"你要自杀吗？"韩令卿看到韩屠眼中一片苍凉。

"活着又有什么意思？从来没有任何人牵挂我，我从小被施以酷刑，生不如死；我被母亲遗弃，不管我的生死，后来虽被人救了性命，却又不幸流落街头，被歹人欺凌，差点饿死；好容易混进行伍之中，却又成了战俘受尽凌辱差点死掉……我这人命苦，虽然才活了二十岁，可这人世间的事情不过如此，这么些年来，我不管做什么都不能开心，此刻成了人人都想杀之而后快的魔王，反正等一会儿就会被冲进来的人砍掉脑袋，我不如先走一步更好！"他落魄过也荣耀过，只是从未有过此时一般的平静，回忆自己短短的一生，除了荒芜，什么也没有。

"可是你娘并未想你死，你被人救走之后，她又回去救你了。"韩令卿缓缓道。

"怎么可能？我叫她娘她都不看我一眼，我忍受着那样的痛苦她都视而不见！"韩屠嗤笑一声，完全不相信眼前这个莫名其妙和自己长得一模一样的人说的话。

"她让我对你说，她从来都没忘了你、抛弃你，她这辈子，最开心的事就是有卿儿和他爹。"

"卿儿"这个称呼只有娘才知道，韩屠愣了许久，扑通坐在地上，头埋在膝上，发出哽咽之声。割据一方的枭雄，被人称作恶魔的男人此刻哭得犹如一个小孩子。

"你爹因为得罪了奸邪小人被构陷，他为国为民，光明磊落。你娘忍辱负重在奸人身边多年，虚与委蛇，牺牲良多，才找到那奸人作恶的证据，他们对不起你，但是却没有失去大义。"

韩令卿对韩屠讲着父母的事迹，说服着多年前的自己。

这时外面响起了喧哗声，城破了！不知是大胤还是大姜的部队涌了进来。

"韩令卿，投降吧！"带头的将领大声喝道，却随即发现了长得一模一样的另外一个韩令卿，众人惊讶不已。那身穿绫罗的韩令卿骂道：

"老子才不降！老子对不起天地父母，这些年做尽了坏事，死不足惜！但你们又是什么好东西？无非也是抢夺地盘，想要老子的墨城而已！想杀就杀，找那么多狗屁理由做什么？"他怒摔一个花盆，闭眼等死。那花盆中种着一株薄荷草，此时被摔出花盆，正掉在人们脚下，弱弱地摇着叶子。

无数弓箭手对准站在高台上一模一样的两个人，他们不知哪个才是真正的韩令卿，想必是韩令卿为了逃跑找了个替身来，宁可多杀也不能放过！

也许感应到了危险，韩屠颈上挂着的玉锁忽然发出亮光，又嗡嗡作响。

强光耀眼，他却感觉一股寒气袭来，抬眼便看到一支箭向他面门刺来。

躲闪不及，眼睁睁地看着那箭头正向自己眉心而来，他下意识地闭上眼睛。

忽然，一切都安静下来，嘈杂声完全消失了，他并没有感觉到疼痛。他甚至嗅到了一丝丝幽香。

豁然睁开眼睛，他发现自己正睡在一个躺椅中，面前却是几张笑脸。柴公子正站在他面前似笑非笑。薄荷一边把玩着头发一边看着他笑。他茫然四顾，仙人一般的道人水云子正在书桌前津津有味地看着一幅画。他听到有"咔嘣咔嘣"的声音，只见净心正在软榻上嗑瓜子。

"这是——落雪斋？"韩令卿找回了一些意识，瞬间想起前事，忙站起来，"他怎么样——不是……是我怎么样？"

"原来是从我徒弟的画中出来的……"水云子边看万象图边搓着下巴。

韩令卿赶到还在微微闪光的万象图前，赫然发现那画面竟然是活动的，一幕幕正在演绎着曾经发生过的历史：

在高高的凌霄台上，本来有两个韩令卿，其中一个在被箭射中的瞬间竟然凭空消失了。众人大骇，有人面露惊骇之色，纷纷说真是见鬼了。韩屠倒是无所谓，不管是多么新奇的事他都提不起什么兴趣来。

人们稍一迟疑，无数支箭朝韩屠射去，他一动不动，似乎依然有种睥睨天下的意味。他身体中箭，颓然倒地，却忽然发出一声不似人类的吼叫声，又化身一只奇兽，形如虺却有一角，众人惊骇无比，几乎要逃出大殿去，人群中传来大喊声："我见过，我见过，我曾经在宁王府中见过，宁王宠妃媚姬便是如此——这怪兽并无本事，大家快去抓了它！"

数不清的箭簇射在那巨兽身上，它痛苦地一跺脚，整个大殿都颤抖起来。巨兽力气渐无，它又化成了人形。

眼看韩屠浑身是血，命不久矣。几个兵士拿了绳索就要上来捆绑。

忽然，从殿外吹来一阵罡风，一个青衫男子和一个紫衫少女凭空出现。他们将韩令卿架起，又是一个起落，已经消失无形。

两个韩令卿就这样凭空消失。两国将领都下令不许说出去，只说韩令卿已经被杀，他们找了个无头的尸体挂在城楼示众。

美轮美奂的凌霄楼被洗劫一空，又被一把火烧毁，大火烧了三天三夜才渐渐熄灭。

韩屠被柴公子和那紫衫少女带回昆吾山。他身受重伤，只能在玉冷泉中休养。

那紫衫少女看着韩屠一张毫无血色的脸，长叹道："他如此暴虐，真的是韩大人的公子？"

"他受了常人想象不到的痛苦，心中又觉得遭了最亲的人的背叛，有多少人能承受得了？我本将他带去师父那里，谁知师父云游未归，我只能帮他治好伤，却再也没有精力为他做别的事。后来，我下山去处理别的事，本让他等我回来，可也许他等了许久也等我不回，就自己下山去了。如果我没有——"柴公子摇头。

"他自己生性暴虐又和你有什么干系？就算是活得艰难，他占墨城杀害那么多无辜的人就那么算了？"紫衫少女不服气，"他是韩大人的孩子就身份特殊吗？那么多被杀的无辜百姓就该死吗？"

"那你说怎么办？"柴公子笑看那少女，"我全听你的。"

少女长长地叹气，看柴公子满脸愧疚之色，语气和缓下来，双手扣住柴公子手腕："他母亲媚姬这么多年来在各地救了不少人，也算在为他积德。他从小被抛弃，没人关心教导，这乱世纷争，人妖难分，媚姬虽是妖，却一心向善，比人都像人；那宁王虽出身皇家，又哪里是什么好人了？"

柴公子点头："他也是可怜，我知道你放过他都是为了我，是因为我当初对韩大人有承诺。你放心，我对你——"

紫衣少女玉手放在他唇上，眉目流转，脸颊上升起两团红晕："你不用说，我都晓得。"

柴公子抓住她光洁滑腻的手，想要说什么，却又觉得确实什么都不用说，又看她眼波潋滟如水，神情似嗔非嗔的模样，不觉得痴了。

紫衣少女稍稍用力，将手抽回，扭身道："我在前面等你！"便先行下山去了。

柴公子看着紫衫少女的背影呆了呆，这才将韩屠置于玉冷泉中，又将他颈中的玉锁拿出，轻念咒语，轻轻道："忘天忘地忘情忘境，内外皆忘，了然无物。"将玉锁的钥匙轻轻拔出，扔进他十年前赠给他的那个酒葫芦中，这么多年来，韩屠经历了这么多事，有时候几乎是九死一生，却也从未将这酒葫芦丢掉。柴公子将他的记忆封锁在玉锁之中，忘却喜怒哀乐，爱恨痴嗔，也许会活得自在些吧。

柴公子不知，韩屠——韩令卿自己也想忘记这一切，即使他后来清醒，下意识地又怕自己回忆起往事，便将那玉冷泉水当作了美酒。酒并不能让人喝醉，如若想醉，饮水也能醉得长长久久，再不复醒。

正要离开，他一眼瞥见韩令卿脚下踩着一株小草，几乎没了生机，但它叶子微微摆动，已有灵气自内而生，原来是一株即将要修成人形的薄荷草。柴公子将薄荷草拾了起来也放在酒葫芦中："你太虚弱，在外面想必连风雨都承受不了，葫芦中别有洞天，当能护你周全。"

暮色将合，柴公子快步追着那紫衫少女而去了。

此时大胤风雨飘摇，内忧外患。前路茫茫，却不知希望在何方。

落雪斋中，韩令卿看着画中那一幕幕往事，看着画中走远的柴公子，又看着沉睡在玉冷泉中的自己，不由得呆了。许久，这才郑重起身，对柴公子深深作揖："如若不是柴公子当时封住我的记忆，我即使养好了伤想必也早就疯癫致死。"直到此刻，他才将往事完完全全地记了起来，风尘之色虽在，但戾气皆除，不再迷茫也不再困扰。三百多年的岁月都在他一觉中晃眼而过，他却似乎被时间遗忘了一般依旧停留在那里。

柴公子笑道："万事皆是缘法，韩公子你和万象图有缘，才会有此遭遇。或者，你该感谢的其实不是我，而是……"他目光悠远起来，但他很快遣散目光中的一丝伤痛，再不多言，只是将葫芦递给韩令卿。

韩令卿接过柴公子递来的葫芦，痛饮一口向门外走去。又回头看向薄荷："我想你是不会跟我走了！我只能把你放在葫芦里，想必你现在肯定不愿意进去了。"

薄荷看了柴公子一眼，正不知如何作答，韩令卿已唱着曲子离开了落雪斋。

他的声音豪迈清朗："天当被子地当床，叮叮当当走四方。人生本是无根草，醉了何必问家乡！"（引用自金庸小说《侠客行》）

韩令卿已经走远，薄荷看向柴公子，露出个微笑来："原来，原来救我的人是公子你。"

水云子艳羡地盯着万象图："何时这万象图中也有属于我的一方天地？"

净心依然在软榻那边吃东西，面前已是一堆果壳。

万象图旁边放着一卷古画，上面写着《古木酒仙图》，用笔潇洒，意蕴天成，正是昆吾山上陈生画就的那一幅。他将《古木酒仙图》交给薄荷："帮我放在那边第一个书架最上层。"

薄荷稍微一愣，忙答应了一声接过那画去放到书架上，唇角含笑，满脸雀跃。

"公子，公子这是什么意思？以往这些事不都是我做吗？她只是个客人，为何可以动书架上的东西？"净心着急了，这薄荷抢了他的活干，是不是有什么他不知道的事情发生了。

"我想了想，这大冷天确实不该让你扫雪，应该我自己去扫；家里买了新瓷器也不该你去整理，应该我自己去；我觉得你也许早就厌烦了落雪斋，那日冥王还跟我提起你——"柴公子将万象图轻轻卷起。

"哪有，我哪有厌烦……"净心听到冥王的名字就一阵恶寒，忙心虚地辩解道。

"我不是把你当作佣人了吗？何必如此？去找冥王，他必不能让你干活……"柴公子叹口气，满脸为他打算的表情。

"啊，公子，我忽然想起上次刚买来的珐琅的花瓶还没有擦，呵呵，公子跟我说了好多次，看我怎么又忘记了——"他一溜烟冲出去找那被他扔到角落里的珐琅花瓶，心却在滴血，多少次了，公子总是用冥王来威胁他，但他只能一次次地屈服，毫无办法。

"请问，柴公子在吗？"一个女子的声音在大门外响起。一个妇人身边跟了一个少年，这夫人美貌绝伦，眉间一颗胭脂记鲜红欲滴。

一阵风起，桂树上的雪花扑簌簌落下。严冬将至，整个姑射山也许都会被大雪封山。但是明年桂花依然会盛开，浩然清气依然会充盈天地之间。

宋何尊师蔡石戲貓圖

宣和御府收藏

武古宣君畫景考

何尊师，唐代道人（一说宋代道人）。曾作《醉猫图》数幅，今大多已遗失。

第2话　　醉猫图

又是一场缠绵的细雨，空气清新凉爽，柴公子的太师椅搬到了廊下，他呼吸着新鲜空气满足地叹气。净心抱着手炉，穿着厚厚的袍子："这才刚白露，就要冷成这个样子吗？一场秋雨一场凉，这雨已经下了三天，莫非要冻死我。"

"白露了。"柴公子恍然醒悟道，"白露的茶叶最为甘醇。净心——"

"不去不去，公子你不如杀了我，山间天气更加阴冷，我怕我去了就回不来了。"净心说着灌下一碗浓浓的姜茶，他真的快要冻死了。

"请问，薄荷姑娘是住在这里吗？"一个男声有些局促地询问。

柴公子和净心齐刷刷地盯着来人。他穿着米白色长袍，长得分外秀气，眼睛很大，下巴尖尖。最引人注意的是他的眼睛竟然是蓝色的，好像两颗宝石光滑莹润。见他们凝视，他有些羞赧，清清嗓子又问了一次："请问，薄荷姑娘是不是住在这里？"

"是啊！薄荷，有人找你——"净心为了逃脱去山中采茶的苦力忙着跑进去找薄荷。

柴公子眼中笑意极浓，请来人坐下："在下姓柴，请在这里稍等片刻。"

那男子将手中的礼盒奉上："这是今早刚采的铁观音，白露茶最为甘醇。春茶太嫩，夏茶太涩，今早的白露茶才是茶中极品，特意请阁下品尝。"

柴公子笑着接过："多谢了！安溪离这里上千里，阁下早上采下，此刻还不到午时，当真好速度。"

"雨天里，在下的脚力更快些。"男子温和地笑。

"公子！"薄荷俏生生地站在身后。

"这位公子找你。"柴公子嗅嗅白露茶，好香好香。

"薄荷姑娘，在下祖籍暹罗，但来中原也有了些日子，相熟的人们都叫我衔蝉君。"他忙着自我介绍，看向薄荷的表情热烈得几乎燃烧。

薄荷斜睨着他："什么什么君，我又不认识你。你找我何事？"

"前些日子偶遇薄荷姑娘，在下对姑娘一见倾心，自姑娘离开后，夜夜不能寐。寤寐求之，四处寻觅，终于得知姑娘芳踪。今日特来求亲。"

"求亲——求亲？"薄荷呆掉了。柴公子忙招呼在一旁看热闹的净心来把那盒茶叶收起来，无论如何，这茶叶他是不会归还了。

"在下对姑娘一往情深，此心天日可鉴。求姑娘嫁给我吧。"衔蝉君说得情真意切，颇为感人，把薄荷吓得躲到柴公子身后。

"这样吧，"柴公子看衔蝉君一脸受伤，终于开口，"这件事我们慢慢商量，外面下着雨，衔蝉君你的衣服——"他看了一眼继续道，"你的衣服并没有湿，但无论如何，请进来休息片刻，快午时了，就在这里用膳吧。"

衔蝉君点头："这样也好。只要薄荷姑娘愿意嫁给我，我必然一心一意待她，让她锦衣玉食……"

他的话还没说完，薄荷冷冷哼了一声："我自跟着我家公子，清闲度日，悠然自在，每日餐一股清风、饮一滴晨露便足矣，人间所谓锦衣玉食，请恕薄荷无礼，并不稀罕。"说完扭腰甩帘进去了。

柴公子含笑对衔蝉君道："惭愧得很，这丫头被我宠坏了。"

他嘴里说着惭愧，脸上一点愧意也没有。

衔蝉君的目光追着佳人的背影，离着薄荷姑娘这么近，天地似乎都更宽敞起来了，可惜只得短短片刻的相处，佳人态度又冷淡如此，真是让他既欢喜又怅惘。

衔蝉君怅然若失，柴公子了然于心，当下并不多言，带着他向书房去了。

书房门上珠帘摇曳，衔蝉君微微一愣，柴公子帮他掀起珠帘："请进！"

衔蝉君道了谢，一进书房，眼前一亮。

"柴公子好眼光，收藏的都不是凡品。"衔蝉君暂时放下了哀愁，欣赏书房里的书画。

"衔蝉君也是欣赏书画的高手。"柴公子赞道。

"很多都是只有传说却已经散佚的珍品，张张都是传奇都是故事。"衔蝉君不时地点头赞叹，颇有些风流韵致。

"衔蝉君为何想要娶薄荷？"柴公子笑问，净心正端进茶来。

"柴公子有所不知，"衔蝉君道了谢，接过净心送过的茶，"我有个毛病，长久地睡不着觉，困倦无比却又不能入眠，心中苦恼，寻遍天下名医。从暹罗出发，我去过天竺、波斯，甚至途经美索不达米亚到了尼罗河，都没能找到方法治好我的病。想到天朝上国地大物博，奇人异事想必也不少，说不定能有什么法子，没想到一来就是几十年。走过很多大好山川，认识不少至交知己，病虽没有治好，可这几十年的游历却让我爱上中土。那日正好来到附近，午时炎热，我在一棵树上休息——"说到这里，看柴公子挑挑眉毛，唇角往上勾起，忙咳嗽一声改口，"树下休息——却见薄荷姑娘在不远处的一棵树下，她当时已经睡着了。我却嗅得到她身上传来的香味，清淡微凉，不艳不浓，香澈清绝，幽然而来，我看着薄荷姑娘，闻着她身上的味道，无比惬意，竟然睡着了。你知道吗？我竟然睡了十二个时辰。醒来精力充沛恍若重生，可薄荷姑娘却不见了。我寻找了好久才知道她住在这里。"

"原来是这样。"柴公子点头，"所以你就想娶她吗？你和她成亲，怕是没那么容易。"

"没有什么不可能的，我对她一见钟情，我现在才知道我不远万里来到中土是为了什么，原来万里跋涉，都是为了这一场感情——"衔蝉君似乎被自己给感动了，低头抹了下眼泪。

"可是薄荷好像不大愿意呢。"柴公子想到薄荷此刻定在一个人生闷气，不由一笑。

"便请柴公子为我美言几句，让薄荷姑娘和我能多相处一段时间，我相信薄荷姑娘也不是无情之人。"

"这个，也不是不可能——不如，衔蝉君若是帮我个忙，我会想办法劝劝薄荷。"

衔蝉君发现柴公子的眼睛闪烁着隐晦的光，这个柴公子看起来文质彬彬温文尔雅，却总让他感觉不安。

"衔蝉君出身显贵，身为暹罗王室，又掌管布雨诸事，德惠子民，受人尊重，却依然温文有礼，在下很是钦佩。"柴公子满口赞颂之词。

"柴公子谬赞了。不知有什么需要我做的？"这个柴公子对他如此了解，他一向心高气傲，若不是为了薄荷，也不至于被这个柴公子用这么诡异的眼神研究半天。

"我知道衔蝉君见多识广，想劳烦阁下帮我去找一幅画——《醉猫图》。"柴公子含义不明地微笑。

"《醉猫图》？"衔蝉君也颇有兴味，"可是何尊师的《醉猫图》？那可是神品，相传是何尊师成仙前留下的唯一墨宝。如今坊间也流传了一些赝品，柴公子要我去找来真迹？恐怕——"

"只要公子答应，自然能找到真迹。"他意有所指，却不点明。

"好！在下答应就是！何尊师虽然羽化多年，但其人还是让人心生向往，恨不能生同时，一睹其仙姿尊范。"衔蝉君想起世人流传过的关于何尊师的只言片语，不由心生向往，如果真能找到《醉猫图》真迹，也是一件快事。

"既如此，多谢衔蝉君了！在下等你好消息。"

"只是薄荷姑娘那边，还请柴公子多加周旋，但万万不能勉强她，不能伤害她。如果她不同意，我继续等待便是。"

柴公子微笑答允，邀请衔蝉君书桌前看他的画。

"咦？"衔蝉君发现一幅长卷竟然微微闪烁着金光。他抬眼看了柴公子一眼，又好奇地低头看画。金光一闪一闪，那画面竟然自己徐徐演绎，暗林、深雾……都在他面前一幕幕展现出来。

忽然，从画中发出一道强光，将他整个人笼罩……

午后。

案上的铁观音热气袅袅，香味扑鼻。一个虚幻的身影飘进来："你真要把薄荷给卖了吗？"

"你只是暂时没有身体，又不是鬼，为什么要飘来飘去？"柴公子瞥了那身影一眼，继续低头看画。

那虚幻的人影隐约可见是一个长身玉立，丰神俊朗的男子，他叫作吴刚，来自月宫。他在月宫中无穷无尽地砍一棵桂花树。桂花树是砍不完的，日复一日年复一年，他终于忍不了逃下界来，却在无意中被人暗算，险些灰飞烟灭，幸亏被柴公子所救，柴公子曾将身体借给他使用，后来还给他补了一魂一魄，这才勉强成形。从此一直待在落雪斋中，已然几十年了。

吴刚飘到柴公子身边，只见他认真欣赏的那幅画上正写着——"醉猫图"三个字。

"《醉猫图》？你适才不是让那只猫去找这幅画吗？你骗一只猫做什么？"吴刚的视线落在画面上，只见牡丹丛下一只米黄底深褐色花纹的猫枕一棵薄荷，正酣然入睡。那猫憨态十足，睡得香甜，一只爪还轻搭在薄荷上，连睡着都有占有之色。吴刚大笑起来："薄荷醉猫！也太应景了。"

"薄荷要想修成正果，总在落雪斋的庇护之下是不能成事的。"说完扬声喊道，"薄荷你来！"

薄荷答应着进来，四下看看不见衔蝉君，松口气道："那人终于走了！莫名其妙。"

"你来看。"柴公子招手，薄荷朝万象图瞄了一眼，又走近一些："咦？"眼看柴公子表情不对，忙叫："不要——"但她惊觉得还是有些晚，柴公子伸手一推，薄荷整个人掉进画里去了。

满眼大雾，遮天盖地。这到底是什么地方？薄荷抱紧肩膀，好冷啊。四周都是浓雾弥漫，天地间白茫茫一片。她连几步之外都看不清楚。忽然听到一丝微弱的叫声："喵——"

循着声音，薄荷摸索着找到不远处的小猫。"你真好看！"她抱起那小猫，亲昵地蹭蹭它褐色的鼻尖。这只猫长得很别致，眼睛蔚蓝如海，米黄色的皮毛上面有着深褐色的花纹。

猫在她怀中几乎要晕过去了。它蓝色的双瞳收缩，浑身无力地靠在薄荷身上，深深地嗅了嗅她的气息，满足地睡着了。

这时，远处传来马蹄疾行的声音。有人穿过雾霭驶来。马队疾驰，雷霆之声瞬间就到了身边，她躲避不及，抱紧小猫闭上眼睛。忽然，身子腾空，薄荷被人抓上了马。她只感觉身后这人的身体寒冷坚硬，还有一股浓浓的香味。这分明是个男人吧，怎么会这么香？

这是个阴冷无比的世界。光线昏昏暗淡，迷迷蒙蒙只看得清方圆几丈。她看得到有人来往，一个个衣衫单薄褴褛、面容枯槁，表情木然，如游魂一般倘佯穿梭于浓雾之间，即使擦肩而过，也不曾抬头看薄荷一眼。他们莫非就生活在这里，在这昏暗的雾霾之中？

薄荷讨厌这种阴沉诡异的气氛，她也不知自己更害怕还是更好奇，抱紧小猫问道："这是什么地方？"

"这里本是一片安居乐业的好地方，却被妖邪之物所占，这雾气就是他们弄出来的。我和我的士兵守护着这里，但那些妖物依然会作恶。"那个救她的人淡淡地道，这人一身戎装，身披铠甲，头戴将军帽，只是脸色白得有些吓人。他身上那浓重的香味总是让薄荷感觉浑身不适。

也许发现薄荷正盯着他看，他回望过来，薄荷讨好地笑了笑，她现在很会审时度势,在这犹如鬼蜮之地,她可不打算得罪这个人。这人本来表情严肃,没有想到薄荷竟会对他笑了,怔了一下,有些别扭地扭过头去,不知从何处取来一件大氅给薄荷披上:"这里很冷,尤其在晚上。"

忽然,一直窝在薄荷怀里的小猫冲这个男子"嗷——"地一声大叫,那人没有提防,被它吓了一跳。薄荷摸摸小猫耳朵轻声安抚:"没事的,安静些。"它此刻分外焦躁,嗓子里呼噜噜地发出怒叫,跃跃欲试想要扑过去。

"这猫很特别啊,好像不是中土的猫。"那男子后退一步,不动声色地盯着猫。

"是啊,它叫衔蝉,是从暹罗来的。"薄荷眼睛滴溜溜地转着和他瞎扯。小猫的眼睛蓝幽幽的,特别像那个古怪的衔蝉君,她记得衔蝉君就是来自暹罗,暹罗是什么地方她不晓得,但是用来搪塞这个人足够了。

这人盯着她看,薄荷歪头一笑:"你看我做什么?我很美貌吗?"

那人一愣,随即摇摇头:"一点都不像。"他自言自语,好像在说服自己一般。

"像谁?"薄荷心中生起无数个念头,胡乱揣测道:"我是不是像你妻子?"她想起吴刚曾经说过,每个男人失去爱人之后给自己找下一个爱人的理由就是她们真的很像。

"你——你知道什么?"男人目光一紧,忽然抓住她手臂,她痛呼一声,衔蝉扑上来,被男人一掌甩在地上。薄荷赶忙跑上前抱起衔蝉,怒道:"我只是猜测而已,你这么着急干什么?"

那人平静了一些,扯扯嘴角:"你休息吧!我会让人送吃的给你。"他离开,留下一股难以言说的奇怪气息。薄荷在一个山洞容身,这是那个人给她指定的住处。

薄荷轻轻抚摸小猫衔蝉，不屑地道："我可是薄荷，古人都说过薄荷明目，这点雾障就想难倒我吗？"薄荷想睁开眉间的第三只眼睛，却发现法术根本无法施展。

忽然，一阵极其浓重的腥臭气息弥漫过来，她忙一回头，险些又被吓掉魂魄。一个脸色惨白的女子站在身后，手中端着一个碟子，碟子里面有一个热气腾腾的馒头。

"给我吃的？"她好奇地观察那个女子，一边问道。那女子点点头，目光呆滞，忽然又阴恻恻地笑："也只能这几顿。"

"什么？"薄荷不解，追问一句。那女子歪头看看她："比我像。"她把碟子递到她手中转身走开，身子不稳，走路深一脚浅一脚，似乎随时都有摔倒的可能。薄荷本来不需吃东西，但馒头的腾腾热气让她感觉到了温暖。

她揪下一块馒头给衔蝉，衔蝉嗅了嗅有些嫌弃地扭过头。

这里的夜是突然来临的，白天虽然看不到太阳而且雾气极浓，但勉强还能视物，可就在一瞬间，所有的亮光忽然消失，顿时大地一片黑暗。

薄荷被吓到了，她从来没有见过这么纯粹的黑暗。没有月亮没有星星，也不见一丝光亮，听不到一点声音，连空气似乎都稀薄了。衔蝉都往她怀里蜷缩，不敢出声。此刻万籁俱寂，犹如白天再也不会降临。

不知过了多久，她稍微能适应这样的黑暗，能看得到一些东西了。在这极阴森极黑暗的夜里，迷雾好像退去，她看得到有干枯的树、嶙峋的怪石、曲折歪斜的小路。

远处有巨声缓缓传来，声音近了才听出这似乎是沉重的脚步声，好像能把大地踩出几个窟窿。薄荷紧张地躲回山洞，安抚地拍拍衔蝉。片刻，不知哪个角落有人"哎哟"一声，似乎从什么地方摔下来了。下一刻，就传来一阵哀叫声，声音撕心裂肺悲惨无比。

声音太凄惨，薄荷忍不住向外张望。离山洞不远处，一只比人还大些的老鼠正在啃噬一个人。

薄荷捂着嘴防止自己叫出来。另外有个人也看到这情景，轻叫一声，那硕鼠听到，向发出声音的地方走来。

薄荷也是见过世面的，连无间地狱都求柴公子带去看过，眼前这种凶残邪恶却是从未见过的。那个人就在她不远处，此刻吓得一动不动。薄荷再也忍不住，冲出去挡在那人面前，打算拼了。她只是一棵草，大不了重新修炼便是。

硕鼠没料到忽然又出现一个人，呆了瞬间，接着便龇开大口，散发出一阵恶臭，它的爪子疾电一般向薄荷抓过来。在这千钧一发的时刻，一声响亮的"喵——"响起，似乎让死沉的天空划过一道闪电。衔蝉向硕鼠抓过去，听着尖厉的猫吼声，硕鼠的爪子竟然缩回去了。

衔蝉挡在薄荷身前，毛发竖起，瞪大的幽蓝眼眸在黑暗中闪烁出别样的光泽，它凶狠地向硕鼠呼啸，喉咙里发出鼓鼓的声音，随时都要扑上去的样子。硕鼠向后挪动，又挪动，然后转身一步一步迈着沉重的脚步离开。

脚步声消失，硕鼠真的离开了。周围亮起星星点点的火光。

"它走了，它真的走了！"那人从躲藏的地方出来，满脸都是劫后重生的狂喜。这一片行尸走肉中竟然还有清醒的人，薄荷似乎看到一线生机。

夜晚，雾气散去。这些眼眶发黑、脸色苍白、皮肤干枯的人，在树的缝隙里寻找些活着的花草当食物，可是这里充满了瘴气，花草枯萎，几乎没有活物，真的找到什么能吃的东西的时候，便会有人因为抢夺而厮打起来。

薄荷看到一个十一二岁的少年捡起正在厮打的两人脚下掉下的几个草根，迅速地塞到口中。她心中一紧，怜惜之情顿生。

好像感应到有人看他，那少年抬眼向这边看来，薄荷对他招招手。那少年露出一副痴傻的样子，傻傻一笑转身跑开了。

一番惊吓，好在有惊无险。看看周围，虽然暂时不知自己身在何方，又为何来到这里，但眼下似乎危险已过，薄荷稍稍安心，慢慢睡着了。梦中她似乎回到了落雪斋，悠闲地站在柴公子身边看他画画，柴公子朝她轻轻一笑，她开心地笑出声来。

睡在她身前的衔蝉被她的笑声惊醒，将一旁的大氅扯过来为薄荷盖严实，又从衣角钻进去躺到她身边。仍嫌不足，它想了想，把头贴近她的脸，慢慢蹭得更近一点。突然，它的嘴不小心碰到了薄荷的唇。

瞬间，衔蝉石化，一动不动。许久，它的眼睛眨巴眨巴，嘴巴大大咧开，爪子捂住脸，极力克制地悄声"喵——"了一声。

薄荷轻轻一动，衔蝉跳起来，不小心踩到尾巴，正好跌回薄荷身上。薄荷翻了个身，衔蝉屏住呼吸，一动不敢动。薄荷伸手摸到衔蝉，搂回胸前，又翻了个身继续睡去。衔蝉又一次呆住，清新透彻的气息让它大大呼吸几口，随即因为狂喜上头，难以纾解，竟然晕了过去。

薄荷一觉醒来，四周仍然昏暗一片，但显然已经度过了那黑暗至极的夜晚，她心中仍然有些紧张，她不由得想抱住唯一陪伴她的猫，总也算是最熟悉的。

可衔蝉今日奇怪得紧，就在不远处偷偷看她，却不让她抱。

薄荷好奇问道："你怎么了？"

衔蝉看她一眼，飞快地低头盯着地面，又忍不住回头看她，不经意和她对视就又匆忙躲开她的视线，极其专注地盯着地面，然后又忍不住再偷看她一眼……

薄荷好笑地问："怎么偷偷看我又不敢看？你是在害羞吗？"看不下去它扭扭捏捏的样子，她上前来抱衔蝉，它忙扭着身子走开，尾巴却绕住后腿吧唧一声摔倒，懊恼地爬起来躲到角落里，头埋在一丛枯草间，再不肯出来。

薄荷被它憨态可掬又笨拙的样子逗得哈哈大笑。

但愉悦的气氛很快就被打破了。

那股难闻的气息又一次逼近，薄荷收了和衔蝉逗乐的心来到洞口，那个给她送饭的女子又来了。今天她的面容更令薄荷心惊，脸色灰白到失去最后一点血色，眼球突出，在眼眶中转了几圈，犹如一个活着的骷髅。

她停下步子，将碗递过来。她的手指只有一层皮包着骨，上面布满了黑褐色的斑点，犹似一节枯枝，她的手颤动不已，那只碗显然拿不住了。薄荷接过碗，恻隐之心顿生，忘记恐惧，握住她手问道："你，怎么会这样——"

女子身体一震，看着与她相握的薄荷白皙丰润的手，死水一般的目光有了一丝转瞬即逝的光亮。她哆嗦着嘴唇发出微弱的声音："好——温暖——"眼角忽然划过一滴眼泪，落到地面。看到她这个样子，薄荷眼中也有了泪光："有什么我能帮你？"

那女子身体颤抖，呜咽道："我好臭——"

"不是你，那不是你的味道。"薄荷安慰着，从眉眼间，隐约可以看出她曾是个风姿动人的美貌女子。

"那不是我——"她低声重复，缓缓转过身，趔趄着离开。几步之后，她回头朝薄荷一笑，那么恐怖的面容竟也有些动人，她轻轻对薄荷说了一个字："逃——"

忽然，她本就快支离破碎的身体如凋谢的蒲公英，零落飞散。

薄荷惊呼一声，她眼睁睁看着一个人瞬间就瓦解成尘，在风中飘散，在人间没有留下一点痕迹。她心中凄楚，跪跌倒地。本来羞涩地躲在一旁的衔蝉来到她身边，轻轻舔着她的手背，依偎在她身边。那个面容呆滞的少年也在不远处看到了这个情景，他呆看了许久，低下头去，缓缓走开。

即使刚来到这里，薄荷也没有悲观，直到亲眼看到这一幕，她心中惊惶，凄凉不已。

正在洞口枯坐，看厌了那些行尸走肉来来往往，几个士兵拿着兵器来回巡逻，她低头用一块石子在地上无聊地画画。一双脚出现在眼前，她抬眼一看，却是前日所见的那个少年。他双手捧着一只碗，碗里一个热气腾腾的馒头。少年表情呆呆的，双手把碗递过来，但趁薄荷低头的瞬间，却偷偷地抬眼看她，咽了咽口水。

她正想说什么，却见那少年眼神偷偷往外面瞟，两个士兵巡逻走过。她将少年拉到角落处："给你吃！"

少年不再犹豫，抓起馒头狼吞虎咽地吃完，意犹未尽地擦擦嘴，似乎想说什么，却欲言又止。忽然，他面色大变，低头贴着石壁走出山洞。

薄荷摸不着头脑，正要喊他一声。一个人影一晃，那个身着铠甲的男子来了。薄荷下意识地抽抽鼻子，想要用手掩鼻，却又忍住。这个细小的动作已被那人发现，他冷笑道："我很臭吗？"

"不是，你太香了。"薄荷不客气地回答，自从他那次把衔蝉甩到地上，薄荷就耿耿于怀不想搭理他。

"满身脂粉味，哪个男人会是这样？我什么时候能离开这里？"这里太压抑了，她试过穿过浓雾找到出路，却总是在走了很久之后又回到原地。那个给她送饭的女子飞散之前跟她说的"逃"字，她还记得清清楚楚。

"外面都是毒虫怪物，你出不去的。"他竟然还有些惬意，"我对你不好吗？除了你谁还有热馒头吃？谁能有山洞可以住？"他指着外面冷冷道："你看看他们，连草根都找不到，外面这些人都是我救的，能在这里得到庇护，不被外面的怪物吃掉，已经是最好的生活了，还能奢求什么？"

他看着外面那些人的表情犹如君王睥睨天下，他的眼神里没有一点怜悯与慈悲，只是充满了冷酷和嘲弄，她心中一寒，看出了个"恨"字，他要救这些人，是根本不可能的，莫非这里的一切都是他造成的？又想起那个女子，她会不会也成为下一个？

"这里的人都像傻子一样，你把他们庇护成傻子了？"薄荷脱口道，她觉得自己被骗，甚至把他当成好人，非常后悔曾经给了他几个笑容。看那男子脸色又变，莫非她猜对了？急忙摇手："我猜的，我猜的。"

"你不怕我？"他好奇得很，所有人刚来这里都是惊恐、祈求、将他奉为神明，再慢慢地绝望、变成行尸走肉，只有她是个例外。

"怕！"薄荷笑着回答，却一副不在乎的样子。男人看她眉眼灵动，一时失神，这个表情，也真是像极了。

"你，你叫什么？"他轻咳一声问道。

"薄荷。"薄荷又反问："你叫什么名字？我该怎么称呼你？"那人竟然呆了呆，喃喃道："名字——我叫——陆迟砚。"他想了一会儿才说出来，好像在说一个很陌生的事物。

"陆迟砚。"薄荷轻轻念道。

"已经很久没人叫我的名字了，你——能不能再叫一声。"陆迟砚目光中似乎闪过什么。

"陆迟砚，陆迟砚。"薄荷连叫几声，"连名字都没人叫，那人们怎么称呼你？"

"人们叫我——"他的目光迷离起来，"他们叫我将军。"

陆迟砚这个名字薄荷听过，她回忆起在公子的书房里曾经看到过这个名字。一个叫陆迟砚的将军？她后悔自己当时没有看清楚。

陆迟砚在这里待得稍微久些，衔蝉就又虎视眈眈地盯着他，有时候还绕着他前后左右地边嗅边呼噜呼噜地叫。薄荷笑："它把你当老鼠了！"

来这里这么久了，她的皮肤依然白嫩润滑，她的眼神依然清明灵活，一点都没有改变。所以，到底是哪里出了问题？

那个少年又一次把馒头送来的时候，薄荷依然笑着递给他："给你吃！"少年这次吃完，有些害羞地问道："我，可以叫你姐姐吗？"

"当然可以。"薄荷答允着，"我叫薄荷，你叫什么？"

"我姓何，叫阿元。"少年紧张地看了看山洞外，自从他进了山洞，那两个巡逻的士兵已然经过了好几次。

"姐姐你快逃吧！时间越久你就会越离不开这里。"他压低声音匆匆忙忙地说着。

"什么？"薄荷一愣。

"这是个被迷雾笼罩的结界，人们只能进得来却出不去，每个人都被监视，直到越来越傻越来越呆，变成行尸走肉一般。姐姐你有神猫保护，快逃出去吧。"他又向洞外瞟了一眼，"这里的女子死得更快，她们会被将军带走，不几天就没了人形，很快就会死掉灰飞烟灭。你快走！"

不敢停留太久，阿元匆忙离开。薄荷却被他的话搅动思绪，很多人都像会行走的尸骸，即使稍微看起来清醒一些的也会慢慢地变成那个样子。这个地方应该是被那个叫陆迟砚的人控制，薄荷忽然想到，他身上浓重的香味中隐约带着和那个女子还有硕鼠相似的味道，如同埋葬在地下千百年的尸体，腥臭无比，令人作呕。

"你总四处张望，看来并不甘心就在这里生活。"陆迟砚又来了，他的目光落在薄荷白嫩的脸颊、脖颈处。

阿元的话还在她耳边回响："现在除了你之外没有更年轻清醒的女子了，剩下那几个都已经没了人形，小心他会对你下手。"

陆迟砚忽然喉头滚动，似若无意地瞥到衔蝉："这只猫真的很厉害，连那种东西都吓得走。"

最近几日衔蝉对薄荷都是若即若离，还常常发呆，看上去心事极多。它此刻不在薄荷身边，而在山洞的一角闭目，似乎睡着了。

陆迟砚伸手向薄荷的脸摸过来。刹那间，衔蝉闪电一般冲上来，他躲闪间还是被挠了一下，手指被划了两道长长的血痕。

"啊！破了。"薄荷轻叫一声，陆迟砚脸色大变，飞身离开。

薄荷觉得奇怪。只是被猫挠破一点皮，至于这么大惊失色吗？

这个夜来得分外早，薄荷本来还打算寻觅出路，天却比以往更早地忽然黑暗了。

刚陷入黑暗不久，就听得有人尖声大喊："救命！"

是阿元的声音。

薄荷忙冲出山洞，阿元狂奔过来，后面一个几乎与夜色融为一体的黑衣人如幽灵般倏忽而来，一股浓浓的腐臭之气紧随而至，和那只硕鼠同样的味道。黑衣人只露两只红彤彤的眼睛，指甲极长，向阿元抓过来。只要一点就抓到少年的脖子了，薄荷动作轻盈，速度快若疾电，赶在黑衣人之前把少年往前一带，黑衣人扑了空。

薄荷怀中抱着阿元，看他被黑气侵蚀，整个脸都染上了浓浓黑雾，眼看就活不成了。薄荷双手做法印，身周泛起幽幽绿光，将那少年包裹进去。伴随着绿光，浓重的腐臭气息渐渐消散。

衔蝉挡在薄荷和阿元身前，面对黑衣人，瞳孔张大、毛发参起，凶狠地嚎叫，作势要扑上来。黑衣人微一迟疑，飞箭一般消失，只留下若有若无的腥味。

脱险之后，薄荷才后知后觉地发现，原来她的法力在夜晚是可以施展的。

阿元后颈有两个血窟窿，黑血直流。他脸色发黑，已经不省人事。薄荷抱着他，绿光顿时笼罩住阿元。绿光盈盈，清凉而不寒冷，温暖之意浸入他的骨髓。

阿元感觉自己被柔柔的温暖包裹着。多久没有这样的感觉了？他都不记得上次有温暖的阳光照耀是什么时候了。

最后一次看到青山绿水的场景是他心中最清晰的记忆——

阿娘在船头划着船，唱着歌谣，他坐在船尾光着脚丫踢着水花。阳光那么温暖，他看得到太阳快落到山的那头，大地一片温柔的绯红和浅红，水面上的波光成了金色，多么安谧，多么美好——那些记忆支撑着他，让他不糊涂，不盲从，让他保持最后一丝清醒。

然而时间过了那么久，久到他都快要绝望的时候，他竟然还能醒来？

两张脸正在他眼前，一个是薄荷，另外一个就是衔蝉。他身上的血迹不见了，颈后的窟窿也神奇地消失了。薄荷微笑着看他："放心吧，你不会死了。你一直在喊阿娘，你阿娘在哪里？"

阿元知道是薄荷救了他的命，心中感怀万分，不再隐瞒，将自己永远不会忘记的往事缓缓倾诉："我和阿娘相依为命，我们生活在一个水乡湖边，依靠打鱼为生。日子虽然清贫些，却很开心。我记得那日午后，阿娘在水边，我划船在莲花荡里摘莲蓬，忽然船下面荡漾出一个漩涡，漩涡旋转得好快，我还没搞清楚怎么回事就把船旋到漩涡中间，船再也不听使唤，摇晃得很厉害，我掉到了水里，拼命挣扎也无济于事，很快就被水淹没了。我只记得阿娘很焦急地喊我，我看到阿娘来救我，可是——很快我就不省人事了，醒来之后，就到了这里。"

阿元目光放空，似乎在回忆着那个时刻，那个改变了他人生的时刻。在这个全是浓雾和血腥的诡异之地，他也不知道来了多久，只是感觉身体越来越不灵活，头脑越来越模糊，很多事情都记不得了。

"当我发现我的意识有时候很模糊，甚至有时候会忘记阿娘的样子，我害怕极了，我怕我会忘记阿娘，所以每天都会回忆和阿娘在一起的每一件事，每一个小细节。我想起阿娘曾经说过，如果遇到妖邪，就念《大悲咒》《金刚经》《心经》，于是我经常在心里默念那些经文，慢慢，我发现我的头脑清醒了许多。可我帮不了别人，身边的人从刚出现时的惊恐到呆滞再到没有任何意识，最后消失不见，我都只能眼睁睁看着。白日昏沉，夜晚还要躲藏时而出现的吃肉怪物和吸血黑衣人，没有被吃掉的人趁着夜晚可视寻找食物。我知道，他们即使不被吃掉也会变得越来越呆傻，直到某一天忽然消失。于是我每天装作呆呆傻傻的样子，我知道如果不这样的话，肯定会被杀死的。我不太呆滞又不太精明，也许是因为这个，将军才派我来给你送吃的。"

薄荷问："将军是谁？"

他思索片刻："我也不知道他是谁，据说他杀了外面的妖怪，让我们可以苟且偷生。不知为何，将军有时候会给我一些吃的，虽然不至于丰富，但每当我快饿死的时候，他总会拿来吃的给我，甚至让我有固定的容身之处。"他所说的容身之处是一个山坳，那是属于他的地方。

他告知了所有，薄荷一时却也找不到逃脱的办法，只能带着衔蝉继续等待，继续寻找办法。

夜晚来得越来越早。天刚暗下来，就听得外面有窸窸窣窣的声音。阿元经历了差点被杀死的事之后，干脆就住在山洞里，不再理会山洞外面多了好几倍来回巡逻的士兵。

连续几天，每晚都有人被杀死。有几声闷哼，有几声尖叫，但那些声音很快就消失了。

第二天，他们看到那些尸体蜷缩倒在地上，全身的血液都被吸干了。这些尸体很快就又会忽然分散开来，好像密闭千年的古羊皮纸，遇到空气就陡然散开，随即化为粉末。

"姐姐，我还是离开这里吧，我怕会连累你。"阿元也感觉到越来越近的危险，却不知从哪里开始防备。

"傻孩子，这里所有的人除了将军和那些士兵之外，就只有你和我清醒，他怎么会发现不了这里面有问题？他怎么会放过我？"

阿元还是不解。

薄荷摸摸他头发："你放心，有我在，一定不会让你出事的。"在落雪斋，她是个小丫头，人人都让着她，每次和净心吵嘴柴公子肯定会去骂净心给她出气，被关怀备至成了个娇小姐的模样，她都忘记当自己只是一棵小小的薄荷草的时候也经历过风吹雨打。可如今在这里，危机四伏中，她竟然越来越勇敢了。一只小猫、一个虚弱的少年，薄荷觉得自己一定要保护他们周全。

他们在恐惧中挨着日子，薄荷晚上几乎不敢闭眼睡觉，可是却什么都没有发生，很平静地过去一夜又一夜。这一夜，薄荷支撑不住便睡着了。忽然感觉似乎有人在看她，警觉地睁开眼睛，却看到柴公子的笑脸。她不及多想，投身入怀，眼泪忍不住恣肆地流出："公子，公子，你终于来找薄荷了。"柴公子不语，只是轻轻拍着她的背。

薄荷流着眼泪吸吸鼻子，忽然毛骨悚然起来。这是什么味道？诡异的香味下难以掩藏地传来阵阵腐臭之气。她一个激灵，睁开眼睛，才发现自己还躺在那里，刚才的一切都只是一场梦而已。而陆迟砚，就坐在她身前，很认真地盯着她看，薄荷觉得他的目光充满了嗜血的味道。

"你干什么？"薄荷吓了一跳，提防地向角落里蜷缩了一下。

"你看我的伤口，怎么也好不了。"他被衔蝉抓过的小伤口不仅没有好，还有化脓的迹象。

衔蝉虎视眈眈，眼看又想扑过来。阿元自来到薄荷身边，心中大定，此刻正睡得沉。

"那该怎么办？"薄荷可不打算告诉他晚上过来的话她可以施展法力帮他治好伤。

"你的猫抓伤了我，让它帮忙就好了。"

说话间，从外面涌进一群士兵，他们拿着武器和网就要抓衔蝉。衔蝉并不怕，威风凛凛地向他们叫唤。

"你干什么？为什么抓我的猫？"薄荷想起身保护衔蝉，却被陆迟砚扣住手腕，无法动弹。衔蝉被士兵围攻，朝着薄荷"喵喵"叫了几声，它用嘴啃，用爪子挠，一时也将那些士兵逼得无法靠近。士兵们一个个面无表情，任衔蝉在他们手上、脸上抓了一个又一个的血痕，却还是义无反顾地要抓住衔蝉。

那些被衔蝉抓挠到的士兵，脸上、手上的皮肤竟然溃烂，不多时一大片血肉模糊起来，但是他们却似乎不懂得疼痛，依然面无异色，目光直盯着衔蝉要将他抓到网中。

遇到不怕抓伤咬伤的这群人，衔蝉也只能被动地抵抗。

不过才一会儿，衔蝉已经被抓住，它的脖子被一双大掌卡住，叫不出声音来。它四肢扑腾着被扔进一个网袋里。衔蝉翻了几个身，脚下无着力点，几次都起不来。网袋被锁紧，它只能待在里面，一动也不能动。

看到衔蝉遇险，薄荷着急万分，朝陆迟砚喊道："你抓它做什么？它是为了保护我才这样的，快放了它！"她面带哀求之色，大眼中氤氲出一层水雾，看得陆迟砚心中一动，抓紧她的手瞬间松了一些。

薄荷就要冲上前救衔蝉，却被陆迟砚一把抓了回去："那只猫很碍事，打扰了我不少乐趣。"他将薄荷拉到身前，紧紧勒住她身体，二人身体紧紧相贴，薄荷嗅到那呛鼻的香料味，感觉到他的身体上刺骨的寒冷，他的鼻子在她脖颈处轻嗅："好清香舒服的味道，我真的舍不得让你死——"薄荷起了一身鸡皮疙瘩，想要推开他，却根本撼动不了他一丝一毫。

那只讨厌的猫不来碍事，他终于能抚摸上早就觊觎的薄荷那滑嫩的肌肤。这么鲜嫩的生命，她的生机和活力是他没有的，也是他最向往的，如果不是因为那只猫抓过的伤口感染这么快，他真想就这么每天看着薄荷。

衔蝉在网里看到这样的场景尖声嚎叫，那声音也有些骇人。抓它的那些人几乎每个人都负伤，只是一点点伤口瞬间就无限制地延展扩大，发黑的血液从伤口渗出、滴滴答答地往下滚落，而那些人却依然面无表情，似乎完全感受不到疼痛。

阿元早就醒来，被眼前诡异恐怖的情景吓得缩在墙角动弹不得。

"我的伤也慢慢会像我的士兵一样溃烂，你来帮我治伤吗？"陆迟砚看着薄荷害怕却强自镇定的模样，慢慢问道。

"好，好，我帮你疗伤，你先放了它。"薄荷迭声答应。

陆迟砚没想到她真的答应帮他治伤，愣了一下，薄荷忙推开他，退后几步，离他远远的。

看他依然迟疑，薄荷又道："你也看到啦，那个小孩被你抓出两个血窟窿现在都好了，都是我帮他疗伤的。"

"你知道是我？"陆迟砚不再惊讶，她总说自己是猜的，每次都猜得对。

"我鼻子最灵了，你身上那么浓重的香味就是掩饰也挡不住这腐臭之气。"薄荷得意地说完，又怕惹火他，忙回到正题，"还有这个孩子，你也放他走。你放走他们，我自然会帮你疗伤。否则，我死也不会从的。不就是死吗？不就是身飞魄散吗？"薄荷表现得视死如归。

衔蝉听懂了他们的话，它不怕危险，只是并不想离开薄荷，虽然在网中，依然张牙舞爪拼命挣扎。

"我也遇到过别的猫，但都没你的猫厉害，它对你真好，时时刻刻都保护着你。我怕死，不敢惹它，但他们不怕——"他凑近薄荷指着远去的那队士兵，"他们不知疼痛，不知是非，只知道执行我的命令，在这里，这才是常态。可是你为什么和别人不一样？在这个世界里可以让人忘记一切，但你偏偏与众不同。还有那个孩子，你们都违背了这个世界的规则，还有你的猫——攻击我，是没有好下场的。"

"你答应过的，你要信守承诺。"薄荷怕他改变主意，忙叫道。

陆迟砚一愣。承诺？多么美好的词，曾经，他也有过承诺。他眼神有些黯淡，打了个响指，空中凭空出现一个缺口，外面新鲜的空气一下子灌进来，衔蝉和阿元被往外一扔，结界又封上了。

"你真的很像一个人，你有她的眼神，有她的灵动，可又不像她。我好想再留你一段时间啊。可是——"他叹了口气，"你的猫抓伤我，我不能再等了。"他举起手掌，薄荷发现他本来手指划破的一点点伤痕此刻已经溃烂，并且蔓延到整个手掌。

"我不能受伤的，只要受一点点伤，我就得吸无数血才能补回来，但是你的猫——它与众不同，你瞧它抓伤我的战士，他们成了什么样子？我也会和他们一样的，可是我不想死，我不能那么死。"陆迟砚的眼睛里渐渐布满了疯狂之色，他的脸色苍白，目光炽烈，好像在为什么而挣扎。

薄荷以为陆迟砚会杀她，可是并没有。他将薄荷抱起，如飞剑一般在迷雾中穿梭，一会儿的时间竟然出了迷雾。

薄荷多久没见过这么清朗的天空了？

即使在被挟持之下，她也拼命地自由地呼吸清新的空气，看着蓝天白云，差点感动得哭出来。

外面还是白天，他们似乎是在一个山谷里的平地，可以看得到远山如黛、长天清朗、流云悠悠。她之前所在的是一个巨大的结界，结界正被一层灰黑的雾气所笼罩。她打开眉间第三只眼睛，看到结界中的世界，荒凉枯朽，了无生机。衣衫褴褛的人们漫无目的地活动，他们有的还有些意识，时而露出茫然的神色；有的已经没了意识，只是到处行走，没力气的时候就无力瘫倒，甚至在地上爬行。在这样一个没有希望的地方，不能思考不能展望，谁也不知何时会是尽头。

陆迟砚抬手作法，一个黑色云番出现在结界上方，把结界遮得严严实实，结界内浓雾消散，黑夜来临。

外面还是晴空万里，结界内已经成了暗夜。

难怪每日夜晚都来得那么没有规律，那么突然，原来是这样的。

陆迟砚呻吟一声，他手上的伤痕越来越大，甚至渗出黄色的脓血来。薄荷看了，轻轻拉起他的手，被薄荷抚摸的手指瞬间清凉无比，伤口以惊人的速度愈合，剧痛也消失了。

"你……竟然有如此本事？你到底是什么人？"陆迟砚一直都不敢让自己受一点伤，他没有自愈能力，受伤对他来说简直是致命的。

"这是祖传的本事。"薄荷不打算告诉他自己是一棵草。

"既然我救了你，我能不能离开？"她小心翼翼地发问，虽然觉得希望很是渺茫。

不出意料，她果然遭到了无情的拒绝。陆迟砚呵呵一笑："我觉得我越来越离不开你了。你走了，下次我若受了伤怎么办？"

"你真是……"薄荷无语，又没有本事威胁他，只好作罢。又想着既然已经出了结界，总有办法逃走，心中也稍许释然。

陆迟砚此刻的心情很是不错，抬头仰望天空："你才几天没看到天空没吸到新鲜空气？我知道你在心里骂我，但若你有我的遭遇，会比我更坏的。"

薄荷哼了一声："想不到有比你更坏的了。圈禁这些人，把他们都变成行尸走肉，能做出这种事情的人还说自己不是很坏，真是滑天下之大稽。"

"至少我答应了你的事做到了，答应放那两个家伙走，我就冒了很大的危险。天下多少人言而无信！"陆迟砚说得有些苍凉，仿佛想起什么难解之事。

薄荷忽然对他产生了些兴趣，没人天生愿意做怪物，他成了今天这个样子，恐怕也遭遇了常人所不能忍受之事。

不觉间，薄荷对他有了些许同情，说话也就舒缓下来了："不管怎样，也不能把自己的痛苦强加到别人身上，尤其是些无辜之人。否则日后想起，心里总也不能释怀。"

陆迟砚扭头看她，满脸讥讽："你是在同情我？"

"我——"薄荷语塞。

"哈哈，一个小毛丫头竟然来同情我？告诉你，在这个世上，做不得好人，你刚救一个人，随后那个人就能来杀掉你。恩将仇报，就是人的本性。"他越说越暴戾，用力抓紧薄荷手腕，"你是不是以为自己已经没有危险了？所以敢来教训我？"

薄荷疼得叫出声来，又让自己忍着不要喊痛，怒道："你这个人好歹不分！怎么说我也救过你，你这个恩将仇报的小人。"

"哼，知道就好，以后少在我面前说那些废话，不然你就再也见不到那个小孩和你的猫了。"本来是威胁的话，薄荷却想到阿元和衔蝉逃走了，说不定还能找到人来救他们，解救那些在结界中受苦的人，心中雀跃，不由露出笑容来。

她竟然还不害怕？陆迟砚起身一个呼哨，密林中窸窸窣窣地蹿出几条黑色的蛇，还有一些黑色的青蛙、毒虫，它们的出现带来浓重的腥臭之气。这些毒虫冲进结界，身形忽然变大，小毒虫变成了大怪物。接着是哀叫声、哭喊声、咀嚼骨头的咔嚓声，它们喝了血吃了肉，把心脏都衔在口中，慢悠悠地回来。走出结界，将心脏吐到一个水晶盘里后变身缩小，然后钻进草丛树丛中。

陆迟砚端起盘子，走近薄荷，欣赏她满脸的惊骇之色。薄荷承受不了这样恐怖的场景，尖叫一声晕了过去。

陆迟砚扶起晕过去的薄荷，他邪恶放肆的表情也消失不见了，用手抚过她的脸："眉似新柳唇如点，腰若束素步空星澜，琅玕成霜琼枝堆雪。"陆迟砚喃喃地念着，"可惜，你不是她。"

他带着薄荷飞驰而去。

薄荷感觉混混沌沌，想往前走，却不能迈步，只能跳几下。低头一看，怎么变出了真身？不对，身体在草地上，她的灵魂以真身出窍。陆迟砚在不远处盘腿端坐闭眼，双手捏十字放在膝上。

薄荷现在没有实体，还是一棵草，没有什么顾忌地跳到他身边，发现他身后有一块石碑，上面竟然写着"陆君迟砚之墓"，下面两行小字刻着："人往有返岁，君行无归年。阴阳徒自隔，聚散两为难。未亡人瑶枝泣立。"

薄荷心惊，他怎么会有墓碑？他身上的气息绝对不是死人，看来给他立墓碑的人以为他已经死了。

太阳早已落山，真正的夜晚来了，天河布满星辰。

陆迟砚好像从坐定中醒来，霍然睁眼，他的骨头咔嚓咔嚓地响起来，整个眼睛变得通红，指甲簌簌变长，身上盔甲落地，化为尘埃，只有一身黑衣贴身。他起身，走向薄荷的身体。

薄荷大惊，他要吸血吗？自己的人形修来不易，真的保不住了吗？谁知陆迟砚只是在薄荷身边站定，呆了一呆便飞身向结界里去了。犹如鬼魅一般，陆迟砚在夜色中身着黑衣倏忽来去。她听到结界中又是一阵骚动与哀号。薄荷心惊不已，想到此刻自己只是一棵小草的灵魂，再次昏倒不知会怎样，只能强自镇定。

墓碑后面有簌簌的风声，仿佛有人接近。薄荷看去，一个青衣女子缓缓从碑后树丛走出来。她身体虚无，如薄荷一般，只是魂魄而已。薄荷看那女子眉目如画，风采如琼芝琅玕，风华绝代。作为一棵小草的薄荷也自惭形秽，当下想着如果自己的身体坏了就照着这个样子修炼，柴公子一定会对自己一见钟情。

不过，这女子眉间一痣，让她感觉好生熟悉。

女子走向薄荷的身体，躺了下去。等她再缓缓站起，容貌还是薄荷，从表情神态看却明显是另外一个人了，眼眸含波，顾盼生姿，虽带愁容，但被她目光扫过之地，仿佛都能枯木逢春。

陆迟砚从结界中回来，唇角还有一丝鲜血。看到薄荷，嘲讽道：

"你醒了？没又被吓晕吗？"

"迟砚。"女子声若出谷黄莺，只是这两个字就让薄荷觉得听她说话是种享受。

陆迟砚一愣，身子似乎僵硬，慢慢抬头，满脸不可思议。

"你……你是……"他激动得说不出话来，眼眶却已慢慢充盈了眼泪，哆哆嗦嗦地伸手想摸女子的脸，却一眼看见自己长长尖尖的指甲，他还想起自己此刻惨白的脸，通红的眼睛。这样的自己，怎么能够碰她？他自卑地退后好几步。

思念，从不曾停歇地思念了几百年。他日夜不敢忘，即使受尽最严酷的折磨，意识都要被痛楚击散，他也未曾有半刻遗忘。他时时回到这墓碑处守候，知道自己不过是空等，可那墓碑，墓碑上两个人的名字，几乎是他们曾经在一起的唯一证据，也是他可以寄托的唯一信物。如今，他思念了几百年的人出现在他面前，他却情怯意惶，连碰都不敢碰。

女子已经抓住他的手，放在自己脸上："是的，我是瑶枝，你的瑶枝。"

瑶枝。

刹那间，薄荷想起了这个女子是谁，她顾不得抗议陆迟砚的手现在放到她的脸上，她想起了这个女子是谁。她眉间的痣，她的一颦一笑，当初薄荷印象那么深刻，随着时间的流逝竟然会忘记。她甚至想到了陆迟砚是谁。她记忆里那个声音浑厚、能拔山扛鼎的磊落男子，怎么能是眼前这个吸血鬼？

薄荷记得，第一次看到瑶枝时，自己还是一棵薄荷草，才刚刚有了意识，懂得看日升月沉、春雨秋霜，但于人间情感还是一片朦胧。

刚下完一场春雨，薄荷身上挂满雨滴，她借着微风抖抖身子，想要把几滴雨珠抖落下来。山那边走来一个女子，她真美！薄荷惊艳不已，人们总把美人比作花，薄荷当时却觉得没有哪种花能比得上这女子的容貌风姿。女子面带微笑，看看花看看草，她的手移到薄荷身上，轻轻把她身上的那滴雨水抹了下来。薄荷离她那么近，看得到她长卷的睫毛、无比精致的五官、吹弹可破的肌肤和眉间那颗朱砂痣。

薄荷心里暗暗决定，今后修炼成人形，一定也要变成这个女子般美丽的模样。

一个身影遮住光线，有人从女子背后而来，双手捂上她的眼睛，故意捏着嗓子说："猜猜我是谁？"

女子娇笑一声往后靠去，正靠在来人身上。她投身入怀："我还怕你不来了。"

那男子眉目疏朗、英气勃勃，他轻轻搂住美人的腰："既然答应你，无论如何也会来的！"

"我听我爹爹说，你已经被升作中郎将。"美人笑盈盈，眼中却涌上泪水，"边疆未平，我知道你不能守在我一个人身边，我就在这里，在这里等你回来。"

"天下未平，何以为家？瑶枝，你等我，等我扫清边寇，功成名就，自当不负卿意！"男人的眼中饱含深情，充满了坚定与信念。

她是司徒的女儿，没有建功立业怎么能去迎娶她？他不想让任何人觉得她是下嫁。未来的人生，他要让她在自己的能力之下也能富贵荣华幸福安乐。

她将一颗红豆拴在绳上系在他腰间："此物最相思。你带着它，就像我时时刻刻都在你身边。"

薄荷看着他们。原来这个美人叫作瑶枝，那种男女之间的感情让薄荷好奇却又不解。说着喜欢，却又要分离，人的感情太复杂了。

从此以后，薄荷常常看到瑶枝到这里来，或徘徊踟蹰，或垂首洒泪。有时候她还会和这里的花草说话，她对薄荷说过："我真想变成一棵草，这样就可以被他带在身边，就不用这么无止境地独自等待了。"

后来，她不来了。这里又有过很多人来来去去，薄荷花了很久想着这个叫瑶枝的美貌女子，还有那个答应会回来娶她的男人，他们到底成亲了没有？薄荷总觉得他们大概已经过上幸福的生活了吧，所以不再需要回这里见面。

到底过了多少年呢？三百年还是五百年？薄荷没想到竟然又在这里见到了他们。

"没想到，我还能看到你。"陆迟砚满眼眷恋，泪水竟然滚滚而下，有很多话要问，千言万语却不知从何说起，只能问着："你，你好吗？"

瑶枝流着眼泪摇摇头。他们流泪相看，薄荷心中也酸楚起来，同时也觉得自己的身体放入瑶枝的灵魂显得更加动人一些。柴公子说她虽然化身为人形，却总是不大像人，也许就在此处。

"你怎么在这里？"陆迟砚问道。瑶枝指着那墓碑："我一直在这里等你回来，从来没有离开，只是你看不到我而已。"

陆迟砚大惊。每次看到墓碑上的字，都会难过，他常常抚摸着墓碑上瑶枝的名字流泪。她曾经历尽多少苦难才在这里得到他的消息啊，她以为他死了，"未亡人"这三个字几乎让陆迟砚崩溃，刻下这几个字的时候，她哭得该有多么伤心，多么绝望！

过去那么多年了，她一介凡人，早已不在人世。陆迟砚以为再也不能见到她，谁知蓦然回首，她竟然就在自己身后傻傻等待。自己这些年来变成嗜血的怪物，做出那些血腥残忍的事情，从结界中找年轻美貌的女子来发泄，她都看到了吧。

陆迟砚前所未有地厌恶起自己来，抱着她的手臂也松了下来。他红了眼眶，声音有些沙哑："我对不起你，我现在是个非人非鬼的怪物，做了那么多——"

瑶枝摇头，不让他继续说下去："我日日夜夜看着你，知道你就在我身边，心中至少有些安慰，可是你却一直以为我死了，你比我更苦，我都知道。"她深深地看着他："不管有什么错什么苦，我都和你一起承受。只要……只要我不再失去你的消息，不再孤零零地等待你能看到我。只要我们在一起，我什么都不怕。"

那么长久的日子里，她就在他身边，却咫尺天涯。如今，她终于能触摸到他了。她的手一寸寸在他布满沧桑的脸庞划过，脸上挂着笑，眼泪却不住地滚落。眼泪灼痛了陆迟砚，他再也说不出什么来，只是紧紧地把她搂在怀中，再也不要放开。

陆迟砚与瑶枝的相识和永别都是猝不及防。

护国大将军是大司徒沈鸿的弟子，大将军大婚之日，邀请了恩师全家。作为大将军得力干将的陆迟砚和沈瑶枝就在大将军的婚礼上相识，一见钟情。

他看她，如玉树琼葩，花枝堆雪。

她看他，似青松傲月，翠柏临崖。

婚宴既尽，大将军吩咐陆迟砚将司徒大人全家护送回司徒府。

骑着马，就在她的轿旁，他想着轿中的佳人。她当时在内眷区入席，陆迟砚并未有机会多看瑶枝几眼，但是她对他笑了一下，已让他一晚上都有些发晕。

除了军务之事，从不萦怀的陆迟砚侧脸看着瑶枝的轿子，心中不住地发问，她适才笑了吗？她到底对自己笑了吗？

出神间，司徒府已经到了。陆迟砚怅然驻马，等待轿子抬进府去。谁知轿子忽然停了，贴身丫鬟走到陆迟砚面前，带着一丝似笑非笑的表情，递给陆迟砚一方丝帕。

陆迟砚呆住，直到司徒家眷都回了府，司徒府大门已然关上，他才想起打开丝帕。帕子上飘来一缕蔷薇花的香味，洁白的丝帕上写着一首诗："瞻彼日月，悠悠我思。道之云远，易云能来？"字体娟秀洒脱，墨汁尚未干透，想必是离开喜宴之时匆匆写就的。

陆迟砚欣喜若狂，这是《诗经》中女子思慕爱恋男子的诗，原来沈小姐对他也——

第二日陆迟砚便要回大军中去。他辗转反侧一夜不能入眠。谁知第二日天刚亮，瑶枝便穿男装来寻他。

只见她俏生生地立在他面前，一袭儒衫颇显英姿。

"你是怎么打算的？"瑶枝开门见山地问，好似他们早已相识许久，并非昨夜初识的陌生人。

陆迟砚深深地看着瑶枝，也不再踌躇："我对小姐一片深情，定不会辜负小姐的心意。"

瑶枝展颜一笑："你什么时候向我爹爹求亲去？这几日总有人上门来为我说亲事，我都让爹爹拒绝了。"

陆迟砚觉得幸福来得太突然，他甚至有些手足无措。只是平静下来，却深觉配不上瑶枝。他只是个孤儿，无家世也无军功的小小军官，他怎么能开口去向司徒大人求亲？

瑶枝看透了他心中所想，收了笑容，轻叹一口气道："陆郎，我知道你顾忌什么，我也不是随随便便的女子。你去做你想做的事，我就在这里等你。你记着，不管到什么时候，不管你在哪里，我总是等着你的。"

陆迟砚鼓起勇气牵了瑶枝的手，他知道，这双细腻白皙的手他要牵一辈子。于是他拼了全力在沙场上杀敌、立功，军阶一级级地在升。他觉得自己离目标越来越近，距离能娶瑶枝的日子也越来越近了，只要他成了大将军，他就可以去司徒府求亲。

他还记得出征前瑶枝为他系上了一颗红豆，他还记得瑶枝说"我等你"，只是谁能想到，等待竟然会这么久。幸亏，她从未放弃。

陆迟砚在战场上勇猛无敌，用兵如神，被擢升为将军。可是回京之路才行了一半，边疆又有变故，他掉转马头回到战场，没来得及让瑶枝看得到他头戴将军帽身着威武的将军服的样子便匆匆上了战场。沙场上，空闲之际，他会抚摸腰上系的那枚红豆，想起在远方等待他的女子。他总在心中说着，瑶枝，你再等等我，我很快就能回去了。

陆迟砚率领的大军所向披靡。然而姜国敌寇余部垂死挣扎，他们抢占了几个村落，把村民们抓起来，对他们施以酷刑。哀叫声、哭喊声传到胤国的军营里来。陆迟砚请求上将军允许他去杀敌救人，但上将军极力反对，说那很可能是敌人的诱敌之计，如果中计，很可能会影响到战争的大局。

陆迟砚听到孩童被屠戮、女人被侮辱的哭叫声，再也忍不住，他打仗杀敌是为了什么，不就是保护百姓吗？看着百姓被欺凌，却躲在营帐里，他可做不到。他偷偷带了一百亲兵趁夜突袭。他智计百出，亲兵勇猛无敌，一百多人杀敌一千人，一夜之间，他们救下了几百村民。

村民们感激不尽，设宴款待。

陆迟砚怀中抱着刚从敌人马蹄下救出的孩童，豪气干云。盛情难却之下，他喝了村长递上来的酒。

可是区区两碗，就让他昏昏沉沉起来。他歪歪扭扭地挣扎着站起来，大掌抹抹嘴："我要回去了！"全村的人都在看着他，他朝他们摆手，"不用送我，我……"只走了几步就踉跄倒地，不省人事。

他醒来时头痛欲裂，想起身却发现自己被绑在木桩上，从上到下密密麻麻地被裹了好多层，稍微挣扎一下，就觉得身体犹如被抽干了力气，一动不能动。

村长就在他面前下跪，满脸哀伤与自责。他沟壑纵横的脸上泪痕斑驳："都是我的错，我罪孽深重，将军你就成全我们吧。"边说边不停地磕头。

陆迟砚不知何事，但是心知大事不妙，怒道："有什么事不能好好说，绑着我做什么？快放开！"

村长抬头，额头血肉模糊，他哑着嗓子继续道："你们打了胜仗，可是还会离开。等你们走了，他们会变本加厉地残暴，这么多年来都是这样，你们走了我们更没有一点生路。虽说我们世世代代都是大胤国子民，可身处边地，朝廷鞭长莫及，归附姜国，才是我们唯一的活路。"

陆迟砚怒极："愚蠢至极！我们此来就是要把他们赶到漠北去，再也不能来侵犯，你们从此就可以安居乐业。我们兴兵，到底是为了谁？你们现在竟然要绑着我归顺姜国？"

村长依然抹眼泪，话却是一句也没有听进去。村长送来美酒美食，陆迟砚愤怒地拒绝。身体依然没有力气，头还是晕，但他的震怒完全超过了身体的不适。他不顾大将军的命令执意营救，就是为了这帮人吗？

他心寒入骨。

药性那么强，他忍不住困倦，又时时让自己清醒，他知道不能睡着，睡着了也许就再也不能醒来。瑶枝，瑶枝还在等他，他不能睡过去。

"将军，将军，我来救你。"正在和沉沉睡意斗争，一个微弱的声音传来。他抬起头，看到那个他亲自救下还在怀里抱过的男孩。他赤着脚，小心翼翼地拿着一把剪刀溜进来。男孩用力锯了半天才将绳索锯断，气喘吁吁地坐在地上看他跌跌撞撞地离开。

门口，将军回头，看到那小孩抹抹额头的汗，对他一笑。

他心念一动，问道："你叫什么？"

"我叫阿元。我六岁了。"他脆生生地回答。

陆迟砚摘下腰间的红豆："如果我死了，如果你又能看到一个眉间有颗胭脂记的叫瑶枝的女子，帮我把这个给她。"他不知这个只有六岁的孩子能不能听懂他说的话，是不是可以托付，但这是他唯一可以托付的人。

交出红豆，似乎有处可以寄放他胸腔里所有的热情了。出了这门，依然凶多吉少，却也只能听天由命。

他用力奔跑，可脚下像踩了棉花，几步就摔倒在地上。再爬起来。再摔倒，再爬起。

他咬牙坚持，他一定要活着回去，他要回去见瑶枝。五步，十步，只要逃到村口，他发出的穿云箭就会被大营的人看到，他就可以得救了。

一路跌跌撞撞，浑身无力，他还没到村口，喧哗叫嚷声就传来了，村民们追了上来，他们身后是姜国大将。一个姜国士兵弯弓射灭了他正要点燃的穿云箭。

全村村民齐刷刷地给他跪下，那里面有男人、女人，老人、孩童。那个女子是他亲自从敌人手中救出的，那个小孩是他解开捆绑的绳索后，抱上马，亲自送到母亲手里的。他们都下跪磕头，他看到那个救他的小孩阿元满脸泪痕，想要说什么却被旁边的母亲捂住嘴，按下了头。

他被抓了回去，敌军将领残忍地笑，看他的眼神充满痛恨："你把我们逼得几乎没有生存之地，好山水好土地都是你们的，我们只能在荒漠里生存吗？有你在，我们的族人世世代代都只能在边荒极寒之地艰难生存，被冻死，被饿死。我的一千战士不能白死。你，就永远留在这里吧！"

陆迟砚和他的一百亲兵都被处以极刑，他们不知从哪里听来了远古最毒辣的巫术，把他们挖空的身体封锁，埋在至阴至冷的地下。

这一切，村里的人们都眼睁睁地看着。阿元小小年纪心中就荒草丛生，他不知道该恨残忍的姜国人，还是卑微恶毒的村民，包括他的母亲。但是，他知道，他们所有人都对不起这位救了他们的将军。从此以后，阿元的后代小名都叫阿元，世世代代居住、守护在这里。他要让将军知道，即使经历千秋万代，那个叫阿元的孩子永远等他回来。

陆迟砚忍耐痛苦，对抗蚀骨的寒冷，来自阴间的罡风几乎将他腐朽的身体吹散，但他仍然坚持着告诉自己不要睡，他记得有人在等他，她曾带着眼泪却笑着说等他回去成亲。他说过绝不辜负的话，却终究辜负了她。他有多痴情，就有多痛恨，恨意汇聚起这阴邪之地的煞气，日复一日，年复一年，竟然形成了强大的力量，让他挣脱了咒语的封锁，逃了出来。

逃出来以后，他的身体支离破碎，只剩下森森白骨。

他认出这是他当年被欺骗、被残害、被封锁的地方。那个村子还在，但那些人早就死了，他们投靠的姜国并没有庇护他们，在一次战争中，姜国主帅将村庄里的年轻男子都征去打仗，最后几乎全部死在战场上。现在那个村子里的人是他们的后代。

他要复仇的人都死了。时间实在过去太久了。

他满心荒凉，带着一线希望，回去寻找瑶枝。可是百年过去了，没有了瑶枝，没有了司徒府，甚至连大胤都灭国了。瑶枝，他的瑶枝，完完全全地消失了，这个世上，再也没有一点关于她的消息。他失魂落魄地走遍千山万水，直到发现自己身体无法坚持下去的时候，这才又回到那个村子。

在村口，他曾经被折磨了上百年的地方，他看到一座长满青苔的墓碑，那竟然是他自己的墓碑。他看到了自己的名字，他看到了瑶枝的名字，他抚摸着"未亡人"三个字，发出如野兽般的嚎叫。

她来找过他，千里迢迢，她一个弱女子从京城来到这边陲之地，该受了多少苦啊！没有心的心口似乎又痛了起来，她来寻他之后，以为他死了。那她究竟是好好地回去了，还是在路上遇到什么了不测？

他的眼泪顺着墓碑，滴落到地上。他不知道自己如今逃生出来还有什么意义，不知道自己这副骨架还有什么意义。

抬起头来，他看到了那个村子，怨毒之心顿起，如烈火一般熊熊燃烧。

若不是这些恩将仇报的人，他和瑶枝怎么会落到如今这个地步？他们死了也没什么干系，他们的后代还在。他阴鸷地看着村落里的人，又看着渐渐腐烂的身体，露出了嗜血的笑容。

史书上记载了那件极度诡异血腥之事。山谷中的村落本来鸟语花香，屋舍俨然，犹如世外桃源。一夜之间，整个村庄被瘴气笼罩。进去想探究真相的人再也没能出来。有人说可以听得到里面传来的哀叫和恐怖的号叫之声，渐渐地没人敢再接近。传说却越来越多，多年之后，有人说，这个村子的村民谋害忠良，天地不容，他们的后代承担了业报，被困在那烟瘴之中，化身行尸走肉，不生不死，永远受苦。

薄荷听得心惊。瑶枝心疼地落泪："我知道你不会弃我而去。敌军传来消息说你已经投靠了他们，我根本不会相信。你答应过我会回来，所以我一直都在等你。"

当年她听说军队凯旋，早早地就等在城门口。她等了那么久，却没有在人群中看到那个朝思暮想的身影。回家去询问父亲，正听到上将军向父亲汇报陆迟砚投敌叛变之事。她的热情被一盆冰水从头顶浇落。幸亏陆迟砚从小便是个孤儿，否则全家也会被灭族。很多人正是因为这个原因更确信他没了后顾之忧，更坐实了他的通敌之罪。

谣言满天飞，她成了最可怜的那个人。可是，她不信。

从没出过远门的瑶枝偷偷溜出家门，不远万里来到边疆，来到那个村庄——传言中陆迟砚就是在这里通敌叛变的。

战争早已结束，相比其他地方的欢天喜地，这个村子分外压抑，气氛诡异万分，大白天都不见人们出门，个个都躲在家里。

这个村子不和外人打交道，听说她是打听陆迟砚的事，都面带慌张，甚至将她赶出村子。

一个小孩偷偷地跟上来问她："你叫瑶枝吗？"

"你认识我？你知不知道——"有了一点希望她说话都颤抖起来。

小孩呜呜地哭起来，正是阿元。他从怀中取出一颗系着红绳的红豆："这是那个将军的。"

"你认识他？他在哪里？"终于等到了他的消息，她惊喜万分。

"他被杀了。"阿元哭了起来，"他救了我，救了所有人，却被他们杀了。"

她头晕目眩，喉咙一甜，吐出一口鲜血。他答应过她，不会死，让她等他回去成亲。可那颗红豆此刻就在她手中，若不是有了意外，他不会让这红豆离身。

有村民看到她，匆忙将阿元抱了回去。后来，她再想打听他的消息，就再也没有人告诉她一个字了。

瑶枝哭了很久，最后为陆迟砚立了一座空坟。一天天，一月月，她就守在坟墓边。

他死在这里，魂魄总能回来的吧。

她等他。

这是寒冷的北方，她风餐露宿，吹弹可破的肌肤被风沙吹得干裂，夜莺般的声音变得沙哑。她不知道她等待的人此刻就在她脚下，正用对她的思念对抗着锥心蚀骨之痛。

那个叫阿元的孩子被父母带着离开了村子，他们远远地离开了这边陲之地，去了遥远温暖的南方，再也没人能告诉她一句关于陆迟砚的事。

秋去冬来，边疆总是寒冷，暖和的日子没有几天。她伴着朔风在村口等待，那枚红豆是唯一陪伴她的东西，那是他对她的思念，那是她全部的温暖。

一年一年过去了。有一天，瑶枝握紧红豆倒在村口，以为自己要死了。泪水流过她的脸颊。这一生，或许再不能和他相见了。

"醒醒！你醒醒！"有人在她唇上滴了几滴水。她悠悠转醒，夜色清凉，繁星点点。面前一个身着天青色长衫的男子，身边一个紫衣少女，长眉入鬓，素面如玉，凌云髻上一支翡翠白玉簪分外醒目。

"多谢……"她想起身道谢，却发现自己轻飘飘地站起来，身体还在旁边躺着。

"我，我死了吗？"她看着身边躺着的身体，却并不觉得伤心。

"不必担心，看在司徒大人和陆将军的分上，他费了些力气救你回来。只是你的魂魄离开身体太久，不能在这副身体上活下去了。"那紫衣少女笑盈盈道，她虽然语笑嫣然，年纪又小，却浑身上下透露出一股尊贵之气。

"灵魂虽然离体，却并没有死，冥王那里不能收你，以后，看你命数，大概可以做个水神，一切都看你的造化了。"那男子微笑。

"多谢二位！"瑶枝听说不用去冥王那里，心中感激，又听他们说起她爹爹和陆迟砚，莫非是故人？

"请问尊姓大名？瑶枝定当感怀于心，不敢或忘。"她不再看自己的身体，盈盈下拜。

"我姓柴，陆将军为国为民却落得如此境地，实在是国之不幸！"他说着向瑶枝行大礼，瑶枝忙避开道："这是何故？"

柴是皇族之姓，只是常在帝都的几个皇子她都见过，却没有见过这位。

"朝廷对不住陆将军和你，他也有份，让他拜吧。"紫衣少女笑道。

忽然，一道陨星划过。紫衣少女抬头观望星空，面色微变："紫微暗淡，荧惑守心。"

柴公子随即向瑶枝拱手行礼："我们就此别过，将来见了陆将军，替我告个罪——"他微一迟疑，又摇头道："这种话，还是我自己来说。"

瑶枝看着他们匆忙离去的身影，呆呆地坐在碑前，看着自己的身体委地，自己却不能回去，又想到她还能再见到迟砚，心中又是悲伤又是欢喜。

不久，村民们在村口发现了瑶枝的身体，以为她死了，就将她埋在那墓碑旁。

瑶枝不知等了多久，每当绝望之际，就想到那柴公子所说，她定会等到他的。

红颜长出了白发，垂髫童子也成了耄耋老人。瑶枝亲眼看见那些生老病死，看到战争又起，村里的年轻人都被抓去打仗，活着回来的不足十分之一，兴旺的村子从此凋零。

那天大雨如倾，整个大地几乎成了一片汪洋。地面忽然抖动起来，泥土翻开，从她每天都会来回走过的地下钻出了那个她日思夜想的人。

陆迟砚从地下逃出来了，虽然已经面目全非，即使成了一副白骨，她也认得出来。他把他的战士们都从地底带出来，他们用瘴气封锁了整个村庄，让当年那些出卖他的人残存的后代待在结界中活着受苦，吸他们的血，最后再吃他们的心。他们必须这么做，不只是为了复仇，他们也需要用人的精血长出血肉。他厌恶那个村庄，却必须以此为生，不能离开。

几百年来，瑶枝就在陆迟砚身后看着他的一举一动，想要拥抱他，想要阻止他，却一次次以虚空之手穿过陆迟砚。

陆迟砚却从来看不见她。他已经是个活着的怪物，看不见身后那一缕幽幽的魂魄。

薄荷被这些往事震撼，如果是人形，肯定会落下泪来。她也没想到，在这个故事里，竟然会有柴公子的影子。这故事里的紫衣少女，便是和公子一起上昆吾山的那位姑娘吗？她为陆迟砚和瑶枝的经历伤心，又想到柴公子多年前身边就陪伴着那么一位美貌的姑娘，现在虽然不见那姑娘的踪影，但有柴公子的真心喜欢，即使不能时时待在一起，想必也是心中欢喜吧。

天已大亮，瑶枝擦擦眼泪道："这个姑娘的身体在这里，灵魂却不知去哪里了，我才用了她的身体和你相见。天快亮了，我得把身体还给她。可是……"

瑶枝找不到薄荷的灵魂，她要找的是一个人，就在不远处的一棵小草她是看不到的。

陆迟砚迟疑一刻，随即下了决定："虽然她曾经救过我，但我也因她而受伤。这是上天的意思，把你还给我，这个身体，现在开始就是你的。"

薄荷的心澄澈透明，如果在正常境遇下相见，陆迟砚倒真想和她结为知己。

"那个姑娘……"瑶枝要拒绝，陆迟砚又想起此生遭遇，抛去那些许不忍，冷笑一声："以往你我都怕对不起别人，结果呢？谁对得起我们？"

"你不能答应啊！"薄荷急得想跳脚。

瑶枝还想再说什么，却被陆迟砚捂住嘴唇制止："我们好容易才能在一起，你又要离开我吗？"

薄荷要哭了，她现在没了身体、人形就算了，连真身的本体都没有了。从此就是一个魂魄四处游荡吗？连柴公子都不一定能找得到她啊。

薄荷不能舍弃身体不顾，却又无处可去，正在辗转徘徊，忽然看到不远处草丛里有什么闪亮的东西。她蹦跳过去一看，却是面铜镜。

铜镜里面竟然绿波荡漾，波纹起伏几下，忽然从中心散开，一个人出现在她面前。那人正闭眼念叨一声："阿弥陀佛。"

三公子！这个人竟然是水云子！薄荷想大叫，可她此刻只是一株草的魂魄，三公子想必是看不见她的吧。没想到水云子一愣："薄荷？你怎么在水里？"

他竟然能看得到她！薄荷心里狂叫几声，她命不该绝啊。

"薄荷你看到我也不用这么大声叫吧。你变成一棵草，好像更可爱了啊！"水云子闲情逸致地和她聊起天来，"我就说怎么不见你，他们竟然说你到画里去了，明明在水塘里嘛。"

他能听得到自己说话？薄荷大喜，忙着把自己的疑惑问出来："三公子，你作为一个道教神仙，为什么要念阿弥陀佛？"薄荷竟然不赶紧求救，这种抓不住重点的本事也是和水云子不相上下。

"万法归一，老念叨着什么教什么派就落了下乘，无法领悟更高的境界！"水云子很是郑重地解释，又佩服地道："小薄荷，你小小年纪就舍弃了肉身，以真神真身示人，还身在水中，所谓水月镜花，万象皆是虚幻，你悟性之高，实在是令人佩服。我当年……"

薄荷看他又进入了疯傻状态，又不能插嘴，插嘴一句就会换来半日的唠叨，只能呆呆地看着镜子，等他说完。

一阵脚步声传来，由远及近，薄荷看到一群人浩浩荡荡而来，跑在最前面的竟然是已经被放走的阿元。阿元的肩头趴着衔蝉，他们身后跟着一群道士。一行人将陆迟砚和瑶枝团团围住，领头的道士须发尽白，手执拂尘，大喝一声："妖怪，快出来受死！"

阿元对占据薄荷身体的瑶枝喊着："薄荷姐姐你不要害怕，我来救你！"

瑶枝躲在陆迟砚身后，垂首不语。

薄荷以为可以看到一场激烈的争斗，可几个道士不禁打，几个回合就被制服了。

阿元没想到请来的大师这么不堪一击，他抱紧衔蝉，闭眼等死。

陆迟砚看阿元视死如归的样子，唇角泛起个笑容来："你和你先祖倒有几分相似。"

阿元睁眼，他这是在和自己说话？

"你以为你的一举一动能逃过我的眼睛吗？为什么我从不曾真正为难过你？你没有变成别人那样子，你以为我都不晓得吗？"

整个村子都辜负了他，但阿元的先祖却于他和瑶枝有恩。

莫非自己和这个将军是有渊源的？忽然想起小时候阿爹还在世的时候，阿娘和阿爹玩笑，阿娘学着祖母的口气叫阿爹："阿元，快脱下衫子我来帮你洗。"阿元好奇地凑过去："阿爹也叫阿元吗？和我一样的名字？"

阿爹抚摸着他的头发解释："我们家祖训，世世代代的男孩小名都要叫阿元。"

"什么是祖训？"他不解地问道。

"就是祖父的祖父的祖父给子孙留下的遗训。"阿爹笑着告诉他。其实他还是不明白，那遗训又是什么。只是这却是他心中对阿爹最清晰的记忆和最温馨的怀念。莫非这一切都是和将军有关的？

陆迟砚挥挥手："你们走吧。"他甚至没有看那几个道士一眼，只是携瑶枝走开。即便能活动的也只有方圆几里，眼前是雾障重重，但有心上人在身边，这里便是天堂。

阿元不知为什么薄荷不看他，而是和陆迟砚依偎在一起，衔蝉却看都不看那边一眼。阿元顿时醒悟，连衔蝉都不感兴趣，那个人绝对不是薄荷姐姐，只是和她长得一样而已。

衔蝉忽然吸吸鼻子向薄荷这边走来，一边喵喵地叫着，欢快地跑了起来。它看到了薄荷，围着她摇尾转圈，又蹦又跳。阿元看不到这些，却发现草丛中有一面铜镜，蹲下身子想要捡起来，镜子里竟然有个人？那人听到惊呼声"咦"了一下，终于停止了喋喋不休："薄荷丫头哪里去了？"

薄荷跳到衔蝉身上，阿元抱起衔蝉，好奇地端起镜子离开山谷，到外面广阔的世界去。

走了半日，回头看去，还能看得到隐约的黑气。阿元暗暗下决定，薄荷姐姐你等我，等我学好本事，一定会回来救你的。

阿元忙着去寻找母亲，当初从家到结界只用了一瞬间，问路才发现这里离他家乡相隔万里。他抱着衔蝉叹息："衔蝉，怎么都找不到薄荷姐姐，你就跟着我吧。"

衔蝉无所谓地瞥了他一眼，护着怀中那株薄荷的真身，满足得很。一直都是薄荷抱它，今日终于能抱回来了，这感觉真叫人迷醉。

他们从夏日一直走到深秋，终于回到了阿元的家乡。水乡依然旖旎多情，只是再也看不到熟悉的身影。阿元看到一个耄耋老翁在水边闭目钓鱼，问起母亲的下落。那老人闭着的眼睛忽然张开，沙哑着嗓子问道："你是问阿英？那个采莲蓬的阿英？"

"是啊，你知道她？"

"她有个儿子是不是叫阿元？"老人的眼睛睁大，这么多年了，他是这里活得最老的人，没想到还有人能知道那个人，还是看起来只有十几岁的少年。

"是啊！是我，我是她儿子！"阿元哽咽起来。

老人显然对他的话不在意，也许是正在回忆而没有听清楚，他混浊老迈的眼神闪烁出光亮来："她是我母亲，当年她丢了自己的儿子，好像疯了一样，逢人便问，见到小孩就叫阿元，大家都以为她疯了。我那个时候只有一岁，被遗弃在水边，她把我捡了回去，做了我娘，渐渐地不疯了。很多年前，我都记不清楚了——是六十年前还是五十年前，她死了，我把她埋在水边，喏——就是这里，就在你旁边。她说她儿子就是在水里丢了，她要在这里等着他，总有一天他会回来。"

老人收了鱼竿缓缓离去。

阿元贮立在那个小小的凸起的坟包前。里面是他的娘亲。

时光消逝，阿娘从年轻到老去，一直在等待他，寻找他，可那个陪在她身边的人却不是他，那个给她送终立碑的人也不是他。

阿元呆了许久，忽然跪在地上嘶声叫："阿娘——"泪水如决堤一般。泪水迷离中，他仿佛看见阿娘笑意盈盈，满脸慈爱，向他张开双臂。一切恍若昨日，从未改变。

衔蝉舔舔他的手，目光中竟有悲悯之意。阿元在思念母亲、慌乱求生时，他的娘亲却在万里之外疯癫寻子不得，死后也要守候他的归期。薄荷想到这里，看他伤痛欲绝的样子，心中也大恸，泫然欲泣。

许久，阿元抬起头来，满脸泪水。他目光空洞，隐约有厌世之色。

薄荷还没有发现，衔蝉机警，此刻已焦急地喵喵叫，伸出爪子用力去挠阿元，力气不小，想要惹阿元发怒。

忽然，从阿元身上发出一道金光，原来是阿元一直带在身上的镜子里发出来的。拿出镜子，一片金光闪烁。倏忽之间，镜中出现了他母亲的样子。她还是小婴儿，憨态可掬；她长成少女，成婚生子；她和儿子在湖上采莲，儿子被漩涡卷走，她疯癫寻找；她捡到另外一个小孩，悉心养育；她鬓发斑白，溘然长逝……就在顷刻之间，母亲的一生就在镜中展现。镜中又呈现出未来之景，大水高涨，此处绵续百里都成了泽国，母亲的坟墓被水淹没，地裂山崩，斗转星移，千百年前的水乡泽国却成了万丈高崖，似乎从来都没有过母亲的痕迹。

所谓白云苍狗，沧海桑田，不外如是。阿元看得冷汗淋漓，抚胸跌坐地上，随即大悟。他向母亲的坟墓磕了几个头。然后，他抱起衔蝉，潇洒远去，再无挂碍。

薄荷从不曾像今日这般无助，不管是人还是真身薄荷草，至少有个实体才行，而她却一无所有。幸亏衔蝉看得到她，喵喵叫的时候带着些许怜惜。许久不做草，薄荷不适应被一只猫怜惜，哀怜自伤不已，就想遇上天劫之类的灾难，让自己魂飞魄散算了，可她成人时间太短，天劫也轮不到她。

阿元师从镜中仙人道，水云子之后确实又在镜中出现几次，每当这个时候，薄荷就冲过去跟他哭诉。水云子皱眉："这么好的历练机会，你应该好好把握。我要传授弟子，不要耽误正事，到一边玩去。"薄荷艰难地蹦到墙角，哭得肝肠寸断。衔蝉气愤地朝镜子里嗷呜地叫。阿元以为水云子在说衔蝉，微微一笑。

为薄荷出口气的打算一直没有从衔蝉心中消失。它趁着阿元睡着，偷偷衔了镜子埋到土里。第二日，阿元醒来，找不到镜子了。衔蝉伸爪好像在抚摸什么似的，不经意间向他一瞥，随即躲开他的眼神。

阿元走到屋外喊了一声："师父——"只见埋镜子的土壤松动几下，镜子挤出土壤，被阿元捡起来后，颇为劳累地倒在阿元手心里。

衔蝉扑地。

衔蝉不信邪，那日半夜衔着镜子出发，一直跑到清晨，才把镜子扔到一个农户家的马棚里。谁料那马竟挣脱缰绳，口衔镜子奔出马圈。马风驰电掣地越过衔蝉，彼时，衔蝉因为心情大好，还在路旁欣赏山水，看到如影子一般闪过的骏马，不忘感叹一声："真是良驹！"等它回去，那马正打着响鼻，低着头接受阿元的爱抚。它千里迢迢地将镜子送了回来。

衔蝉又扑地，坚决不起来。

想要向薄荷表达爱意而不得，想帮她出口恶气却没有能力，衔蝉也抑郁起来，和薄荷一起在角落里思索"猫生"，悲伤起来也是不能自已。

薄荷本来伤心自己的身世，看到衔蝉也郁思甚重，蹦到他身边叹气道："即使是离魂，倘若是人形，我也不会这么伤心。若是真身，若有实体也成。现在这副样子，我真是生不如死。你比我强得多，还伤心什么？"

"喵——薄荷姑娘你千万不能这么说，在我心中，姑娘永远是青春美貌的样子。因为姑娘伤心，在下才更伤心，恨不能替姑娘分忧。"突然之间，他竟然能吐出人言。薄荷还好，把在一旁打坐的阿元吓了一跳，从草榻上摔了下来。

看他摔到地上的样子，衔蝉冷哼一声："看汝这等蠢样子，还修什么仙！"说罢让薄荷站在他身上，悠闲地踱出草屋。

彼时，一轮明月高悬，大地一片雪亮，衔蝉就沐浴在月光中。一只猫在这一瞬间竟有出尘之意。阿元一个恍神，看到衔蝉背上站立了一棵小草，那小草竟然也抬头望月。阿元看到诡异又绝美的一幅图画，一棵薄荷草和一只猫相依偎，同融于月光之中。

"你是——你是什么草？"阿元好奇得很，自从那夜满月相照，他已经能看到薄荷真身了。

又有一个人能看到她了，薄荷几乎喜极而泣："阿元，是我啊！"

"你竟然是薄荷姐姐？"阿元先是不可思议地摇头，继而又惊讶又狂喜大喊。

衔蝉鄙视地摇头："愚蠢至极，无药可救。"

原来薄荷已经在他身边生活了这么久，他却毫无知觉，难怪衔蝉总好像在与谁互动，像衔蝉这么傲娇眼高于顶的猫，除了薄荷，它还真的是懒得搭理谁，也难怪它说自己迟钝愚蠢，还真是说得没错。

他心中感怀思念的薄荷姐姐竟然是一株薄荷草，猫会吐人言，阿元不怪世间怪事多多，只怨自己见识太少。

为了让薄荷散心，他也要游仙修行，薄荷和衔蝉跟随阿元四处游历，来往于三山五岳之间。一人一草一猫于是便纵横四海，泛舟五湖，又见了不少奇人异事，更觉宇宙之无穷，颇识盈虚之有数。

时光荏苒，世间已然有了关于阿元的传说。

有传说如是：有一个小童子在衡山下见过阿元身着道袍，手持藤条，肩上坐一只猫，正在攀爬陡峭的悬崖，寒冬之际，衣衫单薄，却面色红润，表情悠闲，丝毫没有寒意。童子虽然年纪小，却心生仰慕，久久不能忘怀。几十年后，那童子也成了白发苍苍、牙齿松动的老人，他虽然荣华富贵一生，仕途得意、妻贤子孝，外人看来他事事得意，人生无憾，但他心中总有遗憾，总觉一生被生活所拘泥，终不能逍遥自在。

他告老还乡之后又来到衡山，游目骋怀之间，竟然看到有人在崇山峻岭间健步如飞，一只猫卧在那人肩头。走得近了才看到这竟然就是他童年时所见过的那道人，风霜只是把他的衣衫打得破旧，却没有侵袭他的面容。甚至连那猫还是老样子，不时在空中扑棱一下，好像在和什么玩耍，在那人的头顶、肩头上蹿下跳。

这岂不是仙人？他颤颤巍巍地上前恭敬地唱了个喏："仙长有礼了！"

阿元笑着应道："老檀越好！"

"一个花甲前，老朽还是孩童时就见过仙长，敢问仙长高寿？"

"何！"

"仙长从何而来，将往何处？"这也是老人一生都想知道的问题。

阿元哈哈大笑，依然回答："何！"之后便不再多说一字，飘然远去。

也有问道之人亲眼所见，几个游人被一只猛虎所困，身前是猛虎，身后就是万丈悬崖，当时没人想到能求生，只是在选择哪种死法能少一些痛苦。

忽然一声猫叫，一只米色深纹的猫站到行人和那只猛虎中间，威风凛凛地看着那只斑点猛虎。本欲扑上来的老虎竟然退后几步，前腿下跪，低沉地呜咽了几声，随即转身走回深林。猫打了个呵欠，跳上阿元肩头。这一幕惊呆了所有人，连养的猫都能震慑猛虎，那猫的主人岂不更神通？其时，到衡山去修仙问道之人甚多，向阿元问道之人也越来多，于是人们都尊称他为何尊师。

何尊师名声渐大，皇帝也知道了他的名声，多次下诏让他去朝廷当官，何尊师都是婉言拒绝。地方官想要立功，派了兵来抓何尊师，逼他就范。

那时本来艳阳高照，忽听得树丛中几声狂烈的虎啸，顿时狂风大作，飞沙走石，连天地都变了色，一只吊睛白额的老虎正从林深处稳步走出，当时就把那群官兵吓得落荒而逃，唯恐逃之不及。从此，再也没人敢来找何尊师的麻烦。

薄荷被老虎的威风凛凛所震撼，当时就夸赞不绝，还很遗憾地看看衔蝉的小身板，意味深长。衔蝉受了屈辱，觉得薄荷看不起自己，伤心地哭了一夜之后，黯然出走。

在衔蝉消失几天之后，阿元和薄荷这才惊觉，以往它有时候也会离开，但绝对会当天回来。在一起同甘共苦这么久，薄荷早就把衔蝉视作家人，衔蝉若真不见了，她不知如何是好。阿元也四处奔走，寻找衔蝉的踪影。

几天之后，那只猛虎驮着衔蝉回来，它还是一副生无可恋的表情。薄荷问得急了，它这才老实交代："没有伟岸的身躯，自卑不已，出去散散心而已。"

薄荷大笑："和老虎比身高，你也真是——"

老虎低声嗷呜几声，闻声赶来的阿元也笑得打跌。

衔蝉忽然觉自己太过矫情，不好意思地喵喵叫了几声，跳下老虎背，躲回房间去了。

如今这世上只有衔蝉和阿元能看到薄荷，阿元醉心修仙，薄荷的一颦一笑都只有衔蝉关注并且放在心里。时间久了，薄荷也对衔蝉心生依赖。衔蝉虽然是只猫，但学贯古今中西，薄荷在柴公子书房耳濡目染也有些见识。一猫一草常常谈古论今，将对方引为知己。

中秋之夜，阿元外出未归，衔蝉让山中灵猴去找了些酒来。薄荷鼻中嗅着醇厚的酒香，想起了柴公子那里的桂花酒，感慨万千："百年已过，想来我家公子也娶了妻，那讨厌的吴刚不知还在不在，有没有回月宫去砍树，净心的嘴是不是还那么欠揍，那水云子见死不救，枉我还叫他一声三公子——不过，这么多年不见，我也不怨他了，这些人，我都想念得紧。不知能否再见上一面。"薄荷伤春悲秋，团圆之日却无法团圆，卧在一个酒杯里，浑身都醉了。

衔蝉低头猛喝一口，豪气万丈，藏在心底多年的话终于敢说出来了："想我丢下亲人和子民上百年，不知家里是否会闹旱灾。虽说临行之时和龙王打了招呼让他代为照料，即使这样，每当想起，心中还是有愧。为何我会这么执着？全是因为对姑娘你的爱意。"

"爱我？"薄荷徜徉酒海，感觉全身都轻飘飘的。"有趣，真是有趣，一只猫爱上一棵草。"她在酒杯中漂浮："妙极妙极，我忽然想起很多年前有个古怪的人跑去向我求婚，他长得跟你很像，都是蓝蓝的眼睛，尖尖的下巴，他也说对我痴心一片，现在想来，那人也没有那么讨厌。我对柴公子一片痴心，可是在他心里，只有那个紫衫姑娘一人，他嘴上虽然不说，但是心里一定认为我痴心妄想，荒谬得紧。我此刻觉得，在这世上，真正懂我怜惜我的，其实是你。"

"你——你不——嫌弃我是猫——一只猫吗？"衔蝉也许是喝多了，说话也不利索。

"为何要嫌你是只猫？我甚至只是一棵草。想那陆迟砚将军，已然成了怪物，早就不能算作人了，仙女一样的瑶枝有嫌弃他吗？更何况，万物皆灵，我们一起修行，一起修炼成人，也不失为一件乐事。"

"如果……如果姑娘不嫌弃，能不能答应嫁给在下，在下对姑娘定当视若珍宝、千依百顺。"

薄荷此时也是豪气干云，让衔蝉把她从酒杯中捞出来，二人当时就对着明月拜了天地，结为夫妻。

衔蝉觉得此生真是心满意足，再无遗憾。

自古有薄荷醉猫之说，衔蝉刚遇到薄荷，先是酣畅入睡，醒来后对她痴心沉醉，却得不到佳人正眼一瞥，真是鸿雁在云鱼在水，惆怅此情难寄。此刻二人以真身相见，坦白心迹，把酒言欢，此情可寄，也是上天注定的缘分。

何尊师从南海赴宴归来，正好看到一棵牡丹之下，衔蝉身边倒着一壶醇酒，它正酣然大睡，表情愉悦，薄荷就睡在它身边，被它用爪轻轻揽住，整个画面妙趣横生，空气中弥漫着一股浓郁的酒香还有薄荷清香。何尊师忙拿出纸笔将此情景画出——这便是后来享誉天下的《醉猫图》。

何尊师南海一游，学会了驾云之术，他未曾忘记当年对薄荷的承诺，她的身体还在那迷雾之地等着他去救。

八月既望，他们重回旧地，那片山谷早已成了河流。几十年前出现山崩，大河改道，疾水占据了低洼的谷底，迷雾也早已散开。问起路过的船家，说当年那股妖邪的迷雾从某晚开始渐渐散去，那狼哭鬼嚎之声也消失了。后来大风刮过，大水淹过，瘴气、雾气都被冲散，大地一片干干净净。沿着河流，附近又有了几个村落，村民依靠打鱼为生。

那船家又道："前些年，这里洪水甚多，有天夜里，大水从高崖上冲了下来。人们都在睡觉，要是大水冲进村子，几个村的人都得死啊！多亏了水神瑶枝娘娘将洪水分流，大伙才躲过那场灾难。"

他们所说的水神，正是瑶枝。薄荷想到柴公子多年前就预料到瑶枝会成为水神，果不其然。

薄荷又一次立于陆迟砚墓碑之前，恍若隔世，不由得感慨万千。

忽然，碑后走出一个人来，正是占据了薄荷身体的瑶枝。

瑶枝盈盈下拜："自那夜之后，陆君便没有再做那阴毒邪恶之事，我陪着他，他的怨气和恨意散尽，虽然灰飞烟灭，但我知道他一定在什么地方得到永生，红豆之约，永不敢忘。"

瑶枝并没有伤感，而是向立在阿元手心的薄荷一揖到地："当年不能看到姑娘真身，窃占姑娘身体多年，便一直在此地等候，正待归还姑娘身体。"说完，一个虚幻的身影离开薄荷身体，薄荷向前一扑，进入自己的身体，轻巧地转了两圈，笑容还如当年一般。

原来除了薄荷，除了衔蝉，虽然只是百年，却已似沧海桑田，物是人非。

薄荷前一刻还看着瑶枝的虚影消失，为自己要回了身体而雀跃。下一刻，她竟然就出现在柴公子的书房里。一时反应不过来，呆了半天。忽然听得"哎哟"一声，她身边的藤椅上还坐着一个人，这是谁？眼睛大大、下巴尖尖，这是那个——衔蝉君？蓦然，她反应过来，这不只是衔蝉君，还是衔蝉，它也和自己去了一趟画中世界，画中百年过去，他们相依为命，甚至在回来之前不久还成了亲。

薄荷和衔蝉君目光相对，忽然不好意思地低下头，脸色晕红。

忽然听到一阵忍得很辛苦的爆笑声，原来是吴刚看她脸红的样子忍不住笑出来。她心中甚恼，冲过去给了他一拳。

柴公子正在低头题字，似乎没有注意他们的出现。薄荷奔过去，只见他笔走龙蛇，正在一幅画上写诗，薄荷轻念出声：

"万木森森秀野堂，黄鹂两两鹤双双。翠岩云巧苍松暗，玉洞月明丹桂香。移笔架，拂琴床。赋诗争看水云乡。重来只有黄冠老，落日空斋挂钵囊。鹧鸪天，题何尊师故居。"（《鹧鸪天·题何尊师故居》作者为元代词人张可久）

薄荷想了想，这词和她曾经与何尊师也就是阿元住过的地方契合无比，意蕴悠远，不由道了声好。她和衔蝉就是在这里赏了月，拜了天地。

"又不是他写的。剽窃他人之作，丢人不丢人。"吴刚不满地说道。

柴公子放下笔，扶着薄荷肩膀，笑盈盈地看看她，又向衔蝉君道："让阁下走了这一遭，还望恕罪。"

衔蝉君欣赏那万象图上一幕幕的百年经历："柴公子之能，在下实在是佩服。人间一日，画中却是百年，和薄荷姑娘有这百年的缘分，游历天下，结为知己，甚至能够——咳咳，在下已经满足了。"他竟然也害羞，不好意思说出"成亲"二字。

"你要悔婚吗？娶了我们小薄荷就想不作数了？"吴刚唯恐天下不乱地叫道。

薄荷低着头不说话。

衔蝉君微笑看着薄荷，满眼柔情："在下知道，姑娘和我成亲，只是画中幻境所经历的，何况那时姑娘醉酒，原也不能作数——当然，如果姑娘依然愿意嫁我，在下求之不得；即使不愿意，在下也绝对没有半点怨言。"他向薄荷行揖礼:"中土人常说一日夫妻百日恩,我们有百年的缘分,此情在下永远铭记。"

薄荷想起和他在画里的一番遭遇,所谓同甘共苦,所谓沧海桑田,不外如是。在画中亲近无比,如今回到现实化身人形,又觉得陌生。但若不答应的话,那她薄荷岂不是成了食言的小人?薄荷活了这么久都没有这么矛盾纠结过,顿时愁肠百结,掀帘跑了出去。

"已经离家二百多年,置家乡父老于不顾,在下要回暹罗了。"薄荷离开,衔蝉君才露出伤感的样子来,向柴公子作揖,想要说什么,柴公子笑着点头:"薄荷如我手足,我定会护她周全,衔蝉君请放心。"

衔蝉君又向吴刚点头致意,随即转身离去。

"你不等薄荷来送你吗?"柴公子轻喊一声。

"不要了,我不想她为难。"

秋雨淅淅沥沥,衔蝉君告辞,不置雨具。

躲在屋内不肯出来送别的薄荷忍不住还是拿了伞追出来,衔蝉君已经走出大门,身形隐约,渐渐地消失了。

薄荷落寞地执伞站在雨中。

柴公子安慰道:"衔蝉君是暹罗的雨神,人们求雨的时候都去求他,所以他不会淋雨,他也会借雨而行,现在说不定已经在千里之外了。"

薄荷扁嘴哭道:"公子,我感觉我真的嫁过了。"

柴公子不言,拥她入怀,轻拍她背。薄荷又嘟嘟囔囔地道:"也许有一天,我会去暹罗找他。暹罗远吗?到底在哪里?"

柴公子尚未回答,净心披了斗笠从外面回来,故意跺脚,溅起地上的雨水，打湿薄荷的衣裙。薄荷瞬间忘记感伤，跑去踩净心的脚。二人闹作一团。

柴公子双手抱臂，笑着看雨点落在水池里。吴刚飘忽而来："这小丫头这么快就忧伤完了？"

"心空性灵，万事不萦于怀。这才是薄荷的特别之处。"柴公子回答。

忽然，他笑意更盛，有人冒雨而来，已在几里之外了。

第 3 话《戏珠图》

博山炉内的沉香正袅娜地升腾缭绕，薄荷就氤氲在清香缥缈的香气中，哭得抽抽搭搭。吴刚耐着性子哄了几句，薄荷依然流着眼泪，满脸哀戚。

"你有完没完？哭得爷头疼，别哭了！"最后一句他简直是吼出来的，他从来都受不了女人哭，不然也不用忙不迭地从月宫中逃出来，冒着被玉帝惩罚的危险。

"公子不见了，我怎么能不哭，倒是你，一点良心也没有，公子是你的结拜大哥，甚至还救过你的命，你竟然一点也不担心他？"薄荷心中担忧柴公子却也不忘挤对吴刚。

只有女人难养也！吴刚快被她气哭了，他深吸一口气："他到底哪里需要担心了？他留了纸条，纸条上写着'有急事出门，勿念'。我认错字了吗？"

"我来落雪斋两百年了，公子从来没有离开过落雪斋半步，你看这纸上的字写得这么匆忙，你什么时候看见过公子着急？肯定发生了什么大事他才匆忙离开的，不行，我要去救他——"薄荷由和吴刚吵架变成了自言自语的推理，又霍地站起来就要去救柴公子。

"我的大小姐，你到哪里去找他？不如乖乖在家等，他办完事就回来了！"

这时，一阵敲门声传来。薄荷没听见似的继续唉声叹气。吴刚提醒她："去开门啊！我这个样子去开门合适吗？"薄荷擦擦眼泪叫了一声："净心，开门去。"

"净心好像也不见了。"吴刚提醒，人已经忍不住飘到檐下，等着看来客究竟是谁。自从发现了做阿飘也挺好，他也不着急找身体了，甚至不用迈步子走，身体轻盈去哪里都是随意一飘，真不知道那些鬼为什么急着要投胎。

薄荷打开大门，耷拉着脸有气无力地道："我家主人不在家。"对方不吭声，她抬起头——不用抬多高，面前是两个小孩子，一个男孩一个女孩，都是四五岁年纪。那女孩头上扎了两个螺髻，身上穿着一件官绿缎子的衫子，脚穿一双蛤蟆头的小红鞋，眼睛亮闪闪、脸蛋白嫩嫩。旁边一个男孩只在头顶留一小撮头发，穿着鹅黄色如意纹的小褂，脚上也穿着同样的小红鞋。这两个孩子都玉雪可爱，眉目如画，只是表情怯怯的。

看到这么可爱好看的小孩，薄荷马上笑开了眼，蹲下身子看他们："你们找谁？"

男孩推推女孩，女孩迟疑了片刻才开口："我们迷路了，走了一夜实在是太辛苦，想来讨杯水喝。"旁边的小男孩也忙点头附和。

薄荷看这两个孩子穿着单薄，忙带他们进了客房。吴刚跟在旁边飘进去，那小男孩向吴刚的方向瞟了一眼，拉紧女孩的手，紧跟在薄荷身后。

薄荷给他们倒了水，拿来了点心。他们却只是盯着食物，不敢动手。

薄荷看他们玉雪可爱，喜欢得不得了，一时把找寻公子的事放下，热情地把水和糕点递到他们手里："这是莲花包，这是芸豆卷，这是银杏蜜饯，都很好吃的，快吃吧。"

两个孩子对视一眼，狼吞虎咽地吃起了糕点。男孩不小心呛到，剧烈地咳嗽起来。薄荷又忙着帮他拍背。

"你们叫什么？是哪里人？"

"我叫辛未，他叫甲辰。"女孩回答道，泫然欲泪，"家中遭灾，母亲去世，父亲要卖掉我们，我们只好跑了出来！美人姐姐，你救救我们。"他们哭得惨兮兮，薄荷被人叫"美人"，心情大好，脸有些微微地发烫，越发觉得这孩子又漂亮又懂事。

吴刚双手交叉放在袖中，正在半空中一副看好戏的样子。小男孩忍不住抬头又朝吴刚的方向看了一眼，吴刚又飘忽一下做了个鬼脸，小男孩霍地低头。

他对薄荷做了个手势飘出房间，薄荷叮嘱他们先休息一会儿，便端了托盘出来，边走边数落："你也真是越来越没品了，在那里吓唬孩子做什么？"

"孩子？哼哼，你太单纯太幼稚，普通孩子会看得到我吗？你看那男孩总瞅着我。"吴刚不屑一顾。

"哪怕是精怪，哪怕是小鬼，也都是孩子，你看他们多可怜，天气这么冷，他们就穿那么一点衣服，你却还飘来飘去吓唬人，你这个人真是毫无同情心。"薄荷摇头，看他就好像看无药可救的病人一样。

吴刚翻了个白眼不理她，飘回自己房间去了。

薄荷回头，两个小孩正站在门口，满脸希冀地看着她。

刚才吴刚和她的对话，二人不知听到了多少。说起来，这么小的孩子行为举止就如此小心翼翼，可见是看惯了人们的脸色，真是可怜。辛未和甲辰乖乖地每人牵她一只手，来到桌边。薄荷的心极其柔软，笑问："你们有什么话要对我说吗？"

二人不说话，却低头嘟嘟囔囔地念叨起什么来。只见甲辰双手相交，食指相对，口中念念有词，辛未也是相同。

"你们在做什么？"薄荷惊呼一声，二人食指指尖各冒出一团火焰，将薄荷牢牢地困在中间。二人发出的火焰相接，火势更旺，瞬间，薄荷就被卷进火海中。

吴刚不放心薄荷，又出来看她。他吸吸鼻子，面色大变。他赶到客房，正看到薄荷被火焰吞没。辛未、甲辰看到有人来了，忙要纵身跳进火中，吴刚眼神寒彻，伸手一挥，院中寒潭忽然蹿起一股潭水向屋中而来，这股水有生命似的绕过影壁直冲冲地扑来，将火熄灭。薄荷却已经被火吞没了，而想跳到火里去的辛未和甲辰却没来得及进去，他们那一纵扑，双双扑到了地上。

"怎么办怎么办？五行之火被黄泉之水熄灭了。"甲辰看到吴刚黑着的脸，"哇——"的一声哭了出来。

辛未也吓得要死："怎么办怎么办？我们回不去了。"

二人抱在一起看着正面色铁青地飘过来的吴刚，闭上了眼睛，哆哆嗦嗦看起来颇为可怜。

薄荷不知自己到了哪里。

那两个小鬼到底是怎么回事？是那两团火把她带到这里的吗？正摸

不着头脑，忽然有人从后面揽住她的腰，又有人举起她的双腿双脚。

"是谁？快放我下来！放我下来！"

这几个人不理会她的叫喊，七手八脚地把她捆绑结实，嘴里塞上一块布，塞进一顶轿子里。

她动弹不得，也不知轿子被抬到了何处，不多时，就听得外面响起噼里啪啦的鞭炮声和嘈杂声。

"朱翁，恭喜恭喜！恭喜朱少爷迎娶新妇！"

"谁家女子能嫁到朱家，岂不是几辈子修来的福气？多少女子羡杀不已啊！"

"令郎今日成亲，过不了多久就能给朱翁添个大胖孙子啦。"

只听得人们祝贺说好话，听不到那个朱翁还是朱少爷回话。薄荷被捆得像个粽子，不然真想看看这朱翁是何许人也。薄荷姑娘似乎已经忘记那个新娘子就是她，等会儿她要面临着入洞房的危险。

她被逼着拜堂，又被压着送进洞房。

捆着她的绳索被解了去，她迫不及待地扯下红盖头，拿出堵在嘴里的布。呸呸呸！这布好难闻。只见屋内红烛生辉，墙壁上、窗户上、床帐上都是红艳艳的"喜"字。一个看起来刚及弱冠的男子正上下审视着她。这就是那个朱公子？他如同她一样没有穿喜服，只是头戴进贤冠，穿着深黄色暗纹锦袍，面色冷峻，风度翩翩。

"这是哪里？"从房间看来，这朱家非富即贵，眼前的这个"朱少爷"也是相貌堂堂，哪里需要半路上随意截个女子来成亲？

这人还未答话，门又开了，几个人搀扶着一个男子进来，这男子满脸病容，眼窝发黑，眼圈深陷，脸色惨白，穿着鲜红的喜服，两种颜色一对比，显得诡异非常。

"乖儿子，这是你的新娘子，爹爹这次给你娶了个更漂亮的。"那穿着锦袍的男子对这病容男子开口，脸上扯出一丝微笑来。满脸病容的男子看向薄荷，忽然咧嘴一笑，在惨白脸色的映衬下，犹如初死之人，让薄荷不由自主地打了个寒战。

薄荷汗毛倒竖，眼前这个相貌堂堂看上去比她大不了几岁的是父亲！那个病弱苍白的几乎马上就要死掉的是儿子！是不是哪里搞错了？

两个下人搀扶着朱少爷走到床边，朱翁冷冷地看着薄荷："吉时已到，先喝合卺酒。"

下人端上赤色托盘，上面两杯合卺酒。薄荷手中被塞了其中一杯。双臂相交，呼吸相闻，一杯合卺酒置于面前，薄荷嗅到酒中有着隐隐甜腻的味道。再看周围，每个人都看着她，由不得她不喝，她只好屏住呼吸将酒喝了下去。那朱公子眸光闪烁，也将合卺酒喝了下去，接着又拼命地咳嗽起来，下人们帮他捶背、喂水，半晌才平静下来。

众人开始鼓掌欢呼："恭祝少爷少夫人白头到老，早生贵子！"

朱翁扯了扯嘴角："吉时要到了，儿媳妇快去为你夫君更衣吧。"

朱翁淡然看着薄荷，看来并没有要离开的意思。薄荷心里发毛，再看他们周围的那帮下人，一个个扯开嘴角似乎在笑，可眼神却都如死灰一般，没有一丝感情。

莫名其妙地被抓来和一个奇奇怪怪的人洞房。新郎的爹比新郎还要年轻许多。洞房之夜，公公带着一群人围观儿子和儿媳妇洞房？薄荷活了这么多年从未见过这么诡异的事。儿媳妇要替儿子更衣，他不该避讳吗？他怎么还这么别别扭扭地看着？

但眼下也来不及想太多，她要先把这"洞房之夜"熬过去再说。薄荷四下看了看，又朝朱翁笑了一下，她尽量不去看周围那群人的笑容，想必自己此刻也是那种皮笑肉不笑的怪异笑容吧。她清清嗓子故作镇定地道："今日也不算什么吉日，你看我身上的衣服都是土土旧旧的，这也不成样子，不如……不如再等等……"

"不必换什么新衣服了，今夜洞房了明日正好换新装。"朱翁不耐烦地说完，挥挥手，下人眼看就要过来帮忙。薄荷忙摆手："不用不用，我自己来，你们出去吧，真的，洞房这种事情有人看着真的不是很方便。"

朱翁思忖片刻挥挥手离开，众人忙跟在身后，哄闹着出了喜房。

薄荷松了口气，回头去看那朱少爷。朱少爷表情恹恹的，似乎要睡着的样子。

这可是逃离的好时机。薄荷正要跳下床，一只手抓住了她的手腕，薄荷感觉那手寒冷刺骨，不由得打了个寒战，回过头正与那朱少爷四目相对。

朱少爷的眼睛不知什么时候睁开了，炯炯的，还带着讯诮，完全不似刚才病恹恹的模样。他手下稍用力一拉，薄荷没有提防，整个人滑到他怀里。这人的身体简直是个冰窟，她"啊——"的一声叫出声音来。他的手游移到她身上，薄荷尖叫连连，把他手拍下去，又是两只手轮番上阵，薄荷躲避得极为辛苦。没想到这个看起来病恹恹的朱少爷力气这么大，她一动也不能动。

"你竟然没事？喝了那酒也什么事都没有？"朱少爷好奇不已，却又笑了起来，"这下可有好戏看了。"

"要有什么事？"薄荷讨厌他故作神秘的样子。朱少爷的脸越来越接近，眼看就要亲上薄荷的脸，她伸脚就要踹过去。

他的腿压住她的腿，这一脚没法子踢出去，反被他制住。他趴在她身上，低声道："门外有人偷听，配合点。"

薄荷看到窗外果然有个黑影立在那里。

他又伏在她耳边悄声道："你说你好热。"

薄荷不知何故，但还是重复了一句："你好热——"发现自己说错，又改口："我好热——"

不过这朱少爷的身体真的越来越烫了。他低低地笑了一声，这笑声低沉，让薄荷又红了脸。气氛有些奇怪。

朱少爷的眼神渐渐迷离，呼吸急促起来，他翻身到墙角，离薄荷远远的。薄荷看到朱少爷从枕头下面摸索出一把小小的匕首，在自己的大腿上轻轻一划，鲜血顿时涌出。薄荷看呆了，他这是在做什么？

朱少爷向她笑笑，又从床下找出药瓶，轻声道："这酒里面有合欢药，喝了这药，我若不与你同床，也不放点血，会死掉的。"

说完，他先用床单上的白布在伤口上抹了一下，又在伤口抹上药粉，鲜血吸收了药粉，慢慢地止住了。

他看看窗外，然后示意薄荷躺下，接着，他的喉咙中发出一阵混沌的呻吟——

薄荷先是看呆了，接着意识到他在假装什么，又红了脸，几乎要将自己的脸埋在地下。她以前听吴刚讲了不少风流艳史，那个时候他仅剩的那点魂魄几乎也要灰飞烟灭，柴公子将身体借给他寄居，他却敢在公子的身体里讲这些野史，每次讲完这些，柴公子就一言不发地灌一大壶桂花茶拼命喝，有一次甚至嚼了一天的桂花。痛恨桂花的吴刚被折磨得奄奄一息，差点魂飞魄散。

门外黑影一直听到朱少爷发出一声低吼，这才缓缓离开。朱少爷满头大汗，重重地喘气，薄荷满脸潮红，不知该说什么。虽然二人什么也没做，但是气氛暧昧得紧，她都不知自己的手脚该放在什么地方，半晌竟然冒出一句："你辛苦了。"

朱少爷笑起来，眉眼都弯起来，边笑边道："不辛苦，不辛苦！"

薄荷被他笑得心慌，又想起刚才在外面偷听的人一定以为自己和这个人做出了那种羞耻之事，幸亏这里没有熟人，否则自己真是跳进黄河也洗不清了，还有什么脸面再去见公子。

"第五个。"朱少爷靠在床头，醇厚的声音带着些许慵懒的味道。

"什么第五个？"薄荷正在惆怅忧郁，下意识地问道。

"你是我的第五任妻子，不知你可以活多久？"朱少爷看笑话似的看薄荷，"之前四个，每个都死得很惨，不知你会不会是例外。今夜你我没有洞房，不知是福是祸。也许这点与众不同能让你多活几天？"

薄荷垮了脸，她已经想到，甲辰和辛未的样子她在公子画的一幅草图中见过，这一切也许是一场梦，也许，她又到了一幅画中。

上次入画，有怪兽吃人，这次入画，又遇上这等让人哭笑不得的事，也许还有性命之忧。

薄荷曾听水云子提过，他每次到画里来的时候就仙境美景欣赏一番，可她每次来都是险象环生，惊心动魄。莫非就因为他是神仙而自己只是精怪不成吗？

朱少爷的大腿伤口又开始渗血，他想找东西系住伤口，却一时找不到更合适的物事。薄荷十指交叉，两个食指相合，向前一指，朱少爷腿上的鲜血竟停止外流，停顿了瞬间，竟然还倒流回他的身体。她闻到朱少爷身上还有一股奇怪的甜腻的味道，正是那杯合卺酒的气味。她双手改做环状，发出莹莹绿光，绿光将朱少爷笼罩进去。一丝丝黑气从朱少爷身上抽离，黑气似乎有生命一般挣扎着要逃离绿光，眼看都要被绿光吸收干净，忽然，朱少爷身子一侧，冲出绿光的笼罩。薄荷收手，扶住几乎跟跄摔倒的朱少爷："你做什么？身上的毒气还没有除干净。"

朱少爷一笑，借薄荷的力量坐正身子，笑着呼唤一声："娘子。"

"谁是你娘子？"薄荷不屑地斜睨他。

"都拜堂了还说不是我娘子？你看我是不是英俊了不少？"他还朝薄荷眨眨眼。

薄荷仔细看去，他脸色确实好看了一些，那种死人一般的苍白之气收敛了很多，整个人都精神了不少，眉眼五官看过去，还真的有些标致。

薄荷看不惯他轻佻的样子："谁想给你当娘子？我早就和一只猫成过亲，自己也有心上人，我是落难于此，被迫跟你成亲的。我才不会和你成亲。"薄荷一本正经地纠正他。

什么和猫成亲，朱少爷当她胡说八道，但是她说不想给他当娘子，他想，以自己那些见不得光的过往，也实在不配为人夫君。他收了笑，闷闷不乐起来。

薄荷问了好多话他都不再回答，扭过脸去当傲娇大少爷。薄荷看他一个大男人却这么小气，也生气了，跳下床打算自己逃走。

"喂，你回来。现在出去会死的。"本来和她闹了别扭的朱少爷喊她。

薄荷怕黑，连夜路也尽量不走，听他这样说，就顺势在椅子上坐下，长长地叹气。

"没想到你还会法术，能帮我解除身体里的毒，我真是娶了个好媳妇。"朱少爷又调笑，看薄荷又要变脸才忙说正事："但是毒不能根除，如果全部除尽的话，就会被发现，我会死，你也会死。"他低头看着自己身上的红色喜服，幽幽叹道："我穿了好几次这件衣服了，有时候真的觉得这喜服越来越红，也许是被我那些新娘子的血染红的。"

"当你的新娘子就要死吗？"薄荷想起那个看起来比朱少爷年纪还小的朱翁，打了个哆嗦，"你爹好像比你还年轻。"

"哈哈哈哈——"朱少爷好像听到了什么可笑之事，大笑起来，半晌才停下来，"就是啊，他为什么会比我还年轻呢？你肯定想破脑子也想不到是为什么，我到现在都不大明白呢。"

薄荷歪着脑袋想，想着想着，睡意侵袭而来。她忍着不想睡，眼睛却越来越沉，最后忍不住趴在桌上，进入了梦乡。

朱少爷费力地将她抱回床上，把她外衣脱下，将那染了他血的白布放在薄荷身下，又给她盖好被子，做完这些，他已经累得气喘吁吁了。他挨着薄荷躺下，看着她平静无防的睡颜，露出个微不可见的笑容。

薄荷感觉自己在暗夜中行走，周围薄雾暗涌。她辨不清方向，心中焦急。忽然耳边传来小孩的哭声，哭声就在她耳边环绕，忽左忽右，一会儿在前，一会儿又倏忽跑到了后面。这些哭声让她心生悲悯无助之情。突然，前面出现了一个熟悉的背影，看起来很像公子。薄荷边叫边追上去："公子！"

奇怪的是，那人走得很慢，薄荷却怎么也追赶不上。

不一会儿，几个小孩从各个方向跑到柴公子身边，他们和辛未、甲辰长得很像，穿着打扮也一模一样。哭声渐弱，这些孩童簇拥着柴公子向前去了。

薄荷拼命奔跑追着那道身影，可是人越来越远，渐渐消失在夜色之中。

明明找到公子了，怎么又把他弄丢了呢？薄荷忽觉满心苍凉，如果她再也找不到柴公子了怎么办？

忽然，听得身后有踩着落叶而来的脚步声。一个身着儒衫的年轻男子手摇羽扇，正笑着向她走过来，这人看着也眼熟，眉眼之间的笑意仿佛在哪里见过。

"娘子——"那人对她笑，眉眼都弯起来。

薄荷一愣："朱少爷？"

"是我啊，你快过来！"朱少爷向她伸出手来。

"你来找我吗？"薄荷看着他问道。

朱公子还没回答，薄荷突然发现天似乎亮了一些，月亮从密云中出来，薄荷看到柴公子正从黑暗中走出来，她一时激动，对着身影喊道："公子！"说着就要奔过去。

朱少爷忙拉住她手臂："不要去，他不是你要找的人。"

"他是我家公子。我正在找他啊。"薄荷急得想要挣脱。

"不要去。你仔细看看，他到底是不是你要找的人。"朱公子拉紧她的手，"那不是你要找的人。我们回家去。"

那个柴公子向她走来，薄荷却下意识地后退。不知是不是被朱少爷的话影响，她看到柴公子穿的衣服——他竟然穿着黄色衣服！柴公子是不会穿黄色衣服的，还有他头上怎么还戴着发冠——薄荷双眼一闭，平心静气，再睁眼，眉间的第三只眼也打开，就看见面前一个纸人，那纸人和真人有一样动作，也一样说话，纸人头部有一个鲜红的红点，身后有一股黑气。

薄荷愣住，一时恍惚，朱少爷拉住她的手："天亮了，我们快回去吧。"

此时，正好听到一声划破夜空的鸡鸣声。薄荷感觉身体不稳，整个身体向前摔去。她猛地一震，霍然睁开眼睛。门外响起咚咚两声敲门声之后，门便被推开，一群人风风火火地夹带着一阵风进来了。

薄荷的脸红一阵，白一阵。鸡刚叫就有人进来，然后只是象征性地敲了两下门就横冲直撞地进来，薄荷措手不及。

她正要坐起来，却发现自己只穿着内衣，忙用被子把身体裹起来，缩到墙角处。一个中年妇人走到床前一言不发抽出红色床单上的白布走出门去，想来便是要拿去给朱翁看，上面的红色分外刺眼。

薄荷觉得太受侮辱，转眼看向朱少爷。朱少爷歪坐在床角，呆呆地看着床帐。薄荷已经恼羞不已，正要发脾气，感觉朱少爷轻轻拉她衣服，她硬生生忍住。等到人们都离开，朱少爷才开始向她解释那白布的用途和上面血迹的来历，以及他帮她脱了外衣请海涵。

二人换了新衣服，洗脸漱口之后，等到伺候的下人们都离开，这才双双对望。二人似乎都有话要说。朱少爷笑了笑，做了个"请"的姿势。

薄荷试探地说道："昨晚我做了个梦——"

"你最好不要睡着，睡着了奇怪的梦就会来了，梦到的都是你心中最执着的念头，醒时因为求不得，所以睡着能实现的话，更容易梦魇。还好你能自己醒来，不然可就危险了。"朱少爷回忆着，"我有个新娘，新婚当夜就死在了梦里。"

"啊！"薄荷轻叫。

"死在梦里的人，心魂不全，醒来就神志不清，分不清现实和梦境。"

"那，她还活着吗？"

"早死掉了，不过当时在梦里死去，还只是神志不全。后来她是真的死了，就死在那里！"朱少爷指了指床。

薄荷一个哆嗦，跳起来。

朱公子看她鲜活灵动的样子，心情也好了不少。他是多久没有见过这么真实的活生生的人了呢？

在门口停留许久的下人已经离开了，朱公子在薄荷耳边轻声道："等一会儿，你会见到很多人。不过，不管你看到什么，都不要害怕，我会在你身边。"他顿了顿，确定薄荷听进去了，这才又道："我以后只会叫你娘子，而不会问你叫什么名字。"他用手指放在薄荷唇边摇摇头："你要记得，在这里，谁都不能相信，尤其是你的名字，是最重要的东西，千万不要告诉任何人。"

直到薄荷点了点头，他才又拿起她的手，在她手心写了几个字，又道："这是我的名字，记住，这个名字你也不要告诉任何人。你现在看清楚我，仔仔细细看清楚我长什么样子，穿什么衣服。以后，不管有谁问你任何问题，你都不要回答，一定要记住。"

薄荷心里默念着他的名字：朱正。她随即又问："名字这么重要，你为什么要把名字告诉我？"

朱少爷已经推开门走了出去。他的脸色比昨晚初见时好了很多。

他回头一笑："你是我娘子，是我最亲近的人，名字如此重要，告诉了你才更显我们夫妻情深义厚。怎么样，是不是很感动？"

看他又不正经起来，薄荷做出一个嫌弃的表情。

朱少爷大笑而去。

薄荷跟在他身后出门，发现天上的太阳光晕模糊，阳光竟然一闪一闪。院子里是忽然喧闹起来的，似乎眨眼间，冒出了好多人，熙熙攘攘，沸反盈天。大家看到他们，纷纷过来恭喜，每个人都在笑，每个人都尊敬地称呼她"少夫人"。有一个年轻的美貌丫鬟笑着过来迎他们："少爷，少夫人，这边来，老爷太太早就等你们了。"

他们简直是被众人簇拥着走向大厅。

今日在厅摆宴，也算是新媳妇在婆家吃的第一顿饭。本来是很热闹的场面，可薄荷却觉得浑身难耐，气氛诡异万分。这些人的笑容一模一样，连张开嘴的大小程度都相同。不管男女老少，都是同样的笑容，只是眼神如在昨日洞房中一样，空荡荡的没有任何色彩。

"快来坐，快来坐。好儿媳妇，到娘身边来。"一个丽装妇人笑着起身迎她，应该就是朱夫人。

薄荷下意识地想躲开，又强忍着没动，任那妇人拉到身边去坐。她坐定后，仔细看去，这妇人虽然美貌，但是也不年轻了，眼角都是皱纹。这是朱正的娘，可以说得通，但是那个脸色红润看上去才二十岁出头的朱翁怎么可能是朱正的爹呢？

"儿媳妇昨晚睡得好吗？"朱夫人关心地问，又从怀中拿出一个红包塞到薄荷手里，忽然又想起什么似的问："哎呀，娘还不知道你叫什么名字呢。"

"薄荷。"薄荷脱口道。

朱正忽然接口道："薄荷茶我也觉得好喝，一会儿我让人给你泡来喝。"

饭菜陆续端上来，朱翁忽然道："乖儿子，你今日看起来精神不错，身子大有好转。看来都是儿媳妇——薄荷的功劳。"他说着笑了起来。

虽然朱正忙于掩饰，朱翁还是听出了薄荷的名字。

站立在一旁伺候的下人也开始笑，又是完全一模一样的笑声和笑容。声音如出一辙，表情完全相同。薄荷感觉浑身汗毛直竖。朱翁下令道："摆饭吧！"

饭菜马上端上来了，看上去是很正常的珍馐佳肴。朱夫人忙着给薄荷夹菜。薄荷看朱正，朱正忽然将筷子重重一放，声音很大，连杯子都被震起来。

但是这么大的动静，除了朱翁抬头看了他一眼外，别人竟完全没有一点动容。

朱夫人也完全没有理会朱正，只是笑容满面地给薄荷夹菜："乖儿媳妇，多吃点。"那饭菜已经满得溢出来，她竟也没有停的打算，仍然不停地给薄荷碗里夹菜，嘴里念叨着："多吃点，多吃点。"

周围的人都还在笑，笑声不绝于耳。

薄荷再也忍不了，霍地站起来躲到朱正身后。

朱翁冷冷地看着他们，然后招招手："送少夫人回房间休息，我和少爷有话说。"

他这番话说完，犹如启动了某个机关一般，所有笑声骤然停止，人们顿时散开，又开始忙碌别的事情。

朱夫人也起身离开，目不斜视地看着前路，再也没有看薄荷一眼。自始至终，她都没有和她儿子朱正说过一句话。

几个下人来请薄荷回房，那下人极瘦，瘦到好像一张纸。

纸！

薄荷警醒，想起梦里所见，眉间眼睛一开，眼前之景让她几乎晕倒。全部都是纸人，除了朱翁和朱少爷之外，全都是纸人。那些纸人每个额上都有一个红点，咧着嘴笑的，走路干活的，人人都像被操控的一般，表情、动作如出一辙。

她又看了看那桌上的菜，也都是纸做的。纸做的碗盘里装着纸屑，上面被倒了红红绿绿的液体。

薄荷忍住想要呕吐的感觉，忙把眉间第三只眼合上，然后一切看起来又是一派祥和热闹。

一阵风吹来，每个人都被吹得东倒西歪，却还是带着持久不变的笑容做着自己的事。薄荷回头看了一眼，正看到已经走远的朱夫人轻飘飘地飞起来，被风吹得挂上了枝头。她身子向前，脖子却断了，只有一点点皮和身子相连，头转了几下，完全扭向后面，歪歪地挂在树杈上，目光正和薄荷相对。

薄荷吓得大叫一声。

朱翁朝她看过来，笑着道："儿媳妇，你怎么了？一惊一乍的，只是一阵风而已。你快回去休息吧。儿子你来，爹有话要对你说。"

朱正向薄荷点了点头。薄荷定了定神，跟随那下人回了房间。

她慢慢地坐下，依然觉得自己是做了一场梦，这么荒谬怎么可能是真的呢？慢慢回想刚刚看到的一切。莫非整个朱家宅子里面，甚至整个村子里都是纸人，只有朱翁、朱正和她三个活人？如果没错的话，这些纸人都是被朱翁控制的。那他这么做到底是为了什么？只是想在她面前掩饰什么吗？朱正知道这一切吗？

薄荷本就胆小，越发觉得这里阴森恐怖，却不知该如何是好。她在房间里毫无头绪地转来转去，一时想到忽然离去不知音讯的公子是不是也遭遇了什么凶险之事，一时又想到自己身陷这恐怖诡异的地方不知能不能逃出去，心中默默念着：公子，公子，你在哪里？

不多时，朱正回到房间。他轻声叫道："薄荷。"

"啊！你已经回来了！刚才——"她刚开口却又住了口，想起朱正和她说过的话，他不会叫她名字，只会叫她娘子。此刻的朱正，不光叫了她的名字，连笑容也像贴在脸上一般。

薄荷又看他的衣服，朱正今早更衣的时候对她说道："他让人给我准备了这套衣服，可我偏偏不喜欢，却又不敢违逆。衣服不能不穿，只好偷偷换另外一条腰带吧。"说这话的时候，朱正满脸自嘲的笑容，那笑容甚是苍凉。

薄荷看着眼前的朱正，心生疑虑，没有再说话。朱正又道："薄荷，这是我们村里的大儒董老先生刚送来的名帖，有名望的人家都要登记名帖，年底依名帖来下请帖的。"

薄荷接过名帖，上面都是陌生的名字，想必都是村民的名字，奇怪的是，这些名字都用金笔书写。

朱正笑道："你写上你的名字，顺便把我的也写了吧。"

"你的名字？"薄荷心里警钟狂敲。

"千万不要告诉任何人我的名字。"朱正的声音在她脑海中响起。

"是啊，我不是告诉过你了吗？"面前的朱正语调平静，表情自然，没有起伏，没有喜怒。

薄荷越发肯定了面前这个朱正一定是假的，很有可能也是一个纸人。她张开第三只眼，果然看到面前一个纸人，身上穿着和朱正一模一样的衣服，只是腰带并不是今早朱正系的那条而已。

薄荷不动声色地接过"朱正"递过来的笔，在上面写了"恶人""坏人"，交还给他。薄荷本来想借机写点更难听的话，可是她能想出最难听的骂人话就是这个了。

"朱正"向名册上看了一眼，只见上面有字，以为自己完成了任务，向薄荷点了点头，转身离开。

薄荷看那纸人竟然冒充朱正，而真正的朱正并没有回来。她有些担心，便偷偷地跟在纸人身后。

薄荷躲在门口的柱子后面，窗户没有关下来，还留下一个缝隙。她蹑手蹑脚地走过去，正好可以从缝隙中看到屋内的情景。

"朱正"将那名册交给朱翁后，变成一巴掌大小的纸人，朱翁拿起来轻轻一扯，一缕轻气从纸人身上飘出，纸人如遇火一般瞬间燃烧，随即化为灰烬。薄荷可以认得出来，那缕轻气正是一缕残缺的魂魄。想来纸人就是靠这缕残缺的魂魄维持行动。

朱正就坐在朱翁身边的椅子上。朱翁右手放在朱正头顶，薄荷自窗缝看到朱正身上各处经脉涌动，几道无形的元气从他体内升起，被朱翁的手掌源源不断地吸走，朱正瘫倒在椅子上，面带死灰之色，朱翁却面色红润，似乎更年轻了一些。

朱翁难得地露出笑容："你我父子二人相依为命，有爹在一日，自然有你一日。不过，你好像有点不乖，不管你和那个新来的小丫头在搞什么花样，爹劝你尽快打消什么不该有的念头，否则——爹已经知道了你的名字，你就——"他笑得阴恻恻，翻动名册，忽然面色大变，"那丫头要我！"

"哈哈，你用尽各种方法想知道我的名字，这次竟然失算了吗？"朱正今日的气色本来不难看，被朱翁吸走元气之后，死灰之气又笼罩了他，说话也似乎奄奄一息。

朱翁满脸怒意，大掌卡住朱正的喉咙，朱正抽搐了几下，眼看就要没了气息。薄荷正要冲进去，朱正却不知哪里来的力气，用力挣脱了朱翁的桎梏。他用尽了全力，双目含冰："你最好杀了我。你还想活上个几百几千年，可我已经活够了。"

朱翁不语，半晌才嘿嘿笑了出来："你新娶的媳妇不简单，从她来了我就看得出来，你力气大了不少，而她好像看得透这里的局，甚至还敢骗我——以为我拿她没办法了吗？我知道她的名字……"

"你若敢对她不利，我也不客气了，父亲。"朱正加重了"父亲"这个词。

朱翁却有恃无恐："你能有什么办法？你若是有办法，也不至于忍受这么多年……"说到这里他忽然停了。

朱正冷笑："你也知道是忍受，如若不是答应了母亲，我想死，有的是法子。你每天看着自己那张不人不鬼的脸不觉得恶心吗？"

"你敢这么和我说话？"朱翁带着隐怒，一手将桌上的茶杯掀翻到地上。

朱正强撑着身体站了起来，踉跄了两步，扶着桌子站稳，一字一顿地道："你可以试试，看看我还有什么不敢的。"

"啊！"薄荷忽然感觉手臂火辣辣地疼，叫出声来。不知何时，一个下人悄无声息地来到她身后，在她手臂上重重一咬。这依然是个纸人，薄荷用力一扯，那纸人很轻松地就被扔开，飘飘荡荡地落到地上。她的手臂上竟然有了一个深红色的血点，那些纸人竟然真能伤人。

朱翁听到动静，面色微变，看到门外的薄荷，冷哼一声："即便是有些小把戏又能怎样？"他手持一本金色的册子哼道："我既已知道了你的名字，你便逃不出我的手掌心。"他手中一支金色的毛笔，笔杆金灿灿，足有十二三寸长，黑色的笔头尖端一点红色。他在书册上写下薄荷的名字，可令他惊讶的是，薄荷的名字刚写上去就消失了，接连写了几次都是如此。

薄荷大概也明白了，名字被写到那个册子里的人一定会遭遇不幸。只是没人知道薄荷不是凡人，她的命运不归那个奇怪的册子管。

忽然，薄荷感到身后一阵阴气袭来，回头看去，无数纸人僵直着身体向她逼来，薄荷被逼到了角落里，那些纸人面无表情，嘴里却长出了利齿。纸人越聚越多，向薄荷包围而来。被纸人咬过的伤口还是阵阵疼痛，薄荷不知被一堆纸人每人一口咬下去会怎么样。

忽然，一股烟味飘过来。朱翁面色大变，循着气味看去，只见朱正的手里不知何时出现了一个火折子。他另一只手正拿着几个纸人，将纸人点燃。

朱翁大惊失色："你要干什么？快放下。"他没空再理会薄荷，飞身来抢夺火折子。

朱正冷冷一笑，将火折子随意一抛，"轰——"的一声，那些纸人被火一点，燃烧了起来，瞬间化成灰烬。

火势蔓延得很快。薄荷趁朱翁忙着去救火，搀扶朱正逃走。朱正无力地靠在她身上，艰难地用手指了指屋后，虚弱地对她耳语："草，山洞。"

屋后有一丛芒草，芒草后面一块大石头堵了洞口。薄荷费力将那大石移开，带着朱正快速进洞，听着外面传来噼噼啪啪火烧的声音。

这个山洞十分隐蔽，薄荷暂时放下心来。此地就算不安全，她也不能带着奄奄一息的朱正再走了。她又用大石堵好洞口，又堆了几块大石将洞口堵严实。

将朱正安置好后，薄荷紧急为他疗伤。她亲眼看见朱翁是怎么吸走朱正元气的。她想起第一次见到朱正时的样子，也大概想通了前因后果。朱翁总是从他身上吸走元气，只给他留一口刚够喘气的真气，离死人也就只差那一口气而已。

薄荷施救之后，朱正缓缓睁开眼睛。

薄荷正担忧地看着他，看他醒来眉眼皆笑："你醒了！"又叹了口气道："我只会解毒，你体内除了那合欢药留下的毒之外，最重要的是缺少元气，我修行浅微，无法帮你，如果能逃出去，我家公子必定能救你的。"

"没关系，其实我早就该死了。这样的日子，活着也是痛苦，只是因为母亲的嘱托，所以我一直忍着。"他向薄荷展颜一笑，"幸亏我一直忍着，否则就不能遇到你。现在，挺好的。"

这话难得的一点也不轻佻，薄荷倒是被他说得有些伤感了，又安慰他几句，完全没有听出来朱正这几句话是在向她告白。她可以理解的告白只有衔蝉君"我喜欢你，你嫁给我吧"这种直白的方式。

朱正指着角落道："你去那块圆石下面找找，看是不是有张画？"

那块圆石足有一丈多高，似乎是被打磨过的，光滑非常，上面似乎还有一些很规则的纹路。薄荷无暇细看，将圆石掀起，下面真的有一幅画。画轴发出幽幽檀香味，显然是名贵之物。

她将画拿到朱正身前。朱正将画打开，画纸微微泛黄，画面上只有左上角有一轮圆月，再无他物，右下角却写着"戏珠图"三个字。

朱正道："我无意中发现巨石下面压着这张画，这画显然是不同寻常，肯定别有深意。你记住这里，也许今后会有用。"

薄荷又把画放回原处，再仔细看那块圆石，颜色近乎透明，上面还有黄褐相间的斑纹。好奇怪的石头。薄荷用手摸了摸，忽然感觉那石头动了一下，她吓了一跳，仔细看去，分明还是石头，哪里动了？

这时，从洞口传来浓重的烟味，缕缕白烟从山洞口的缝隙钻进来。薄荷咳嗽几声，想去搬开石头。朱正拦住她："他明明怕火还敢烧火放烟，真是疯子。"他指着山洞前方道："我们从那边出去。"

薄荷扶着朱正摸索着往山洞里面走去。山洞壁上面滴滴答答地不时往下掉着水珠。没想到这里别有洞天。二人摸索着前行，七拐八弯地走了不知多久，才看到前面有隐隐的亮光。

薄荷心中大喜，终于能逃出去了！

走出山洞，眼前顿时开阔起来。这是村外，四周是枯朽衰败的草木和零星的几间残破不堪的屋舍。薄荷回头望去，只见日光更加暗淡，风虽微，却阴冷异常，整个村庄似乎都摇摇欲坠。

漫漫荒野，万物枯朽，不辨方向，生机全无。

薄荷搀扶着朱正，不知何去何从。远远地，一阵小孩子的哭声传来，东南西北、前后左右，每个方向都有，声音忽远忽近。那哭声惨烈无比，随着这哭叫声，一片高高的衰草中缓步走出一个人，正是朱翁。

薄荷大惊，不由得攥紧朱正的衣袖。

"想走吗？逃到哪里去？"朱翁阴森森地笑问。他的身边环绕着一群小孩，都是和辛未、甲辰一样的穿着打扮，一个个粉雕玉琢，分外可爱。只是此刻他们的颈部似乎被无形的线拉扯着，一个个双手都背在身后，有的无声落泪，有的啼哭出声。

朱翁忽地收了笑，对薄荷怒道："你到底是什么来历？敢跑到我家里来多管闲事！我们全村都齐齐整整，安居乐业，我和我儿父慈子孝，大家过得好好，你来了，一切都变了。这都是你害的！"

他说话间右手向上虚空一提，好像扯动了线绳一般，那些小孩忽然极不自然地动了动，骨头咔嚓咔嚓地响，竟然目呈赤色，犹如丹砂，口中长出两颗长长的尖牙，皮肤变得青紫，指如曲勾，长长的，泛着寒光。

"天哪！"薄荷惊呼，刚才还是一个个粉嫩的孩童，现在怎么成了这个样子？这些小孩不是纸人，不会那么弱不禁风。他们更像是僵尸！

看着这些僵尸般的小孩，薄荷又惊又怒，对这些孩子充满了怜惜。

薄荷和朱正一步步地后退，那些孩童围在他们周围，像是布阵一般，将他们团团围住。

"你快走！"朱正将薄荷拦到身后悄声道，"这些小孩看不到，只能听见呼吸声，你屏住呼吸赶紧离开。"

"我走了你怎么办？"薄荷不答应。

"傻瓜，你是我娘子啊，我当然要保护你。"朱正对薄荷笑道，"我当了那么多次新郎，每次都眼睁睁地看着那些女孩子在我面前死去，心中再难过也没有一点法子。这次，我好容易有力气能挡在你身前，如果能救得了你，我心中不知有多开心。娘子你这么贤惠，就满足为夫这点心愿吧！"

薄荷眼看小僵尸越来越近，一股浓重的腥臭气息袭来。她急道："这都什么时候了，你还说这些没用的话，要逃一起逃！"

朱正笑道："怎么能没有用，也许我即刻就死了，但是至少我能向我娘子剖明心事。"他深深地看着薄荷，缓缓地唤她："娘子。"

这声呼唤如此深情如此轻柔，好似他唤出的是这世上最珍贵最好听的名字。从没有人用这种语气这么呼唤过她，这声呼唤让薄荷心中一震，不由得和朱正四目相对，他眼中柔情无限，再也不是那戏谑不正经的模样。

正在这时，朱翁愤怒的声音传来："难怪你敢背叛我，原来你看上此画作者陈子和，号为酒仙，可知陈子和平日定是嗜酒如命，或是人送外号，或是自取号为酒仙，酒仙作《酒仙图》，实在有趣。

画中大汉醉卧树荫，解衣盘礴，似有鼾声传来，脚上鞋子脱落，腰间衣带散开，酒葫芦倒在一旁，自在至极。

陈子和擅水墨人物，也工写意鸟兽，兼工山水。笔意散逸，潇洒出尘，不堕俗格。山岩树木苍润怪奇。此画用笔用墨酣畅淋漓，潇洒自然，确有醉后挥毫之逸气，画中人物与树木、临泉不拘形体，虚实相生，意形相谐，实为明代浙派水墨佳作。

陈子和另有《芦雁松鹤图》双轴图录于《水墨美术大系》，《苏武牧羊图》藏于浙江嵊州市文管会，《双鹭图》藏于美国弗利尔美术馆，《松岩山鸡图》藏于日本东京国立博物馆。

古画注释：范向朋

2012 年毕业于中国美术学院国画系
杭州国画院第四期创作员
浙江现代画院画师
《中国美术导报》特聘画师

第 1 话《古木酒仙图》

猫自古为人喜爱，作为宠物已有千年之久，猫戏图多描述在中庭、院落之中，或为妇人、婴童调戏，或成群互相逗闹。如宋代易元吉《猴猫图》，极具风趣，《戏猫图》群猫逗乐于庭中，苏汉臣《冬日戏婴图》中二孩童拿孔雀翎挑逗一只猫咪，十分奇趣可爱。

此幅《醉猫图》中五只猫儿嬉于庭院假山旁，一只大猫在太湖石上注视下方两只嬉闹正酣的猫，身体前伏，意欲扑下。太湖石后有两只猫窥探。后方两株芙蓉开得正盛，秋意浓浓。

作者为何尊师，唐代道人（一说宋代道人）。在南岳隐居时，常来往于苍梧五岭之间，步行如飞。身边常随着白鹤、老虎，修道之人尊称其为"何尊师"。天宝二年得道。曾作《醉猫图》数幅，今大多已遗失。有《戏猫图》传世。

宋何尊师葵石戏猫图

宣和御府收藏

黄武古堂书画鉴芳

第 2 话《醉猫图》

《猴猫图》

绢本设色

31.9cm×57.2cm

台北故宫博物院藏

　　易元吉的作品流传至今已是吉光片羽，而《猴猫图》是大多数专家认定较为可靠的作品。该图无作者名款，但有宋徽宗"易元吉猴猫图"的题签，钤"内府图书之印"，并有赵孟頫、张锡等人作跋，是诸多传为易元吉作品中流传最为有序的一幅。画中右侧一只猴子脖子上绑着皮绳，绳子另一端圈系在一个桩上，猴子怀里紧抱一只小猫作惊避回顾状，怀里的小猫惊恐地咪着斜视右上方，左侧的小猫也同样瞪大眼睛咪叫着回顾，弓着腰警惕着上方的动静。猴和猫全身毫毛用精细的笔线一笔笔丝毛画出，细入毫芒，猫的斑纹以淡赭墨染绘，毛色浓淡层次分明。

宋

佚名

绢本设色

139.8cm × 100.1cm

台北故宫博物院藏

本幅绘庭园一角嬉戏的大小猫咪一共八只。画栏围绕，锦障高下相连，使园中仿佛别有洞天。群猫嬉戏于湖石、竹丛、桃树、牡丹之间，或静或动，生意盎然。画家观察入微，以瞳孔缩成线状的猫眼，点出了这场猫戏的时序，应该是日光强烈的日间。又牡丹仰而色发干，正是正午时的牡丹。

《戏猫图》

北宋

苏汉臣

绢本 设色

196.2cm×107.1cm

台北故宫博物院藏

本幅画姐弟两人，在冬日庭院中逗猫戏耍的情景，庭院一角的湖石后梅花与山茶盛开着，其间又杂以兰花、竹子。虽以梅花、山茶来暗示冷冷的冬天，但画家却利用温暖的红黄色系，盛开的花朵，将画面安排得明丽爽朗，不觉有丝毫寒意，反而结组成一派和煦的情调。画中姐姐手里拿着一面色彩斑斓的旗子，弟弟则以红线缠着孔雀羽毛，正逗弄一旁玩耍的花猫。

《冬日婴戏图》

明

朱瞻基

纸本 设色

41.5cm×39.3cm

台北故宫博物院藏

绘秋日里湖石耸立，雏菊绽放，石下两只猫儿嬉戏，一只花呢猫瞪着双眼盯着远方，另一只卧在地上似寻找地上的东西。朱瞻基，明仁宗长子，朝号宣宗，尤工绘事，善山水、人物、走兽、花鸟等。

《花下狸奴图》

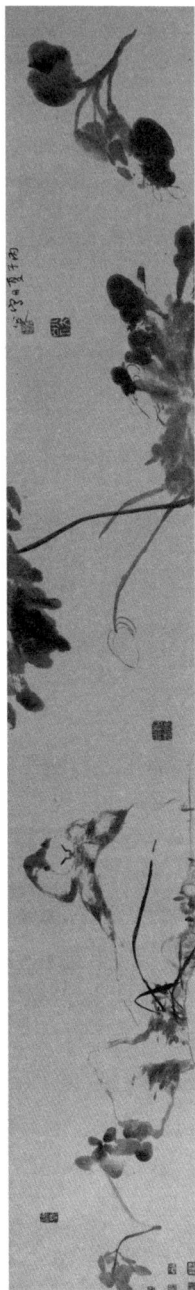

清

朱耷

纸本水墨

34cm×218cm

北京故宫博物院藏

全幅景致简洁，绘一只白猫蹲于石巅上拱背缩身，与山石浑然一体。它闭目养神，全然无心观赏四周荷花、兰花等俏丽的景致。作者显然运用了象征隐喻的手法，将客观的意象与主观的意识作了巧妙而含蓄的结合。他以心静如水的猫暗喻自己在清王朝统治下不闻不问，远离世俗的隐遁行为。图中荷叶及无名花草以墨气淋漓的泼墨法绘成，以白描勾勒，寥寥数笔的猫、石形成视觉上的黑白对比，不同色调的深浅变化，丰富了画面的空间层次，从而使全卷既充实又空灵。

《猫石图》

《蜀葵游猫图》

南宋

毛益

绢本设色

25.3cm×25.7cm

日本大和文华馆藏

图绘太湖石及蜀葵下方长毛品种的成猫和四只幼猫，另于空中绘二只白粉蝶。猫儿的毛发全以细腻的线条仔细描绘，后方蜀葵的每片花瓣及叶片之表里则以施加浓淡深浅的手法来表现立体感。"猫"和"蝶"，因各与"耄"（七十岁）和"耋"（八十岁）的读音相通，合起来遂被视为具有长寿之寓意。

第 3 话《戏珠图》

自宋代到元、明、清甚至当代，婴戏题材深受普罗大众喜爱。唐代周昉，宋代苏汉臣、李嵩，明代仇英等都善画婴戏。现存世作品中，宋代苏汉臣《秋庭婴戏图》《小庭婴戏图》，婴孩们天趣自得，生动之至，为此题材之最。

《戏珠图》描绘了一群婴孩身着节日盛装，在一派欢快的节日气氛中，或吹或唱，敲锣打鼓，观看戏珠的情形。画中孩童稚气满满，动态质朴，神情灵动，或聚或散，意趣盎然。

第4话《骷髅幻戏图》

赏析

　　宋代李嵩善画婴戏、货郎，意趣天成。有长卷《货郎图》《货郎图页》《钱塘江观潮图》《西湖图》等作品传世。

　　此幅《骷髅幻戏图》为李嵩的一幅传世作品，现存北京故宫博物院。因其表现内容神秘而荒诞，历来为众多学者关注，但对其研究和剖析的作品却不多，使得这幅作品格外神秘。

　　此幅图中的货郎非同寻常，是以骷髅的形象出现，身旁是行礼货担。而大骷髅正在操弄一个小的骷髅傀儡，给对面一个孩童看。孩童后方应是他的姐姐伸手作看护状。骷髅身后应是附近村里的妇人，怀中正在哺乳婴儿。

　　此画面内容实在神秘难解，历来众说纷纭。不过最直接的暗示是骷髅的死亡象征意义，他手中小骷髅的形象以及动作，与对面孩童和姐姐的动作刚好对应起来。不得不说这其间是难以掩盖的关于生死、轮回以及繁衍后世的思考和隐喻。

《货郎图》

南宋

李嵩

绢本 水墨

24.2cm×25.7cm

美国克利夫兰艺术博物馆藏

《货郎图》属于风俗性题材的作品，挑满玩具百货的货郎被一群孩童所欢迎，充满着民间浓厚的生活气息。一位朴实和气的农村货郎，担上商品充盈，头上和身上也插挂着各种物件。此画的画法比较写实，生动地表现画中人物间的情绪和互相关系。此图笔致工细，神情刻画入微，是传世宋代风俗画中杰出作品之一。

南宋

李嵩

绢本水墨

25.5cm×70.4cm

北京故宫博物院藏

《货郎图》卷应是李嵩货郎系列的开局之作。相比于小团扇货郎图，这个长卷画得明显有点潦草。勾画得甚是随意，与其他如界画作品中的人物的用笔肯定、谨实工致不同，画中用线甚至有些飘动跳跃的感觉。并不单因为所用描法为战笔，有些地方可以看到作者淡墨勾勒的类似铅笔的草稿留存。而能与之相合的，便是落款的笔法。从李嵩所有画作中款识用笔可见，李嵩笔性本是如此，哪怕勾画精巧的花卉、谨严的界画，其落款皆轻松随性，很是特色。所幸画出来的货郎和村妇、孩童合于用笔十分生动和鲜活，比于其界画中的点景人物端着架子更是充满活力和生气，甚为可爱。此卷画幅最大，人物最多。场景和时间表述比较完整：一个货郎刚到村头，先是蜂拥而至的娃娃们围拢在货担周围，货郎忙向娃们推销一款新出的拨浪鼓，欢笑声几可闻见；后有催促着母亲的娃娃以及带着同样兴奋的旺财全家屁颠屁颠跟在后面，另有一个比较害羞但仍很好奇的女娃在后面观望。

《货郎图》

《钱塘观潮图》

南宋

李嵩

绢本设色

17.4cm×83cm

北京故宫博物院藏

《钱塘观潮图》所绘一水两岸，开阔而空旷，构图简单直接，相较于《月夜观潮图》的构置精巧更接近自然观感。近岸房屋层叠如鳞，隐没在丛树绿植中，勾画极为简约但并不含混。对岸滨江区的群山连绵。江中一线潮水汹涌推进，绵延至天际几不可见，江中数只船儿随波浪颠簸起伏。比之《月夜观潮图》中的浪花涌起，夏圭《观潮图》中的浪花翻腾，李嵩全景式的江中似乎不见单个小浪头的描绘，满目是成片的汹涌而来的江波和即将被淹没的宁静的江面，其所取就在一个气势，一览全局的壮阔。

南宋

李嵩

纸本水墨

26.7cm×85cm

上海博物馆藏

本图所绘西湖山峦起伏，南北高峰对峙，苏堤横卧，六桥、雷峰塔、孤山、双峰插云、断桥等名胜皆隐现于烟锁雾迷之中。画幅左边，连绵山脉、林木丛生，雷峰塔高耸屹立其间，群楼屋宇栉比，连成一片；湖的右边，白堤可见，依湖而建一幢幢楼阁水榭。近处为湖东，只露出几座高耸的城楼，自左向右一字排开，形断势连。

《西湖图》

《赤壁图》

南宋

李嵩

绢本 设色

24.8cm×26cm

美国纳尔逊－阿特金斯艺术博物馆藏

　　本图一改往常如武元直、马和之所绘的赤壁大石壁挺立的样式，呈现了一水两岸，截一角置边，苏子乘舟，弄波江上的景象。画幅大面积的都是波浪，笔线有李嵩笔性十分，石壁、碎石画法李嵩笔无疑。

《夏花篮》

南宋
李嵩
26.5cm×19.1cm
北京故宫博物院藏

　　春花篮中有白碧桃、海棠、连翘、林檎、黄刺玫五种。篮中主花春为白碧桃，夏为蜀葵，冬为山茶，从头至尾有完整的折枝枝条。主花浓丽，C位入篮，辅花则颜色淡雅，其余各花旁系配材，依花朵品第高低主次宾客穿插映衬，辅以位置、大小、颜色、密疏，繁而不乱，多而不杂，节奏感秩序感极强。花与叶阴阳向背，花叶穿插点隔前后，在视觉上以深色托举淡粉的花瓣。尽管有更为华丽的篮子编织居中而立，整个花团也仍繁密而不琐碎，设色富丽但毫无艳俗之感。

赏析

　　作者李成，号营丘，是北宋最为知名的画家。与范宽、郭熙并称北宋三大家，当时有"齐鲁之地，惟摹营丘"的说法。北宋时中国北方除了学习范宽，就只有学习李成了。李成一生画作颇丰，绘有《茂林远岫图》《晴峦萧寺图》《寒林策蹇图》等。

　　李成擅画山水，自成一家，喜画郊野平远旷阔的风景，画法简练，气象萧疏，好用淡墨，有惜墨如金之称。

　　这幅《读碑窠石图》是李成与当时的人物画家王晓合作而成。寒林萧疏，枯树参天，所用树法正是"蟹爪"画法，盘虬卧龙分外苍劲。一文士骑白马于一石碑前读碑上文字。画面意境淡远，寒意凛然。

绢本水墨

111.4cm×56cm

美国纳尔逊－阿特金斯艺术博物馆藏

郭若虚《图画见闻志》载李成画："夫气象萧疏，烟林清旷，毫锋颖脱，墨法精微者，营丘之制也；石体坚凝，杂木丰茂，台阁古雅，人物悠闲者，关氏之风也。"此画用笔坚实有力，画山上亭馆及楼塔之类，皆仰画飞檐，勾勒而形极层叠，皴擦甚少而骨干自坚，颇有李成的特点。画原为明末清初梁清标旧藏，不能确定该画为李成所绘，但确定其为北宋李成传派的高手所绘应没有问题，而且是一件难得的佳作。

《晴峦萧寺图》

《茂林远岫图》

绢本水墨

45.5cm×141cm

辽宁省博物馆藏

杨仁恺认为此图是流传有序的李成的真迹。谢稚柳则提出这非李成真迹，是燕文贵手笔。方闻的意思这是一幅混合了李成和燕文贵画风的宋画。徐邦达则直说这是一幅与李成无关的宋画。《茂林远岫图》中虽有人物车马往来，但并无五代以来山水中仍有的很强的叙事性。画面中山似梦雾，石如云动，楼观密布，塔影隐现，这种画风更符合北宋中后期的许道宁、燕文贵、郭熙、王诜等人的特点，整个画面的呈现不符合李成所处的时代特征。画中树木稀疏，山峦满布，并无茂林之景。傅熹年更明确指出此图上缺峰巅，下少水脚。与北宋前中期的上留天下留水的大山水构图特征大异，更像是为了与山水题跋凑齐的一件削足适履的后代拼合本。

绢本淡色

162cm×100.4cm

美国大都会艺术博物馆藏

张大千认定此为李成画作。诗堂处张大千题以"大风堂供养天下第一李成画"。画下缀有长跋云:"米元章《画史》云宝月大师李成四幅,路上一才子骑马,一童随,清秀如摩诘画《孟浩然骑驴图》,此云骑马,一时误书耳。"又云,"松枝劲挺,松叶郁然有阴,荆棘小木无冗笔,不做龙蛇贵神之状,即此图也。"

《寒林骑驴图》

李成

绢本浅设色

39.4cm×71.4cm

辽宁省博物馆藏

绘远处山峦起伏，云雾空蒙；近处松树数株，松干挺直，枝杈虬曲多姿，林木笼罩于烟霭雾气之中，四周坡面山石间杂树丛生，郁郁葱葱。李成，画山石以"卷云皴"；画寒林创"蟹爪"法，其学生郭熙亦秉承其画风。

《小寒林图》

李成

绢本水墨

137.8cm×69.2cm

台北故宫博物院藏

此幅绘萧瑟的隆冬平野中，长松亭立，古柏苍虬，枝干交柯，老根盘结，河道曲折，似冰冻凝固，烟霭空蒙而至天际。该图正是李成最擅长表现的场景。

《寒林平野图》

李成

绢本水墨

27.1cm×113.2cm

辽宁省博物馆藏

图上树干粗壮，但叶已落尽，应为深秋或隆冬，鸟儿们三五成群或地上觅食，或树枝上观望，叽叽喳喳，一起度过寒冬，地面的杂草上以及树枝上以白线勾勒，是否为没融化完的残雪？

李成，喜画平远寒林，画法简练，好用淡墨，有"惜墨如金"之称。

《寒鸦图》

李成(传)

绢本水墨

7.2cm×31.6cm

台北故宫博物院藏

皑皑白雪中，山峰静穆地肃立。远处的天空笼罩着淡淡的墨气，近处的流泉落入凛冽的湖水。

在画面的中央，伫立的磐石上有一座亭子。它掩映在松柏间，檐上落满了白雪，亭中空无一人，显得孤独寂寥。如果身处亭中，天地一片萧索，泉声从一侧传来，余下的只剩静默。"千山鸟飞绝，万径人踪灭。"诗中的意境，只消一座小亭，便展露无遗。

《群峰雪霁图》

汉代刘向的《列仙传》中记载：琴高是战国时期的赵国人，因他善于弹琴做了宋康王的宾客。他精通长生之术，游荡冀州和涿郡一带达二百多年。有一次他说，我要入涿水去取龙子！并与他的弟子们约定说，你们都洁身斋戒，在涿水岸边等我。弟子在岸边立祠堂，在约定之时琴高果然骑着红鲤从涿水中出来。引成千上万的人前来观看。琴高与众弟子相聚了一个多月，极尽兴致，后来又乘鲤进入涿水中去了。除了《列仙传》记载这个故事，古代的文人墨客或作诗词、楹联引用"琴高乘鲤"的故事，或以"琴高乘鲤"为题材创作绘画、雕塑和瓷器图案，等等，不胜枚举。

这幅《琴高乘鲤图》就是描绘琴高辞别众弟子乘鲤而去的情景。

画面布局构思精巧，充满动势。琴高跨鲤背回首与岸边揖手相送的弟子们依依惜别，人物情态生动，线描劲拔舒畅。树、石、远山都安排在画幅的边缘，显得水天辽阔。综观全图，笔墨精纯熟练，设色简淡，格调爽朗明快。值得称道的是，画家能够于纤毫之中展示出风力的变幻莫测，鱼背上的琴高、岸边弟子们的发辫衣服、树木叶子的走向，在风中飘荡的姿态描绘得惟妙惟肖。

作者李在是明代画家。宣德时与名家戴进同入宫廷，擅长画山水和人物，细润处近郭熙，豪放处取法马、夏。传世作品除《琴高乘鲤图》外，还有《归去来兮图》卷、《溪山云阁图》。此幅在明代院体风格之上又吸取了文人画的技法，更是独具一格。

第 6 话《琴高乘鲤图》

李在

绢本水墨

188.8cm×109.1cm

台北故宫博物院藏

　　山中酒店旅客聚集，老翁悠然鼓琴，另有行旅渡船者，画中人物的生活片段与自然山水及楼阁茅舍亭桥紧密结合，显出热闹的气氛。本幅旧传为郭熙之作，以画风论已入明际。近代学者研究认为是出于李在手笔。李在，字以政，莆田人，宣德（一四二六年至一四三五年）时与戴进、周文靖等同待诏直仁智殿，画山水学郭熙及马远、夏珪。

《山庄高逸图》

李在

绢本设色

135cm×76cm

北京故宫博物院藏

　　此图绘山间村落，巨峰如障，溪流坡岸，人物舟船，房屋俨然。作品取全景式山水，构图饱满，气势宏阔，皴笔细密扎实，墨韵浑厚。画中山石的卷云皴和树木的"蟹爪枝"取法自北宋郭熙，又兼具南宋马远、夏圭之意，故而用笔粗放率意，这种融南北宋于一体的画法是李在的本色面貌。画面以雄壮的山川衬托村居生活之平和气息，颇具怡然闲适之意趣。

《山村图》

绢本水墨

165.2cm×90.4cm

北京故宫博物院藏

此幅与李在《山村图》无论在布置与笔墨上，还是人物情节的描绘上，都极其相似，故可定为李在山水作品。本幅署"郭熙"款，系后添。曾经被误定为北宋郭熙所绘，后在画面上发现李在的印记，于是正名。作品取全景式山水，气势宏阔，皴笔细密扎实，墨韵浑厚，画树木呈"蟹爪枝"状，从意境和笔法来看，确实与郭熙极为相似，是典型的北派山水面貌。

《阔渚遥峰图》

《搜山图卷》

明

李在（传）

纸本水墨

46.9cm×807.2cm

美国弗利尔美术馆藏

搜山图多见着色版，此是白描，后面落款有涂改。台北李霖灿认为是把明代的宫廷画家李在改成了宋代大师李嵩。

李在(传)

纸本浅设色

27.9cm×320cm

美国大都会艺术博物馆藏

　　此卷托名明代宣德间宫廷名
家李在之笔，然则自跋中又说在
项墨林家有马远烟云叠嶂图，实
是可笑之极。项元汴嘉靖间人，
李以政早项氏近一百年，何得以
见其藏品。又观此卷不失为一山
水佳作，但明、清间无有用此笔
法者，抑或民国初年画家所作，
俟知者考之。

《董巨马夏合风山水图》

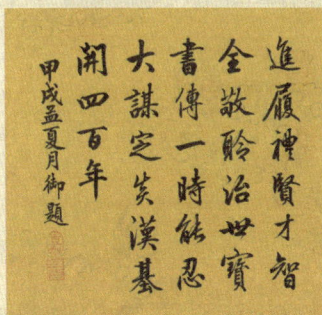

進履禮賢才智
全敬聆治世寶
書傳一時能忍
大謀定笑漢基
開四百年
甲戌孟夏月御題

《圯上授书图》

李在
绢本水墨
24.8cm×26.5cm
台北故宫博物院藏

描绘秦末张良得黄石公传授兵法的故事。张良曾闲步桥上，遇一老人故意将鞋丢到桥下，要求张良为他拾回并穿上。良敬其老，勉强为之，老人微笑，去而复返，要求张良于五日后破晓时再会于该地。良依约前往，老人已先在，并怒斥他迟到为无礼。如是者三，良不断提前到，终于比老人早，老人喜，送他一册《太公兵法》，要他好好研读。谦抑敬老的张良得此秘籍，终能辅佐刘邦成其灭秦兴汉的开国霸业。用笔得梁楷，马和之减笔之妙。

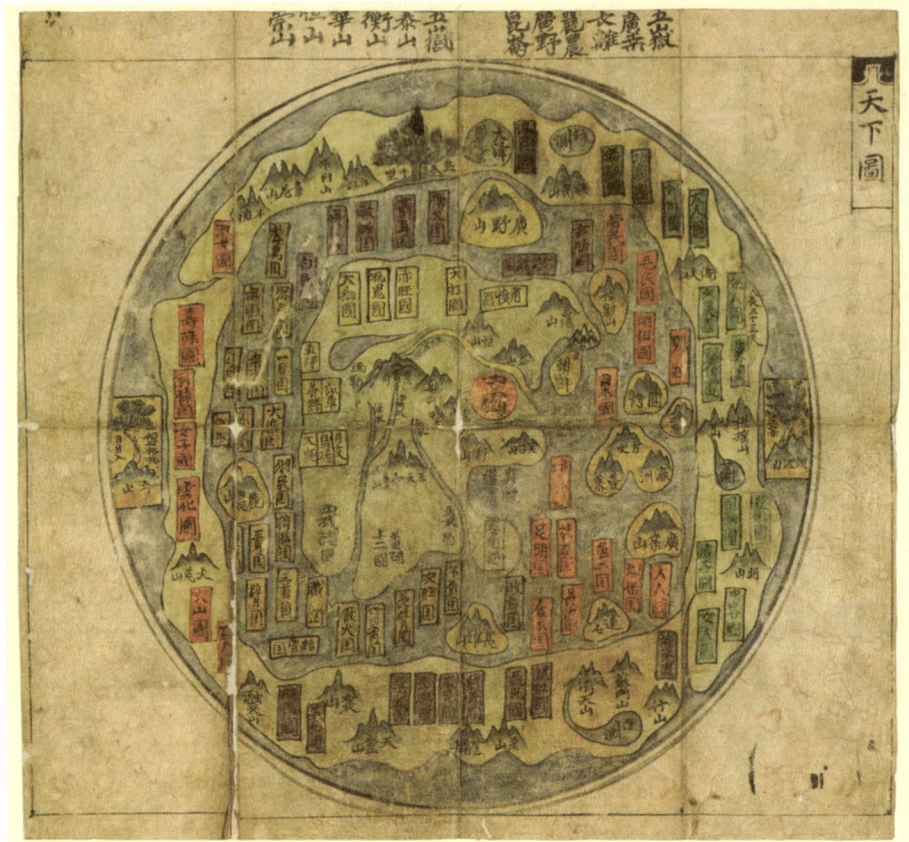

《姑射山图》

　　早期朝鲜王朝制作过一本名为 *Ch'ŏnha chido* 的世界地图集。这本地图集复制于十九世纪的副本现藏于美国国会图书馆。

　　地图集中的世界地图从朝鲜视角出发，而以中国为中心，绘出当时世人所知的大洋周边各国各岛，以及出自《山海经》传说中的一些仙山岛屿。《山海经》是记录仙山野灵最为经典的古籍，它记载的内容被古人视作真实历史，司马迁甚至在《史记》中写道："至《禹本经》《山海经》所有怪物，余不敢言之也。"

　　地图中，姑射之山位于东北方向。

　　庄子《逍遥游》云："藐姑射之山，有神人居焉。肌肤若冰雪，绰约若处子。不食五谷，吸风饮露。乘云气，御飞龙，而游乎四海之外。其神凝，使物不疵疠而年谷熟。"

　　古中国神话传说中的神仙都住在很远的地方，往往是往西走，比如西王母居昆仑。姑射之山则在地图远远的东北方。姑射之山为神仙居住，神兽遍地。天马飞空蛟龙出水。自古为文学家或画家想象、描绘的对象。明代画家仇英笔下有多卷仙山图，或名上林图，皆是云腾雾绕，金阙入云，神兽飞腾的仙界苑囿。

了这丫头！蠢货！"他又向虚空中提了提，那群小孩飞速朝二人袭来。

薄荷忙收回目光，来不及多想，急道："你先逃，我有办法对付他们。"她用力将朱正一推，双手画十，一个绿莹莹的结界结好，正好将朱正罩在里面，朱正立刻感觉周围一片柔和清凉，四周都是缓缓流淌的元气。

"它会带你去该去的地方，不要担心我。"薄荷轻轻一吹，好像吹泡泡一样把那个绿色的结界吹起来，晃悠悠地升到空中。

朱正拼命地想挣脱结界，他拍打着结界对薄荷说着什么，薄荷露出个好看的微笑向他摆摆手，看她用尽真气结成的结界越飘越远，升到空中一朵云边，蓦然消失。

朱正在那结界中感受到从未有过的平静和安稳，绿色幽光温润地游来游去，有时滑过他脸颊，他感觉自己干枯瘦弱的身体正在逐步健壮，将被吸干净的元神和精气慢慢聚拢。

忽然，轰隆隆一声巨响，结界似乎撞到了什么硬物，他整个人跌了出去。一片白色光亮刺得他睁不开眼。他许久没有见过这么强烈的光，不由得用手遮住眼睛。

光亮消失，他慢慢放下手。他好像是在一个书房里，书桌旁精致的香炉内正燃着香，淡淡的沉香味幽幽而来，让他慢慢放松了神经。墙上挂满了书画，有的画纸已经发黄，显然是古旧之物。他随意间看到了《步辇图》《麻姑仙坛记》，读书时得知，这些古画早已失传，如这是真品，那收藏这些古画的人真不简单。在这书房中，他非常平静，竟然忘记了外物，很快沉浸在这些古画中，仔细欣赏起来。

不过片刻，他听到了人的声音！真的是人在说话，不是机械般的重复，是活生生的人！

这让他激动万分地奔出房间，差点被门槛绊倒，撞到檐下的几只风铃。

此时天气晴朗，没有一丝风，那些风铃本来默然不语，此刻被撞得丁零零地响起来。

一个火暴的声音正在发飙："她到底在哪里？还不说吗？"

两个小孩将手举在头顶，低着头蹲在九龙影壁之前。被暴烈的阳光照耀，他们的身体摇摇欲坠，身影时而清晰，时而虚幻。他们身前隐约有个虚幻的影子正在跳脚大骂："你们两个小鬼，敢在爷面前耍花招，不给你们点颜色看真以为爷是吃素的！哼哼，你们会喷五行之火，爷给你们降降火。"他伸手向会客厅前的深潭招手，潭水如有生命般飞起两道长练，飞向两个小孩。

"小小年纪便如此奸猾！贫道一定要度化你们这些人，还世间一个朗朗乾坤。"一个鹤氅道人在一旁感叹。哎呀，终于找到了接下来的目标，漫长无际的时光终于又有了新的动力。真是让人欣慰。

两个小孩被潭水一浇，痛苦地尖叫。他们回头看向屋内，齐刷刷地站起来奔向朱正："少爷救命啊！"

这两个孩子正是辛未和甲辰。他们奔到朱正身后，偷偷摸摸看那虚影。

朱正倒是诧异这两个孩子竟然认识他，还和父亲不知从何处弄来的那群小僵尸的穿着打扮一模一样。

朱正看了看那飘浮的虚影，还是决定问那鹤氅道人："请问，这里是……"他心中有许多疑问，自己怎么会无故出现在这种地方，这些孩子到底是谁？这个虚影又是什么人？

"你是谁？"一人一影齐齐地看着他问，"你怎么会出现在这里？又是从哪里来的？"

朱正心中也有许多疑惑，但他现在心里最惦念的就是薄荷，来不及犹豫，脱口问道："这里有没有人认识薄荷姑娘？"

应该是薄荷送她来这里的，说不定这就是薄荷的家。他不是第一次说"薄荷"这个词，却是第一次叫薄荷的名字，顿觉唇齿留香，真是好听。

"薄荷？你见过薄荷？"虚影大喊大叫。太好了，终于有消息了，他快愁死了。柴公子若回来发现薄荷丢了，他还有什么脸面在落雪斋里混？

"净心，你去跟冥王说，再等一段时间，我自然不会让他为难。"一个熟悉的声音从大门处传来。

是柴公子回来了！

吴刚调整了一下面部表情，冲向大门口。柴公子在寒潭里洗了洗手，本来平静如水的寒潭此时卷起阵阵水花。净心却不见踪影。

吴刚一脸谄媚，柴公子哆嗦了一下，毫不掩饰满脸嫌弃，瞬间就发现了问题："薄荷呢？"他出门归来，薄荷竟然没有前来迎接，这基本就是不可能的。

"她去找你了，怎么你先回来了？没看到她吗？那丫头哪里去了？"吴刚假意不知。

柴公子瞥他一眼迅速走回书房，打开万象图。

吴刚紧跟其后，没底气地解释着："我也想着她应该在万象图里，可万象图这么大，真不知从何找起，何况真的跟我无关，是这两个小孩子搞的鬼。"他又指着朱正对柴公子道："这个人也知道内情。薄荷那么聪明伶俐，一定没事的，你放心吧。"

吴刚难得夸薄荷，可惜薄荷没听到。

朱正看着风风火火进来书房的柴公子，只见他身穿天青色长袍，面容俊朗，身材修长。心中顿生自惭形秽之感，不由想到：这就是薄荷心心念念的公子吗？

柴公子锁着眉头从万象图中收回视线，满脸凝重，沉吟片刻这才转而向朱正拱手："在下姓柴，这位公子可是姓朱？"

"正是。"朱正点头。

"朱天赐大人可是阁下先祖？"柴公子又问。

"没错，我看过家谱，多年前有大变故，先祖天赐公带我们一族隐居山间，不问世事。"

"原来真是这样。"柴公子徐徐点头，再看向朱正，竟有了慨然之色，"朱公子先祖一门忠烈，精忠爱国，请受在下一拜。"柴公子边说边深深一揖。朱正不知他为何要如此，眼看他向自己恭恭敬敬地行了大礼。

柴公子从书架最深处拿出一本书，封面写着《大胤名臣谱》，翻开其中一页递给朱正，诚意拳拳："书中所记不过寥寥数字，当年境况，如朱公子知晓，还请告知。"

朱正不由自主地接过书，翻动书页，越看越吃惊，往事一幕一幕浮上心头。

曾经，他还不叫朱正，他叫朱行健，父亲给他取此名源自"天行健，君子以自强不息"。小时候，他记得父亲正直而慈爱，总给他讲先祖的故事。

某一年，敌军长驱直入，短短几天就南渡过河，直攻都城。皇帝带着宠妃逃到陪都云城，又信了奸人太子要谋逆的污蔑之词，缴回太子虎符，大战正酣之时临时换帅，军心大乱。守城将领临阵脱逃，置全城百姓于不顾。大军士气溃败，不战而降。

北方姜国来的侵略者一路烧杀抢掠地南下，南方原本看不够的繁华、享不尽的纸醉金迷被姜国大军铁蹄践踏，他们抢走无数金银珠宝，对无辜百姓掠夺屠戮。他们刀不入鞘，杀红了眼睛，几百年的富贵之乡遭到前所未有的浩劫，积尸难数。

被朝廷和皇帝放弃了的百姓们等来了一个文士。翰林学士朱天赐带着家人和不愿离去的奴仆一百余人，走到了已然荒凉破败的大街上。他们手持棍棒、扁担、匕首，要和强盗决一死战。其时余晖满天，瘦削的朱天赐一步步走来，每一步都踩在百姓的心里。

曾经只是默默地在朱家厨房做饭的厨师，用切猪肉的菜刀砍向小巷深处侮辱少女的贼寇；曾经只是侍弄花草的园丁，举起修剪花草的剪刀刺向骑着马踩踏幼童的恶人；终日被父亲关在书房中读书的朱家大少爷用家传的宝剑刺向正在杀人的屠夫……

那是春闱等待发榜的日子，科考的读书人齐聚京城，很多人没来得及逃出京城，引颈待戮。朱天赐的举动让他们不再闭眼等死，几百书生加入了朱家的队伍，一副副文弱的身躯变成了大胤的脊梁。

本来颓然投降的守城士兵看到本该拿笔的书生们在朱公的带领下拿起微不足道的防身之物，一个个面色坚定，朝着入侵者走去，他们的灵魂又一次被点燃了。命是他们自己的，不是抛弃他们的皇帝的。俘虏暴动了，他们怒发冲冠，咬牙切齿，杀了看守的士兵，救下老弱妇孺无数。朱天赐的队伍越来越壮大，角落里，暗井下，躲藏的百姓不约而同地加入朱天赐的队伍中去。

一时草死木皆枯，骨肉与家今又无。在屠刀面前，他们命如蝼蚁，骨肉分散，生死相诀。但是他们不甘心，总要搏一搏。敌人也许会杀死他们，但他们不会闭眼等待侮辱与死亡。只有短短半日，朱天赐的队伍已经近千人。

姜国大将军下令屠城。

文人和老弱妇孺为主力的朱天赐的队伍竟然支撑了三天，最后朱天赐携幼子等三十余人被包围，身边是累累尸体，敌人的屠刀就在面前。朱天赐满脸鲜血，胸腹都中了箭。

他握紧幼子的手，大声问："你怕不怕死？"

男孩才九岁，他面无惧色，慨然回答："儿子虽死，但重如泰山！"

朱天赐大笑："好孩子，好孩子！"

英雄气概震撼敌军，那持刀的姜国士兵迟迟不敢砍下来。姜国大将军冷笑一声，亲自持刀而来。

忽然，一阵黑色旋风凭空出现，席卷而来。风过去后，朱天赐和这三十多人已经不见了踪影，似乎是被这阵黑旋风带走了。

姜国屠城三月过后，无数雨水冲刷，满城依然有着浓浓的血腥味道。

朱正说完这些，众人唏嘘不语。水云子的眼圈红了："朱天赐真是铮铮男儿，贫道恨不能与他相识，当时若知，定当助一臂之力。"

吴刚气得满世界飘荡："气死老子了！那是个什么狗屁皇帝，自己逃之夭夭，还不如一个文弱书生！老子要是碰上了，非给他一斧子不可！"

柴公子面色悲怆："朱公之行，可昭日月！"

这些事他们村子人人可知，朱正从小听到大，但此刻看他们如此动容，也对先人悠然神往起来，但自记事以来，他从来没有出过村子，他不知道这个世界还有别的地方，书中所说的三山五岳、繁华重镇，他都未曾去过。他们的世界就只有村子那么大。

往事悲怆，一时大家都沉默了。

过了片刻，柴公子又道："朱公子请看，这幅画是否曾见过？"

柴公子打开一幅画，这幅画显然是匆忙画就，笔法简洁，但画中内容却也清清楚楚。只见画面上一群小娃娃正围绕着一颗巨大的夜明珠嬉戏。这颗夜明珠巨大而璀璨，发出耀眼的光亮，画面角落一轮圆月也被那明珠衬托得暗淡无光。围绕在夜明珠周围的小孩子都是四五岁年纪，不管男童女童都是粉雕玉琢，眉目如画，他们有的倚靠着夜明珠，有的伸开双臂抱着夜明珠，还有的小童围绕着夜明珠打闹嬉戏。画的旁边正写着"戏珠图"三个字。

"我见过一幅画，上面题字相同，也有这轮明月，只是这些小孩，这颗明珠，我虽见过，他们却并不在画中。"

看到那画中明珠，朱正想起了那次山崩，本来平静幸福的生活就是从山崩开始的，一切都变了。

他从小便读书习字，父亲也时常教他道理，与他一起讨论先哲学说，他也生出不少抱负理想。只是他知道，他们的先祖自从避世来到村里，就立了祖训，子子孙孙都不能离开，生老病死，都在村子里。

大雨瓢泼，下了几日几夜，后山上的土松动了。雨一直不停歇，就像天破了个窟窿。那日，屋后一阵巨响，山体塌陷。有人看到朱翁当时正在山下采摘蘑菇，大家猜他这下子肯定被埋在了下面。

全村人都开始挖山，一寸寸地将滑下来的泥浆湿土都移走。大家不分日夜地挖了三天三夜，依然没有朱翁的踪迹。众人无奈，正在要放弃的时候，没想到朱翁竟扒开土堆爬了出来。他神情恍惚，对大家的问话充耳不闻，奇怪的是他身上没有一点伤势，大家都以为他被山崩吓坏了，安慰他许久才散去。

可是在这之后，父亲便病了，不和人交流，把自己关在房间里，不再出门。他的书房不许任何人进去。那日母亲不经意进了他的房间，他不知从哪里回来，灰头灰脸，满身泥土，便大声呵斥母亲。从朱行健记事起，父母都相敬如宾，父亲从未曾对母亲恶语相向，这次却劈头盖脸地大骂。母亲掩面离开。父亲的脾气也似乎变了，渐渐没有人再主动出现在父亲面前了。

那一日，已是深夜，朱行健被小孩子的哭泣声惊醒，他看见窗外忽然闪现异常的光亮。他披衣走出房间，发现光亮来自父亲的书房。房间里亮若白昼，光芒颜色瞬息万变。小儿的哭泣声也不时传来。朱行健心中惊惶，到窗口去偷偷地看。

只见一个几丈高的巨大夜明珠在地上闪烁着，房间里有好多衣着单薄、梳着小髻的小童，有的揉眼懵懂地四处观望，有的坐在地上哭泣，有的去推夜明珠，夜明珠却一动不动，有个小孩急得去拉另外一个小孩一起推。

忽然，夜明珠闪烁几下，渐渐暗淡下来，耀眼的光芒变成了萤火之光。

昏暗中，父亲蓦然向他这边看来，目光寒冷若冰。他顿时头晕目眩，失去意识。

朱行健生病了，他头痛欲裂，总能想起晕倒之前父亲看他的眼神，充满了寒意和恶毒，那不是父亲的眼神。父亲什么时候变成这个样子了？

朱行健每日躺在病床上。他不敢对母亲说自己发现的秘密，因为他不知道父亲那个秘密究竟意味着什么，只是，他内心深处对父亲生出了惧怕，一日比一日沉默。

一日，他青梅竹马的姑娘翠窈偷偷溜进来找他。

"行健哥哥，行健哥哥！"她窈窕的身子很轻松地从窗外跳了进来，"你怎么总也不出门？知道那天我等了你多久吗？"

他们曾经约好要见面的。

看他面色苍白的样子，翠窈恍然："你也生病了吗？你们家最近出了什么事？死了好多人，你家佣人、你大伯、你婶婶，都死了。"

朱行健听了大惊。这些事他一点都不知道！

他正要问个究竟，屋外响起脚步声，翠窈忙通过窗户跳了出去。

朱翁进来，状似无意地看了看窗外。他袖手对朱行健道："你也躺了不少时日，事情也差不多了，你可以起来了！"

第二日，朱行健就感觉自己有了些力气，身体虽然还有些虚弱，但他已经可以下床走动了。但是从此以后，他再也没见过翠窈。事实上，他很快就发现，村里已经没有"人"了，一个个看起来都和往常一样，但已经变成了纸人，成了傀儡，他们没有思想，没有意识，只有一丝魂魄尚存，刚好够执行朱翁的指示而已。

朱行健不知道父亲怎么了，也不知道村子怎么了，只能偷偷留意着。朱行健偷偷观察母亲，看到母亲每日皱着眉，默默流泪，朱行健反而松了一口气。她虽然每日都忧心忡忡的，但至少平安无事。

这样过了一段时日。

有一夜，朱行健正睡得昏昏沉沉，有人拼命地摇动他："孩子，醒醒，快醒醒。"

他被摇醒，迷蒙中看清面前之人是母亲。他有一阵没见过母亲了，父亲说母亲去了娘家省亲，他当时还疑惑为何都在同一个村子还要去省亲，而且母亲临去外婆家为何还不对他讲。

"娘去先祖灵前帮你改了名字，你再也不叫朱行健，娘给你改名叫朱正。儿子，记得娘的话，千万不要告诉任何人你的新名字，不管是谁……"母亲急促地催促着，恳切地看着他要他答应。

他不知母亲到底是什么意思，但还是很快答应了她，拉住母亲的手："娘，您去哪里了？这么久没有看到您……"

"乖儿子，这孤零零的，只有你一个人……你要保重，答应娘，要好好活着，不论发生什么事都要活着，一定要守住自己的名字，那是你唯一拥有的东西……"母亲念念叨叨，声音却越来越微弱，趴在他枕上没了声响。

他忽然想起消失无踪的翠窈，又看看面前失去了知觉的母亲，顿时清醒起来。听得外面脚步声缓缓而来，他假意昏睡。朱翁进来，看到趴倒在朱正身边的妻子，冷哼一声，伸手一撕，她已经被撕成一张破破烂烂的纸。朱正心中又是惊骇又是剧痛，却暗咬着牙强迫自己不要喊出声来。

几天之后，母亲又来看她，她的目光中没了悲痛之色，全是木然与冷漠，嘴却咧出大大的笑来，假意关心了他的身体，又神秘兮兮地问："前几日娘一时兴起帮你改了名字，自己却老糊涂，忘记了，到底帮你改了什么名字？"

朱正牢记母亲的话，名字千万不能说，只推说那日正睡得迷糊，母亲说过什么都不记得了，心中也知道那天已经成为纸人的母亲残存了最后一点意识来找他。新做的这个母亲模样的纸人，已经完全不认得他了。

朱正守着自己的名字，想着这个世界上，以后也许再也不会有人唤他了。

父亲却忽然要给他婆亲，告知他的时候，新娘子已经盖着红盖头坐着轿子来到家门口。他被人强迫穿上了大红的喜服，那些看上去是他的乡亲，但实际上没有一点人气的村民们挤满了他家院子，说着毫无情感的"恭喜恭喜"。他看着熙熙攘攘的人群里，翠窈躲在帷帘处，欲语还休，她向他招招手便向后院去了。

朱正心中一阵狂喜，找到机会寻到后院，看到那个单薄纤弱的背影。

"翠窈！"他轻声叫道，翠窈不理不睬。他又叫一声，翠窈仍然没有一点回应。他的手放在她肩上，扳过她身子，力气稍微大了些，只听得刺啦一声，翠窈的手臂竟然被他拉断了。他惊恐地后退，却发现手中还拿着半截手臂，可是手臂并没有血，伤口也没有血。翠窈面色凄然，叫了声"行健哥哥"，便颓然倒地，化成一张缺了半截手臂的纸人。

朱正不知自己是怎么回去的。洞房里，新娘有些懵懂，但更多的还是害怕。她的眼睛滴溜溜地四处看，手抓紧手帕，紧张地问道："我怎么到这里的？"

没人回答她的问题。

喜婆递上合卺酒，新娘拒绝，她站起来向门口扑去。朱翁冷着脸示意那两个佣人把她抓了回来，二人抓着新娘的手臂，喜婆一手固定她的头，一手将合卺酒喂进她口中。

朱翁给朱正递上另外一杯合卺酒。他本来就严厉，此刻更是一言不发，朱正丧失了拒绝的勇气，他只能接过酒杯一饮而尽。

随后，房间里只剩下穿着喜服的二人。朱正感觉浑身燥热，身体滚烫，急需出口宣泄。再看那新娘子也是这样，拼命扯着自己的衣服，向他贴了过来。二人身体一接触，干柴遇上烈火，瞬间点燃。

不小心看到窗外，一个身影正立在外面。那是他的父亲——他没有走，一晚上，他都站在窗外听他们的动静。他忽然恶心得干呕起来。

他的父亲，是个怪物。

每晚他都无法抗拒地喝下一杯酒，新娘子也是如此。喝完那酒，欲火焚身。他在交合中将女子的纯阴之气完全吸收到自己的体内，他发现新娘越来越瘦，越来越虚弱，很快就只剩下皮包骨头，却还是着魔一般目光迷离，唇角流涎地想要他的碰触。他不想碰她干枯的身体，那每天被看着喝下去的酒水却让他完全无法控制自己最原始的欲望。

直到有一天，这个姑娘死了，死在了床上，皮肤干皱，失去了精元，只剩下一层皮覆盖着骨头。

她的尸体被人抬走后，朱翁对朱正语重心长地道："儿子，我知道你一直很孝顺，你还记得小时候爹带你玩耍，教你读书吗？"

"孩儿记得。"他不安地应付着，惊魂未定。

"现在该到你报答爹爹的时候了。"他说话间伸出右手，放在他头顶，"爹爹借你些东西，就当你报答爹的养育之恩。"

朱正感觉一股热气自丹田之处向头部蹿去，又冲破他的头顶，通过手掌进入朱翁身体。

他浑身一凉，如同跌进了冰窖，顿时浑身无力，又像被针扎一般，似乎被人抽去了筋骨，豆大的汗珠滚落。

朱翁却是一脸惬意，脸色红润。他站起身来，难得地露出笑容："我儿身体康健，也是为父的福气。"

如果不仔细去想，朱正也难以记得自己娶过多少妻子，穿过多少次喜服，拜过多少次天地。婚礼的流程他完全轻车熟路，哪个村民、哪个客人说哪句话都是一模一样，丝毫不变。

那些女人从丰腴美貌到瘦骨伶仃再到皮包骨，从鲜活到死亡，她们都没有了意识。

他的父亲朱翁却越来越年轻，华发都成了黑丝，皱纹不见了踪影，五十多岁的老人慢慢地成了不到弱冠之年的少年模样。

这到底是个怎样荒唐的世界？

他想过逃跑，但是都做不到，他逃不出村子，村子外面高山陡立，高可插云，猿猱难度。他也不能死，那是他娘用最后残存的一丝意识要他答应的事，他知道自己唯一的抵抗就是坚决不能说出自己的名字，否则就会像那些纸人一样完全受朱翁的控制。

他死不了，活着却又痛苦。他只有一口气，那口气足够他活着，和女人交合，然后被朱翁吸取精元。不知多久了，他活得越来越模糊，也再不奢望能有尽头。直到薄荷的出现，一切似乎才有了变化，他觉得人生还可以看到另外一种可能。

朱正从来没想过有朝一日自己会对人说出这段没有人伦道德的羞耻之事。

吴刚听完这段往事，气势汹汹地冲到书桌前，道："他有没有把你当亲生儿子？让你和女人交媾吸取女人的阴元，再来吸走你的精元，这是畜生做的事啊！他为什么不自己去，却要让你来做？还有，竟然还在窗外听你们在床上……这是什么东西？老子忍不了了，现在到画里去收拾那老东西！"

柴公子却拦着他道："你怎么收拾他？再等一等。"

"村里都没有活人了，那你的新娘子都是从哪里抢来的？"水云子听得很认真，时而点头，时而摇头，时而沉吟，末了问道。

听到这话，辛未、甲辰咽了咽口水，紧张地向后面退去。

"给我过来！"吴刚朝那边一瞪眼，两个孩子磨磨蹭蹭地挪过来，甲辰要被吴刚吓死了，他"哇"的一声哭出来。

他们看起来又怕又听话，却一个字也不肯透露。

柴公子冷冷地看着两个哭泣的小孩，朝着门外扬声道："净心，去找冥王！就说这里有几个逃出五行的恶灵，让他派黑白无常来抓人！"

"师父，你怎么知道我回来了？我还没站稳脚。"净心的声音从门外传来，停顿片刻叹气，"我这就去。"他不知穿了什么鞋，踢踢踏踏地向外走，传来他嘟嘟囔囔的声音："冥王那个变态不知会不会又对我摸来摸去。"

"救命！救命！我们也是身不由己的。"辛未和甲辰这次真被吓到了，忙跪下磕头，"我们日日受尽折磨，生死不能。他知道我们能在画中和外界来往，就逼我们骗那些美貌女子进去，如果我们不做，就会被点天灯的。"二人纤弱细小的身体发着抖，满脸泪痕。

净心停下脚步，可柴公子道："你还磨蹭什么？还不快去！"

"少爷救命，少爷救命！我们做的这一切都是为了帮你娶妻啊！"二人见那位柴公子完全不为所动，转而回头求朱正。

吴刚自愧不如，柴公子吓唬人的本事真是一流，让这两个冥顽不灵的小孩全都招供了。

朱正听得糊涂，只奇道："你们骗那些女子进哪里去？"

"进画里去啊！"甲辰和辛未齐声道。

"画里？"朱正出了一身冷汗。难道说，他一直生活在画里？

柴公子轻叹一声："当年朱公诸人被风救走后，家国已亡，他们愿效伯夷叔齐，隐居山野采薇而食，可姜国皇帝下令，黄泉碧落也要把他们找出来。这天下之大，再无归宿，朱公便到画中归隐，这村便叫子虚村，人们在这里生息繁衍，世世代代都是如此。你父亲大约是知道了一些事，性情大变，才会如此。"

子虚村，子虚村，子虚乌有，难怪他们村子会起这种名字。朱正目光空洞，眼神一片荒芜。

"画里又怎么样，现实又如何？袖里乾坤，壶中日月，不只在三界六道之中才有众生。"水云子感慨万千。

这一句话却让冷汗淋漓的朱正如饮醍醐，柴公子适才所说让他心惊，顿生苍凉虚无之感，水云子几句话瞬间把他拉了回来。他定了定神，他至少要搞清楚到底是怎么回事。他问甲辰、辛未道："你们是从哪里来的？为何我没有见过你们？你们是怎么被我父亲抓去的？"

"我们和夜明珠一起陪着老婆婆，即使后来婆婆死了我们也一直陪着她。我们不知睡了多久，却被吵醒了，外面塌陷了。有人进来抢走了夜明珠。我们本就是夜明珠孕育出的精魂，夜明珠被偷走，我们只能跟随。为了保护夜明珠，他让我们做什么我们都得照做。"

他们说的老婆婆，别人听不懂，柴公子却忽然开口询问："那老婆婆……她死的时候，你们在身边吗？"

"老婆婆待我们极好，犹如祖母一般。她去世的时候，我们都在她身边，她好像睡着了一样。"说起那老婆婆，辛未小小的声音里也充满了眷恋。

"那她……临终前，有没有说过什么？"柴公子眉宇锁起了皱纹，双唇紧闭，眼中似乎闪过一道水影。

辛未歪着脑袋想不出来，甲辰本来一直不敢开口，此时，怯怯地开口道："当时我离婆婆最近，她一直念叨着几个字，好像是'观音奴'。"

柴公子呼吸一窒，低下头去，状似无意地用指尖抹了下眼角，又对门外道："净心，冥王那里先不用去了。"

净心从门外进来，不好意思地笑了笑："师父你怎么知道我还没去？"他不知何时穿了双木屐，这木屐看起来不像是中土所有，走起路来踢踢踏踏的，和一身书童的衣服搭配起来不伦不类。

"啊，天灯！"水云子不知从何处找了一本书来，"我查了书才知道点天灯是怎么回事，实在是残忍。"水云子抱着一本古书过来，"从人的头顶敲开一个洞，舀出些脑髓脑浆，再往里面倒上些许灯油，用火点燃。"他叹气，"这么多年了，人们设计出越来越多的酷刑，以折磨别人当乐趣。"水云子的思维还在点天灯这个话题上，反应之慢，也确实令人叹为观止。

辛未和甲辰听他又说到点天灯，吓得哆哆嗦嗦，面色苍白。看他们恐惧害怕的样子，水云子怜惜之心更甚："这么恐怖的遭遇，他们都是这么小的孩子，又能有什么办法？"他摸摸甲辰的脸蛋，几乎流下眼泪来，"都是小孩子，看看天宫里那些小童子多么逍遥自在，我师兄的童子元定每日吃喝玩乐，炼丹炉也不看，坐骑灵珠兽也不牵，还动不动就闹脾气，得我师兄去哄。都是小孩子，差别怎么这么大——你们别怕，你们去地府投胎的时候我陪你们去，一定要让那冥王给你们寻个好出身。不然你们不要转世了，陪我上天去，给你们寻个好主人……"

柴公子忽然向吴刚笑了笑，自从进门，尤其是知道薄荷丢了之后，柴公子一眼都没看他，此刻这一笑，吴刚感到一阵恶寒。

"你是不是想去救薄荷？"

"是啊，再不去那小丫头可就危险了。那老头子简直是个怪物，指不定要把我们薄荷怎么样呢。"吴刚摩拳擦掌，表达心意。虽然平日和薄荷总是吵架，也嫌那丫头烦，可他怎么能任由薄荷随便被外人欺负呢？

"要救薄荷有件事必须要你去做，否则薄荷是回不来的。"柴公子继续循循善诱。

"不管什么事，来找我好了，为了薄荷我豁出去了。"吴刚豪气万丈。

"去月宫，找嫦娥，借月光！"柴公子轻轻地抛出这个答案。

吴刚终于知道柴公子为什么笑得那么神秘、那么猥琐了，随即平静了下来，他觉得柴公子本事不比他的小，而且水云子空有那么大本事也不用，简直是个废物，甚至净心，虽然看上去平常，可作为未来的冥王，总是有与众不同之处。所以，薄荷的事完全不用他如此热情。况且，他现在还是个幽魂，连个身体也没有，真的不适合风风火火，最好在家安心休养。

"咳咳，我……"吴刚眼光乱瞟，支支吾吾想找理由。

柴公子完全没有给他思考的时间，拊掌一笑："那我就先替薄荷谢谢你了！两炷香的时间，若你借不来月光，回不来的不只是薄荷，还有我。"他回头看向朱正："朱公子，请！"

去哪里？朱正看到紫檀木的书桌上有一卷画似开似卷，还隐隐金光闪烁。他凑过去要看，画中忽然涌起一道剧芒，他眼前一花，那光芒便将他吸进了画中。他隐约听到那两个小娃娃哭喊着："我不回去，不回去！"

徒留吴刚眼睁睁看着柴公子进到画里，暗暗咬牙切齿。柴公子这是要逼死他！

薄荷看结界带着朱正消失，松了口气。

童子们层层叠叠地围绕着她。也许不用一会儿，她就会被这些小僵尸连骨肉都吃得干干净净。

突然想起去她家中的辛未和甲辰，他们的名字是天干地支搭配而成，她灵机一动，试探着呼唤："甲寅？"

离她最近的一个男童空洞的眼神忽然有了一丝神采，利爪放下，又挠挠自己的脸："咦？"他的指甲尖尖，一挠把脸挠出了一道血痕。

嗅到了鲜血气味的其他小僵尸转而去抓甲寅，甲寅此刻正在懵懂，眼看一只利爪正要抓上他脖子，薄荷抢上前去把甲寅搂到怀里拔足狂奔，没跑多久又被小僵尸们追上，将她和甲寅层层围住。

薄荷正要低头查看甲寅有没有受伤，手臂却钻心一痛，甲寅正抱着她的手臂，尖尖的利牙刺进她手臂的皮肤里。她疼痛地边挣扎边叫："甲寅！"

男童又停住，放开她手臂，面露惊讶之色。

眨眼间，甲寅已经被几个小僵尸给拖了回去，薄荷闭着眼睛大喊："甲子、乙卯、丁丑、己亥！"

被她喊到的几个小孩都是一阵恍惚，互相看看，不知如何是好。有孩子看着自己弯弯曲曲的指甲露出疑惑的表情，迟疑间又被别的孩子给挠了，大家互相又是挠又是咬，被叫到名字的又是一阵恍惚。

一群小孩顿时乱作一团。

朱翁愣住，没想到会出现这种情况。他十指分开，如弹琴般临空拨弄几下，那些孩子似乎被捆绑了手脚，跳至一旁，僵硬不动。

朱翁冷声道："我活了这么多年，就只那么一个儿子，你快把他找回来，否则别怪我不客气，也让你尝尝变成纸人的滋味。"

薄荷俏立一旁，不屑地看他："你哪里把他当儿子了？把活人弄成纸人陪着你，你真是个老怪物！"

"我哪里老？"朱翁勃然大怒，"我皮肤嫩滑如少年，身体壮实有力，哪里老了？休要胡说八道！"

薄荷好笑看着他恼羞成怒的样子，这世上竟然有如此的父亲，六道三界都难找。

朱翁看到薄荷满脸的不屑，心中怒意更盛，为何在那册子上写她的名字却没有用？眼看儿子不见了去向，没有他，这一切该如何维系？

忽然，他心念一动，这丫头不管是不是人，总是这世间之物，既然是世间之物——他阴恻恻地笑了笑，从怀中拿出一颗拳头大的透明珠子，微微透着绿色寒光，朱翁口中念念有词，珠子霍然变大，周身透明起来，散发出道道寒光，天地陡然变色，太阳也瞬间黯然无光。阴风顿起，万物肃杀，本来就衰败的荒原更如临末世。

薄荷觉得呼吸不畅，想吐纳调整气息却喘不过气来。

薄荷不需要吃饭，甚至也可以很久不喝水，却无法不呼吸。

此时天地间的阴阳之气似乎都被那发着寒光的珠子吸走了，她脸色发白，手扯着脖颈，痛苦万分。

朱翁得意地看着薄荷痛苦的模样："他在哪儿？"

薄荷痛苦地摇头，她蹲在地上，手指颤抖。

薄荷意识模糊了，她这次真的要死了。

朦胧中，一个人正朝自己走来，那么熟悉，让她心安。

公子来了吗？

她再也撑不住，失去了意识。

绿光幽幽，她化成了一株薄荷草，薄荷草的叶子无精打采地耷拉着。

有人如闪电般飞奔而来，捡起颓萎于地的薄荷草，小心翼翼地放在一个透明的水晶瓶里，然后将水晶瓶收回袖中。跟在此人身后的，正是朱正。朱翁没料到这里还会有人，他早已断了一切生路，这里独成王国，他习惯了控制。他可以控制天地万物，甚至包括每日升起的太阳都是他的夜明珠。如今无端出现了一个陌生人，朱翁警觉地握紧手中的珠子："你是何人？"又转向朱正："才一会儿时间你竟然就搬来了救兵！你知道了子虚村的秘密？"

朱正点头苦笑："没想到我们一直生活在画里。"

"知道也好，只要你乖乖听话，爹爹必定不会伤你性命，等到爹爹的本事大了，我们能更加扩大我们的王国，到时候偏居这方世界称王为侯，岂不痛快？"

朱正并没有立即拒绝，他沉默一刻慢慢问道："爹爹你说的可是真心话？"

朱翁见事情有转机，面色大喜："当然是真心话，为父怎会骗你？"

"爹可否把这事情原委都告知孩儿？我活了这么大才知道自己活在画中，我怎么能接受得了？爹爹是什么时候知道的？"

朱翁深深地看了朱正一眼，又瞥了一眼柴公子。思忖片刻，他慢慢开口道："那年山崩，我被困在山里，本来以为会死在那里，却被我发现了一个秘密。"朱翁停顿片刻问道："你可知道当年为何先祖会逃避到画中？"

"朝廷追杀，无处可去。"

"只是一个文官而已，怎么值得耗费如此兵力、财力去追杀？"朱翁摇头，"先祖带走了大胤朝的传国之宝，所以才会被追杀。他将宝贝带到画中来，就埋在那山里一座墓中，我在墓中发现了一个显贵之人的墓，发现了这珠子和那群娃娃。"

"想必还有个高人！"柴公子忽然发话。

朱翁一愣，随即笑道："没错，你竟猜得出来。正是那高人指点我长生不老之法。"

"长生不老？就是你现在这样？用那种恶心的法子？"朱正满脸讥讽之色，他本就是想要朱翁讲出当年的秘密才假意逢迎，此时听到这么恬不知耻的说辞，再也忍不住叫嚷出来，"为了长生不老就骗那些无辜少女进来，把我害成这样，自己也变得人不人、鬼不鬼？还有阿娘，村里的乡亲，你为什么要杀死他们做成纸人？"

"你无法理解那种感觉，当你以为年华老去，慢慢地走向死亡，可是有办法让你白发变成青丝，还会让所有人都听命于你，不敢有任何违抗，那种感觉，连做皇帝都比不上。我本来该是公卿之后，却在这画中方寸之地做山野农夫，谁会甘心如此？"朱翁的声音又软和下来，"再说，为父并不是随便找了女子来和你同房，哪一次我没有给你办热闹的婚礼？只要你乖乖的，为父怎么会为难你？可你偏偏不听话，被那个妖女迷了心智，要和我作对。只要你迷途知返，我——"

"她不是妖女。你才是怪物。"朱正低吼，父亲真的被鬼迷心窍，满嘴荒唐。

"哼哼，可以弄结界带你走，现在又变成了一棵草，还是什么好东西了？"朱翁不屑地撇嘴。

"你疯了，你忘记小时候你跟我讲的圣贤书吗？先祖天赐公的英雄事迹也是你给我讲的，生死何惧？你告诉我君子有所为，有所不为。可你想想这些年来你做的这些伤天害理的事，岂不让先祖蒙羞？"朱正悲痛地说道。

朱翁似乎不想听他说这些，有些烦躁地挥挥手哼了一声："不用再说了，既然你打定主意要跟我为难，我也不奢望你能向着我说话。你请了救兵来，我倒要看看都能有些什么本事。"

柴公子听到这里，也不评价，只道："这夜明珠是我家祖传之物，还请归还。"

"你家祖传？这是皇太后的陪葬之物，怎么……哈哈，你说你是皇族之人？简直荒谬，大胤朝皇族全部被杀，你来冒充什么皇族！"朱翁大笑。

"你从出生就在这画中，你们所看的书籍也都是前朝遗物，大胤朝皇族被灭族，你怎么知道？也是听你在山里遇到的那人说的吗？"柴公子目光如炬，盯着朱翁。

朱翁冷哼一声："是又如何？"

"太子殿下，太子殿下，是你来了吗？玄武老远就听到你的声音了。"一个稚气的声音传来，大家循声望去，只见一只巨龟慢悠悠地从山洞那边爬来。

朱正认得清楚，这就是山洞中压着那幅画的大石头，原来竟然是一只龟。这么多年来，这龟都一动不动，任谁看去都觉得那是一块石头。

这么大的块头，发出童稚之声，兴高采烈地想向柴公子奔去，却碍于腿脚太慢，虽然一直在呼哧呼哧地赶路，却半天都没有前进一尺。

"玄武？怎么是你？你竟在这里！"一向都镇定自若的柴公子看到这只巨龟也惊喜不已，不等它挪过来，上前去亲昵地摸着巨龟的头。

巨龟依偎在柴公子肩上，一脸欣喜与激动。

和柴公子亲热了半天，他才回忆道："太后娘娘崩后，皇宫就被攻陷，我无处可去，情急之下藏于太后娘娘衣袖中，随她一起入葬。太后娘娘临终时一直喊着观音奴，她一直很是思念您。"

柴公子面露苦涩："我知道，是我对她不起。"

"太后娘娘并没有怪您。她一直担心记挂着您。"玄武安慰着柴公子，"《戏珠图》中夜明珠被盗，我情急之下把画纸藏在了身下，那画是殿下送给太后娘娘的礼物，玄武一定要保护好，玄武相信，总有一天能等到殿下。"说话间，自他身下掉出一幅画，这画上空荡荡的，只有一轮明月当空，"戏珠图"三个字龙飞凤舞。

那些被困的童子看到这幅画，都蠢蠢欲动，剧烈挣扎起来。

朱翁虽被眼前突然出现的人和乌龟震惊了一番，却很快又道："哈哈，以为拿出那幅画，夜明珠就可以回到画里吗？它早已不是当初的夜明珠，这些年来吸尽生魂之气，成了阴邪之物。即使你真的是前朝太子又怎样？夜明珠已与我血脉相依，只听我的话，它是属于我的了。"

只听他呼啸一声，那些童子就痛苦地哀号，随即獠牙利爪更盛，向柴公子等人围攻而来。

夜明珠又发出阴冷之气，似乎想要吸尽世间所有的生气。

朱正也以手抚胸，痛苦非常，一缕缕生气从他七窍飘出，飞向夜明珠。

玄武忙躲进龟壳中。

柴公子也面色发青，看得到气息在他身体中乱窜，想要挣脱身体投向夜明珠。

就在这千钧一发的时刻，空中射出一道柔和的银光，将天地包围。云中站立一人，正是吴刚，他手执一个净瓶，瓶口向下，缕缕不绝的银光洒向大地。

不久，夜明珠散发的阴冷之气尽数散去，发出明媚温暖的光辉，这些年来被夜明珠吸去的生气又全都重回人间。

大地回春，枯萎的花草树木变回绿色，死于树下、被尘土掩埋的麻雀扑腾着挣出尘土，扑扇着翅膀飞上天空。瞬间鸟叫声、犬吠声响起，整个村子顿时活了起来。

朱正终于看清了吴刚，只见他屹立云中，手持净瓶，面色沉静，丰神俊朗，恍若天神。

柴公子打开水晶瓶，一株薄荷草变成一个翠衫少女，她打了个呵欠，看看周围，与朱正目光相接，朝他一笑，又看到正微笑看她的柴公子，高兴地扑上去："公子！"

柴公子伸臂搂住薄荷。

朱正看到薄荷化身人形，一阵激动，"娘子"两个字就在嘴边，可看到她和柴公子相互依偎、亲昵无间的样子，他自嘲地勾起嘴角，将这两个字在心里又念了几遍，封存在最深的角落里。

朱翁没想到会有此变故，他大惊失色："不会这样的，那个人没有这么说过，他没说过……"说话间，他头发变白脱落，光滑的皮肤布满皱褶，牙齿松动掉落，挺拔的身体佝偻下去。他满脸的不可置信，罡风吹过，吹散一切阴霾，朱翁的身体也如纸张一般被风吹得破碎。

　　水云子带着辛未和甲辰到了，正好看到这大地回春的神奇时刻。水云子连连赞叹，嘴巴张了老大不能合上。辛未和甲辰见此情景，口中念念有词，朱翁被吹散的身体忽然着了火，摧枯拉朽般地消失得无影无踪，只留下一本金色的册子，落到柴公子脚边。

　　大地回春，暖意盎然。净瓶里的月光用完了，吴刚落到地面，适才风度翩翩的月中天人此时又暴躁了起来："这老家伙就这么没了？就这么便宜他？老子刚才在云上的时候就差点忍不住下来打他。"

　　柴公子翻看着朱翁掉下的那本小册子，撇嘴笑道："我还道生死簿真的被他弄了来，原来也是冒牌货。"话虽如此，但心中隐隐还有些不安，这册子虽不是生死簿却有勾魂夺魄的功效，来历不凡，定然不是朱翁之物。

　　那些被控制的小童获了自由，不再是丑陋的僵尸模样，都变回了冰雪可爱的样子。他们拍着掌，唱着歌谣："小纸人，怕风吹，见了大火化成灰。"

　　六十童子嘻嘻哈哈地拥着夜明珠回到画中。

　　几日之后，落雪斋中。

　　"小乌龟，你说句话。"吴刚无聊透顶，用手捅捅蜷缩在柴公子书桌上的玄武。那日从画中回来，巨龟玄武化成了薄荷拳头大小的小乌龟，整天一动不动地冒充石头。

　　"你别这么无聊好不好？玄武是公子的客人，你怎么能这么对待他？"薄荷用拂尘拭擦墙上的字画，无奈地看着吴刚——他去了趟月宫，不仅借回月光救了他们，自己还有了身体。可是人们恭喜吴刚的时候，他脸上总会露出令人深思的潮红，一脸屈辱，再问什么就闭口坚决不谈。

薄荷话音刚落，已经在壳里待了好几个时辰的玄武伸出了脑袋，小眼睛忽闪忽闪，流出了眼泪，哭喊道："玄武不要做客人，玄武不要做客人。"

哭声把正在摇椅上闭目养神的柴公子惊到，忙来问询，又安慰道："玄武想住多久就住多久，不是客人，你也是这里的主人好不好？"

他好容易安抚了玄武，又喊了不情不愿的净心抱玄武去喝水吃东西。

吴刚和薄荷发现柴公子额头竟然出了一层薄汗，他叮嘱众人："千万不能惹它哭，它是南海的玳瑁龟，若它哭泣，南海就会海啸，渔船翻船，海边渔民都会遭殃。"

"不行，老子为人直率，随便说句什么就把它惹哭了怎么办？"吴刚不依。

"你可以不住这里。"薄荷哼了一声。

吴刚正要回嘴，却见水云子从门外进来："本来去天宫赴宴，谁知如今流行灌酒，我师兄被灌得不省人事，我急忙借着方便逃了回来。可惜还没开始用膳，薄荷丫头帮我去弄点好吃的来。"他在椅子上坐稳，一拍脑袋又想起来什么："对了，我适才遇到广寒仙子，她让我给你带话，让你记得约定，不要失信。"

一提到嫦娥，吴刚脸上又是那种可疑的潮红，羞愤地扭头过去，已然气结，假装欣赏墙上的字画，然后狠狠地瞪了水云子一眼，掀帘出门。他忘记自己已经有了身体，想要飘走，差点绊倒，还把游廊边的摇椅撞得摇摇晃晃，气冲冲地回了自己房间。

"三公子，你回天宫去了？"薄荷欲言又止，"你不是一直在画里吗？"

子虚村之事结束后，他们都从画中回来，水云子却说要在画里住上些时日。

"是啊，其实子虚村风光极美，别有洞天，我走了这几日，画中大概过了二十多年吧，经过我的不懈开拓，子虚村已经不仅仅是那么大了，方圆百里，人也多了不少，现在的子虚村真是堪比琅嬛福地。我在子虚村也收了几个徒弟，我想了想，是时候让我的徒弟们见个面联络下感情了，只是记不得他们都在哪里——我要去做个记录才好……"

"薄荷是问你那朱正怎么样了！"柴公子面露促狭之色，撇过浮茶，抿了一口。

"朱正？"水云子呆了呆才想起来，"啊，我徒弟就是他儿子。那老怪物死了之后，村里的人其实都没死，夜明珠把吸取的精魂都还了回去，《戏珠图》不是也被送回山中墓室了吗？"

"是呀，我都知道，你说重点！"薄荷快被他烦死了。

"村里的人都忘记了这些不快之事，都以为那朱翁在山崩中就死了，朱正便和他那青梅竹马的翠窈姑娘成亲啦，还生了好几个儿女。哈哈，那个我最喜欢的小娃娃终于认我做师父啦。"水云子神情兴奋，絮絮叨叨地说着，"对了，你还记得阿元吗？后来还成了什么尊师的？朱正那个小娃娃和阿元有点像，我很是喜欢这种又机灵又听话的孩子……喂，薄荷，你到哪里去？我还没说完……"

水云子看薄荷掀帘出去，急忙也跟了出去。真是人心不古，他话都没说完她就要离开，连最基本的礼貌都没有，他可要好好教育教育她。

水云子当师父上了瘾，早已忘记论斗嘴，自己根本不是薄荷的对手。

沉香袅袅，一室安谧。庭院外的寒潭平静如镜。

外面忽然传来踢踢踏踏的声音，本来在躺椅上闭目养神的柴公子出声问道："冥王怎么说？"

"公子，"净心从门外走进来，"他说他已经又从头到尾查了一次，真的没有公子说的那个人。"

柴公子坐起来，自语道："不在五行，到底是什么人？"

净心迟疑一下，还是好奇地问道："公子你不是一直在找那位紫衣姑娘吗？"

柴公子看看净心的木屐慢慢地问道："你这双露脚趾的鞋是怎么回事？"

净心吐吐舌头不再说话，踢踢踏踏奔到门口掀帘跑开。

柴公子把净心的小心思看在眼里却并不说出来，他收敛心神，来到书桌前。

没有新的有缘人接近，万象图暂时收敛了光芒，如同普通的卷轴就安安静静地躺在书桌上。柴公子将万象图摊开，只见子虚村内生机勃勃，俨然世外桃源。

万象图已然画了一半，他还是没有找到她。

万象图中各幅画虽然相接，可互相之间并不相通，每幅画都自成一个世界。画中人物一次次演绎着他们的故事，如无外力干涉，一次次演绎从始到终从来不会变。画外之人闯进不属于自己的故事里，如果没人带路，便会身陷无边无际的荒漠或者深海，没人找得到，也没有任何出口，他会在自己的世界中迷路，也许会死在痛苦中，也许会死在饥渴里，还有可能会永远被时光所禁锢，不生不死，在无尽的岁月中永远与绝望相伴。

忽然，一道黑光从子虚村出发，一闪而过，在一个地方消失，隐匿无形。

柴公子目中悲喜交织，手指跟随那道黑光移动着。她出现了，只是她一直都不想见到他。想起那张本来明媚的脸上露出死亡之气，她铿锵地说出那么决绝的话来，柴公子就忍不住呼吸一滞，心又抽搐地痛了一下。

一直在逃避的她竟然有了踪迹，柴公子心中闪过无数个念头，最后他露出个浅浅的笑来："我知道我会等到你回来的。"

南宋画家李嵩的一幅传世作品，现存北京故宫博物院。因其表现内容神秘而荒诞，历来为众多学者关注，对其研究和剖析的作品却不多，使得这幅作品格外神秘。

第4话　　　骷髅幻戏图

　　满眼都是萧索之意，茫茫千里不见人影。

　　水云子抹了一把冷汗，松了口气。他适才经过之地，正是一个战场，战争刚刚结束不久，依然可以看得到尸横遍野、流血漂橹，蚊蝇嗡嗡地在尸体上享用美食、繁衍后代。几匹豺狼正在对满世界的食物挑挑拣拣，听到脚步声，抬起头来看水云子，它们的瞳仁已经变成红色，露出利齿獠牙，喉咙里发出低低的嘶吼之声，眼看着就要扑上来。

　　水云子忍住去驱赶它们的冲动，调整心态，不断提醒自己：我只是个落魄道人而已，几乎手无缚鸡之力，怎么敢去招惹豺狼？况且这里死人这么多，豺狼不来吃倒是反常。这么想着，他成功地让自己浑身汗毛直竖。他此刻并没有以身饲狼的打算，忙低头绕路而行。一只黑色的豺狼在他身后跟了足足有二三里才被新的食物吸引过去。水云子开始不敢快跑，只能向前疾走。从一个山坳处转弯的时候向后看到那只豺狼已不再跟随，这才抹了把汗，拼命快跑起来。

　　他只是闭关修行了一段日子，怎么这个世界就成了这个样子？人们只能短短地活几十载，却总是要争斗、打仗，真不知在这样的世界里该怎么做人才好。

不知跑了多久，直到离那战场已经很远了，他才停下来松口气。他记得闭关之前，这里应该是片农田，这个时候庄稼应该长得正繁盛，但是此刻这里已然成了不见边际的杂草荒原。

哗啦啦的流水声传来，他忽然觉得口渴，想起这附近确实有条大河，便朝着水流声传来的地方走去。

他没有记错，奔腾不歇的果然还是记忆中的那条大河。他曾经和两位挚友在这河边流连过。水云子蹲下身子双手掬水，喝了几口，又洗了一把脸，用袖子擦擦沾了河水的额头，蓦然，目光被上游的什么东西吸引。

随着河水漂漂荡荡而下的，是一具被泡肿的尸体，尸体膨胀成一个巨大的球，缓缓流经水云子。他肚子一阵抽搐，又看到另外一具膨胀的尸体晃晃悠悠地漂下来。他再也忍不住地呕吐起来。闭关以来辟谷不食，吐不出什么，只是肚里翻江倒海，将适才喝下去的河水合着胆汁吐了出来。他吐得腹部抽搐不已。

这些想必就是适才经过的那个废弃战场的尸体，顺着河流一直漂了下来。

人间总是这般战争纷乱。他闭关之前刚刚大治二百年，不知闭关了多久，战争又来了。他深深叹口气，手下忽然摸到什么，低头看去，竟是一副骷髅。他忙起身，对那骷髅鞠了一躬，又叹道："白骨露野，惨不忍睹，贫道冒犯了！"

那骷髅竟然动了一动，接着哭泣起来："道长救命啊！"

水云子惊道："你已成了骷髅，想来已死了不少日子，怎么还能说话？"

"道长有所不知！"骷髅叹气，"在这世道，死的人比活着的还多，从这里到冥界的路上，各种冤魂厉魄熙熙攘攘赶着去投胎，去冥界的路都堵塞了。我只是个做小买卖的贫苦之人，没有银子打点，连往生都轮不到我，只能在自己骸骨旁流连。今日见道长仙风道骨，想要道长救小人一命。如若不能，劳烦道长给小人找些蒲草来盖盖身体，也不算曝尸荒野，死也算有些脸面。"

水云子听他说得如此悲惨，也叹息不已。他从路边枯树上摘下几根比较结实的树枝，将骷髅身上缺少的骨头补全，又从袖中拿出一个小净瓶，滴了两滴罗浮水在骷髅之上，念念有词。

那骷髅以气生神，以骨生肉，竟然活了过来。这人容貌端正，是个眉清目秀的年轻男子。水云子愣愣地看着他，正要说什么，却见那人在他面前扑通一声就跪下了。

这人没想到自己竟还能活过来，感激不已，向水云子磕头致谢。

水云子忙扶他起来，那人却兀自跪着不肯起来，呜咽道："小人名叫孟楚，就住在不远处的仙霞镇，到山间给母亲采药，没想到遇到了强人，被打劫了财物，才死在这里，真的没想到还能死而复生，能遇到罗汉大仙下凡，救小人一命，能让小人回去继续奉养双亲，照顾幼妹。大仙真是我全家的大恩人啊。"

"你叫孟楚？"水云子呆呆地又问了一句。那人点头。

他叹了口气不再多说什么，只是想到自己本来打算做人，但这人已经知道了他的神仙身份，只好郑重地作揖回道："贫道是灵宝天尊座下弟子，并非佛家罗汉。至于到底是神是仙，贫道也记不清楚了。"

孟楚一愣，忙改口称呼他为"道长"。孟楚感激的话说了许久，却又哭了起来："本来不欲再给道长找麻烦，可是这般赤身裸体回去，实在是没有脸面……"

水云子想了想，将自己的鹤氅脱下给他，自己只留了中衣。孟楚裹了鹤氅，用小截枯枝作笄将头发绾起，倒也精神爽利。

水云子要和他告别，他却又死活不依："大仙对我如此大恩，怎么能不到家里去坐一坐喝杯茶？小人就住在附近，大仙若就这般走了，岂不是让小人被爹娘责骂？"

水云子看他如此热情，不忍心拂了他一番好心，便应允了他一起往他家里去了。

仙霞镇虽然也不如以前繁华，但毕竟比那荒野好得多，也算朝廷管辖重镇，人来人往，分外热闹。闹市中聚了好多人在围观什么，传来阵阵叫好声。水云子也好奇地凑过去看，孟楚解释着："道长，这是傀儡戏。我们这里最为流行。"

水云子点着头，看得饶有兴味。在阵阵喝彩鼓掌声中，只见前面一个戏台，上下都用蓝色的幔布遮住，只在中间留出木偶演戏的地方，台上几个木偶人手脚被极细的丝线提控，正在演戏。这些木偶如真人般大小，举手投足都不见呆板僵硬，一个个栩栩如生。此刻演的是《水漫金山》，许仙正和白娘子生离死别。没想到顶上几条丝线，就能把这几个木偶操控得如此灵活。白娘子和许仙边唱边说，实在是感人肺腑，让人看了也要洒几滴热泪。

一出戏演完，围观的群众打赏银钱之后渐渐散了，从幔布后面出来几个人，正是操纵木偶之人，其中一个少女冲过来扑到孟楚怀中："哥哥，你可回来了！"

少女便是孟楚的妹妹，名叫孟襄。原来他们兄妹本就以演傀儡戏为生，孟楚失去音信的这几年，孟襄一个人支撑着家业，一边等哥哥回来。真是懂事孝顺的好女子。

她笑眯眯地看着水云子："这位道长哥哥怎么不穿外衫？为什么这样看我？"

水云子忙收回投在孟襄身上的目光，才想起自己现在只穿了中衣，难怪适才众人频频看他。

孟楚又是一阵道谢，直要脱下衣服还给水云子。

水云子看他解开衣服就又赤裸了，忙阻拦他。

孟襄在一旁直笑："哥哥快领了道长哥哥回家换衣服吧。"

水云子随二人来到一处颇大的宅院，前有庭院，后有菜园，家中还有几个仆人。没想到这孟楚家境竟然颇为不俗。

孟楚请他进客房先换件衣服，又道鹤氅要洗过之后再还给他。

客房装饰很奢华，墙上挂着名画，桌上摆着名贵的汝窑瓷器。水云子摸摸房中摆设，又是叹气。房中香熏得极浓，让人昏昏欲睡。水云子关了房门走出来。

孟襄正等在门外，看他这么快出来，微微一惊，随即又笑："小女子以为道长会在里面休息一会儿呢，这么快就出来，莫不是房间收拾得不舒服？"

水云子忙摇手："女檀越多虑了，贫道闭关多年，早已休息够了。"

孟襄看着水云子，笑得甚是妩媚，两眼眯起，伸出纤纤玉手在他胸前一点："道长哥哥，我看你年纪轻轻，怎么就去做了出家人？红尘繁华，就没有哥哥所留恋的吗？"

水云子看了看她那根点在自己胸口的手指，又认真地看着她美丽的面孔："贫道虽然看起来年轻，其实已经不知多少岁，我自己都记得不太清楚了。只是如此乱世，人人都活得很是辛苦，女檀越心胸开怀坦荡，贫道甚是佩服。"

"道长哥哥你总是这么看我，也觉得我美貌吗？"孟襄笑得娇媚，"什么乱世盛世，于我们这些人又有什么分别？瞧你看起来也不过和我哥哥一样年纪，别整天锁着眉头。"

水云子看着面前满桌的美味珍馐，又望望孟楚兄妹诚意十足的脸，想要说的话还是咽回了肚子。

孟楚惶恐："这些菜不合道长的胃口吗？我们穷乡僻壤，在下也觉对道长甚是亏欠。"

孟襄夹起一颗肉丸放到水云子碗里："我听说现在的道士不吃素。"手似乎不经意地碰到水云子的膝盖，媚眼一递，妖娆地朝他笑。

水云子忽然想到了开场词："二位一直住在这仙霞镇吗？"

"是啊，我们祖辈都住在这里。"孟楚问道，"道长怎么有此一问？"

"道长哥哥有什么烦心事？为什么一直在叹气？莫非小女子和哥哥哪里招待不周吗？"孟襄看水云子对自己的深情厚谊没有半点反应，有些不安地问。

水云子强自撑起一丝笑容："没有什么，只是贫道想起在山野处看到的那些为战争而死去的人，心中感伤罢了。"随即又问孟楚："老檀越不出来用膳吗？贫道在檀越家做客，要拜见才对。"水云子虽然是道家神仙，但平日在三界六道行走，言行举止也颇为随意，此刻在这兄妹二人面前，却颇为自持，一言一行都提醒自己必须做个像样的道长。

孟楚呆了呆才想到他是在问他父母，孟襄已接话道："爹娘去邻镇探亲，要过一段日子才会回来。"

用膳结束后水云子便要告辞，孟楚又哭了起来，要留他住几天。水云子直说还有要事，不便久留。站在他身边的孟襄忽然以手抚额，身子一晃，倒在他身上。孟楚抹着眼泪解释："妹妹从小有心痛的病，一着急一动气就会发病，想来妹妹是不舍得道长离开，但又不能强留，郁结于心，才晕了过去。"

水云子不得已，只好留下来。

夜色苍茫月如钩，彼时寂静无声，万籁俱寂。水云子躺在床上久久不能入眠。孟家大宅、孟氏兄妹又在他脑海中闪过。孟襄一脸妖娆地喊着"道长哥哥"，他霍然起身，又躺回去，辗转反侧。

忽然，门吱呀一声开了，他嗅那香味幽幽暗暗，却是孟襄来了。水云子忙闭上眼睛。

月光不明，孟襄小心翼翼来到水云子床边，一动不动。不知站了多久，她才翻身上床，躺在水云子身边，一双手如灵蛇一般在水云子身上摸索。

她这是要做什么？这是在勾引他吗？

自己要不要被勾引？水云子心中打鼓。此时应该欲火焚身还是踢她下去？他心中不停地挣扎。

孟襄的手在他胸前停住，掏出了什么东西。是他装着罗浮水的净瓶。

孟襄轻笑一声，轻声试探道："道长哥哥？"

水云子很生气。他以为孟襄真的对他有意，没想到竟然是来偷他的东西，当下哼了一声，像要醒来的样子。孟襄怕他真的醒来，忙下了床，悄悄地溜出了房间。

她拿走他的罗浮水做什么？莫非她也要肉枯骨，活死人？他思来想去，竟蒙眬睡着了。

第二日一大早，水云子就要告辞，孟楚兄妹也没有阻拦。孟楚忙着张罗下人给水云子备下盘缠和干粮，依然是一脸的感激："道长，我们小户人家只有这些了，道长路上慢走！"这番话说得水云子有些不自在，却也说不出哪里有问题。

"那个……"虽然不大好意思，但是看孟襄完全没有把净瓶还给他的意思，他轻咳一声，"昨夜睡得不太踏实。"

孟楚点头："是啊，在下也觉得非要留道长住下也是强人所难，住在我家里睡得不踏实也是很正常的。"

"女檀越睡得可好？"他觉得当面说出孟襄偷他净瓶的话来未免太失礼，便婉转地问道！

孟襄眼波流转，还未说话，眼睛望向前方，忽然目光一亮，大喊道："官爷，官爷，在这里。"她一边抓住水云子衣袖，眼泪横飞，哭花了妆容，一边喊道："我还有什么脸面活在世上？我不要活了！"她哭着便向水云子身上撞来。

水云子前胸被她撞得生疼，还没有反应过来，就被赶来的官差五花大绑起来。水云子蒙住了，这是在做什么？还没有回过神来，就已经被送到了衙门。

衙门虽小，却也颇威严，水云子被那衙役从后膝踢了一脚喊道："跪下！"

水云子在人间走动多年，从未来过衙门，他新奇不已，顺势跪下，却还在四处张望。

孟楚和孟襄跪在他身旁，凄凄惨惨地哭诉："青天大老爷为我们做主啊！"

公案后坐着的黑脸县令一拍惊堂木，向满脸哀戚的孟楚问道："你且说来，到底发生了什么事？为何事报官？务必从实说来，若有半句不实之言，本官决不轻饶！"

"小民孟楚，仙霞镇人氏，走亲戚回来，路遇一道人，那道士饿了几天没有吃东西，在下可怜他，把他带回家中好吃好喝招待，没想到他心生歹意，对我妹妹不轨，还欲偷走我家传宝物，请青天老爷做主！"

青天白日，这孟楚怎么能说出这番话来？水云子诧异地去看孟楚，而此刻孟楚也正在看他，满脸悲愤，看上去真的受了极大的冤屈。若他不是在指控自己，水云子都要相信他这番说辞了。

"堂下所跪女子是何人？"黑脸县令又问。

"呜呜……小女子……小女子叫孟襄，是本县仙霞镇人氏。家里来客，谁晓得引狼入室，小女子……不要再活了……呜呜……"她哭得好生悲切，几乎要昏厥过去，连水云子都要信以为真了。

"你可知罪？"县令一张黑脸，看着水云子，惊堂木一拍，大喝一声。

水云子正被这兄妹二人的演技所震撼，没想到县令正在问他，忘记答话。

"堂下所跪之人你姓甚名谁？原告所说，你可知罪？"县令又厉声问道，惊堂木又一次拍下。

水云子反应过来。"不知。"他老实答道，"这二人说的没一句是真的，我也不知他们为何要说出这种话来冤枉我。你作为县令，应该明察秋毫才是。"他一脸慈悲地教导着县令，完全无视县令那一张令人胆寒的黑脸。

"好大胆子，竟然指教起本官来了！实乃狂妄，人证物证俱在，你还不招吗？"

"那女檀越昨夜进我房间上我床铺偷我东西，今天却来说假话诬告，哪里来的什么物证人证？"

"哼哼，还嘴硬！来人，给我搜！"县令下令。

旁边的衙役上前来解下他还系在身上的包袱，这包袱正是临行时孟楚让下人给他准备的。衙役又在他身上随意一搜就从水云子袖中搜出一个水红色的兜肚来，这下连水云子也惊呆了，身上什么时候有了这东西？

孟襄看到兜肚，又号啕大哭起来："受此侮辱，我活着还有什么意思——让我去死吧——呜呜呜……"

孟楚一脸悲愤地拦着要撞墙的妹妹，慨声大呼："还请大人做主！"

衙门大堂上回响着孟襄撕心裂肺的哭声，孟楚抱着妹妹一声声叫："妹妹，你不要这样，你要是死了，我怎么去向死去的爹娘交代……"这么凄惨的场景，真是让见者伤心听者流泪。那县令惊堂木拍下："证据确凿，你招是不招？"说话间已有衙役拿上了刑具，眼看他要是不招供就会被上刑。

水云子看看那哭得惨兮兮的兄妹俩，又看那刑具实在心惊，想要用法术，又想起自己本就打算在人间历练，只好点头承认："贫道招了便是。"

被带下去的时候，水云子正与孟襄目光相对，她的目光中闪过一道不屑与恶毒，完全换了个人一样。

监牢里犯人很多，看到有新人进来，很多人激动得很，有些污言秽语传来，那牢头将他随意推进一个牢房，麻利地锁上，一刻都不耽搁地离开了牢房。

牢房里臭气熏天，小小的空间里有七八个人。有人蜷缩在角落里睡着，有人仰头看着屋顶，还有几个聚在一起不知在说什么。

水云子第一次进牢房，好奇不已，满心兴奋，已然忘记自己才因为罗浮水被陷害入狱。他蹲在一个正在看屋顶的人身边，也抬头望望，屋顶有些破损，若是下雨说不定会漏水，可是又有什么好看？

"你在看什么？"

"和你又有什么相干？"那人斜眼瞪他，背对他睡去。

水云子碰了一鼻子灰，只好坐到一边去。想到适才差点被用刑，幸亏自己机灵忙着招供，否则一顿酷刑上来，死是死不了的，却也不会活得很痛快。

还没有自夸完，眼前忽然被黑影挡住微弱的光线。适才窃窃私语的几个人正围在他身边。水云子以为他们好意来安慰他，人间果然有真情，他感动地露出笑容。笑容还未展开，就见一个满脸络腮胡子的彪形大汉一巴掌就要向他脸上拍来。

水云子惊呆了，他又没有惹过此人，甚至从未相识，他下意识地身子微微一飘，那人打了个空，他面露惊诧之色，使个眼色，又有两个男子从身后向他袭来。他们看不到水云子是如何移动的，只见眼前影子一晃，几个大汉撞作一团，水云子却坐到了墙角，满脸茫然。

"见鬼了！"那络腮胡子不服气，看准水云子所在，举拳便向他头顶击来。可谁知他的拳头竟砸向墙壁，疼得嗷嗷叫起来。再仔细看去，水云子去哪里了？刚刚就坐在墙角的水云子，此刻凭空消失，没了踪影。

牢房里的人个个面面相觑，一个活生生的人凭空消失，莫非是见鬼了？

水云子悲伤地在夜色中行走。他适才闪躲那大汉的攻击，一不小心就出了监牢。夜色已深，街上空荡荡，走过街角的时候，忽然有个声音传来："夜色寒凉，不如坐下来吃一碗面吧。"

虽然已是深夜，街头却还有一个小面摊，他坐下要了一碗汤面。水云子看看这卖汤面的老者，忍不住心中的抑郁倾诉起来："贫道在附近的山中闭关，不记得多久了，请问现在人间是哪一年？"

那老者并没对他说的产生好奇，捋须回答："元朔三十四年。"看水云子还是一脸不解，又解释道："大胤三百零五年。"

"啊，那我在山中已经过了一百多年。时间过得真快。"水云子感叹道。

"在人间才能感受到时光流逝，山中无岁月，时光动都不动。"卖汤面的老者似乎颇有感受。

"我出关之后救了一个人，那人竟然和我闭关之前遇到的一个朋友长得一模一样，连名字也相同，可是我知道他不是那个朋友，后来我跟他回到他家，他家中有个妹子，妹妹竟然也和我朋友的妹妹一模一样，从容貌到姓名都一模一样，他们住的房子也是我朋友当年的宅子，但我知道他们并不是我的朋友，现在才知已经是一百多年过去了，我朋友早该不在人世了，他们不知从何处得到我朋友的皮囊，我没有忍心揭穿他们，毕竟看到他们，我就当与故友久别重逢。能用另外一种方式活着，我也很开心。可是……可是他们却诬陷我，将我送进牢狱。"他说得啰里啰唆絮絮叨叨。

"可客人你此刻却坐在小老儿的面摊前。"

"贫道逃出来了而已。"他继续嗟叹。

"这世上有多少人逃不出宿命，你不被宿命束缚，却还在这里婆婆妈妈，真是无聊透顶。"老者叹着气起身，不想再和他聊天。

"你也够无趣的，躲在角落里卖面以为能骗到谁？除了贫道，谁会来光顾你的烂摊子。"水云子现在有些愤世嫉俗，不客气地吐槽着。

"身为上神，一个手指头就能把凡人捏死，却在这里扭扭捏捏装可怜，真是受不了！你快走吧，本王不想看到你。"这老者也很生气，将盛满面条的碗重重地在桌上一搁，也不再自称"小老儿"。他的面容也不再如适才那般充满贫苦与老迈，皮肤渐渐鲜嫩光滑，五官一点点挪动位置，一张风华绝代的美人脸显露出来，身上衣衫也化作火焰般的红色长衫。

"男不男女不女的老妖怪。"水云子一向都很有礼貌很有耐心，但每次看到这人就忍不住想要骂他。

美人面露不屑之色："本王本就有众生相，从不伪饰自己，不像某人身怀无上法术，却矫情可笑。"她说起话来娇柔动听，再也不是老迈混浊的声音。

水云子气恼道："贫道在人间行走，本就化身普通道人，哪里有用法术？"

美人继续冷笑。

他想起自己刚出关就用法术救活了骷髅，还用法术逃出监狱，顿时觉得自己理亏，脸红了红："天赋法术，贫道又有什么办法？"

"你若真想在人间体验，本王可以助你一臂之力，让你做个凡人。只怕这世道如此可怕，你可不敢没了那护身的本事。"

"有什么不敢的？能体验凡间喜怒哀乐，贫道求之不得！"

"很好！"美人笑开了花，她素手轻扬，碗里的面条从碗中腾空而起，绾成一道银光闪闪的绳索，将水云子捆绑得结结实实，又倏忽消失在他体内。

"你……你拿什么困住了我?"水云子结结巴巴地问道,这家伙能干什么好事?

美人以袖掩口,轻笑:"满足你的愿望而已,送你一条捆仙绳,这下你什么法术都使不出来了。不过捆仙绳上有本王的封印,能护你不死,否则这世道如此之乱,死人比活人还多,你要是真死了,混在一堆去忘川的魂灵中间,到那个时候,本王虽是冥界之主,却也很难找得到你,哈哈哈……"美人笑得前仰后合,甚是得意,忘记适才还用袖掩口做大家闺秀状。

"你好卑鄙无耻……你曾经说自己是男的,刚才还用袖子掩嘴,实在是让人心生呕吐之意。"从前见面从来都互不搭理,此刻自己为何要和这人倾诉心事。也许真是当神仙当得太寂寞了。

这时吵闹声传来。冥王笑得更加豪迈起来,完全没了美人的样子,仔细看去,却见她面容清秀,眉目疏朗,竟又变成了一个书生模样。

人声渐近,原来竟是衙役狱卒追了上来。水云子耳边只留下冥王得意放肆的笑声,那个面摊已经消失得无影无踪,冥王也不见了踪影,只留他一人待在风中被团团围住。

这次他没有被送进监狱,而是被捆了双手、头上套了布袋,推推搡搡地被送到了别的地方。他被绑在一根柱子上之后,才有人将他头上的布袋摘下,只见面前一个女子身穿白衣、身姿窈窕,正含情脉脉地看着他。

这美女似曾相识,竟是那青城山上修炼的白素贞。他刚想作揖行礼,苦于双手被缚,无法动弹。再凝神一看,这白素贞却是个木偶。这木偶制作得如此精致,竟跟真人没有半点区别。

"我的道长哥哥，你回来的感觉真好。"说话的人正是孟襄，她走上前来，笑嘻嘻地看着水云子，原来这次是被抓来了孟家，看来那县令和孟家兄妹早有关联。他哼了一声不说话，如此卑鄙，真是玷污了孟襄姑娘的好皮囊。

"本来将你送进牢房就好了，从此我走我的阳关道你坐你的牢，可是……"她拿出那瓶罗浮水，"这个，听我哥哥说可以让骷髅生肉，让死人还阳。可是这个，还需要道长哥哥来帮个忙……"

水云子几乎要被这个女子的卑鄙所倾倒，他们兄妹曾经陷害他入狱，只是为了这瓶罗浮水，得到之后却发现在他们手里不起作用，原来只有配合水云子的咒语才能让罗浮水管用。

水云子气得跳脚："卑鄙！休想让贫道助纣为虐，为虎作伥！"

"我们知道你是神仙，还偷偷看到了你被什么厉害人物用捆仙绳绑了法术，现在你也只是个普通人，你应该庆幸你还有用这种神仙水的本事，不然你可就一点用处都没有了。"

孟襄清雅秀丽的容颜浮现出残忍的笑意，她挥挥手，两个褐衣仆人拖上来一个大汉，将那大汉抛在水云子面前。

"你瞧，这个人在监狱里欺侮了你，我这就为你报仇。"孟襄鲜红的唇开开合合。她拿出匕首在那大汉胸上重重一划，鲜血顿时涌出了单薄的衣衫。这大汉想必是被下了什么药，如此痛楚竟然还没有醒来。

"我来让你看个好玩的戏法！"孟襄下刀极快，几刀下去，那大汉已然血流如注。

"住手！你要如何？"水云子忍不住喝止。这女子竟然面不改色地如此残忍。

孟襄笑靥如花："这个人死了我才拿来做傀儡的，又不是活人，你这么害怕做什么。"

水云子闭目骂道:"禽兽不如!"

孟襄嘲笑道:"虚伪的神仙,你作为神仙也怕看这些吗?用你们的话来说,不都是众生吗?红颜枯骨又有什么分别?你怎么连这些都看不透?"她边说边利索地飞针走线,一个裹着木头的傀儡很快就做好了。

她看看依然紧闭眼睛的水云子:"你看,这么快就做好了,那些吸血虫一边吸血,一边把这些让尸身永不腐败的香料吐进他体内,他可以用这种方式得到永生。"

水云子听到一阵丝竹之声,好奇地睁眼看去,孟楚不知何时也来了,他正击筑而歌,歌声竟颇有慷慨之意。那个刚被做好的傀儡在他闭眼时已经被画上了面容,穿上了衣袍,清癯俊秀、双眉入鬓、青衫磊磊,竟和之前粗犷的大汉一点也不相似。孟襄在旁舞蹈,那大汉手拿一把木剑,竟依孟襄的舞姿起舞,颇有潇洒风流的姿态。

"神仙哥哥你看,这才是杰作,以前那个肥胖难看又凶恶,为何要他活在世上?"孟襄一本正经地说着惊世之语。

"血肉皮囊都是父母给予,你不喜欢就让他去死吗?简直是胡闹!"水云子被捆得紧紧的,不能动弹,他此刻非常想念他的法术,没有法术,他即使身为神仙也照样被人鱼肉。

他生气到极点却无能为力:"你到底是什么……你不只是占有孟襄姑娘的身体而已……"

"你……"孟襄一步抢上前来,"你知道什么?你怎么知道我不是孟襄?"她眼神犀利,再不是那烟视媚行样子。孟楚也停止奏乐,阴鸷地看着水云子。

"孟襄姑娘璞玉浑金、束身自好,你只有她的样貌而已,举手投足统统不像，当年一别……"水云子想起分别之时，孟襄粲然而笑却泪光盈盈的样子至今在他心里。他不由自主流下泪来，脱口念道："渊冰厚三尺，素雪覆千里。"

孟襄脑中忽然闪过一句话，不由自主接口道："我心如松柏，君情复何似？"

自己怎么会知道这句话？莫非是那丫头残存的执念？孟襄恼怒起来："难怪你欲言又止愁眉苦脸的样子，你竟然是和那丫头相识的。幸亏我们兄妹可以迷惑人心，此地百姓没人以为我们已经活了一百年。"

水云子听到孟襄还能念出那句诗来，心中大喜，虽然被占据了身体，但是她还是有孟襄以前的意识的。水云子没想到孟襄还能念出那句诗来，欣喜异常，那表情被孟楚看到，一直冷眼旁观的孟楚冷冷道："你的孟姑娘早已死了一百年，你以为我妹妹会念一句诗，你那孟姑娘就会醒来吗？实在是荒谬……"孟楚之前做戏的时候，一脸毕恭毕敬的老实样，此刻却阴沉难测，眼神中总会露出暴戾的影子来。

"你们到底把孟姑娘怎么样了？"水云子怒问。

孟襄眼波流转，泛上个暧昧的笑容来："怎么？原来神仙动了凡心，喜欢上了人间美貌女子？孟姑娘青春美貌，不知你们当年进行到哪一步了？"她往他身上一倚，"我和孟姑娘长得一模一样，我用的就是她的身体，你莫不是喜欢上我了？"

水云子气得头顶几乎要冒出一股青烟，却苦于甚至挣不开一根绳子："我和孟姑娘清清白白的，孟姑娘冰清玉洁，你休要乱说！"

孟襄"咯咯——"娇笑出声。

孟楚又勾勾唇角冒充微笑："道长，这个木偶现在行动有限，如你念咒语催动那神仙水，他就真的活了，再控制他表演就方便多了。"

"你休想！用人做木偶，残忍至极，贫道宁死不屈！"水云子发丝尽竖，两眼圆睁，想要用眼神震慑孟楚。孟楚看他的样子，好笑不已，他挂上一丝阴冷的笑："这人偶如此英俊，应该来一个美貌女子陪伴。"说话间，褐衣仆人又抬进一个女子。

他若是再不答应，这女子也会被做成木皮人偶，身为灵宝天尊座下弟子，如果不出手相救，以后有何面目去见各方神仙？他面带悲怆之色，点头答允。眼看窗外几朵浮云，心想不知他师父师兄是否会驾云路过此地，来把他也救上一救。捆绑他的绳子解开了，隐形的捆仙绳却依然将他捆绑得结结实实，他丧气地坐在地上，没有法术，他便如砧上鱼肉，被人宰割。他迎风而立，洒下几滴忧伤的泪水。

孟家的傀儡戏渐渐地声名远播。一个个木制傀儡栩栩如生，犹如真人。有人觉得好奇，以为是真人冒充傀儡，上前触摸发现不是，当下感慨这简直是夺天地之造化、鬼神之不测。

水云子前所未有地颓唐，他成了另外一个傀儡，眼看这兄妹二人作恶，却无可奈何，只能成为帮凶。孟府后院的厢房中放着越来越多的傀儡。他们被点了罗浮水，水云子的咒语再催动，便活灵活现起来，一个个裹着木头的死人演了一出又一出的王侯将相书生佳人的传奇。

仙霞镇牢房内的囚徒、浪迹街头巷陌的乞丐和逃荒而来的饥民都能成为孟家兄妹的目标，只是灾祸频频，从外而来逃荒的人多，大家忧心忡忡，没人注意那些凭空消失的人。

那夜他们兄妹边饮酒边弹琴唱歌，几个傀儡在一旁舞蹈助兴。

"哥哥，我们在这人间多少年了？"孟襄的面颊一片酡红，笑嘻嘻地问孟楚。

"不记得了，只是觉得这几年是过得最痛快的日子。我们一直被人控制，这几年才享受到控制别人竟然是如此快乐之事。"

"是啊，除了控制凡人，我们甚至还控制了一个神仙。"孟襄笑得得意，她凑到水云子身边，"你为什么不喝酒？你为什么用这种奇怪的眼神看着我？莫非……莫非你又想起了那孟家小姐？那个黄毛丫头？你若思凡，我倒是可以和你……"她攀着水云子的脖子，声音软糯轻柔，好似耳语一般。水云子屏住呼吸，扭头不去看她。

"你躲什么啊？哈哈！不如我们两个真的成亲，时光这么漫长，反正你是神仙，也不会死，正好和我们做伴。哥哥……你说怎么样？"

"妹妹好主意……"孟楚一向都阴鸷少言，平时总一言不发地看妹妹捉弄水云子，此刻竟然答应，"不如此刻就拜堂，亲人正在，宾客也有，此时便是良辰美景。"

"休要胡闹！贫道宁死不从！"水云子怒斥，"孟襄姑娘那般人品贫道尚且……尚且错过，更何况你们这种不知何方来的妖物！"

水云子一心修行，对人间男女情爱本就不开窍。当年孟襄对他情深如斯，也没有动摇他修行之心，他硬着心肠拒绝，毅然闭关修行，更何况面前这个女子乃是个占据了孟襄身体的妖物。

"孟襄才在人间活了二十岁不到，我虽然用了她的身体，却在这世上活了一百年，你说谁更像人？凭什么说我是妖怪？"孟襄看水云子这般嫌弃的表情，她解开外衣，露出薄薄的丝绸亵衣，香肩外露，整个身体曲线毕露，香艳无比。

"我不美吗？我对这身体爱护得紧，容不得上面有一点瑕疵，我的身体从上到下哪里不是极品的美人？"她贴上水云子的身体，"你可别逼我做那逼唐僧就范的女妖怪，和我成亲有什么不好？做人太脆弱，做神仙太无趣，跟我一起做妖吧！这天下大乱，正是我们大展身手的好时机！"孟襄媚眼如丝，吐气如兰，伏在水云子肩上，在他耳上轻轻一咬，水云子身子一震，她咯咯地笑出来。

孟楚看妹妹和水云子调情，似乎也很开心，他拍拍手，几个随时候命的褐衣仆人进来布置房间。不过一个时辰，孟家大宅张灯结彩、欢天喜地，参加婚礼的宾客全是傀儡。孟楚拿来一把古琴，即兴奏了一曲《凤凰操》，那些傀儡纷纷起舞，虽然诡异，却也喜气盈天。

水云子心想自己还是死掉算了，虽然冥王说他死不了，说不定是骗他呢？心怀着想要死去的美好愿望，他用尽全身最大的力气撞向柱子。顿时头痛欲裂，血流如注，可他竟然还没晕过去。

没想到他真的敢去寻死，本来充满丝竹歌舞声的房间顿时鸦雀无声。

孟襄愣住："你宁愿死也不要和我成亲吗？"

"贫道……贫道绝对不从。"他有点后悔，其实可以找到别的方法，撞头好痛。

"哥哥——"孟襄看向哥哥哭诉着。

孟楚停止奏乐，站起身来，来回踱步，最后满脸阴沉地来到水云子面前："你知道非要跟我作对的下场吗？"

"快杀了我吧！"水云子闭目，悲壮地说道。他本就是死不了的，倒想看看被捆仙绳捆绑之后的他如果被杀会怎么样。最好这两人真的有这本事把他杀死。

"我曾经进了孟楚的身体，可没想到不多时就被乱兵杀死，很难再找到这么合适的身体，我便常常在那身体周围徘徊，眼看着身体腐朽、成了枯骨，没想到你竟然出现了，给那枯骨补全了肋骨生出了血肉，我便赶紧附体还阳。你救了我，我心中感念万分。"

"说这些话又有何用？"孟楚不杀他却来说这些话，水云子感觉眼前有些模糊，头上的血是不是在往下滴，他用手在脸上抹了一把，果然手上一把鲜血，看到自己的血，他便有些头晕。

"你知道吗？我兄妹也是受尽万千苦楚才有今日，我们生平最恨被人控制，却又最受不了别人不听我们的话。你在和我妹妹大喜的日子里做出这种事，宁愿流血都不答应娶我妹妹，我真的找不到什么理由留着你。"

"哥哥……"孟襄有些担心地看着孟楚，孟楚拍拍她手背："没事，哥哥会为你做主的。我早有个心愿，便是当这世上的人被战争和灾祸消灭得干干净净的时候，我们兄妹一起演出一幕骷髅傀儡戏，人没了那骗人的血肉皮囊，这世上再没了胖瘦美丑，全都一模一样，那该多么震撼！"他阴鸷的眼神又看向水云子，有些看不透的东西在闪耀："普通人只剩下骸骨必不能活，可是我们的神仙却有仙骨，我的第一个骷髅傀儡，正是这位神仙道长！"

"不要，哥哥……我还想和他成亲……"孟襄阻止道。

"傻妹妹，他不会真心待你，这么多年了，你见哪个人真心对待过我们，我们哪一次不是被抛弃被伤害？你忘记你肚子上那个伤口了吗？"

孟襄听了，脸上显出仇恨之色，本来有些犹豫的表情退去，她缓缓退后，不再看向这边一眼。

"你要怎样？"水云子不停地扑棱着，避免正在逼近的孟楚抓到他。这孟楚的残忍比孟襄有过之而无不及，连死人木偶都敢做的人，谁还敢奢望他能手下留情一些。

"没事，连痛都不会，只是睡一觉，很快就好了。"孟楚一个眼神，几个褐衣仆人围过来，将水云子抓住。他犹自扑腾挣扎不已，喊叫不断，惹得孟襄频频向这边看来。孟楚给他喂了一颗药丸，水云子噗地吐出来。孟襄忍不住大笑起来。这本是性命攸关之事，可水云子让这一切似乎成了个游戏。

孟楚没有笑，依然沉着脸冷声道："这药丸能让你暂时失去知觉，等会儿给你动刀完全不会痛，既然你死活不肯吃，那就不吃好了，正好可以看看自己身上的肉是怎么一片一片地被割下来的，不过想必你根本看不到最后，总会疼得晕过去！"

这么恐怖，不逃还等什么。可他现在手无缚鸡之力，甚至挣脱不开那些仆人，简直没有半点转机。利害权衡片刻，他捡起那颗药丸咽下去，绝望地躺在床上，任人宰割。

他做了个美梦，看到金光万道、瑞气千条、明霞碧雾弥天，满眼都是千年不谢花、万载常绿草。金阙银銮之中，走出不少同朝仙友，都热情地和他拱手作揖，师兄向他迎了过来："恭喜师弟历劫已毕，重回仙班。"

他远远地看见师父驾着祥云而来，他忙迎上前去："师父！"

灵宝天尊慈祥地一笑，忽然变成了一副骷髅，骷髅颌骨动弹着："徒儿你回来了！"

他吓得一个激灵醒来，刚坐起来看到自己双腿就又跌回床铺，差点晕了过去，这是他吗？所见之处，只是一片森然。他抬起手臂，只听得咔嚓作响。

"啊……啊……"他面前就是一面铜镜，他在镜中看到自己的模样……一副完整的骷髅。被捆仙绳所困，灵魂都不能离开身体，只能困在这躯体中。

"怎么样，妹妹？是不是杰作？"孟楚正在清理凌迟水云子的刀具和割下的肉，随即又慨叹："当初他给我枯骨生肉，让死人变活，我却让一个神仙活生生的身体变成了骷髅啊。修短随化，命运真是无常啊！"

孟襄看着水云子的骸骨，似喜还悲。

孟楚却心情大好，他击缶而歌："堪叹浮世事，犹如开花谢。"

水云子喊够了，呆呆地看着镜中的自己，悲哀地想，如此模样，便是师父亲自来，也不认得他了。

孟家兄妹的骷髅傀儡戏声名远播，尤其是在达官贵人之间，都以欣赏骷髅傀儡戏为乐。从古到今，人们见过各种木偶布偶傀儡，到了孟家兄妹手里，出现了不需要提线却也活动自如的傀儡，人们刚刚看过了新鲜，孟家又做出了骷髅傀儡。

其时明月当空，骷髅就浸润在月光中翩翩起舞。孟襄身着红色纱裙，与他相伴而舞，孟楚在一旁弹着古琴，演奏着《凤求凰》。琴声铮铮，如鸣佩环，这意境莫名地诱人却又诡异万分。钦差看得津津有味，黑脸知县谄媚地为钦差倒酒："这骷髅傀儡戏现在出名得紧，很多人千里迢迢从外地来欣赏呢！"

钦差笑着点头："果然新奇有趣。"他目光一转，心中有了计较。

这日孟楚从钦差大人的府邸回来，开心笑道："我们要进宫了！"

"进宫？去给皇帝表演吗？"孟襄把金银珠钗拿起来又随意抛在桌上，自从有了骷髅傀儡，他们的表演更是千金难求，银子越赚越多。

"正是，钦差大人把骷髅戏上奏折告诉了皇帝，那皇帝好奇得紧，下旨召见我们随钦差一起进宫。我们兄妹什么都见过，却没有见过人间最富贵最繁华的地方，去见见世面也好。"

孟襄笑对躺在榻上的水云子道："你见过皇帝吗？"

水云子漠然看向窗外，在人面前他没有衣服穿，表演结束他却非要穿衣。一具骷髅穿着他的鹤氅，这也是他争取了半天才得到的权利。

对于他无端的脾气，孟襄并不在意，反而笑着劝慰他道："神仙哥哥，你看你现在的模样，除了我们兄妹谁还会正眼看你？我向你保证，绝对不会抛弃你，绝对不会辜负你。在这世上，谁还会如此真心对你？"

水云子哼了一声不搭理她。孟襄起身离开，行了几步又回头道："你心中想念的那位孟姑娘，若是也以骷髅的模样见你，你也会对她念念不忘吗？"水云子却愣住，一百年前，他虽知道孟襄对他的心意，但他对孟襄从未有过男女之情，欣赏她光风霁月的风姿，犹如对一个知心朋友一般。但是此时她这一番话让他心有戚戚焉，如若当年初遇的瞬间，孟家兄妹不是那般容貌人品，他还会和他们相识相知吗？自己真的也看透了红粉白骨，平等地看待众生了吗？

孟襄看他呆住，知道自己把这呆子又带到了死胡同里，喜滋滋地走到桌前兴致勃勃地和哥哥讨论起进京的事情来。

水云子陷入沉思不能自拔，直到被带上马车，这才惊觉他们是要上京了，这才从自己的思绪里走出来。

进京的路上，钦差一路流连各个府衙，他们也轻松地跟在后面，有时钦差几日不见人影，他们便在当地表演节目。孟氏兄妹并不缺银两，只是他们有一种喜欢表演傀儡戏的执念，只要有机会就要牵着看不到的线在众人面前指挥着傀儡舞蹈表演，似乎这样能让他们产生最大的满足感。水云子拒绝沿路卖艺跳舞，孟楚也不为难他，去皇宫有他表演的地方。

走走停停地过了两个多月，终于到了京城。九衢三市风光丽，软红香土十万人家。京城里连衽成帷，举袂成幕，市列珠玑，户盈罗绮。

孟襄兴奋不已，各种美景让她目不暇接。孟楚亲手雕了一个小骷髅状的提线木偶，让水云子提着木偶在闹市表演。让他在闹市中赤身裸体拿着一个骷髅木偶表演？水云子摇头不干，坚决拒绝。

孟襄根本不把他的拒绝当回事，她总是能想出法子来让这位与众不同的神仙就范，看着他气急败坏又无可奈何的样子，她开心不已。

夜色已晚，孟襄坐在镜前梳头。她很喜欢这副身体。将近一百年前，她第一次见到孟襄，就产生了无限向往的感情。孟家正好是兄妹二人，她和哥哥也是两个，他们占据了孟氏兄妹的身体，慢慢地融入仙霞镇，他们法力虽然不很高强，但是已足够在这乱世中自保。

她以为孟襄的心已经完全被她吞噬，谁知那个笨傻傻的神仙一出现，那颗沉睡一百年的心忽然剧烈地跳动了一下，她从不知自己还能感受到心跳。当时大为不解，后来才知道水云子和孟氏兄妹是相识的。

她不知当年他们是怎么相识的，却对水云子无比好奇起来，自她成人以来，从未对一个人这么感兴趣过。他有愚蠢的善良，他有气人的执拗，他是神仙却毫不会法术。这些都让她想要窥视。

现在水云子已经成了骷髅，遭受这么多折磨，性格也会大变，再也不会和从前是同一个人。这个水云子是属于她的，和一百年前一点都不同。

孟襄对着镜子满意地审视着自己的容貌，忽然听得外面传来一阵婴孩的哭声。孟襄走到窗前，看到客栈后院楼下有一个包袱，婴孩的哭声就来自那里。

孟襄轻巧地从窗口跳下，只见一个婴孩被放在了一个黑绸褓褓中。

孟襄把襁褓抱起来，小婴孩看上去只有三四个月大，他被抱起来后停止了哭泣，瞪着乌溜溜的大眼睛盯着孟襄看。孟襄四下看看，夜色已深，整个客栈都静悄悄的，空无一人。

她心中忽然升起一个念头，手指在婴孩细嫩光滑的脸庞轻轻抚过，笑嘻嘻地道："这些日子，你不如就做我的孩子吧！以后我就是你的娘如何？"

第二日，孟襄抱着婴孩来喊水云子起床。她咯咯笑道："这孩子以为我是他娘亲，使劲往我怀里钻要吃奶。哈哈哈哈……呀，他真的在吃奶……好痒……"

"你们不是答应过我不再随便对普通人出手了吗？更何况是个小婴儿。"水云子义愤填膺，这两个人真是无可救药。

孟楚觉得这是妹妹一时兴起的乐子，并没有任何表示，只是淡淡地道："过几日皇帝大开宴席，那个钦差为了讨皇帝欢心，会安排我们进宫表演。"

孟襄笑道："哥哥，我很喜欢京城，以后我们就待在京城好不好？不要再回仙霞镇了。"孟楚扯扯嘴角："我们活得长，不管到什么地方住得久了都没意思了。"他拿出一个刚做好的小骷髅，这小骷髅和水云子几乎一模一样，只是只有半尺高，是用木头做成的。

"我昨夜做了个好玩的小东西，等会儿我们就到外面去演傀儡戏，道长提着这木偶，那情景想来有趣得紧。"

水云子拒绝道："当初答应过我不会在街头表演了，我不去！"京城不只是人多，连妖怪鬼神也比别的地方要多。有几个小精怪他曾经认识的，看到他成了这副样子，他们幸灾乐祸地大笑："上仙也会沦落到今日地步，太好笑了！"他气得不轻，直感慨世风日下，还偷偷流下两滴眼泪，本来想要他们帮忙去找师兄传个话也改变了主意。于是也坚决不想再出门，被那些小人指指点点看热闹，他可受不了。

"只要你乖乖地提着这木偶去演戏，我自然会把孩子送回家去。"孟襄开心地和他谈条件，她也不知这孩子是从何而来，勉强水云子做各种他不愿意做的事，看他气得跳脚，都是她的兴趣所在。

水云子怎么能忍心看那么小的孩子被孟襄带走，只能又一次妥协，提着那小骷髅在街头表演。

街头围看的人越来越多，水云子提着小骷髅木偶演出傀儡戏，孟襄抱着那小婴孩就坐在后面。京城到处是富贵人家、见多识广的异人，却也被这大骷髅提着小骷髅做傀儡戏所吸引，纷纷称奇。

有个三四岁的小娃娃看着在地上被提线操控的小木偶，满脸好奇之色就要上前来抓，一旁的母亲忙把他抱了回去，这傀儡戏虽然新奇，但那可以自己活动不用操控的大骷髅却让人心生惧意。

旁边的酒楼之上，靠窗位置坐了一男一女。那男子身着天青色长衫、面容疏朗，轻轻摇晃着手中的茶杯，看着窗外的傀儡戏。坐在对面的少女一身紫衣，黛眉云鬓、梳着凌云髻，头上插一支白玉簪，她容颜秀美，气质高华，但是面有不豫之色。她瞥一眼楼下的傀儡戏，满脸嫌恶，认真地低头用膳。

"你不是爱看新奇玩意儿吗？今日好像没兴趣。"天青衫男子微笑发问。

"人间惨剧，有什么新奇的。"少女夹了块脆皮豆腐放到碗里，用筷子夹开却丧气地把那块豆腐扔了出去，又去夹一块春笋，看了看又叹气，然后夹了几片菌煲椿树叶，这才放进口中。

"这些菜又怎么惹了你？"

"赤地千里、饿殍遍野、烹子充饥、杀食骨肉,一路上我们看了多少这样的惨事,下山以来,这一路上除了死人就是魑魅魍魉,整个大胤除了京城奢靡如此,多少地方都如同地狱一般,我怎么还有心思吃东西?"紫衣少女干脆抛下筷子。看那男子认真地观看楼下的傀儡戏,她怒道:"你还忍心去看戏?你瞧那骷髅,被人剐掉了血肉,只留下一副骨架,被捆仙绳所缚,身为神仙却沦落到如此可怜的境地,那女子是何妖物,她怀中所抱婴孩又是哪里来的?你看这四处游散的魂魄鬼怪,充斥在京城的各个角落,都说京城有王气护佑,如今却是这个样子。大胤真的要灭亡吗?"她越说越激动,"你应该比我更气愤才对,你到底在看什么?"

"我在看那张画!"男子拍拍少女的手,用眼神示意。在酒楼窗下,有个人正在作画,他身着灰布袍子,看身形尚且年轻却已有了斑斑白发。此时他们的角度正好能看到那幅画,画面上是那提线的大骷髅、抱着小婴孩的女子、想要和木偶骷髅一起玩耍的小娃,还有着急想要把孩子抱回去的妇人,每个人都被画得惟妙惟肖,恍若要破纸而出。

一阵马嘶,有快马夹着一阵风从远处驰来。有穿着差役衣服的人下马,上前向那骷髅身后抱着婴孩的女子说了什么,随后从角落里走出一个年轻男子,他们一起收拾了戏耍摊子,二人和一副骷髅上了马车,随那差役匆匆离开。

正在作画的人微一踌躇,在画侧写下"骷髅幻戏图"几个字,又写下落款:李嵩。

那人看着画,叹息半晌就要将画撕掉。天青衫男子忙出声阻拦:"且慢!"

那人一愣,青衫男子忙自窗口跃出,正落在李嵩身前。

"这张画既然要毁，可否送给在下？"他深深地作了一揖。

李嵩叹气："阁下怎么称呼？要我这画做甚？"

"在下姓柴，在楼上看到李先生此画鲜活如生，甚是佩服。"

"柴……"李嵩听到他姓柴，面露惊诧之色，却一瞬间又隐藏了表情，只是叹气道："虽在京城，却也听得各地灾祸不断，民不聊生，若是柴——柴公子你能见得圣上，还望……"

他本来消沉不已，却又激动起来："那骷髅活动如常人，这本就是违背天理之事，既已成了枯骨，却不能入土为安，还要卖艺为生，真是人间惨剧，他们行走卖艺，所去之处，就没有官府抓起来盘问吗？若我猜得不错，那一男一女定是为非作歹的歹人，害了那人的性命，还用了什么妖法让他死都不能安生，不成……虽然李某人微言轻，但也要去报官，青天白日朗朗乾坤，我就不信天下都是如此……再不成我要告御状……我不信皇上也会如此昏庸……"

李嵩满腔热血地要为一具骷髅主持公道，却不知这骷髅正是当今皇帝下令让钦差带回京城给他看戏的，天下富贵不过如此，皇帝需要寻找更新奇之事来满足他的享乐。大胤国已被曾经臣服的姜国包围，连续几年多处大旱，各地起义不断，大小战争频频，战死和饿死的人曝尸荒野带来了更恐怖的瘟疫，越来越多的地方炊烟断绝、鸡犬无声。

看着李嵩也走远，那柴公子将画收好，执起走下楼来的紫衣少女的手，看着她眼睛，郑重道："齐光，我便要进宫了，祸福难料，你真的要跟我一起去吗？"

紫衣少女反握他手："齐光虽为女子，却也是大胤子民，国家风雨飘摇，我怎能袖手旁观？况且……"她微微低头，洁白如玉的脸颊上泛上一抹红晕，声音低了下去，"况且，你我既已互许了生死，天涯海角、刀山火海我自然都跟着你。"

柴公子见她情深如此，心中柔情无限，他握紧女子的手："柴劭定不负卿意。"

与齐光从相识到经历各种波折，再到心意相通，他早已决定今生今世都要和她在一起，二人此时互相表白了心迹，都感到无比甜蜜。如若不是在此危难时刻，他真想带她远离这红尘纷扰，归隐山林做一对神仙眷侣。他离开京城已经好多年，在山林之中避世，远离权力中心的纷纷扰扰，可此次被召回京，国家风雨飘摇，风雷隐隐，再也不能独善其身。

柴公子刚进宫便遇上皇帝宴请皇亲重臣赴宴，一起欣赏什么新鲜玩意儿。齐光是朝廷重臣齐国公的女儿，也与父亲一起进宫赴宴。

宴会之上，柴公子与齐光正分列于两边而坐。那献上新鲜玩意儿的林大人满脸谄媚之色，皇帝坐在高高的龙椅上，拥着妩媚动人的穆贵妃，笑道："难得今日大家都能聚在一起，林卿又说什么仙霞镇之宝，大家一起欣赏欣赏，你可不要让大家失望啊！"

曹大人拍拍双手，大殿外响起了丝竹之声，从外面走进一男一女，男子吹笛，女子起舞，还有一个黑衣人跟在身后。那男子音乐之声一转，已经从轻柔变成了逼仄难行的乐声。那黑衣人本来黑袍遮住全身，连头脸都遮得严严实实，随着音乐大变，他霍地解下长袍，一个骷髅顿时出现在人们面前。

大殿上大哗，一阵骚动。

皇帝先是惊了一下，随即饶有兴味地坐直了身子。穆贵妃先是吓了一跳，随即也新奇地拉着皇帝的手："皇上，皇上，你看！"

柴公子和齐光对视一眼，他们都没想到竟然这么快就又见到了那要骷髅傀儡戏的一行人，而且还是在皇宫中。

皇帝搂着宠妃穆贵妃，穆贵妃向身旁的太监使了个眼色，太监领命，不一会儿又有几个穿着宫装的美人和戴着骷髅面具穿着黑袍的人上来一起跳舞。

音乐此时又是一转，诡异之气更甚，孟楚的琴声幽冷缥缈却又随时扭转出妖娆来，整个曲子完全不合常理却又致命诱惑。

穆贵妃的目光从坐在下面的柴公子身上收回，向皇帝娇媚一笑。

坐在下首的皇亲贵胄有的尴尬得低头不语，有的却也看得兴致盎然。柴公子面色无波，眼观鼻鼻观心端坐，齐光看不下去便要站起，已经有人先一步从座位中走出来大喊："金銮殿上行这荒淫之事，荒谬绝伦，和桀纣临朝又有何分别？天下要亡、国将不国啊！"须发尽白的御史辛勉涕泗横流，站在大殿上大哭出声。

大殿上顿时安静了下来。皇帝大怒，御极三十多年，谁敢如此和他说话？他将一只九龙玛瑙杯朝辛勉抛来，辛勉屹立不躲，任那杯子砸在额头上，鲜血混着酒水从他头上滴滴答答流下来。

皇帝是被辛勉不屑蔑视的表情彻底激怒的，这老匹夫，竟然敢如此看他？他气得胸膛剧烈地起伏，手脚不由自主地颤动。他推开正要扶他的穆贵妃，撑着龙案站起来，一双多日没有彻底睁开的眼睛眯起："你刚才说朕什么？"

"老夫说你刚愎残忍、宠爱妖妃、不顾生灵涂炭，天神共愤，对不起大胤的列祖列宗，是大胤朝最大的昏君！"辛勉已然不顾生死，大骂起来，把皇帝气得倒在龙椅上晕了过去。

刚才满朝文武噤若寒蝉不敢出一言，此刻见皇帝晕倒，惊惶哗然。辛勉看此情景，便要撞柱自尽。穆贵妃大喊："拦住！"

辛勉没有死成，被两个侍卫抓了回去。

"辛勉贼臣，以下犯上辱骂皇上，罪及九族，带下去好好看管！"穆贵妃怒目下令。

躺在担架上的皇帝忽然幽幽醒来，他微不可闻地喊了一声："玄之！"

众声嘈杂，御医侍卫环绕左右，几个平日受皇帝宠爱的皇子围在皇帝身边，柴公子只是跟在后面，并没有听到皇帝的叫声。

穆贵妃美目一闪，下令："抬得稳些，快将皇上抬回寝宫！"

"玄之……玄之……观音奴……"皇帝不知哪里来的力气拨开穆贵妃的手，抓过身旁贴身太监曹功的衣袖，继续喊着，"玄之……"

曹功不由自主地看向穆贵妃，穆贵妃美目闪过一丝厉色，曹功身子一震，又看到老皇帝的目光中竟充满了哀求之意，威风了一辈子的皇帝，此刻用这种哀求的目光看着他，他又看看正被拉去天牢的辛勉，大声叫道："七王爷，皇上召见！"

柴公子疾步上前，在各种意味的眼神中排开众人，赶到皇帝身边："父皇！"皇帝抓紧他的手再也不放开。

整个朝廷人人自危，皇上忽然昏迷，却急召从不受宠的七子在身侧。这七王爷从小体弱多病，大半时间都在宫外随世外高人治病修行，从不参与政事。在很长时间内，他几乎是被大家所遗忘的角色。去年中秋，皇帝邀请皇亲国戚看戏赏月。整个皇宫喜气洋洋，皇帝开心道："今日月圆花好人团圆，朕心甚慰！"

坐在一旁似乎有些困倦的老太后忽然道："哪里团圆？我的观音奴明明没有回来。"观音奴正是七皇子柴劭的小名。皇帝呆了呆，有些尴尬地笑笑："太后，老七总是不在家，朕失误了。"太后不接话，又靠了回去，慢慢合上了眼睛，近似呢喃地道："不知观音奴此时在何处。"

从这次皇帝都把自己的这个儿子遗忘之后，皇七子柴劭在宫中更几乎成了一个透明人。可是皇上忽然召他回京，更是突然病发，却为何只召见他一人侍候？连宠冠六宫的穆贵妃都只能在外面焦急等待。

在人心惶惶中过了半日，皇帝醒来，下诏立皇七子柴劭为太子，昭告天下，择日祭天地、太庙。

册封太子的圣旨刚下，军情八百里加急便到，姜国占领了云城，守城士兵不战而退。

云城距京城只有三百里，敌人顷刻便到城下。七皇子柴劭自请带兵收复云城，史书记载："帝默然良久始允之。"此去危险，他不舍得刚立的太子，却不放心其他人。虽然沉溺酒色、耽于享乐，但曾参与过夺嫡之战并且获得胜利的皇帝很快便从所有皇子中找到最适合的那个。

大军已经整装待发，柴公子拿了虎符，却面带踌躇。

齐光正在帮他整理东西，看他发呆，以为他担心事情不成，安慰道："殿下有虎符在手，京郊大营都是我父亲当年部下，你还有我父亲的信物，兵部刘大人也已答应，现在万事俱备。你只要按照计划做就是，不用担心。"

"父皇将江山托付于我，我实在不忍心……"柴公子叹道，虽然与皇帝相处时间很短，父子之间并不亲密，可血浓于水，这短短几日的相处，皇帝就如同一个普普通通的父亲一样，慈祥和蔼，似乎这短短几日已经可以弥补当初那么多失去的时光。

齐光拉起他的手，发觉他的手极度冰凉。她虽然年纪尚轻，可此刻眼神却比柴公子还要坚定，她声音很轻，却字字都敲在柴公子心上："军情已到云城，皇上才想到派兵，昏庸至此，要救天下，君当取而代之。"

柴公子面露不忍:"父皇醒来后对我说了很多,我……"

齐光打断他的话:"骑兽之势,必不得下,君当勉之。"

"玄之哥哥,你做了太子,恭喜恭喜。"一个稚嫩的声音响起。

哪里的声音?

齐光四处看都没有见到人影。柴公子却蹲下身子笑道:"玄武,你怎么来了?"只见他面前一个拳头大小的小乌龟。

"太后让我捎句话给玄之哥哥,本来玄武也没有这么快来,正好太后宫外有辆车辇要到这边,我就搭乘了那车辇走了一程,快了不少。"

齐光抿嘴一笑:"一个玄武一个玄之,倒像是兄弟呢!"

柴公子也笑,玄武出现得正是时候,他实在是不知该如何与齐光再继续说下去。

柴公子有些好奇地道:"我昨日才探望过太后,有什么事她老人家当时为何不讲呢?"况且太后有话对他说,尽可以召他到自己宫中,或是派人带书信或者口信,为何派玄武这么一只乌龟来。从太后寝宫到这里,玄武若是自己爬,日夜不停最少也得三日。如若有什么要紧的事,一定会被耽误了。皇祖母究竟是否想让他知道呢?

玄武轻吐一口雾气,雾气在空中散开,里面出现了太后的面容,她面带慈祥之色:"观音奴我的乖孙,分别几年,终于得以相见,皇祖母心中不知有多开心。你做了太子很好,皇祖母很开心。可是皇祖母想对你说,哀家做太后就好,若是做了太皇太后,想来太心寒。皇祖母不知此话该不该说,是以让玄武去找你,想必它根本来不及在你离京前找到你吧!"

她不知何故知道了柴公子和齐光所谋,心中矛盾,将自己心中的话用这个方式说出来，孙子能不能听得到都看天意。太后却想不到一向只凭自己毅力爬行的玄武这次竟然搭了顺风车。

齐光愣住，她知道太后在柴公子心目中的地位，太后这番话比她磨破了嘴都有用，尤其是在他本就有些摇摆的情况下。她不再多言，面带哀色，对柴公子道："你自己选。"

柴公子深深地看向齐光，把她揽到怀中："皇祖母待我恩重如山，我不能……"

齐光点头，眼中光彩收敛，默默送他远行。看他背影越来越远，泪水顿时决堤，掩面而泣。

军帐中，皇七子柴劭在点兵迎战之前被黄袍加身，众将都愿拥他为帝。

柴劭忙推辞道："众位将军切不可如此。军情紧急，虎狼就在眼前，我们应当齐心合力赶走姜国大军，还朝复命。皇上殷殷期盼，我们断不可做出忤逆之举。"

一长须大将愤愤道："上次大战，士兵死伤惨重，我也是九死一生，皇上却因大军冲撞了穆贵妃的父亲而惩治我们，效忠这样的皇上，老子不服！"

"齐光是老夫看着长大的，她亲自拿了老将军的信来，老夫才相信了殿下所图。齐光为殿下谋划良多，殿下出尔反尔不怕老将军和齐光心寒吗？"一个老将压抑着怒气，"不说齐光，如果殿下愚孝如此，即使这次赶走了姜国，还会有犬戎、越太！哪国不对大胤虎视眈眈？请殿下三思！请殿下三思啊！"老将双手握拳，老泪交纵，满眼企盼。

"请殿下三思！"

"请殿下三思！"

…………

众人纷纷下跪，求柴劭取而代之。柴劭想起皇祖母犹豫的叮咛，想起父皇在病床上抓着他的手念叨："前夜风骤，又梦到你母妃。你出生之日，便是你母妃薨逝之时，那时朕心大恸，看到你就想起你母妃，才将你送走。玄之，你不要埋怨父皇。"

大胤江山和人伦孝道，他最终选择了后者。

可他没想到，他府中早有皇帝派去的眼线。就在此时，皇帝拿着书信的手气得颤抖不已。他狠狠地将茶杯推到地上，连声道："朕竟然看走了眼，把狼子当成了贴心的乖儿子。"他下令即刻召见齐国公和齐光觐见，片刻不得延误。

皇帝将那信掷到他们面前："你们还有什么话可说？"

齐国公发须皆白，年纪虽老却极有威仪。他瞥了皇帝一眼，冷冷笑笑不多说一句话，皇帝气得头发炸："很好，你们很好！朕对你们如何？你们说，朕对你们到底如何？为何要这样对朕！"

齐国公看到面前摆着白绫、鸩酒和匕首。他微微一笑，低头捡起匕首，对女儿笑笑："光儿，为父先去一步了。"说话间，已将匕首插入心口。齐光并没有吃惊，只是跪下抱着父亲的身体，任眼泪汩汩流了出来。

战场上。

西风猎猎，幡旗在帐外呼呼作响，柴劭远远听到敌人的号角声幽咽苍茫。他不再犹豫，拱手作揖，满脸歉疚："皇上与玄之乃是至亲骨肉，玄之只能辜负各位的一片苦心了。"

他终究没有答应，众将心灰意冷。那长须大将甩帘而出，一双环目却已溢满泪水："大胤将亡啊！"

与敌交战之时，圣旨忽降。圣旨说要撤掉柴劢主帅之职，命柴劢即刻交出虎符。战场上临时换帅，这是战争的大忌。顿时，兵将士气消沉，有的甚至临阵倒戈。有人还看到在战场上有赤蚁专门去咬大胤的战马，战马疼痛难忍，嘶叫着到处乱奔，大胤部队溃不成军。天亡大胤，谁都无力回天。

柴劢与普通士兵一起上阵杀敌，上战场之前接了一个亲兵递上来的水壶，刚喝完就头晕目眩，栽下马背，被姜国所擒。

大胤朝气数已尽，姜国大军涌入皇宫，烧杀抢掠无恶不作，宫城乱作一团，此时人人自顾不暇，功名利禄荣华富贵都成了浮云，逃命是最要紧的事。姜国士兵被下令不得动这宫里的奇珍异宝，对已经杀红了眼的人来说，杀人成了唯一的消遣。

宫中人心惶惶，对涌进宫来的大姜官兵逃避不及。孟楚、孟襄兄妹却似乎找到了乐土。到处都是死人，他们收集了好多人皮。孟襄抚着一个宫女的尸体满脸雀跃："哥哥你看这个美人，被那些官兵侮辱杀掉，好可惜啊。"不过她的表情一点也看不出可惜，"你看多好看，真是完美的皮囊，都说皇帝会掠尽天下的美女收为后宫，这女子这么美貌，皇帝竟然没有让她当妃子！"

孟楚冷冷笑道："皇帝高高在上，每日被身边的人歌功颂德，可是他看到什么听到什么甚至吃什么东西都是被身边的人送上来的，他的妃子也不一定是天下最美的，也许那些公卿王侯的姨太太都比皇帝的老婆美貌些。"

孟襄听得饶有兴味："哥哥的意思是当皇帝很可怜？"

孟楚抚摸着妹妹的头发微笑："做皇帝也有皇帝的好处，你若是好奇，哥哥想法子让你当上皇后娘娘。"

孟襄哈哈大笑："等到有兴趣的时候我会要哥哥帮忙的！"忽然，她"咦"了一声，"哥哥，水云子哪里去了？"

水云子趁着乱况，偷偷地抱着那小婴孩逃离了孟氏兄妹的视线。他此刻正抱着那个小婴儿在皇宫中躲躲藏藏，他形貌如此，只能披着严严实实的鹤氅专挑人少的地方走。皇宫太大，他绕来绕去不知绕进了哪个宫殿。

满地狼藉，整个大殿空荡荡的。高高的龙椅之上，正坐着一个白发蓬乱，胡楂满脸，身穿长袍的老人。水云子认得出来，这正是大胤皇帝。那夜表演傀儡戏，老皇帝虽然养尊处优多年，仍然隐隐可见眉宇之间的龙虎之气。此时再见，已有几缕白发自面颊垂下，他就那么瘫坐在龙椅之上，目光呆滞犹如被抽空了全身的力气，整个人充满了浓浓的死气。水云子看得到皇帝身边已经慢慢有黑气缠绕，知道他大限将至。

皇帝此时已经看到了他，用充满暮色的声音问道："你是谁？"

正在这时，一阵罡风凶猛而来，大殿的门没有关，将水云子的鹤氅吹起。老皇帝看到一副白森森的骷髅站立在面前，他竟然能在骷髅空洞洞的眼眶里看出悲悯之意。

这正是那日在宴会上跳舞的骷髅！这莫非是冥冥之中的天意？上天用最荒谬的方式，让一个骷髅来见证他当这个亡国之君？

皇帝大笑几声，举起长剑刺入自己胸膛。

水云子还没来得及做出反应，外面就响起一阵嘈杂声和杂乱的脚步声。水云子忙躲到侧殿，听到大批姜国官兵涌进大殿，他不敢久留，匆匆离开。

皇帝自刎，穆贵妃在乱兵中不知所终，有人说被姜国皇帝收入后宫，也有人说她有祸国之姿，已被悄悄处死。

姜国改天换日，大胤皇室被屠戮殆尽，忠臣良将被株连九族，京城血流成河，城内弥漫着经月不散的血腥味。

水云子抱着婴孩在皇宫中转了足足两天才找到出宫的路，趁着皇宫还是大乱，他逃出皇宫。

京城街市上一片狼藉、杳无人烟，横尸遍地，和前几天的街市简直是天上地下。偶尔有人出现逃跑尚且不及，根本没人注意到鹤氅之下裹着一具枯骨的水云子。

此时来了今年第一场雪。人道瑞雪兆丰年，今年的雪却和鲜血混杂在一起，红白相间、凄艳哀绝。

水云子恐怕被孟楚、孟襄追到，不敢走大路，专拣人烟稀少之处而行。越走越偏僻，越走越高，不知不觉，他爬上了一座山势平缓的山。

越过山坳，雪越来越大。他身上落满了雪花，可惜他没有血肉没有体温，只能将鹤氅裹得再紧一些，以免冻着孩子。那孩子说也奇怪，一路上都不曾哭过一声。他年幼不懂害怕，滴溜溜地看着水云子，小手在他的骨头间穿梭着玩耍，甚至还发出咯咯的笑声。

不知走了多久，他忽然听到前面有水流之声。他想起孩子这么久都未曾吃东西、喝水，便循着声音前去给孩子喂水。

咯吱咯吱踩雪的声音自远及近，他还未来得及躲藏，娇笑声便已传来："你逃走便逃走，为何还偷了我的孩子？"竟然是孟襄！孟襄在，孟楚就肯定会在。果然，孟楚从一株压满白雪的枯松后转了出来。

"孩子无辜，你答应过我要放了他的。"水云子抱紧婴儿不肯放手。

"哈哈哈……"孟襄好像听到了什么笑话一般，不再理会他，而是看向山下，山下隐约可看到皇城，姜国迁都京城，热闹得紧，依稀可见灯火辉煌。

她对孟楚道："又一个王朝就这么灭亡了，新王朝马上就建了起来。原来皇帝也不过如此。哥哥，你要不要也去抢个皇帝当当？"

孟楚摇头："皇帝本就是轮流做的，又有什么稀罕，我们兄妹在这世上逍遥自在，岂不更好？"

"还有我们这位长生不死的神仙。哈哈哈……"孟襄大笑，这世界越乱死人越多，她就越是开心。

出宫之前她曾偷偷看了一眼姜国的皇帝，年纪轻轻，模样俊俏，她心动不已。也许什么时候还会再回这皇宫，也许是这皇帝死的时候，或者是姜国灭亡的时候也不错啊。

水云子看着怀中无辜的孩子，他还在开心地玩耍。水云子看到他的嘴唇干燥，顾不得孟家兄妹，抱着孩子往远处走去。远处的飞瀑湍急而下，流到近处一汪水潭中。水云子低头想从潭中舀水给婴儿喝，可他伸出手来却只是五根干枯的指骨。

他看着自己的手骨，伤心不已，哀声长叹，真不知这样的生活何时是个尽头。想要发作，却又顾忌怀中的孩子，把气忍了下来。

那潭水咕噜咕噜地涌动起来。他忙抱着孩子退后，从潭水中湿淋淋地钻出两个人。一个是美貌若仙的女子，一个是青衣男子。

水云子认得那青衣男子，正是大胤朝的太子。那日在皇宫大殿宴会上，他丰神俊朗，虽坐在那里不发一言，却满眼哀痛。此时再见，他消瘦了许多，表情不再严肃，唇角甚至还挂着一丝笑意，但他眼中却充满死寂之色，再无生机。

那绝美女子正向水云子这边看来，忽然大笑起来："哈哈，捆了你的仙骨，看你成了什么样子！"这竟然是冥王，他又变了个模样。还未笑完，却听得水云子怀中有啼哭之声，婴孩这一路上都未曾哭过，这时却为何哭泣？

水云子的倒霉是从被冥王捆了仙骨之后开始的，此刻见到冥王，所有的不满和气愤都朝他发泄出来："你这不男不女的妖怪把孩子吓成这个样子！"

冥王身子一晃，不知怎么就把那婴孩抱到怀中，满脸失而复得，简直要喜极而泣："你竟然在这里！为何如此调皮？我找了你这么久……你若真的丢了，我这冥王要当到何时方休……"

那孩子还是大哭不止，柴公子抱过孩子，婴孩竟然马上停止了哭泣，还朝柴公子露出个笑容。

冥王抱不到孩子，心中不悦，又看看孟楚兄妹和水云子，心想时间久了水云子师父师兄定会发现，一定会来找麻烦，于是决定迁怒孟家兄妹。他对着水云子伸手一指，捆仙绳从水云子脊柱之上解开，飞进冥王手心。

水云子的身体一寸寸地生出皮肉来，不多时便已与往常无异。他看到自己长出血肉发肤，惊喜之情难以自已，忍不住仰天长啸。

孟家兄妹见情势不对，匆忙想走。水云子念动咒语，孟楚即刻变成了一具枯骨，旁边还有两条树枝。

孟襄吓得后退几步，双眼含泪看向水云子。如若不是见过她残忍的手段，谁都会以为这真是个娇滴滴的弱女子。

"神仙哥哥，救救我！"此刻，她最大的忌惮是不光表情，连长相都变幻莫测的冥王。孟襄扑通一声跪下，膝行到水云子面前："我们兄妹二人本在杂耍班卖艺，杂耍班有了新鲜玩意儿之后，我们就沦为人们出气欺侮的对象，我被那班主的儿子在腹上划了一刀，差点没命，我哥哥的手足被人砍下，又被歪歪扭扭地缝上……我们受的苦，从来没人知道……"

"己所不欲，勿施于人。你们受罪，所以就来伤害别人吗？那些被伤害的人可从来没有害过你们！"水云子也听得心惊，嗟叹一声。他天生好为人师，此刻似乎已全然不计较孟襄曾经那么折磨过他，又谆谆教导起她来了。忽然，他腹部一凉，一把匕首正插入他腹部，孟襄露出个诡异的笑容。此时，从她体内幻化出一个一尺大小的布偶，这布偶双目通红，竭力想从水云子的伤口钻进去。可那伤口瞬间痊愈，了然无痕。

"磨磨唧唧想要烦死我！你当神仙都这么与众不同，被人一次又一次地陷害捉弄，本王真为你师父感到痛心！"冥王右手一伸，手臂无限伸长，将那布偶一把抓了过去。布偶叫出声来，冥王五指用力，那布偶挣扎着发出尖厉的哭叫声。声音渐息，一道微弱的黑气从她头顶钻出，被冥王吸入口中。孟楚的骸骨忽然破碎，出现了一个破破烂烂的男布偶。一缕黑气也从男布偶头顶飘出来，冥王张嘴吸入，满意地打了个嗝。

"这竟然就是两个妖物的真身。"水云子没想到他们是布偶成精为害。只见这两个布偶破败不堪，一个胸腹被割了长长的刀痕，另外一个手足皆被扯断过，又被歪歪扭扭地缝上，伤口触目惊心。

那孟襄竟没说谎。

雪下得更大，搓棉扯絮一般，不多时就将这两个布偶埋在雪中，了然无痕。

水云子将孟楚、孟襄的尸骨收拾起来，埋在一棵松树下。他手抚树干叹道："孟兄，孟姑娘，没想到当年一别，再见竟是这种情状。"

当年他辞别师父师兄下界历练，刚到人间时，事事不懂，于人间俗事上连个七八岁的孩童也不如，处处碰壁，步履维艰。

那日正是除夕之夜，大雪漫天。家家户户灯火点点，欢声笑语总传到耳边。他漫无目的地行走，任雪花飘落肩头。前面一个卖饼的中年汉子小跑着到了一处院子门口，用力拍门，从里面出来一个妇人和两个小孩，迎着他进去了。也许这天底下，就只有他孤身一人，无处可去了吧。

马蹄声嗒嗒而来，一个戏耍班子从他身边匆匆过去。他随意一瞥，看到一个小孩正用一把匕首扎着一个布偶玩耍，那布偶身上好几条长长的划痕，里面的棉絮几乎都要翻了出来。马车过去，他听到一个妇人大声呵斥道："耍刀子做甚，割了手不要找娘来哭！"

随意坐在一处宅子门外的台阶上，雪花在他脸上颈上融化，他想着人间太难过，不如还是回天上去吧。门吱呀一声开了，一个穿着大红斗篷的少女走出来挂灯笼，一眼看到正坐在自家门口的水云子，"呀"了一声，随即笑着喊道："哥哥！哥哥你快来……"

披着象牙色披风的年轻男子走出来，他眉眼舒展，满脸和煦，行动间犹如一阵春风。

水云子时常想起，天下熙熙攘攘，他却无处容身，这兄妹二人给他带来唯一的温暖。水云子就在孟家住下，在落雪斋之前，孟家是水云子在凡间的第一个家。孟楚、孟襄把他当作家人一般，他们多少次秉烛夜谈，相伴踏青，月下对酌。

住了几个月，水云子打算继续云游。孟家兄妹依依不舍，孟楚笑问："兄长何时回来？"水云子看着远路笑道："也许几个月就回来！"

孟楚看看妹妹，有些促狭地说："我们襄儿马上就要十八岁了，她可说过十八岁的时候就想嫁给心上人呢！"孟襄羞赧地转身走开。水云子于感情完全不开窍，没有理解孟楚的意思，也奇怪孟襄为何忽然回房间了。

临行前，孟襄一直送他到很远，水云子直说："你快回去吧，不必再送了。"

孟襄一直低着的头忽然抬了起来，水云子忽然发现她的眼中蓄满了泪水，他一愣，只见孟襄深深地凝望着他，缓缓地念道：

"渊冰厚三尺，素雪覆千里。我心如松柏，君情复何似？"

他心中一震，那双泪目似乎深透到了他的内心深处，一个从未打开过的角落似乎悄然有了一个缝隙。他心里一阵慌乱，忽然不敢再看孟襄的眼睛，匆忙告辞离开。此时他的心中全是孟襄最后看他的眼神，还有她一字字念出的那首诗。他活了多少年自己都记不清楚了，却从来没有过这种感觉，他不敢深想，心中乱作一团，不知如何自处，便在近处寻了一个隐蔽的山洞闭关。

他不知道孟襄是怎么等待他的，一个月，一年，两年……直到被布偶占据了身体，最后的念头依然是：花开了又谢，又一年过去了，我想着的人为什么还不回来？

这一闭关就是将近百年。刚出关就遇到了那样的事，此时此刻，孟襄双目含泪念着那首诗的样子犹在眼前——

水云子心中凄然，抬袖抹抹眼角的泪水。他好似懂了什么，又好像错过了什么。只是孟楚、孟襄这两个名字成为他漫长无涯的生命中永远难忘的名字。

"我便在此结庐而居吧。"柴公子眺望远处灯火之处，正是皇宫所在。落雪有声，等大雪消融后，一切尘埃落定，人们照样忙着生计。大胤朝，也只会成为老人们闲来无事的围炉夜话而已吧，只是那抹紫色的身影从他脑中倏忽而过，柴公子心中大恸。

"这小东西不要我抱怎么办？"冥王此时已经成了一个中年书生模样，两撇胡子巧妙地竖起，正和小婴孩双目相对，那婴孩被冥王看了一会儿，又委屈地大哭起来。

柴公子看这孩子冰雪可爱，满眼澄澈，暂时抛却郁结之情，笑道："不如我来收养他如何？"

"也好也好。就在你这里，我最放心。"冥王应允着。

"一念净心，心无所求，这孩子便叫净心吧。"柴公子笑道。

"好名字好名字，净心极好！"水云子收起伤感，拊掌笑道。

冥王念叨着："要做冥王的人叫什么净心，真是莫名其妙。"

柴公子抱着孩子和水云子并肩而立，尘世灯火就近在眼前却远在天涯。

水云子蓦然醒来，太阳西斜，自己竟然是在落雪斋的游廊摇椅上睡着了。吴刚和薄荷正在院中围着一只小乌龟叽叽喳喳。

"哈哈哈，你看它动了，动了。"

"公子早说过了，不要惹它生气，否则它一哭就会发水灾！"薄荷被吴刚气得满面通红，她真想殴打他啊。

"三公子你醒了，太阳快落了，怕你着凉，我还正要给你盖件衣裳呢。"净心怀中正抱着水云子的鹤氅。

水云子心想，净心可不记得他还是婴孩的时候，这件鹤氅曾经裹着他走了不少路。今日净心这孩子看他的眼神怎么这么温和可爱，与平日不耐烦的样子完全不同啊。

进得书房，只见书桌前正摆着一幅有些发黄的画，画已裱好，画上正写着"骷髅幻戏图"几个字。一旁那卷已经摊开的"万象图"上，大雪弥漫，树石被移动，一道飞瀑前凭空出现一处宅第，大门上"落雪斋"三字龙飞凤舞。

柴公子正在书架前翻看一本书，听他进来，悠然一笑："这一觉睡得可好？"

水云子想起梦中往事，心中依然恻恻："不好不好，一点都不好。想来我身为神仙，却跑去经历这一番劫难。对了，我怎么进去"万象图"的？"

"你虽在游廊睡着了，魂魄却百无聊赖地到我书桌前，还抱着《骷髅幻戏图》呆呆地看，似乎想不起在哪里见过似的。我怕你活得太久，忘记往事，便助你一臂之力。不用谢我。"柴公子一脸关怀地拍拍水云子肩膀。

水云子被柴公子关切的表情感动，虽然总觉得有什么不对，可这一天都说不了几句话的人跟他一气说了这么多，他真是感动不已。

"说来真是丢人啊，吴刚、薄荷他们不知道吧，否则我真的再无脸面来落雪斋了。"水云子对这个问题忧心忡忡。

柴公子还未答话，门口响起一阵爆笑声："笑死我了，从盘古开天地到如今，从来没见过那么憋屈可怜的神仙，哈哈哈哈哈……"

柴公子的脸绿了。

吴刚正在门口捧腹不已，薄荷低头认真地盯着手中抱着的玄武，但是可以看出她隐忍的笑意。

柴公子轻咳一声，不去看他指控的眼神。

"哈哈哈，堂堂神仙去卖艺跳舞，笑死我了，哈哈哈哈哈……"吴刚拍着大腿仰头狂笑，却忽然剧烈地咳嗽起来，原来是被口水呛到。

薄荷怀中的玄武忽然从壳里钻出来，对着吴刚大声道："让口水淹死汝！让口水淹死汝！"

所有人都忍不住大笑起来，水云子笑得直接坐在了地上，薄荷笑得直捶吴刚，净心正在门外要进来，笑得打嗝不已忙跑去喝水，连柴公子也笑出了眼泪。

往事也许不堪回首，但总会有雪后新晴，枝上春光。闲敲棋子，浮生一醉，在这样的世界里，有亲朋好友在身边，确是人间至乐。

柴公子置身摇椅中，从未安定过的心柔软下来，悠然而笑。

五代时期李成与王晓合作绢画，现存于日本大阪市立美术馆。一块残碑，几株枯树，原野凄凉，表现出人世沧桑，往事如烟，不堪回首之感。

第5话《读碑窠石图》

读碑窠石图

山下桃花已经开尽，上山的石路却仍是满地落英。姑射山并不常有人走，却有条石板路从山下一直蜿蜒而上。

阿虺抹去额上汗水，累得靠在一棵树上大力喘气。他已经爬了四五个时辰，眼看天就要黑了，离山顶也不远了，可哪里有什么宅院房屋？那人说落雪斋就在姑射山上，莫非是他记错了？

他撩起汗衫抹着不住掉下的汗水，一眼看到前面一棵树干上的水渍，这可不就是刚才自己内急方便过的地方吗？在这个地方他已经绕了好几圈，莫非是遇到了鬼打墙？那落雪斋里的人到底是神是人还是鬼？

阿虺气不打一处来，将汗衫脱下来，又在头上、身上胡乱擦了一把，指着山顶大骂起来："神神道道装神弄鬼算什么本事？看你阿虺大爷在这里绕圈子很开心是不是？有本事出来咱们单挑！"

他气足声壮，一嗓子喊出来把山鸟惊起一群，哗啦啦地四处飞散。

四下蓦然犹如巨幕将天空四合，天色顿时暗若涂漆。忽然传来一阵阵夜枭般的笑声，一股潮湿之气轻轻吹进他的耳朵。他大叫一声，那笑声尖锐、刺耳，好像养硬的指甲在琉璃上划过，从脊骨生出一股酸揉，令他心脏几乎爆裂。他双手捂着耳朵拔足便奔，脚下却不知道踩到了什么软绵绵的东西，立足不稳，一个趔趄，却又感觉有一只干枯的手慢慢地在从他的脚往上移动。他全身汗毛竖起，浑身再无一点力气，软软地瘫坐在了地上，大声喊道："救命啊！救命啊！"

"哈哈哈哈哈——"大笑声传来，那笑声此起彼伏，似乎有千万人同时在笑。黑幕散去，他还是在山间原地，只是抬眼便可看到前面隐约有一处房舍，适才怎么没有看到？几乎是连滚带爬地，阿虺用尽全身力气朝那里跑去。大门前一棵桂花树，树上开满了桂花，桂花香气盈鼻，让人陶醉。他定定神，又穿好汗衫，抬眼向那大门上的匾额看去，三个字里面他只认识中间的"雪"字，想必这就是落雪斋吧。

阿虺"咚咚——"地用力敲门，边敲边喊道："柴公子在吗？我找柴公子！"

片刻，门被打开，一个身着绿色衣裙的美貌少女皱着眉头打开门："连山魈都被你惊动了，你的动静能不能不要这么大！"她边说边引阿虺向里面走去。

阿虺撇撇嘴，如若不是十万火急的事，谁会来这么奇奇怪怪的姑射山。

这落雪斋从外面看来只是一处普通的院落，绕过画着风景山水的影壁，里面竟然别有洞天。有正室、有书房，游廊曲曲折折连接整个院子。院落中心竟有个一丈多的水潭，水潭上蒙蒙一层寒雾笼罩，隐约可见白水汩汩汹涌，犹如沸腾。

"你快点！"那绿衫少女站在檐下等他，他一步三回头，天气还未凉，可从旁边路过一下就让他冻得打了个哆嗦。

阿虺答应一声忙跟了上去。贸贸然就要掀开珠帘，刚一碰到，就似被针扎了一般手指生疼，他忙着收回手，只见手指上红红一片。绿衫少女一脸幸灾乐祸，掩嘴笑道："请进吧，公子在等你！"

阿虺进得房中，看这厅堂古朴端严，条案上的一盏莲花香炉正袅袅飘香，前面八仙桌边坐了一个穿着天青长衫的男子，那男子正端着一杯茶用杯盖刮去浮沫，轻轻地抿了一口。那人听到阿虺进来，将茶杯放下笑着起身迎接："欢迎光临落雪斋！"

"你就是柴公子？"阿虺上下打量着他，他看上去温润平和，举手投足却带着一股威严之气。阿虺在乡下一直都破落意懒，无法无天，没有什么不敢说不敢做，可此时在这人面前却自惭形秽，他悄悄将汗衫的下摆拽了拽。

"正是在下，不知这位公子来落雪斋所为何事？"柴公子微笑，他已经很久没有做生意了，上门来的就是这么一个难得的客人。柴公子打量着阿虺，笑得更加和蔼。

那柴公子一声"公子"叫得阿虺一个哆嗦。他穷苦乡下人，有人叫他"那小子"，有人甚至拿他名字开玩笑叫他"小猪崽"，"公子"这种称呼只适合那些有钱有势，风度翩翩的人，比如面前这位柴公子，还有那个刘半安。想起刘半安，他想起了大事："我来是请柴公子你去救一个人，他快死了，听说你的本事大得很，我这才跑来找你。"

绿衣少女端上一杯茶递给他，他接过来咕嘟咕嘟一口饮尽，看着目瞪口呆的绿衣少女，又问了句："还有吗？嗓子冒火一般，再给我一杯！"

"这可是上好的老君眉，三公子从海外仙山回来路过巴陵专门采来的，你就这么一杯喝下去，和老牛嚼牡丹有什么区别！"绿衣少女怒目瞪他，又转而控诉地看向柴公子："公子，你赔我！"

不就是一杯茶，有什么大不了？阿虺看不惯这绿衣少女娇滴滴的样子，不由得斜睨了她一眼，一脸不屑。

"你——"绿衣少女气得跳脚，柴公子笑着制止了绿衣少女："薄荷，你出去玩，我这里有事要做。"

绿衣少女答应了一声，又对阿魃哼了一声这才离开。

阿魃看她一掀珠帘离开的时候，那珠帘上的珠子流光溢彩，而有颗珠子上似乎有个笑脸一闪而逝。他心惊，再定睛一看，虽然光彩耀眼，但确是普通的珠子而已。此时无风，那珠帘却摇摆不停。

"是谁让你来找我的？而且想必你也知道求我办事是要代价的。"

"那个人让我告诉你，什么承明之夜，你会明白的。我也不知道是什么意思。"阿魃挠挠头。

柴公子面色稍变，上下打量着阿魃，端起茶杯，又放下："跟你说这些的人是谁？是男是女？长什么模样？"

"应该是个女子吧，但是她穿着黑衣，蒙着黑纱，看不清模样。柴公子，快去救人要紧，那人还等着救命呢！"

"你叫阿魃？"

"是啊！"他的名字很重要吗？还是救刘先生比较重要吧。

"请跟我来！"柴公子起身，掀帘而出。阿魃看了看那珠帘，想起适才被针刺般的疼痛，有些胆怯，但又怕被这柴公子小看，便鼓足勇气去掀帘，刚一碰到那珠帘，珠帘就围着他剧烈地转动起来了。他看到那些珠子飞散开去，每颗珠子上似乎都有一张人脸，近在咫尺，就在眼前，他吓得大呼小叫。忽然，他看到从自己身体中飞出丝丝黑气，都飞进那些珠子中去，变成一张张哭泣号叫的脸。一直浑身沉重、大脑懵懂的感觉瞬间消失了。

等到珠帘垂下，他已经出了厅堂来到院中，一脸不知所以："刚才是怎么回事？"

"你身上怎么附着了那么多怨灵？我的珠帘帮你把怨灵都吸走而已。"柴公子转弯，沿着游廊而行。阿氍紧跟在后面："我就说从小经常头痛头涨，每夜噩梦不断。"

"噩梦？"柴公子停下，回身看他，"你都做了什么噩梦？"

"兵荒马乱的，有时候我杀人，有时候人杀我，快被累死了，原来身上竟然会有怨灵。"阿氍此刻神清气爽，分外轻松，"多谢你，柴公子！"

柴公子笑笑不答，推开一扇门。阿氍跟在他后面进去，一阵幽香扑鼻而来，和客堂那种味道还不同，此处清幽平和。饶是阿氍这种跳脱之人都想安静地坐上一会儿。

这里满屋都是书画，墙上贴的、架上摆的，甚至角落里也堆满了画卷。他看到进门的架子上一只红色的杯子歪头歪脑很有趣，便拿下来看，一个声音大声道："快放下，那是镶金兽首玛瑙杯，天下只有这一件。"说话的人是一个白衫蓝襟的书童，他本来正在窗边软榻上的矮桌上打盹，这时风一般蹿过来将他手中的玛瑙杯抢下来，小心翼翼地摆回原处。

阿氍讪讪的，不知手脚该往哪里放。柴公子看书童紧张的样子好笑道："你何必这么紧张这个杯子？这位小公子什么没见过？"

这书童上下打量了一下阿氍，看他不过十二三岁年纪，身材瘦小、衣衫褴褛，表情有些不安，眉眼却极不安分，哪里像个什么都见过的角色。

柴公子笑道："不要小看人，这位公子可是不简单。好了，净心，磨墨。"

书童一边磨墨一边打了个呵欠："好困啊少爷！你不陪冥王下棋非要我去，我才刚回来睡了一会儿，要困死了。"

柴公子在一张长长的卷轴上写着什么，阿氍大字不认识几个，看到能看书写字的人就钦佩羡慕得紧，所以才和那人人厌弃的刘先生那么投契。

"哎，怎么动了？"阿毵大惊失色。那画缓缓展开，画面上有个人渐渐清晰，他惊叫道："刘先生！"又摇头觉得不对，刘先生两鬓斑白、满面风霜，正奄奄一息等着他找人去救命，可面前这人眉眼举止，分明就是刘先生的模样啊。

正在搔首踟蹰，忽然被谁从身后一推，他摔了个狗啃泥。没想到这柴公子竟然也耍笑人。他正要发火，却发现自己已经不在那书房中了，什么柴少爷、书童的，都不在这里。他竟然是在一个矮崖边，矮崖下面是一片辽阔无边的草地。草地上传来歌谣声，这歌谣熟悉万分，他时常听刘先生哼唱，歌词并不甚了解，却听得出这是一首疏阔沧桑的山歌：

"观棋柯烂，伐木丁丁，云边谷口徐行。卖薪沽酒，狂笑自陶情。苍径秋高，对月枕松根，一觉天明——"

他心中一时激动，朝崖下喊道："刘先生！刘先生！"那人似是没有听到，继续歌唱。阿毵看到崖边有一根长长的藤绳，就抓着藤绳下去，奔到那人身边："刘先生，你怎么在这儿？你的病都好啦？"他激动万分，刘先生头戴箬笠、身着布衣，眉目温和，表情悠然，正在一边唱歌一边折草根。

布衣男子将手中的草放在地上，那草竟然被编成一匹马的样子，他口中念念有词，两指指向那草马，口中喊一声："疾！"

草马竟然站了起来，喷着响鼻拔腿便奔。阿毵愣住，这刘先生明明就是个只会写信看书的夫子啊，怎么还会这本事？

布衣男子看那草马奔远，回头对阿毵道："这云梦泽从没外人来，师父云游、师妹离开之后，我很久没见过外人了，我叫刘半安，小兄弟怎么称呼？"

　　果然是他！这莫非是年轻时候的刘先生？

　　"我叫阿虺。"他心中偷偷加了一句，"我的名字还是你教我写的。"

　　刘半安打量着阿虺："昨夜观星，贪狼星到了云梦泽上空，今日你便来了，莫非这是天意？"

　　"什么？"他听不懂，只是觉得这个时候的刘先生和他之前认识的那个完全不同。

　　"你既然来了，给你看一场游戏如何？"刘半安摘下一根青草，青草如利刃一般飞出，齐齐斩下一片青草，那些青草落地，都变成青铜色的骏马。刘半安又一手撒黄豆一手撒黑豆，黄豆黑豆滚落地下变成一些身着黄衣或者黑衣的士兵，士兵跃上青铜马，黑衣黄衣开始呼喝着打起仗来。

　　呼喊声、金戈之声、战马嘶鸣之声遍野，阿虺张大嘴看着这一切。以前他在村口听那些私塾先生给人们讲书的时候听过"斩草为马、撒豆为兵"，当时听了分外激动，总是想自己若是有这般本事就好了，没想到眼前就正上演着这令人目瞪口呆的戏法。

　　刘半安袖手站在一旁的半垣之上，看着黑豆队和黄豆队的混战，笑问阿虺："你看我这队伍如何？"

　　"真是厉害！刘先生，没想到你还会这种本事！"阿虺真心佩服，他孤苦伶仃，又面黄肌瘦，从小到大都被人看不起，真想好好学点本事给人们看看。这些年连年征兵，他们村的很多年轻人都逃跑了，但即使流落外乡却也有被抓去做杂役徭役的。人们都怨声载道，老人们回忆着当年的河清海晏，唏嘘着已逝的美好岁月。只有阿虺不怕打仗，听老人说书的时候，他最喜欢听的就是那乱世之中风云变幻、群雄竞逐的故事，无数次把自己想作那些呼风唤雨只手遮天的枭雄。那次有当兵的去村里抓壮丁，他自告奋勇要跟着去，可那些当兵的推推他的小身板轻蔑地撇撇嘴："要这小崽子去白吃干粮啊！"众人哄笑，阿毼也跟着笑了，心中怒火十万丈又伤心起来，竟然连抓壮丁也看不上他。

"你若喜欢，我可以教你！"刘半安手指放在唇上一个呼哨，打斗正酣的兵马瞬间委地变成了满地的断草和交杂的黄豆黑豆。

阿毼欣喜若狂，忙跪下磕头："师父在上，请受徒儿阿毼一拜！"

刘半安安然受了他的礼："拜我为师可以，但你必须答应我一件事。"

阿毼急着想学这些法术，忙道："莫说一件，十件也可以。"

"将来不能做伤天害理之事，不管什么时候都要守着灵台一念。"

阿毼不知道什么是灵台一念，却听得懂伤天害理，他当下举手信口发誓："我阿毼若是做了伤天害理之事，就让我下辈子做个蝼蚁，被人踩在脚下。"

刘半安点头，举手向上一抬，阿毼便轻飘飘地站起来。刘半安教了他心法和口诀，阿毼认真记忆，也撒出几颗黄豆，口中念着咒语，可那黄豆在草地滚了几下变成上半身是人形下半身却是圆鼓鼓一颗大黄豆的样子，好像从黄豆中钻出一颗脑袋来，那黄豆人莫名其妙地看着自己的身体，向前滚动着走了。

阿毼满脸尴尬，刘半安温和笑道："你未修气只学习咒术，不能收放自如便是如此，好好根据我说的练气吧，练好了这些才能熟练操作法术，我便在山后瀑布前，你可以到那边找我。"

刘半安在瀑布前打坐休息，一觉醒来发现明月高悬，已是深夜，回崖边去找阿毼，远远地就听到阿毼的喊叫声："师父救命，救命啊，师父！"这声音嘶哑无比，想来已经喊了很久。只见阿虺练习撒豆成兵，弄出很多奇奇怪怪的豆子人来，有一个好容易是完整的人，却上半身黑漆如墨下半身嫩嫩黄黄。这些豆兵都以阿虺为目标，有的抱着石头向他扔掷，有的滚过来要碾压他，那些豆兵虽然个个残缺，却都是常人大小，阿虺虽然身姿灵巧，但还是被折磨得不轻，一边躲避一边求救。

刘半安被他狼狈的样子逗得哈哈大笑，他呼哨一声，那些豆兵终于变回了满地的豆子。阿虺揉着头上的大包："师父，这些豆子为什么这么对我？"

"你把他们弄得既不像人又不像豆子，个个残缺不全，自然要找你撒火。所以，要先练入门心法和学会用气，不能耍巧求快，否则会一事无成。"

阿虺不敢再偷懒，认认真真地按照刘半安说的练习起来。

这里没有多余的房间，刘半安就让阿虺住在师妹的房间里。夜色已深，他却饿得受不了，几间草庐中找不到任何食物，肚子咕咕叫个不停，他便摸黑出门，想到瀑布下面的深潭中取些水来喝。

夜色迷蒙，看不清前路，他一脚踏空，沿着石路滚落到潭中，激起一片浪花。他奋力挣扎，刚要呼救，水便涌进口中。咕噜咕噜喝了几口水，扑腾几下就要往下沉。

"是谁？是谁？脏死了！"水面激起一阵巨浪，阿虺被巨浪拍出深潭回到崖上。他咳嗽几声，犹自后怕不已，差点就被淹死了。

一只巨龟伏在水面上气愤地拍打着水花。

"大乌龟！"阿虺惊道，这么大的乌龟他从来没有见过。

"你才是乌龟，你看清楚小爷的模样，和玄武那种小乌龟是一样的吗？小爷我身份尊贵，是东海六太子赑屃！你是哪里来的？为什么到水里来，弄脏了小爷休息的地方！"

"什么必戏？莫名其妙！"阿嬎还是很饿，但已浑身湿透，狼狈无比。

"你才莫名其妙！"赑屃的眼睛在夜色中闪着红光，用力拍打水面，激起的水花又将阿嬎从头顶淋下。他就只有这一件衣服！他快要饿死了！阿嬎被惹火了，刚刚隐藏起来的泼赖模样又显出来，他双手叉腰地挑衅："有本事你给我上来！你这只丑乌龟！"

赑屃没想到他还敢挑衅，怒吼一声飞上岸来。在崖下还好，真的到了身边，阿嬎才发现自己在这赑屃身边竟然还没有它的甲背高，它有金色的壳，头颈四肢都是绿色，迈一步山崖都抖一抖，不远处的几间草庐都被震颤了。

阿嬎心虚地后退，退了几步没有站稳，眼看这大兽红彤彤的眼睛就在眼前，鼻子里呼呼地喘着气甚至喷得他满脸湿漉漉的，他豁出去了大喊一声："看你眼睛那么红，肯定是赌钱总输，输红了眼！你叫什么必戏，叫必输算了！"

"你才必输！你才必输！"赑屃气得直跺脚，想要骂他一顿，却想不出词来，急得双眼几乎要喷出火来。

刘半安躺在床铺之上，外面的动静听得清清楚楚，开始他还紧张阿嬎，怕赑屃害了阿嬎的性命，此刻看来，却是要担心赑屃了。瀑布那边传来的咆哮声越来越响。赑屃要发怒，他起身奔到瀑布前的高崖上，只见阿嬎双手叉腰正对着赑屃骂，赑屃被气得双眼更红了，他脚下的石崖都被他踩得沉下去一些。

"不用不承认！你就是只笨乌龟！"阿嬎骂得累了，用手在头上抹了一把。他看出来了，这个必戏虽然力气大但嘴太笨。

"你才是笨乌龟！你才是笨乌龟！"可怜的饕屃只能重复着阿虺的话来骂他，浑身气得发抖。忽然，他眼睛一翻，头往下耷拉，一动不动了。

"喂——这是——这是怎么回事？"这家伙闭着眼睛耷拉着头，莫非是死了？阿虺小心翼翼地推推它，没有任何动静。

肚子又咕噜噜地响起来，阿虺有了好主意，这家伙这么大，不知肉的味道怎么样。心中想着，就从腰侧拔出匕首缓缓地向饕屃走过去。

"喂，你做什么？"一个声音在他身后响起。他吓了一跳，是师父的声音，他嬉皮笑脸地回头，把匕首藏在身后。

刘半安看得清清楚楚，心中感慨，果然是贪狼临凡，胆子如此大，当初自己刚见到饕屃都不敢轻视，这阿虺竟敢去割它的肉。

"你本事倒是不小，竟能把饕屃气得晕过去。"刘半安不露声色地看着这个新收的徒弟。

"它嘴太笨，我也没办法。"阿虺面露得意，摸着瘪瘪的肚子哀求道，"师父，我快饿死了。"

刘半安带他到演绎斩草为马撒豆成兵的那片平野之上，带他摘了几个地瓜还有豆荚，他自己生火将地瓜和豆子煮熟，狼吞虎咽地吃起来。

此时天已大亮，刘半安坐在半垣之上闭目养神，天光初上，彤云漫天、云蒸霞蔚。他浑身浸润在这朝霞之中，衣衫猎猎、恍若仙人。

阿虺盘腿坐在地上，啃完地瓜，肚子饱了，他有了力气，便在心中默念咒语心法，想着一定要很快学会师父的本事。

暑去秋来，年复一年。平野上的高草更加繁茂，阿虺还开辟出来一块地方种菜种谷。刘半安教他读书习字、排兵布阵，却不教他预言之术，只说预言之术会反噬施法之人，他驾驭不了。

这日刘半安给阿虺讲解《庄子·胠箧》，他合上书叹道："所以这世间虚伪黑暗，世人专注些奇技淫巧，天下才会失去了本真，庄周所说的'法之所无用也'正是这个道理。"阿彘对师父所说的不以为然，反而道："窃钩者诛，窃国者诸侯。师父说的奇技淫巧若是用来窃钩是没什么用，以师父之能，若是离开云梦泽入世，定能有一番大作为，窃国也未尝不可。"

"一派胡言！"刘半安将书一抛，正打在阿彘头上，他从未见师父如此发怒，扑通一声跪下。

"你来云梦泽这些年，我日日教你圣贤之道，就是想引你入正道，可你如此冥顽不灵，对你说什么都是对牛弹琴！"

阿彘将《庄子》捡起，膝行至刘半安面前："师父，弟子知错了。请师父恕罪。"

刘半安看他表情诚挚，确是不想惹自己生气，但他眼底起伏着的勃勃盛气，让刘半安心惊却又无能为力。贪狼天生追逐财富权力，他受天命收天狼为徒，几年来教遍他内外典籍、圣贤教化，谁料这一腔心意终究付之流水，他灰心失望，挥挥手让阿彘出去。

阿彘将《庄子》置于案上，退出房门，心中却很不服。孔圣人弟子三千性格各不相同，故而他因材施教，师父自己喜欢隐居山林不问世事，何必要强迫于他阿彘？他心中不悦，又到崖边扔石头逗蠡员上来和他玩耍。

第二日午后，阿彘口中叼着一根草枝看一群豆子兵打架，他此时已能很熟练地玩耍草马和豆兵。豆兵用鱼鳞阵，地瓜用长蛇阵，一个个吃得胖乎乎的地瓜兵排出长蛇阵来，却因为太臃肿，尾大不掉，被豆兵打得落花流水，他拍着大腿哈哈大笑。

一个豆兵从草庐处蹦蹦跳跳过来，给阿毸指了指刘半安的房间。阿毸进得师父房间，只见他盘腿而坐。刘半安见他进来笑道："你刚来的时候才这么矮，现在长高好多了。"

阿毸看师父露出笑容，想他终于气消了，笑着挠挠头："师父，我来云梦泽已经六年，刚来的时候师父像我叔伯，此刻像我兄长，师父修了养生长生之法，弟子不及。"

刘半安淡淡笑道："你与我不同，你会得到你想要的一切，却也会失去你的一切。"

"师父说什么？"阿毸没有听清楚师父说的话。倒映在墙角水缸中的少年高大结实，器宇轩昂，早就和当年那瘦弱可怜的小孩没有丝毫相同之处。

"我说，我该教你的都已经教了你，你离开云梦泽吧！"

"师父！"如晴天霹雳一般，阿毸惊得大叫起来，"师父你要赶我走？"

"师父已没有什么可以教你的了，你要记住你拜我为师那日答应为师的话。"

"师父，我不走，我要在云梦泽侍奉师父。"他抱住刘半安的膝哭出声来。

"那你不要走了，留下来陪我，永远不出云梦泽！"师父的声音沉沉地传来。阿毸抬起头来，愣在那里。真的让他再不离开云梦泽，一辈子待在这里陪着清心寡欲的师父，和赑屃逗趣，变化豆兵排兵作战，他是无法忍受的。他的理想是回到人间去做那呼风唤雨的风云人物。

刘半安叹气："你走吧。沿着瀑布下的大河一直走便出得了云梦泽。"

"师父，我——"他不想一辈子就待在云梦泽，却也真的舍不得师父。

刘半安看他感情真挚，抚着他的头发微笑："不要哭了，阿虺这名字不雅，到了外面恐被人笑话，从此以后你就叫治，治国安邦，心存大志正是此意。你姓什么？"

"我不知道。"

"你就姓刘，随我姓刘，只要你记得师父的话，记得心存善念。天大地大，好男儿志在四方，随你闯荡！快去吧！"

看师父闭目不再理他，他这才一步三回头地向外走去。他来到瀑布前，听着瀑声如雷，想到马上就要离开生活了几年的云梦泽，心中有些惆怅。他伸手一指，五指如拨琴弦，那水面如同被他拨动的琴一般激起一股又一股跳跃的波浪。从河底泛上一阵巨浪，蠃蚫浮了上来，见是阿虺，威胁道："本太子过几日便回东海，找我五弟饕餮来报仇，他一口就能吃掉你！"

"蠃蚫，我要走了！"他很伤感地看着这个身体大却笨笨的蠃蚫。他学了很多字，知道蠃蚫是哪两个字。

"你去哪里？休要逃跑！你是怕我五弟来吃掉你吗？"蠃蚫得意地嘲笑，这小子第一次好好叫他名字。

"我很舍不得你啊！"他纵身一跃，正好落在蠃蚫身上。

"你，你要干什么？"蠃蚫歪过身子想把他甩下去。

"蠃蚫老弟，我要离开云梦泽，沿着峡谷走不知走到何年何月，你送我一程吧！"他抱紧蠃蚫的背。

"我不要，你给我下去！"蠃蚫剧烈地扭动身体，又打算沉下河底淹死阿鼍。

"你敢使坏我就在你身上撒尿，要不要试试！"他放肆地大笑。

螯屃屈辱地挤出两滴眼泪，只好默默答应。

"你休要偷偷骂我，你刚才说你要回东海找你五弟是在撒谎，当然我是不会和你计较的。"

"你才撒谎！你才撒谎！"螯屃的反驳只是一次次地重复阿鼍的话。

螯屃身体宽大，在它背上不用颠簸，沿途还可以看到游鱼水草，不过一个多时辰就离开了云梦泽。他跳下螯屃身体哈哈大笑："螯屃老弟，后会有期！"

"不要后会有期！"螯屃真的不想再看到这家伙。

"我知道你和你老子龙王到天庭赴宴的时候因为淘气，一脚踩烂了玉帝的龙椅，你爹跟玉帝求情这才发配你在这里待着服刑！所以你根本不能回东海！哈哈哈——"阿鼍狂笑。

"你——你气死我了——"螯屃气得怒吼一声。几十里外的小村庄里，一个孩童正在玩耍，听见螯屃的喊声，捂着耳朵跑回家里喊着："娘亲，打雷了，要下雨了！"

前路茫茫，刘治悠然而行，边走边唱起师父时常唱的那首歌来："观棋柯烂，伐木丁丁，云边谷口徐行。卖薪沽酒，狂笑自陶情。苍径秋高，对月枕松根，一觉天明——"

夕阳染红了半边天，他到了密林之外，肚子又饿了，临走之时拿了一个地瓜，他跃上一棵粗壮的大树，一手地瓜一手水壶，吃完了地瓜打了个呵欠就在树上睡着了。

忽然，一阵诱人的香气把他弄醒，肉！这是肉的味道。他一个激灵醒来，一群和他年纪相仿的少年正在推推搡搡吵得厉害，有个少年骂了句什么，一群人便混战起来。他们身后的火上正架着几只烤鸡，香味正来自此处。阿彘咽了咽口水，在树上哈哈大笑起来。

"你笑什么？"两帮人都是和阿彘年龄差不多的大孩子，一个个衣衫褴褛、瘦骨嶙峋，和他当年一模一样。

"你们这打架的法子就好像是几只狗在乱咬，乱七八糟，太好笑了。"

"小子，你在说什么？不想活了吗？有本事出来比试比试！"两帮人这么快就尽释前嫌共同对外。阿彘俯视这群少年，笑道："小爷就来陪你们玩玩。"

阿彘袖中弹出一把豆子口中念念有词，豆子滚落地上成了身着黄衫的豆兵，他们先向阿彘做了一揖，然后将这群少年团团围住，少年们被眼前的事惊得闭不上嘴，看豆兵来袭，没抵挡几下就被制服了。

阿彘豪气大笑："服气了吗？"

几个孩子没见过这等戏法，纷纷求道："求大哥做我们老大，教我们本事。"

阿彘想起以前自己瘦弱无能，孩子们玩耍都不带他，此时只是露了这么小小一手，就有人认他做老大，心中欢畅，意气风发。

"你们说说，到底为什么打架？"阿彘问着，眼睛却看向那正烤着的母鸡，它的香味四溢，不时还有油脂落在火中发出刺刺啦啦的声音。

一个少年右脸的刀疤分外显眼，很有眼色地拿下一只鸡，用几张叶子包了恭恭敬敬地献给阿彘。阿彘也不客气，狼吞虎咽地吃起来。他有多久没吃过肉了？师父曾经跟他说过有了一定的修为就可以辟谷不食，不吃肉不喝酒不痛快打架，活着又有什么意思？

"老大，我们捡了个宝贝，本来在争是谁先看到的，既然都跟了老大，那就是大伙儿一起的，快拿来给老大看看！"那刀疤少年吆喝着拿过来一个破破烂烂的袋子，打开口袋，里面是一大块雪白的肉。

"这是什么？"这肉洁白似雪，一层一层的，摸上去还微微颤动。

"老大你看！"那刀疤少年用力将那块大肉从中间翻出，没想到从肉中竟然翻出一个女子来。这女子上半身是人形，下半身就连在那块大肉上。她泪眼盈盈、满脸惊恐，双手捂着胸口。

阿傀想了想自己看过的书，忽然大喜，这莫非是太岁！太岁已经是难见，何况太岁修出人形？连千年老参也只是初见五官，可这太岁精不仅秀颈丰乳，长相极美，连表情都甚为丰富，偷偷看向他们的时候眉眼盈盈，不经意间就甚是撩人。他还记得师父那里的书籍上曾经说过，太岁"食之尽，寻复更生如故""久食轻身不老，延年神仙"，这千年难得之物让他遇上，真是天大的造化。

他当下不动声色，只是眉头一皱："这莫非是个萝卜精？也没什么稀罕。"他的手掌可以感觉到那太岁肉下似乎心脏般的跃动。那刀疤少年忙把那太岁收了起来："老大还是先让我们认识认识！我们这三十几人也可以结个什么帮派，说出去也有面子。"

阿傀正抚着太岁的手摸了空，他不在意地笑笑："我姓刘名治，师从云梦泽仙人，刚学艺下山，要开创一番事业。"他早就把师父不让他随便提起云梦泽的名字这件事忘得一干二净。

云梦泽中有神仙大家都听过，只是大泽急湍，里面还有水怪，即使有人涉险沿河而行，也找不到云梦泽所在。没想到此刻竟真能遇到云梦泽来的人。因为阿傀还会那神仙法术，人们都深信不疑，对阿傀更是信服，阿傀遥遥看向天边，悠然道："我们就叫大泽帮吧！"

"大泽帮好,大泽帮好!"少年们欢呼雀跃,将阿彘高高抛起又接住。

少年阿彘,刚从云梦泽出来就成了有三十多个成员的小帮派"大泽帮"的帮主。

他笑着向那刀疤少年伸出手,少年忙把装着太岁精的布袋递过来。

这群少年是因为四处流亡才聚集到一起的,如今都在一个破庙中歇脚。阿彘指挥豆兵去附近地主家里偷了酒肉衣裳来,与大家一同享用。他博览群书,心思通透,依照前朝那些起义军给自己的小团伙也定了不少规章,还封了大小官。少年们听阿彘讲那陈胜吴广张角黄巢,绿林赤眉风云天下,个个听得悠然神往,恨不能马上也起兵进京享受荣华富贵,他们狂欢了一日一夜才都疲极睡去。

周围响起呼噜声,本已熟睡的阿彘霍然睁开眼睛,抱着袋子离开破庙,进了不远处的密林。他轻轻打开布袋,见布袋中的太岁只露着雪白细腻的肉,摸上去如女子肌肤一般光滑柔嫩,上面有着清晰的纹理,仔细看去,它如同呼吸一起一伏。他学着那刀疤少年的样子,将手伸进去,摸到了光滑的手臂,轻轻一拉,将那半人形的女子从里面拉了出来。

那女子受了惊吓,满眼惊惶,双手紧紧抱着身体。

"你别害怕,我不会伤害你。"阿彘轻柔地笑笑,试探着抚向她肩膀,她动了一下却并没有挣扎开。

"你叫什么名字?会说话吗?"她微微闭眼,很享受他的碰触。这个女子这么美貌妖艳,想必和传说中的狐狸精比也有过之而无不及,浮现在他脑海里的全是妹喜、褒姒、妲己，听过的看过的种种传说故事纷至沓来。

远处彤云密布，闷雷阵阵，眼看就要下雨。他来时便拿了一件偷来的披风，便将它裹在女子身上。女子惊讶地看他，忽而又轻轻抓住他的手。阿彘观详她的容貌，不觉心动不已，轻轻在她额上一吻，抱着她走进山洞中。

这太岁精不知修炼了多少年，即将脱去太岁身变成人形，谁知却被掘土打算做叫花鸡的皮赖少年们给挖了出来。只剩下一步，再有一炷香的工夫她就大功告成，本以为难逃一死，没想到遇到了阿彘。

阿彘想到在他在云梦泽住的房间里曾见到一本书，里面记载了很多秘闻和古怪的法术。其中一则秘闻讲了这么一个故事：

山中一猎户打死一只小狐狸，他用狐狸皮毛给怀孕的妻子做了围巾御寒。妻子快要临盆那几日，有几只狐狸常常在他家附近徘徊。他本不当回事，心里还想若是它们敢近前，正好可以再宰杀几只做大衣。

夜半时分，叹气声将他唤醒。妻子此刻并未在这个房间，到底是谁？他忙起身，却见他家的猎犬正蹲在床前哀叹。猎犬叹道："那些狐狸正打算谋害主人的孩子给那只小狐狸报仇，他们一家子足有十来口，到时候会变作各种人来接生的、道贺，哪个有机会了就把主人的孩儿杀掉。"猎户心惊，忙问猎犬有什么办法。

猎犬又叹道："我若修炼成精就可以识别狐狸的变化，可还差一点火候，想必明日你妻子临盆时我还没有成功。除非，除非用那个法子，就可以让我提早修炼成精。"这猎犬告诉了猎户法子，猎户依言照办，果然第二日猎犬就提早修炼成人，化作一个魁梧的大汉。他识破了好几个狐狸精变化的人，还帮猎户抓住几个狐狸精。猎户把这些狐狸都抓起来打算剥皮吃肉，谁知房中却传来妻子凄绝的痛哭声。

他忙赶回房间，正见那猎犬化出真身叼走他的孩子。他向猎犬射出一箭却射空了，猎犬将孩子驮在背上，嘲笑猎户道："你为了能启动那法术让我提早修炼成精，杀死了从小看你长大的邻家老妪，心狠如此，说不定哪天也会杀了我！"它说完腾空驾云而去，飞向深山。

猎户用了诡异的法术害人性命的事传遍了村庄，再也待不下去。他连夜带着妻子逃到山中，满山寻觅却没有找到孩子的踪迹，妻子变得疯疯癫癫，整日抱着那小狐狸皮当孩子哄。那日他在密林中迷路，九死一生，走出去的时候已经是七天之后了。他一路跌爬，回到他们容身的山洞，却见妻子死在洞口的雪地中，唇边带着一抹微笑，不知是冻死的还是饿死的。她蜷缩成一团，怀中紧紧搂着那块小狐狸皮。猎户将妻子和狐狸皮一起埋入千年不融的雪岭之中，走入荒莽的大山最深处，再无踪迹。

当他看到这个故事的时候，下面标注着两个人的笔记。一个是师父的字迹："此事告诫人们不要妄杀，不要起歹念，万物皆是生灵，否则会有业报。"另一个笔迹娟秀却也笔走龙蛇，看上去是女子的字迹，她却细细地勾画出那法术的细节，还标注了可以改进的法子，阿彘将那些法子牢牢地记在了心里。

山洞外大雨瓢泼，虽然雷声轰隆，但阿彘还是听到轻微的脚步声，他厉声喊道："是谁？"从洞口走进一个人来。一道闪电倏忽而过，阿彘认出正是那刀疤少年。刀疤少年看了看阿彘，又飞快地看了一眼他身边的太岁，眼神闪烁，却满脸堆笑："我出来方便，正赶上下雨，没想到老大也在这里，这是——"

"我正要回去找你们，你过来看，这萝卜精似乎要从这团肉里面出来了。"阿魃表现得满脸惊喜的样子。刀疤少年稍一迟疑，仍是笑着凑过身子来看。

忽然，阿魃面色大变，伸手将一把匕首捅进他体内，那匕首正插进心脏中。阿魃笑道："你敢跟踪我，就该想到有这下场——你记不记得我？"刀疤少年看着阿魃残忍的笑容，忽然瞪大眼睛："你是——"

"没错，我是阿魃。"他笑得更开怀，匕首从他体内一抽，鲜血喷涌而出。阿魃轻轻一推，他仰面倒下，死不瞑目。阿魃冷笑："小时候你冒犯了县令却推我出来做替死鬼，害得我在大牢里待了七天没有饭吃，差点就死了，遇到你的时候就想一刀杀了你，你倒送上门来。"

他依照那法术引了心头血和一魄入太岁精的口中。不多时，太岁精慢慢变成人形，长出乌黑光滑的秀发，成为一个绝色佳人。

电闪雷鸣，山洞内也被照得雪亮。太岁精轻轻站起来，轻盈地转了一个圈，身材婀娜窈窕，面容绝美，长发拂过阿魃的脸颊，令阿魃心动不已。他将披风帮她裹紧，轻轻在她额上吻了一下。

阿魃沉吟一刻："太岁也是灵芝，你便叫灵芝如何？"女子微笑，轻声念着："灵芝！"那笑容流光，让暗夜璀璨生辉。

阿魃帮灵芝找了比较合身的衣服带她回去，只说刀疤少年偷了萝卜精跑了，灵芝是自己失散多年的妹子。灵芝此时穿了整齐的衣服，又有了长发，虽然有些害羞，可是能走路，会和人打招呼说话，没有任何人怀疑她便是那个被阿魃称作萝卜精的女子。

阿魃头脑机灵，又读书知史懂理，还会法术，不多久就把当地一些流窜的少年们收罗到麾下。其时，各地义军揭竿而起，百姓流离失所、民不聊生。阿魃带领人马专向乱兵之处行进。他的部属年龄最大的不过二十岁，最小的只有十二三岁，他们人少力薄，却是所向披靡。大泽帮和其他兵马交战，无往不利。民间都说大泽帮帮主刘治是云梦泽仙人的弟子，奉神仙之命下界来拯救苍生。

金銮殿。

几个内宦正跪在地上捡奏折，皇帝大发雷霆，刚把满案的奏折推了一地。皇帝面前奏章依旧堆叠成山，本本都与乱民有关，十本有九本里面都提到了刘治的名字。皇帝正大发雷霆："这个刘治到底是从哪里冒出来的？还会什么撒豆成兵的邪术，还说是云梦泽仙人的徒弟！简直荒谬！"皇帝用力拍着龙案，他看到站在最前排的蟒袍大员，面色稍霁："齐国公，光儿曾在外学艺，好像就在云梦泽，她有没有听说过刘治？"

齐国公是三朝元老，须发皆白。虽然妻妾众多，却始终无子无女。六十岁那年，他纳了一位才十八岁的夫人，这夫人竟然很快就怀孕了。临盆之时，正是深夜，天上忽然洒下一片吉光，夜空顿时雪亮，一个耀眼夺目的光球从天而降，穿过屋顶进入产房内。就在同时，一阵婴啼划破夜空，一个女婴出世了。这婴孩便被齐国公起名"齐光"。

齐国公走前一步，长作一揖："皇上，光儿只是年幼体弱多病，是以去民间养病，不过几年便回来了，皇上也时常见。"皇帝点头，齐国公又道："所谓云梦泽，那都是传说而已，哪里真有那种觅而不得之处？"

正在这时，大殿中飞进一只云雀，落在金銮殿的云柱上唱起了歌谣："大泽兴，刘治王。大泽兴，刘治王。"震惊了满朝大臣，皇帝震怒，指着云柱怒喝："杀死它！"近侍一箭射去，那云雀从云柱上栽下来，摔到地上化作一片树叶。众臣哗然，皇帝再不迟疑，下令无论如何也要剿灭刘治乱党。

史书记载："帝怒，命剿之。血战弥月，乱贼尽数擒灭，匪首刘治伏诛。自其营中得一美姬，貌极妍丽。献于帝，帝宠嬖殊甚。"

红烛潋滟，皇帝看着这美貌女子，依然惊叹不已。他轻声问："你叫什么？"他甚至不敢大声说话，这女子美得纤弱，让人觉得说话声音大些都会吓到她。

"姓刘，叫灵芝。"她低头轻声道，又抬眼看了皇帝一下，脸上顿飞红霞。

"寻湘汉之长流，采芳岸之灵芝。灵芝，此名字极祥瑞，是个好名字。"皇帝笑意更浓，满脸宠爱。他以往自诩天下最美之人都在他后宫中，可若不是剿那贼人，就将如此销魂夺魄的美人错过了。

灵芝成了皇帝的宠妃。她并没有让君王从此不早朝，没有成为人们眼中的妖妃，她温和谦逊、贤淑得体，从前朝到后宫人人夸赞。不到一年，皇帝便封灵芝为贵妃。

这日夜里，灵芝从噩梦中惊醒，皇帝搂过她瑟瑟发抖的身体，轻声安慰："爱妃你怎么了？"灵芝投身皇帝怀中，哭泣着："我梦到哥哥。"

"你哥哥？朕听你说过你是与哥哥走散的，朕一直派人四处打听。"

"臣妾——臣妾梦到他在受苦，就在这京城之中。"灵芝抓紧皇帝的手，哭得楚楚可怜。

皇帝按照灵芝梦中所见，在京郊找到了病得奄奄一息的灵芝的哥哥。

灵芝的哥哥叫阿巍，比灵芝大两岁，梳洗打扮起来也颇有一番风度。阿巍不仅相貌堂堂，而且精通音乐，善作词曲。皇帝分外喜欢，让他做了近侍。

这日夜色正浓，皇帝沉沉睡去。灵芝悄然下床，一身白纱走向花园深处。

一个人从背后抱住了她。灵芝笑着转身，投身入怀。

"我们分别这么久，这次重逢我都没有好好看看你。"说话的人正是阿毼。

灵芝一笑，笑容璀璨无比："阿毼让我做什么，我便去做什么。"

"好姑娘，等到我成就大事，自然会带你离开这里，从此不和你分开。"阿毼抚摸着灵芝的长发。

灵芝闭目，轻声道："灵芝盼望能和阿毼长相厮守，永不分离。"

"一定会有那天的，只是我势单力薄，想要成大事，还要费大功夫。我想来想去，还要灵芝来帮我。"他看灵芝低头不语，缓缓问道："你是觉得我太狠心，将和我一起出生入死的兄弟们推到死路上去吗？"

月下的灵芝面容依然绝美，却也带着些朦胧的氤氲之气。她忍住眼泪，露出笑容："在我心中，这世上没有对与错，只有顺你意之事和逆你意之事。你让我做什么，我都愿意。"这个人是她的天，是她的一切，她只能遵从，不能违抗。

刘贵妃得了心痛病，夜夜梦到死去的爹娘在呼唤她。不过半月间，她丰润的脸就凹了下去。皇帝心痛却又无可奈何，那日刘贵妃自梦中醒来，喜而泣道："我梦到了，我爹娘被葬在云梦泽，他们唤我去看他们。"

皇帝大喜，想要陪伴刘贵妃一起前往，刘贵妃婉拒："皇上是天下人的皇上，怎么能不顾安危去云梦泽这等虚无缥缈之处，臣妾和哥哥一同前往便是。"于是，皇帝下令阿毼带领一千禁军护送贵妃前往。

再去云梦泽，路遥艰难。云梦泽笼罩在一片云雾中，远看是山川平原，但走近却如海市蜃楼。一条湍急的大河是去往云梦泽的唯一道路，传说这大河中有巨兽看守。多年来，云梦泽一直是人们向往的神仙之地，却从未有人能进得去。

阿虺牵着灵芝的手来到大河前，河水湍急，汹涌而来，奔流而去。站在河边，让人不由产生逝者如斯的感慨。

阿虺牵着灵芝的手，双指放在唇间吹出个哨音来，这哨声清越高亢，方圆几里都听得到。不多时，只见河水汩汩像沸腾一般冒着气泡，从河底缓缓地浮上一只巨兽，状若巨龟，正是赑屃。身后士兵哗然，纷纷后退。阿虺大笑：“还认得我吗？”

“不认得。”赑屃看了他一眼，便要沉下去。

“大乌龟，你若是驮我们去云梦泽，我便授你回东海之法如何？”

“你才是大乌龟！”赑屃回嘴完毕，红豆般的眼睛转了转，“你骗人，连你师父也没有办法送我回东海。”

“我师父轻薄名利，醉情山水，自然没有法子，我让当今天子亲笔给玉帝写一封信，玉帝一定会同意的。况且，我今日来是向师父请罪来的。”

赑屃想了想，他说的恢复自由回东海的条件实在太诱人，现在容身的河连翻身都不能痛痛快快，他实在是憋屈。

一千士兵都惊疑不定地上了赑屃的背，看起来赑屃也没有更大，那些士兵也没有变小，不知为何来到赑屃的背上还觉得宽敞。

身边河水呼啸而过，时有鱼虾跳起来好奇地从他们身边跃过。那些士兵哪里经历过这些，都看得呆了。

“你小子带了这么多人来做什么？不会是想和你师父打架吧，我可告诉你，别说你这么点人，就算是这么多天兵，你师父也不会怕的。”赑屃后知后觉地发现人带得有些多。

"师父是我大恩人，我怎么会那么做。"阿螭笑道，牵过灵芝的手，"这是我妹妹，是皇帝的贵妃，你看她美吗？"

巋屃拨过一片水藻，哼了一声表示不屑，又道："玄武那小个子虽然很讨厌，但他妹妹却乖巧动人，我很是心动。"语气中充满了神往。

"玄武？你上次说过玄武跟你一样是个乌龟？"

"哼，老子不是乌龟，老子是尊贵的巋屃！谁要和玄武相提并论！"他愤怒地拍打水花，坐在它背上的士兵们摇摇晃晃差点摔下去，发出一阵尖叫。

不敢再多和巋屃开玩笑，阿螭笑眼看着灵芝："你记得你的家在哪里吗？"

"不记得，我有意识以来遇到的第一个人就是你，灵芝的身体、灵魂、名字，都是你给的。"灵芝声音低若蚊蚋，"我做什么都可以，只要你不抛弃我。"阿螭看她秋波盈盈，深情无限的样子，心中甚喜。外人在身边，不敢过分亲昵，只是握紧她的手："你放心，我绝不会辜负你，我要你，也要这天下。"灵芝得到了他的承诺，泪水夺目而出，伏在阿螭肩头，阿螭轻拍她背安慰着。

在外人看来，兄妹二人想到很快能见到父母的墓，心中激动，才相拥而泣。

来到阿螭当年经常练功的崖下，士兵们下了巋屃的背，变得拥挤起来。阿螭回头对那禁军统领道："你们在这里等着吧。"

"皇上交代我们一定要保护娘娘，寸步不能离身。"禁军统领十分有礼，但却自有主张。阿螭冷笑一声，一把豆子从袖中飞出，化身豆兵，将那些士兵围起来。士兵们大惊，这种法术他们之前听乱军中的刘治用过，从来没有亲见，这阿虺怎么也会？那统领也曾参加过围剿大泽帮的战争，看着阿虺满面阴鸷之色，他此时脑中电光石火般地想起什么："刘，阿虺，治——刘治！"刘治被绑在杆子上的样子，依然历历在目，那时他的确死了，可是面前这人分明就是刘治。他大惊失色，手刚放在长刀之上，就停住了动作，一颗黄豆从他眉间钻了进去，他无力地倒下。

阿虺口中默念咒语，一千禁军纷纷跌倒，有的在岸边，有的就倒在水中。员员大叫："把我的水都弄脏了，快走开！"

"他们只是睡一会儿，不会很久的。"阿虺不在意地回头。一个人正站在他身后，静静地看着他，面色无波，不辨悲喜。

"师父！"他跪下。

"不敢！"刘半安长袖一甩，他被轻飘飘地带起来。

"弟子特来向师父认错。"他又跪下，膝行几步，抱住刘半安的衣摆，"徒儿知错了，求师父原谅。"

"哼！你哪里有错，有错的是我，是我教给你本事让你为祸人间的。"刘半安满面冰霜之色，"用了那么多人的性命换来给皇帝做狗腿子，真是我的好徒弟！"他甩袖便要离开，却一眼看到站立一旁默默看着他的灵芝。

他身子大震，看向灵芝的表情充满了不可置信与狂喜："你是——阿瑛——"话还未说出口，眼泪却已然滚落而下。

刘半安从来都是淡然自若，从他的眼神中找不到任何情绪，如若不是早有准备，阿虺真的会吓一跳。一切都按照他的计划而行，没有一点闪失。

阿虺低头，不去看师父忘情拥抱灵芝。

当初师叔临走还说，世间万物都有软肋，拿捏住了，无刚不克，无坚不摧。

那时他起事不久，也打算当个乱世枭雄、混世魔王。大泽帮帮众越来越多，几个小帮派也来投靠，阿嵬正春风得意，几乎夜夜笙歌，喝醉方休。

这日，他正枕着灵芝的腿喝酒，灵芝将葡萄瓜果剥洗干净喂入他口中。

"可惜啊，可惜！"一个清冷的声音响起，他一个激灵坐起来，一紫衫女子凭空出现在他帐中，她秀眉长颈，梳着凌云髻出尘脱俗，只是她面露嘲弄之色："你是打算让这些乌合之众帮你完成大业吗？或者，再加上你那些豆兵瓜将？真的要笑死人吗？"

本来壮志满怀的阿嵬好像被从头浇了一盆冷水，顿时酒醒，他立即跪下："请姐姐教我！"

"我可不敢教你，你师父会骂我！"那女子笑道，却面带揶揄。阿嵬脑子飞快地一转，她认得师父，她那句话的意思是——他面露喜色，边磕头边道："求师叔指点！"

"你这小子倒是聪明，怎么认出我的？"紫衫女子笑着坐下。

"除了云梦泽，哪里来的女子能有师叔这样的风华绝代呢？"他站起来笑嘻嘻地给紫衫女子递上一杯茶。

紫衫女子接过茶抿嘴一笑："师兄木头似的不开窍，谁知竟会有这么聪明的徒弟，我可没这好运气。"她接过茶杯放在鼻前嗅了嗅，皱眉道："这是什么茶？又霉又苦，你怎么喝得下去？"

"我们这乡野之地——"阿嵬不好意思地解释。

"那就不要留在乡野之地，京师繁华，是天下聚宝之地，阿嵬不去看看吗？"

阿戭心中又燃起了更大的欲望。

紫衫女子目光转到灵芝身上，双眼一亮："这是——太岁？"

阿戭忙将灵芝拉到身后："师叔，她虽是精怪，却也没什么本事，比平常女子尚且不如。"

"她的用处最大——什么法术都比不上她这张脸，还有——还有这身肉。"紫衫女子看向灵芝的眼神让灵芝低头又往后躲了躲。

阿戭总觉得在紫衫女子眼中，灵芝并不是一个女子，而是食物，找借口让灵芝出去了。

紫衫女子不在意地笑笑："你让这太岁提早成精的法子和你师父当年为了保护儿子而给猎犬施的法一模一样。"她轻描淡写地说出这句话，阿戭瞪大眼睛，一脸不可思议："你是说，你是说——师父就是册子里记的那个猎户？这——"他还是不敢相信。

"当年这太岁正在那雪山中，见到那猎户的妻子，以她为形，化为人形。"

"师叔是说，灵芝，她长得和那猎户——不，是师父之前的妻子，一模一样？"阿戭有些结结巴巴了。

紫衫女子不答，反而笑道："你在云梦泽才几年，何况你师父知道你是贪狼临凡，怎么会把真正的本事教给你？要成大事，非要他出山不可。"

阿戭陷入了沉思。紫衫女子意味深长地一笑："我要走了，你好自为之。"说罢，掀帘欲出。

"师叔！"阿戭后面喊道。

紫衫女子回头笑道："你若见到七皇子，如有可能，请代为照料。"她微微低头，眉头轻蹙，露出一丝黯然，随即转过头去，飘然远去。

阿彘思量了好几日，终于下了决定。他编出"大泽兴，刘治王"的谶语来，用法术让这谶语传遍天下，又用树叶幻化成一只云雀，让它进宫，在皇帝和满朝大臣面前说出那谶语，皇帝怒而下令剿灭大泽帮。

王师两万短短几日就将大泽帮帮众屠尽，匪首刘治更被万箭穿心而死，被捆在旗杆上示众可晚上刮起一阵妖风，刘治的尸体不见了影踪。

起事者此起彼伏，但"大泽帮"渐渐成了历史，只成了人们的谈资而已，人们总是不忘那少年英雄刘治，可惜气候未成，不免让人唏嘘不已。

灵芝虽媚态天成，有倾国之姿，可她本身却是太岁，食其一片肉可以活死人、肉白骨的仙品。他将一只黑猫的尾巴斩断，又给它喝了毒药之后，黑猫吐血扑地。也不知灵芝喂了那黑猫吃了什么，不多时，黑猫的尾巴竟然一寸一寸长出来，它骨碌一下爬起来跑出去了。

于是与王师对战之前，他口中衔着一口灵芝身上的肉。

万箭穿心，他将那肉咽了下去的时候，瞬间失去了意识。

夜半时分，他悠悠醒来，发现自己正被绑在旗杆之上，他看到自己被箭穿过的伤口正一个个愈合，精力旺盛胜过从前。所有人都以为刘治死了，和大泽帮五千多人一起战死，谁料他只是在暗中看着灵芝被带走，暗暗跟在后面。

刘治用大泽帮五千余众的命帮他演了场戏。死，只是另外一场生而已。

灵芝将刘半安推开："你做什么？"她俏脸含威，怒视刘半安。阿彘也故作惊骇："师父，你做什么？"

"我——"刘半安才反应过来，他表情有些恍惚，这女子不是他的阿瑛，阿瑛早就死了，往生极乐，可——可是为什么偏偏那么像？

阿甐与灵芝对视一眼，向刘半安介绍道："她叫灵芝，这些日子胸口总痛，爱做噩梦，寻遍大夫都无法医治，我想师父精通医术，所以带她来求师父。灵芝，这是我师父，也许你长得像师父旧识，快向我师父请安。"

灵芝却撇嘴不应。阿甐皱眉："灵芝你——"

"好了不要强迫她，是师父孟浪了。"刘半安忙道，他那多年不曾动荡的心此刻跳得厉害，他总是不敢想起往事，与阿瑛相守相知的甜蜜，痛失爱子的苦楚，带她避入大山深处后她神志不清日日哭泣的样子，一刻也未曾忘记。

阿甐退了出去，房间里只有刘半安和灵芝。

"你心口总痛吗？"刘半安尽量压制自己激动的心情，甚至不敢多看灵芝一眼。

"嗯。"灵芝点头，"我是做了那梦之后才会心痛。梦中我好像在一个满是大雪的地方，被困在那里，想等一个人回来，可是我又冷又饿，那个人却总是不来，我甚至觉得我已经死了，我的心好痛——"灵芝说着，捂住胸口哭泣起来，满脸憔悴。

刘半安听到她的梦，目瞪口呆，随即心如刀割，好容易平静下来的心情又激动起来，他满脸泪水，哽咽着看向满脸痛楚的灵芝："你是阿瑛，你是我的阿瑛。"

阿甐躺在隔壁师叔的房间，哼着小曲慢慢睡着了。

刘半安带灵芝在云梦泽四处游历。自从来了云梦泽，灵芝也再未喊过心口痛。她的一颦一笑、一举一动落在刘半安的眼中都化作了痴心爱慕。灵芝从对他不假辞色到微笑以对，到随时随地都可以牵他手。可以冷峻，可以娇憨，还可以妩媚，灵芝与当年的阿瑛一模一样，但在无形之中更能魅惑人心。阿虺也不去打扰他们，躲得远远的，有时候无聊了就找嚣厉逗趣。

越依恋才越好，就怕爱得不够深。

转眼已过了一个月，按照计划到了归期。

月色正好，灵芝来到刘半安房间，眼中垂泪。刘半安心中大恸，将灵芝搂入怀中："你到底是阿瑛还是灵芝？"

"我也不知道我是谁，我必须走，却又舍不得离开你。"她伏在他胸前呜咽起来。

"你——你也舍不得我？"刘半安心跳如雷，灵芝毕竟和阿瑛不同，他以为自己只是单恋，没想到她对他也有情意。

灵芝垂首不答，脸上泛起一丝红晕，烛火将她的容颜映衬得更添丽色。她的声音几乎低到地缝中："如君不弃，妾愿自荐枕席——以慰我二人情意——"

"什么？"刘半安以为自己听错了，呆呆地看着灵芝。

灵芝满脸通红，扭头便走。刘半安忙从身后搂住她。灵芝用力一挣，却把灯盏碰到地上，房间里一片黑暗。她嘤咛一声，回身投入刘半安怀抱。

阿虺躺在草地上，用树叶和草变幻出两队鸟雀。鸟雀叽喳互啄，他看着哈哈大笑起来，却又忽然发怒，一个呼哨将这些鸟雀变回原形，躺下不语。

阿甑带灵芝回宫后，皇帝龙心大悦，贵妃去拜过爹娘后，果然精神好了许多。他召见了一个禁军首领来问话，那年轻士兵据实回答，只是所有的士兵都忘记了赑屃驮他们前往云梦泽，也没见过阿甑使用法术。

"皇上，臣妾在云梦泽见了一位仙人，不仅治好了臣妾从小就有的心痛，还说臣妾——"她却忽然噤口，不再多言。

"说你什么？"皇帝兴致很高，将灵芝搂在怀里，一只手在她身上游移。灵芝变得越来越有韵味，只要她在身边，他就能忘却一切烦恼。什么民间瘟疫、叛军四起，所有让人心烦意乱的事情都在灵芝的一颦一笑中消失殆尽。

"臣妾不说——说了大逆不道。"

"朕赦你无罪，快说来听听。"

灵芝轻声道："那仙人说臣妾面相贵气非凡、母仪天下。"

皇帝的手停了下来，慢慢地从灵芝身上离开。他沉默片刻笑道："朕刚想起来，太后刚才派人来找朕过去商量要事，朕先走了。"

阿甑在门外看着皇帝远去。灵芝缓缓道："我想皇上最近都不会来了。"她抬头看向在宫中变得狭窄的天空，想起在云梦泽一望无际的天空和原野，又想起可以放肆说笑的日子和她离开时那人欲语还休、满脸不舍的模样来。

皇帝果然一连十多天没有来找灵芝。宫人看风使舵，刘贵妃觊觎皇后宝座，惹怒了皇上的说法不知从哪里而来，传得宫中沸沸扬扬。

阿甑将一只纸鸢放飞，纸鸢飞向云梦泽。刘半安接到纸鸢，里面传来灵芝低落的声音："一别三月，你还好吗？你不用担心我，我一切都好。"怎么能好？她说话的声音中甚至带着哭腔，刘半安心急万分，终于决定离开云梦泽去找灵芝。

他当年遇到到雪山采药的师父被带回云梦泽之后，再也不曾离开过。这次为了灵芝，他叮嘱飖飖照看好家，奔往京城去了。

皇帝的烦心事越来越多，战争、战后的瘟疫、连年的灾荒，四处流窜的灾民、灾民的造反，整个国家似乎都在和他作对，就怕他有好日子过。

刘半安一身仙风道骨，先去拜见了齐国公，齐国公不敢小觑，亲自引荐他去见皇帝。皇帝正为国事烦心，虽然看刘半安不似常人，但情绪不佳："你若能帮朕想法子解决一件事，朕就封你做官，赏你黄金千两，如若无能，竟然敢来消遣朕，即刻斩首。你可愿意？"

刘半安要了纸笔，在纸上写了几个字呈给皇帝，皇帝眼睛一亮，走下龙椅抓着刘半安的手不放："卿真是能救朕的江山于水火之中啊！"

皇帝用了刘半安的法子，很快解决了灾民吃饭的问题，吃饱了肚子便没人闹事，告急的军情很快得到缓解。皇帝将刘半安奉为上宾，还允许他住在宫中，虽然只能在前宫活动，可这已经是无上的荣耀。

春节已至，皇帝带领群臣和后妃到祖庙祭祖。刘半安也在臣子之中，他远远地看到云云粉黛中那抹他日思夜想的身影。分别几个月，又能相见，恍如隔世。刘半安看着憔悴的灵芝，心中怜惜不已。到底是什么让她如此憔悴？

皇后已经去世，后位空悬。按照如此，后宫中身份最高的应该是刘贵妃灵芝，本应该她陪皇帝进祖庙祭祀，可如今她只和众多妃嫔一起跪在殿外。人人心中都想刘贵妃失宠看来是一定的了。

祭祖一过，刘半安便抽了空找来阿彘："当初灵芝不是在宫里活得很好吗？天下都说皇帝宠爱刘贵妃，为什么如今会变成这样？"

"也许是灵芝和师父……和师父一起后，对皇帝不如当初那么尽心逢迎，皇帝心中察觉是以冷落。如今她不受皇帝宠爱，连那些以前看她脸色的宫人都对她冷淡起来，有人甚至还说些风言风语。灵芝虽然不对我说，可我好几次都看到她哭泣。"阿虺叹着气。

"都怪我，都怪我。"刘半安痛心疾首，他可以忍受灵芝属于别的男人，但却忍受不了灵芝受一点委屈。

"她想要什么？"刘半安看着阿虺，心中全是灵芝憔悴落寞的模样。

"她常对我说，噩梦中的寒冷和饥饿让她害怕恐慌，她需要荣华显贵，她需要万人仰望。"

刘半安听完沉默许久："我辜负她一次，绝对不会再有一次。"

阿虺听他如此，悄无声息地笑笑："灵芝说，她想见你。"

皇帝不踏足之处便是冷宫。皇帝不会来，几个宫女太监被阿虺念了咒语，都睡得雷打不醒。

"刘郎！"他才进门，就看到灵芝满面凄苦，短短几日又瘦了好几圈。

"你受苦了。"刘半安拥她入怀，"阿瑛，你受苦了。"

灵芝身子一僵，用力将他推开："我是灵芝，我不是什么阿瑛。你若是把我当作她，你还是忘了我的好。"灵芝掩面哭着奔向后室。刘半安忙追上前去。

阿虺走出灵芝寝宫，小心地关好门，自嘲地笑笑。

忽然，他看到一个小小的身影正在玉藻宫门前探头探脑。这小孩只有五六岁样子，一双大眼黑白分明，唇红齿白，身着绫罗，头上小帽有一颗鸡蛋大小的红宝石。

他心中过了几个念头，笑着向那孩子招手："殿下是六王爷还是七王爷？"

那孩童迈过院门，双手背后，慢慢地踱了进来，上下打量阿彘："本王是七王爷，你是何人？为何不向本王行礼？"

七王爷是已故先皇后唯一的儿子，也是皇帝唯一的嫡子，可皇后因生他而崩，七王爷不满一岁就被送走，逢年过节才回宫来。

人人都说任何人都不能在皇上面前提起皇后，也不能让皇上想起皇后，否则就会遭殃。为了完成阿彘的计划，灵芝故意说起了母仪天下，皇帝果然生气了，几个月来不再看灵芝一眼。对皇后如此深情，却又怎么忍心将皇后唯一的儿子那么小就送到宫外去？

阿彘又想起师叔离开的时候留下的那句话，好奇心更甚，站起身来向这孩童作了一揖："拜见七王爷！"

"免礼。"他微笑着说，又好奇道，"这玉藻宫中为何没有宫人往来？本王昨夜看到玉藻宫上空天有异象，是以过来看看。"他一本正经地道，好像个小大人一般。

阿彘心中一惊，这七王爷小小年纪已有此本事了吗？他不动声色地问道："七王爷看到了什么异象？"

"有妖孽觊觎我大胤江山！"七王爷小小的脸上挂满了担忧，双目清明，看得阿彘竟然有些心慌。

"王爷，王爷您到哪里去了？"有宫人来找七王爷。

七王爷面露沮丧之色，小声道："不要告诉别人本王来过这里。"阿彘微笑点头。七王爷四处看看，竟然爬到了玉藻宫中的一棵桂树上，他虽然年纪小，但是身姿灵活，不费吹灰之力就爬了上去。寻找他的宫人进来，照例询问了一句，又匆匆出去继续找。

七王爷看到自己甩掉了宫人，开心不已，甚至手舞足蹈起来。一个趔趄，没有站稳，从树上摔了下来。阿毓身形微闪，已到了桂树下，正好接住掉下来的七王爷。

阿毓放下他，他的表情犹自有些后怕不已，但强作镇定，向他道谢道：“多谢你了！请问你尊姓大名？”

“小人名叫阿毓。”

“阿毓，本王记住你了，以后定当报答于你！”他小跑着出了玉藻宫，又回头向他摆摆手，蹑手蹑脚地沿着墙脚跑掉了。

日暮降临，刘半安从后室出来。灵芝跟在他身后，眸光含波，一颦一笑都如流光飞舞，更有一番动人心魄的韵味。阿毓心中大惊，灵芝美貌显而易见，可这种摄人心魄的美，是和师父在一起之后才有的。莫非，这丫头爱上了师父？

刘半安离开玉藻宫，回头对送他的阿毓叮嘱道：“别的事都有我在，你要好好地保护她周全。”阿毓点头答应。

阿毓一直以为师父只是个会些法术，醉心山水的修炼之人而已，师叔说师父入世可令山河易主，他还有些不信。可他离开的第二日，皇帝就来了玉藻宫，还带来无数赏赐。一个月后便封灵芝为皇后。没有任何征兆，前朝后宫反对者甚众，皇后和贵妃不同，必须出身名门、德泽后宫。他好奇不已，后来去问刘半安，刘半安淡淡道：“只是一些厌胜之术而已，并不光明磊落，还是不要问的好。”

礼部侍郎李成上奏：“这刘贵妃来历不明，入宫短短两载，只凭美貌惑主，有何资格入主中宫？”

皇帝气得怒发冲冠:"这是朕的家事,干卿底事?"

"皇后是天下人的皇后,不光是皇上的家事,也关乎国运,请皇上收回成命,三思而行。"李成手秉朝笏,坚决不退让。

"哼!"皇帝愤而退朝,怕灵芝担心,没有去玉藻宫而是去找刘半安。

"朕迟早要将那李瘸子赶回老家去。"皇帝怒气不减。

刘半安不要官位,不要金钱财宝,只说自己受天命来辅佐真龙天子,又帮皇帝解决了几个大问题,皇帝分外看重他。

"皇上为封后之事为难吗?"刘半安面色波澜不兴,缓缓道,"草民愿为皇上分忧。"

第二日上朝,他再提出封后之事,竟然再无人反对。那反对最激烈的李成称病没有来上朝。他问刘半安怎么做到的,刘半安双手拢于袖中:"草民做的很多事都没办法说清楚,皇上还是不要问吧!"

边关告急,姜国竟然拒绝交岁贡,还在两国边界抢夺牛羊,残害百姓。皇帝正要派老将带兵征讨姜国,刘半安却极力推举阿甗。

"阿甗精通音律,这等大事靠他?"皇帝虽然信赖刘半安,可这个建议实在是有些大胆荒谬。

"姜国既敢如此,必是早有打算,大胤各将军的战术他们说不定早已研究透彻,更何况姜国地处芒苍雪原,大胤将士对边疆环境并不熟悉。派姜国完全不知的阿甗当主帅,草民愿为军师,定当替陛下分忧。"皇帝虽仍有疑虑,但刘半安所言也并无道理,便同意了。

出征之日,皇帝亲来送行。刘半安拔剑,当着众大臣将士的面将自己的左臂砍下。皇帝大骇,众人哗然。

"卿这是为何?"

刘半安自己将左臂包裹好，交给皇帝身边一个吓得满脸惨白的宫女："你先收起来。"

"皇上，凯旋之日，草民再向皇上讨要这手臂。"

他独臂策马先行，阿虺向皇帝告别，带兵紧跟其后，追上刘半安。

阿虺这几年收敛的眸光又散发出豪迈之气："师父，你心中有千军万马，徒儿也时刻不敢忘记师父教诲，这次我们手里的不是黄豆和地瓜，是实实在在的人，可以大干一场。"

刘半安叹了一声："都是人命！"

"做大事者不拘小节，我当年的大泽帮才五千人，如今我带兵三万，才三年而已，天上地下啊。"他几乎得意忘形，一眼瞥见刘半安面色不豫，忙收敛起来，笑道："师父，我们大胜归来，我就有了军功，也能算是灵芝的靠山，师父更可称帝师，皇帝对师父更会言听计从。我们做的这一切都是为了灵芝啊。"

刘半安面色稍霁，为了灵芝，一切都值得。哪怕以后犯下滔天罪孽，深陷无间地狱，他也无怨无悔。

刘半安和阿虺除了拥有三万将士，还有雪花、乱石、枯枝、雪兔、玄狐、紫貂，万物都可为己所用，它们潜入姜国大军后方，为妖作祟。姜国粮草一夜之间被搬空，兵械都被冻作一处，姜国主帅夜夜受到妖邪作祟，他时而梦到狐狸精在他帐中徘徊，时而看到猫头人身的怪物在他头顶吹气。士兵们也常常遇到怪事，都说是否惹怒了神仙，他们本该就是大胤的臣国，背叛主国，受到上天的警告？

姜国大军人心涣散，心生怯意。

刘半安博学广识，在云梦泽中更是演绎过几十万人的大战。他端坐战车之中，运筹帷幄、只手擎天。阿彘阵前带兵，身若鬼魅，敌人不辨东西。这只是一个没有悬念的胜局而已。

仅仅用了一个月，姜国就支持不住而投降，大胤三万将士竟然未损一人。姜国愿再退百里，明年岁贡再加一万钱、五百匹良驹。

史书记载："将军之举北姜，如摧枯拉朽。"

将军是指阿彘。

大军凯旋，班师回朝。皇帝心花怒放，设宴款待立功将士。宴毕，留下刘半安和阿彘，又请了灵芝出来。刘半安微笑："请皇上赐还草民左臂。"

皇帝让灵芝从锦盒中将刘半安的手臂拿出，两个多月过去了，那手臂竟然丝毫未腐，皇帝惊讶不已。

刘半安右手轻轻勾勾指头，那左臂竟然从锦盒中跳出来，以食指中指作足，向刘半安走去，他将手臂拿起，放在肩膀处，轻轻一扭。再抬起左手甩一甩，左手臂，竟然真的又长了回去。

"刘卿，当真是神仙临凡啊！"皇帝赞叹不已。

皇后笑盈盈地下来给刘半安倒酒。二人目光相汇，盈盈一水间，万语千言。

"阿彘立了如此大功，朕从前只让你在内廷侍候，当真是委屈了你。这便封你为将，以后为朕保家卫国。"

"遵旨。皇上的江山定然永固！"阿彘跪下嗑祷。

"皇上，哥哥已然成了您的臣子，还叫阿彘这小名不大好听，皇上给哥哥取个名字吧。"灵芝倚在皇帝身边建议。

"没错，阿彘，彘字不雅，不如叫治。刘治，刘治，好像听过这个名字。"

"皇上，前几年版军头子不是就叫刘治？您怎么给哥哥取了这么个不吉利的名字？"灵芝嗔怪道。

"啊对，那大泽帮的头目就叫刘治，那么——"皇帝沉吟。

"皇上，臣愿叫刘治，皇上给的就是好名字，名字只是代号而已。那乱贼造反作乱自绝于天下，臣却是忠心耿耿效忠于陛下，我这个刘治必定吉利得很。"

"哈哈——灵芝，看你哥哥这么会甜言蜜语，你要跟你哥哥好好学学。"

皇帝笑逐颜开，阿彘春风得意，灵芝莞尔轻笑。刘半安心中萧条不已，他知道这次与姜国大战，因他而死的人足有几万人。踏着那么多的人的生命，他换来了能与这个女子同坐在一个大殿中，还有她将来的喜乐富贵。

舞姬跳舞、乐人弹琴，穿过好多人，刘半安和灵芝四目相对，她举起酒杯，刘半安也轻举酒杯，一饮而尽。

阿彘被封了定远将军，皇帝钦赐将军府。

定远将军虽然品级不高，但这只是开始。妹妹是当今皇后，他立有赫赫军功。阿彘如今炙手可热、风头无两。

皇帝可能忘了那谶语说的"刘治王"，他刘治，一定要在这天下称王。

那次随他一起去云梦泽的一千士兵，这次随他一起远征的三万大军，都被他种了符咒。这些人看起来与常人无异，但当他催动符咒，这些人只会听他的话。也许还是不能和皇帝对抗，但若是这三万多大军都不会死呢？

阿彘升任忠武将军，府中张灯结彩，庆祝一番他送走来庆贺的百官同僚，端起姜国进贡的夜光杯，看着葡萄美酒闪耀着醉人的颜色，他轻轻自言道："师父，你可以回云梦泽了，飖厔一个看家你怎么能放心呢？"

皇帝要去西山避暑，带着灵芝和刘半安。他现在前朝不能没有刘半安，后宫不能没有灵芝，走到哪里都带着这二人才放心。

西山不像宫中那般森严，刘半安使个小小的法术，便更容易见到灵芝。他不去想这样的日子还可以过多久，也不去想以后会怎样，即使心中有过无数个想要离去的念头，但只要一见到灵芝，便忘记了所有的打算。没有灵芝，即使成仙又有什么意思呢？

这日皇帝刚到佛堂去，灵芝便对镜梳妆，刘郎一会儿会来。

脚步在门口响起，她笑着回头，却愣住，随即又笑："是哥哥，你不是在京城吗？怎么也来西山了？"

"灵芝叫我哥哥很习惯了吗？我记得在大泽帮的时候，灵芝还不是这样叫我的。"

灵芝不好意思地笑笑："你来找我有什么事吗？"

"无事便不可以找你吗？师父每次找你又有何事？"他笑着打趣。

灵芝低头："你何必这么说？当初是你让我——"

"我让你和他在一起，可我让你爱上他了吗？"阿彘打断她的话，"你跟我说过的话，都忘记了吗？"

"没有忘，我没有忘——"她眼中流下眼泪来。她其实已经忘了，她忘了自己只不过是一枚太岁，甚至人形都不完整，是眼前这个人把自己从那些少年手中救出来，帮她修炼，给她取名字，带她来到繁华的人间。

"好姑娘，只要你再帮我一个忙，我从此便不会再逼你想起你不愿意想起的事，我答应你，若我得了这天下，会放你和师父离开，一起回到云梦泽，在云梦泽中逍遥度日，永远做一对快活夫妻，好不好？"

灵芝泪眼模糊地抬头看他，缓缓地点点头。

刚放下茶杯，刘半安一阵头晕目眩，几乎支撑不住，他不可思议地看向灵芝："你，你在我茶中——"

灵芝扶他躺下："只要一会儿，他说你只要睡一会儿就够了，以后，我们就可以双宿双飞，永远不分开了。"刘半安听着灵芝说的话，却不能反应出这到底是什么意思，他眼前越来越模糊，终于再也支撑不住睡了过去。

阿戠将一个琉璃碗拿出来，口中念念有词，那琉璃碗越来越大，最后将刘半安罩了进去。

"你做什么？"灵芝大惊失色，不是只要让他睡一会儿就好了吗？

"别担心，他是睡一会儿就好了，只不过要换个地方而已。"那琉璃碗越来越小，直到变成手掌大小，凌空飞出窗户，倏忽不见了踪影。

"他会回来找你，你放心好了，一日为师，终身为父，我不会害他的。"

他是不会害刘半安，只是让他回云梦泽而已。事成之后，他自然会回到云梦泽将师父放出来，到时候大不了磕头赔罪便是。

当年大泽帮被灭，他被万箭穿心之时，虽然死而复生，可他终究还是经历了死去的瞬间。当时灵魂出窍，他来到地府见到冥王，冥王竟然是个垂髫小儿，他用稚嫩的声音奇道："你怎么会死的？这不是你的命数——莫非是抓错了人？"

一旁的判官手忙脚乱地查生死簿，片刻报告冥王："此人命数奇特，此次确实不该死。想必真的抓错了。"

冥王挥挥手皱眉道："那你回去吧。"阿毓一看还有生机，忙要回头。冥王此刻竟然不再是那小儿模样，变成了一个须发皆白的老翁，他中气十足地喊道，"既然是冥界的错，赏你一样宝贝算是赔偿！"说着将案前的一只琉璃碗扔向阿毓："这琉璃碗可以遮天蔽地，如果遇到什么凶险之事，可以躲在里面，就算过上成百上千年也不会饿死甚至憋死，这碗现在就是你的了，只听你的话或开或合！"

刘半安本来就是世外高人，忽然离开，这也没什么。只是皇后却染上了重疾。皇帝想让她去看一眼太医都说不可，灵芝必须待在屋子里不能见任何人。

皇帝心中挂念，偷偷来到玉藻宫，在门外听到皇后在床上痛苦的呻吟声，心如刀割，便要闯进去。阿毓却拦着不让他进去："皇后的病会好的，皇上进去让娘娘心情动荡，会影响病情。"皇帝只好离开。

灵芝在痛苦地呻吟，是因为她伤痕累累，已没有一块完整的肌肤。凌迟也不过三千多刀，她却被割了三万多刀。

她冷汗不止，痛苦地哀求着："不要再割了，我好痛！"她痛得甚至想起刘半安也不能让她轻松一点。她多么怀念小时候在雪山的日子，平和、惬意，白雪高洁，有阳光的时候，雪会消融成一个个小水坑，在阳光的照耀下，显示出斑斓的彩色。

"很快就好了！再忍忍就过去了。"阿毓安慰着，他曾经想过让灵芝晕睡过去再割，可极度的疼痛和过长的时间让她总是很快又醒来。

满地鲜血，如同人间炼狱。灵芝被割得支离破碎。她被阿毓抱上床的时候，眼神空洞，嘶哑的声音幽幽传来："千刀万剐，我欠你的，可算还清了。"

阿彘没有来得及等到灵芝的身体恢复，便迫不及待地去施行他的法术，让这三万多人吃了太岁的肉，尽快和他一起成为长生不死的战士。什么大胤，什么北姜，不都是他的囊中之物吗？

忠武大将军带兵作乱，这让所有人都觉得匪夷所思。想不到的不是阿彘的反叛，而是那些士兵不少都是皇帝的亲兵，而且此时本该在不同的地方驻守，为何可以从全国各地响应阿彘？短短几日，阿彘已经带兵占领了好几个城池。

皇帝大怒："果然叫刘治的都是叛贼。"他迁怒灵芝，带人去找她，她竟然不起身迎驾，还躺在被中。

皇帝大怒，将灵芝的被子掀起。他大惊失色，口中喊着"妖怪！"逃出了房间，身边的宫女有一个惊吓过度尖叫一声晕倒在地上。灵芝只有颈部以上是白皙完整的，从颈部往下，全身血肉模糊，有的地方像鱼鳞，有的地方像龟甲。

皇帝趔趄着跑出去，呕吐不止。难怪不能见人，竟然是个妖怪。从前的恩爱，让他想起来都觉得恶心。他派人将玉藻宫看管起来，又派人去天山请七皇子的师父玉渊大师前来捉妖。那阿彘肯定也是妖怪，他们兄妹内外勾结，想要谋算他的江山。

玉渊大师进宫之日，正是刘治叛军被剿灭之时。皇帝看了加急来信，心中稍定，派人将玉藻宫的妖孽带到大殿上来。

此时已然过了数月，灵芝也恢复了原貌，她依然风姿绰约，貌美若仙。皇帝又生起一些往日的柔情蜜意："你是什么妖怪？为何进宫？你如实招来，朕也许会饶你一命，你那哥哥已经被擒，朕也许会安排你们见上一面。"

"我不要见他。"灵芝的目光越过皇帝，看向虚空之中，"我从未伤害过任何人，何罪之有？"随后便闭目不言，任凭如何问话。

玉渊大师双手合十："阿弥陀佛，本是琉璃心，奈何惹尘埃。老衲带你回去。"他大袖一挥，灵芝渐渐缩小，成了一枚太岁的模样。这是她最本真的样子，当年她还是一枚小小的太岁，没有爱欲、没有奢望，简单而幸福着。

阿彘将三万大军聚集起来，带兵攻打第一座城池之前，每人分吃了一片太岁。这些士兵个个都听他的话。吃了太岁肉，便可长生不死，永远不会倒下。他的大业，指日可待。

连战皆捷，离京师只有两千里了。他迫不及待地想把那皇帝赶下龙椅。

云城之战眼看就要胜利，敌军之中忽然凭空出现了一个身着天青色长衫的男子。他身如飞燕在军中来回纵横穿梭，不知在空中撒下什么，瞬间下起了一阵小雨，这雨带着一股刺鼻的香气。阿彘的士兵们沾到这雨水，纷纷呕吐起来，从他们口中吐出一片白肉，那肉如有生命一般，掉在地上尚且蹦了几下。吐掉太岁肉的士兵们本已痊愈的身体又布满伤痕，他们又像之前的很多次一样死亡，可这次却再也不会醒来。

眼看云城守城将士即到眼前，青衫男子将阿彘扶起，带他轻轻跃起，转眼已是几里之外的长亭。

阿彘刚要开口，却感觉自己胸中跳动剧烈，虽然竭力忍耐，但还是忍不住将太岁肉吐了出来。已经吃下去好几年，那物竟然还是活的。他想将太岁肉拾起，谁料它在地上蹦了两下之后，消失于地下。

"不——不会的——"他看到自己胸前背后出现无数箭头大小的伤口。万箭穿心！

"小时候你救过我一命，若你悔改，我还会救你不死。"这男子沉声问道。

"救你？"阿彘这一生做的坏事数不尽，好事只有那几件，救灵芝是他要利用她，救那七王爷是因为师叔所托，而师叔也许将来用得到。他不可思议地问道："你是七王爷？"

"正是我小时候。"

"事已至此，我活着还有什么意思？"阿彘冷声道，"我救你也是受人所托，不必谢我。"他"呕——"地吐出一大口血来。

眼看时间不多了，青衫男子忙问道："有个紫衫女子找过你是不是？"

"我师叔？"阿彘反问。

"正是她，你见到她了吗？她去了哪里？"他忙不迭地问道。

"我怎么知道，正是她老人家让我照拂于你。"阿彘依着长椅粗喘几口气，浑身痉挛几下，柴公子看他命数已尽，抓住他手："你可记得我？你可记得落雪斋？你到落雪斋来找我救人！"

"柴公子！你是柴公子——"阿彘脑中想起好像很久以前的事，那个时候他只是个小孩子，偶遇刘先生，刘先生重病在身，有高人叫他到姑射山落雪斋去找柴公子，可是后来，后来为什么会发生这些事？

往事一幕一幕在他眼前浮现，灵芝、师父——

他抓紧柴公子的手："师父——救师父——"用尽全身所有的力气说

完这句话，他闭上了眼睛。

阳光，鸟叫。

阿毚睁开眼睛，又猛地闭上。他不是死了吗？

"喂，你在装死吗？"有个戏谑的声音在他耳边响起。

他猛地坐起来。他怎么正躺在一个书房里的摇椅上？好奇地挠挠脑袋，此时幽香袅袅，书童一旁看着他笑，绿衫少女递上一杯茶笑道："喝杯茶醒一醒！"

旁边书桌前一个穿着天青色长衫的男子正在看着什么。只见那画面上徐徐展开的是一幅正在演绎的画面。那些情景似乎刚刚发生，又好像已经过去了几千年。

画中演绎着他的生平，他却觉得那画里的故事是别人的一般。他若是有那样的际遇，也会成为那样的人吗？

"呆子，本来就是你。"绿衫少女笑道。

"我死了？"阿毚大惊失色。

"不，是他死了，或者说你在画中死了，也或者说你在一百年前死了。"柴公子笑得有点神秘，他又问道："你是怎么认识刘先生的？"

"我玩耍之时看到一个很好看的琉璃碗，倒扣在土里，就将它揭起来，谁知那里面竟然扣着一个人，那碗使劲长大，那人也变大了。他坐在那里一动不动。过了好久才问我是什么年代了。我跟他说是大姜国贞元十四年，他竟然坐在那里哭了半天。不知道在哭什么。对了，他刚看到我的时候，对我又是打又是骂，现在想来，是把我认作了那个阿毚，就是画中那个，也许是一百年前的那个，他的徒弟吧。"阿毚想起刘先生满脸愤恨，恨不得杀了自己的样子，原来竟是如此。

刘半安神机妙算，虽然不能从那琉璃碗中出来，但他听得到外面所有的声音，他知道了所有人的命运和归宿。琉璃碗在回云梦泽的路上被飞鹰叼走，它眼睁睁看着碗里有东西，却无论如何都打不开，只好随便扔在一处。

刘半安在草野之中可以听到世事变幻，甚至可以感应得到灵芝被千刀万剐。她凄惨地叫着，哭泣着，她喊过他的名字，她哭喊着求他来救她，可他用尽全力都不能撼动那琉璃碗分毫，直到撞得自己满头鲜血淋漓，直到手指都骨折断掉，他也只能待在琉璃碗中，等待着阿虺有朝一日能在这苍茫世间找到琉璃碗放他出来。

柴公子将那卷轴卷起："我们去看刘先生。"阿虺看到卷轴封面上写着"万象图"三个字，虽然不解，但也觉得颇有丘壑。

阿虺上山之时，路极其难走，他足足走了好几个时辰。可下山之路却极为平坦，不多时已到了山下，柴公子从树后牵过两匹枣红马来，交给阿虺一匹。树后有马他怎么会看不到？莫非也是什么法术不成？他想起自己在画中也有不少本事，现在却什么也想不起来了。

枣红马奔驰如飞，不多时便来到他们落脚的村子。阿虺对柴公子道："我从小就在这个村子长大的。"来到一处草屋，草屋甚为简陋，有人正躺在床上。

阿虺忙上前："师父——啊不是，刘先生，我请了大夫来。"他不知怎么就脱口而出叫了师父。

躺在床上的人睁开眼睛："我没有病，只是该死了而已。兴师动众的做什么？"

"刘先生，你是云梦泽神仙，怎么能这么随随便便就死了？"阿虺带着哭腔。

刘半安坐起身子："你怎么知道——你——"

阿彘不知怎么解释，呜呜地哭泣着。

他看向站在门口的柴公子，叹气道："这世间又多了一个如我之人。"

"我都不死，你又何必去死？"柴公子面带微笑。

刘半安思索片刻，竟然下得床来问阿彘："我要到雪山去寻找故人，你可愿意同往？"

阿彘看刘半安不寻死了，高兴地应着："我愿同往，我愿同往。"

阿彘牵了家中唯一的驴给刘半安当坐骑，往村外去了。村外苍劲盘桓的古树之间有一块石碑。那石碑已经立在这里很多年，阿彘从来没有看过一眼。

此时，阿彘牵着驴陪刘先生来到碑前。碑下面有一石赑屃。阿彘上前一览，隐约可见石碑上记的竟然是一百年前本村一位不世出的少年英雄的事迹。石碑上记载的不过寥寥数字，阿彘心中却如历尽沧桑。人们不会知道，他们刻碑纪念的，是一个骗子，用五千出生入死的兄弟的命换取前途的骗子。

往事似乎都在画中梦中发生，可这石碑又告诉阿彘，这一切都是真实存在的。

风雨欲来，云低天高。在这苍茫的天地中，两个人和一头驴驻足石碑前，似乎与这泼墨一般的山水化作一体。

忽然，那石赑屃身上的石头动了，似乎在慢慢融化，那赑屃活了，它闪动着红色的眼珠在得意地嘿嘿笑。

"你——"阿彘吓了一跳，"是你——"

"正是我，有人帮我求情，我能离开云梦泽，只是要答应她在这里等一个人，传达两句话。我等着无聊，看到这里有块石碑，便驮了起来。"他看向正送别刘半安和阿虺离开的柴公子，咳嗽一声道："那人让我跟你说，不要忘记承明之约。"

柴公子忙问："她在哪里？"

赑屃还未回答，一个赶着羊群的老者回来，在他们身后叹道："我们村子偏僻，外人不至，不然，谁敢刻碑纪念这刘治呢？"他看向阿虺道："这少年英雄的小名好像和你一样，也叫阿虺。"

赑屃已经变成了石赑屃，真正的赑屃传完话之后，想必已然回了东海。

阿虺和那老人告别，与刘半安一起向远方去了。雪山之中，有他们最深的坚持。

老人赶着羊群回村，忽然又停下，将一张画卷交给柴公子："刚才我从那边来时，有人让我交给你。"柴公子道谢，看老人也远去，村庄里炊烟四起。

他打开画卷，只见画上正是苍茫的高天、劲拔的枯树和矗立的石碑，二人一马伫立于前。画上写着《读碑窠石图》，落款处为"李成"二字，墨汁未干，看来是刚刚画就。

柴公子看到"李成"二字，转头便寻去，只见一个人影已经走远，他大喊一声"李大人"，无人回应，却听得高唱之声从远处传来：

"……行歌市上，易米三升。更无些子争竞，时价平平。不会机谋巧算，没荣辱，恬淡延生。相逢处，非仙即道，静坐讲《黄庭》……"

歌声豪迈苍凉，在山野中回荡。柴公子将那画收好，乘上枣红马，向姑射山骑去。马蹄奋起，转眼已不见踪迹。

第6话《琴高乘鲤图》

第6话　琴高乘鲤图

薄荷这几日有些担忧，最近整个落雪斋都怪怪的。

万象图从前几日开始就无故闪光，似乎有什么要从里面跑出来一样。柴公子则日日夜夜认真地盯着万象图，几天都没有离开过椅子，甚至眼睛都没有眨过一下，更不要说睡觉休息了。净心那个懒虫平时睡着比醒着还多，这几日却神神秘秘时常消失不见。总之一切都不大对劲。

"公子，万象图又不会跑掉，你为什么一直盯着它？"薄荷将小碗放在正在书桌上扮演石头的玄武面前，忍不住问出声来。

玄武嗅到了鱼虾的味道，伸出头来飞快地开始吃东西——这是玄武被放慢了的世界中唯一能让它加快速度的方法。

"说不定呢！"柴公子心不在焉地回答着。

"最近来落雪斋的人也少了很多，我都很久没见到外人了。昨日下山遇到打道回府的客人，说本来想来落雪斋有求于公子，谁知落雪斋好像凭空消失了，他们根本看不到落雪斋，这到底是怎么回事？"薄荷好奇得紧。

玄武蓦然间抬起头来，奶声奶气地道："殿下，玄武嗅到了海的味道，玄武的家乡——东海的味道。"

"东海距离这里有好几千里，怎么会有东海的味道？玄武你是太想家了吧！"薄荷亲昵地在他的龟壳上抚摸着。

影壁旁，吴刚和净心正悄悄说着什么。

"小净心，你好好跟我说说，我帮你参谋参谋。"吴刚挤眉弄眼地碰碰净心。

净心正心不在焉地一边执着拂尘扫去影壁上的灰尘，一边不知想着什么，唇边还露出一丝微笑。

"说说嘛，你到底看上哪个丫头了？"吴刚紧追不舍，这几日他发现这小子每到夜晚就偷偷地离开，直到天快亮才回来，除了和佳人有约，找不到其他的解释。

"有什么好说的？你若是跟我说说你跟那嫦娥仙子的事，我就把我和那位姑娘的事告诉你。"净心讨价还价，爱搭不理。

吴刚欲言又止，张了好几次口，还是放弃了。他真的非常好奇，他实在想不到，像净心这种又懒嘴又毒的少年怎么和心上人甜言蜜语。

"你不告诉我可以，你家公子问你的时候看你说不说。"吴刚冷哼一声。

净心一脸想打人的冲动，却纠结出个笑容，回头对吴刚说："你千万不能告诉薄荷和三公子。"

吴刚看天，似乎没有听到一般。

净心毫不怀疑吴刚在他进屋之前就会把这件事嚷嚷到落雪斋的每一个角落，只好匆匆答应："下次让你见见她便是。"

吴刚立即眉开眼笑："放心吧小净心，我一定会帮你保密的。"

薄荷看着窗外窃窃私语的二人，埋怨道："公子你看，那两个人鬼鬼鬼祟祟地在说什么？"

许久听不到回答，她回头去看柴公子，只见他双手置于脑后，正靠在摇椅上笑眯眯地看着她。

薄荷无端红了脸："公子你，你看什么？"

"我想起你刚来落雪斋的时候。"柴公子目光温和，满脸带笑，"我们薄荷一点都没有变，还和当日一样。"

薄荷觉得自己快要沉溺在公子柔和的目光中了。

"我从小就在这里，应该有三百多年了吧！"他挠挠头，"我不记得了，日子总是这样过，无非是花开花谢冬去春来，也没什么分别。"

"我在这里也二百多年了。我记得我是待在一个葫芦里被带到公子身边的。"薄荷微笑，"真的没想到当初公子愿意把我留在这里。"

"你们想必也知道我建这落雪斋的由来。"柴公子道。

"公子在雪后建此斋，名为落雪斋。"薄荷在万象图中看过这段历史。

"我因何在这落雪斋中三百多年？"柴公子又问道。

"为了画万象图——"净心答道，然而他又并不知公子为什么要画这万象图，莫非是为了有趣？

"听三公子说，这万象图是上古神物，纵四海通古今。我进去几次，去的尽是魍魉之域，惊险万分，也只有三公子能在里面来去自如。依照我看，这万象图可不是什么好东西，古怪得紧。说起这个，公子，三公子去海外仙山赴宴，吹了大牛，却没能带万象图同去，肯定会被别的神仙给嘲笑。"她想起三公子离开时满脸怨念的样子，就忍不住要笑出来。

"当年有个人身受重伤将要死去，再也无力回天，我无意中得到万象图，将她藏于万象图中，这么多年过去了，她早就苏醒，却不愿回到这世上来，想来是太伤心，不愿被我找到……"柴公子眼中闪过一丝酸楚，又低眉掩饰过去。

"公子说的是那位叫齐光的姑娘吗？"虽然没有见过真人，但旁观万象图，薄荷也知道齐光，也知道这女子是公子的心上人。此刻公子刻意提起，她心中失落，低下头去。

"当年我对她不起，把她丢了。已经三百多年了，我在万象图上画遍前朝往事，每一幅画都在让她苏醒，召唤她回来，只是……"柴公子苦笑，"这么多年了，我时常能够从万象图中看到她的足迹，可是却始终寻她不到，我知道，她一直在生我的气，故意躲着我。"

"公子，你放心，齐光姑娘一定会知道你的心意，出来与你团聚的。"薄荷笑着，笑容却有些勉强。

"恐怕，我们再也不能在一起了。"柴公子摇摇头，满面苍凉之色。

薄荷从未见过他有如此悲怆的表情，心中也跟着大恸，哪怕用她的性命来抹去他的惆怅她也愿意。她握住柴公子的手道："公子痴心如此，齐光姑娘会明白，上天也会成全你们。"

薄荷说得动情，柴公子向她一笑，反握住她的手："你还小，很多事你不懂。"

"我都懂的，公子为了齐光姑娘，可以付出一切，可以几百年都在这里守护着万象图中的她，薄荷……薄荷也愿意如此守护公子！"她说得激动，却全是心声。柴公子一愣，薄荷忽然意识到刚才自己说了什么，面上一红，挣脱柴公子的手，匆匆道："我去——我去看看——"

薄荷带着一阵清香逃了出去，柴公子微一怔忪，玄武奶声奶气地道："殿下，薄荷害羞了。"

柴公子想起薄荷适才说的话，又想到自己对齐光的心意终究会付之流水，心中郁结难解。

"喂，本座瞧你心不在焉，怎么？对薄荷小丫头产生了不轨的念头？"一个声音突兀地在他房中响起，语气中颇含嘲弄之意。

"你来做什么？"柴公子收了忧伤，回身淡淡问道。

"你这里浊气熏天，你以为我那边没任何感应吗？"说话的是一个满脸络腮胡子的大汉。

"有人的地方就有浊气，你多虑了，我根本找不到她。"柴公子翻看书架上的书籍图画，看样子根本不想和这个人再对话下去了。

"这可由不得你我。"说话之人脸部隐约飘忽，片刻之间又成了一个白面无须的端正书生——面有众生相，时刻变化不歇，正是冥王。

冥王一副生无可恋的表情："这些破事什么时候才算完啊……"

"不如让净心赶紧去给你替班。"柴公子说笑着，眼睛看到窗外，净心每夜偷偷摸摸溜下山去，还以为能瞒得过他。

"天数既定，时机未到，这烦人的差事，还是我继续先当吧。"冥王叹了一声，身影渐渐虚幻起来。柴公子发呆一会儿，再回头，冥王已消失无形。

夜色如洗，月华如练。

净心偷偷摸摸地出门，吴刚在后面跟上。

"你的心上人在哪里和你私会？"吴刚好奇得紧。

"就在山下泉边。哇——你怎么在我身后？"净心才发现吴刚一直跟踪，吓了一跳。

"那你自己走下山去岂不是最少要一个时辰？"

"是以我得赶时间。"净心疾走着，几乎要跑起来。快点见到她，就能和她多待一会儿。

"你不是柴公子的徒弟吗？你不是冥王的继承人吗？连个法术都不会，这么远的路就靠走？"吴刚有些不敢置信。

"那有什么法子？我从来不知我在落雪斋除了打扫庭院接待客人之外，还有什么用处。"净心满脸委屈，似乎又想到了自己悲惨的生活。月色甚美，净心抬头望月："花奈最喜欢月亮了。"

"你的意中人叫作花奈？这不像中土的名字！"吴刚问道。

"她是扶桑人。"净心想起意中人，满脸陶醉，真想马上飞到她身边去。

看他痴情的模样，吴刚摇摇头道："傻小子，过来。"他伸手向月，一缕月光落在他手心，他伸手一指，月光飞到净心身下，净心被月光托起，向山下飞去。吴刚紧随其后，也骑上一缕月光，追上净心。

净心感觉清风从耳边呼啸而过，大声称赞道："我以为你只会砍树，没想到还会御月，不过你身为神仙就只会骑月行走吗？也从来没见你会别的本事！"

"少跟我提砍树！我已经砍了好几千年……"吴刚怒道，这小子就会找人伤疤开口。

净心哈哈一笑，不过一盏茶的工夫，他们已经到了山下。月光逐渐淡去，消失在夜色之中。

"花奈就在前面的小溪边，你先不要过来，小心吓到她。"净心叮嘱着。

"我又不是夜叉鬼怪，怎么会吓到她？"吴刚不满。

"她胆子小，你见到的女子都是嫦娥和薄荷那种非神仙即精怪，哪里认识过真正的人间女子！"

吴刚无言以对，只好止步等候。

溪水潺潺，净心沿着溪岸而行，只听前面传来悦耳的歌声。月亮虽然还未全圆，但也遍洒清辉，一个穿着绯色服装的少女正在月光的笼罩下坐在溪边浅声歌唱，她唱的歌谣虽然动听，歌词却并非中土语言，净心并不能听懂。

"花奈！"净心小跑几步赶上前去。他的声音温柔无比，吴刚在远处听到一阵恶寒。

"啊，是净心君来了。今日净心君来得很早，花奈也才刚到而已。"她向净心甜甜一笑，犹如夜昙花开。

净心满心甜蜜："花奈刚才唱的什么歌？非常动听。"

"这是我们家乡的歌曲，'十五夜'就要来了，每年的十五夜我就更加思念我的故乡。"花奈叹口气，眼睛亮晶晶的，好似明星闪烁，"我的家乡把中秋节叫作十五夜，我刚才唱的歌便是我家乡一首描写月亮的诗歌：'山头月落我随前，夜夜愿陪尔共眠。心境无边光灿灿，明月疑我是蟾光。'①"

少女用中土语言又说了一次，净心不大明白，只是知道她说的是月亮。月亮每天都会见，又有什么新奇的？

溪水中落花漂荡而过，花奈起身看向净心，长长地给他鞠了一躬："净心君，今晚是我们最后一次相见，认识净心君的这些日子花奈永远不会忘记的。"

---

① 日本明惠上人（1173—1232）作的一首和歌。

"你要去哪里？"净心急道。他虽然活了好几百岁，但是情窦初开，每夜下山来和心上人在溪水旁说说话就心满意足，可是这样美好的日子才过了没几日，她便要离开了吗？

"花奈此来中土是为了寻找父亲的，遍寻不到，只能离开。"她伤感地道，"从此天各一方，也许再也不能相见，净心君请珍重！"

"找你父亲吗？我帮你找啊，你为什么要急着离开呢？"净心对花奈痴心一片，怎么也不愿她从此离开再也不能相见。

花奈正要说什么，忽然面露激动之色："月光！我嗅到了月光的味道。"她四处观望，欣喜不已。

月光怎么会有味道？净心一怔，看她向吴刚的藏身之地走去了，他忙跟在后面。

花奈双手提着裙子，脚着木屐踢踢踏踏地跑着，在一棵大树前站定。

吴刚只好从树后面出来，这少女看着他的表情怎么充满惊喜？

"是您！花奈从来没想过会在这里见到您。"花奈激动不已，抑制不住地跪倒在地上掩面哭泣。

吴刚手足无措，他从来没有和这么柔弱如水的女子有过交往，此时竟然不知该如何是好，似乎说什么都怕惊扰了这个女子一般。

"花奈，你认识他吗？"净心将哭得稀里哗啦的花奈扶起来，让她坐在一旁的木桩上，掏出手帕帮她擦眼泪。

"这位小姑娘，你认错人了吧？"吴刚下凡也没有多少日子，大部分时间都耗在落雪斋，去哪里认识这么个外族小姑娘呢？

花奈慢慢地平静下来，收了眼泪："当年我们跟随一队商船自扶桑来中土，可海上忽然起了大雾，我和父亲迷失在大海之上，大雾多日不退，我们和船队失去了联系，以为将要死在大海上了。谁知月光忽然不再朦胧，有个仙人破雾而出，驾着月光而行，让我们的船跟在他身后，最终走出了浓雾。"花奈回忆起往事，目光热烈地仰望着吴刚。

"你的意思是，我是那个仙人？"吴刚回忆着自己何时去了东海，为什么对这个女孩一点印象也没有。

"是的，花奈那个时候还小，也许仙人对我们没有什么印象了，但是父亲和花奈都感怀终生，只恨没有机缘再见到仙人，报答大恩。没想到，竟然……竟然能与仙人在此处相见，花奈一定会报答仙人的救命之恩。"她说着又起身朝吴刚下跪。

吴刚忙拦住她："不要动不动就给我下跪，我可承担不起。而且我都忘记了，不要再放在心上了吧！"

净心发现花奈看吴刚的眼神娇羞中带着憧憬，这和薄荷看着公子的眼神一模一样。莫非，花奈喜欢上了吴刚？净心吓出了一身冷汗，他看惯了很多来落雪斋的痴男怨女，一同都觉得男女之情不可理喻，让人丧失理智，但是那晚他第一次看到花奈的时候，就惊呆了，这个世界上竟然会有如此美好的女子，他的内心中闪现出一个强烈的念头，要和这个女孩在一起。可是，莫非花奈爱上了吴刚？

吴刚此刻很无辜。他去过东海无数次，他的交通工具就是月光，但真的不记得这个女孩。他和净心不同，净心心系花奈，为花奈赴汤蹈火也在所不惜，吴刚却是个极其讨厌纠缠的人，他逃离月宫也是为了相同原因，花奈此刻满眼的依赖与信任，让吴刚觉得枷锁缠身，无法逃脱。

"我们带花奈回落雪斋去求公子帮忙？"净心悄声和吴刚商量。

"你就不怕他发现你每夜私自下山罚你？而且她既然要走了，你又何必多此一举？"吴刚压低声音，表示拒绝净心的安排。

"你看她多么痛苦！她这么一个弱女子千里迢迢来到中土，你怎么忍心看她那么痛苦却不施以援手？"

"哼，你自己搞定，不要来麻烦我！"吴刚看他固执，又偷瞄了花奈一眼，正好与花奈目光相对，花奈给了他一个极其绚烂的笑容，吴刚忙转过头去对净心道："你的心上人总对着我笑，不是看上我了吧！"

"想得美！"净心思忖片刻，又道："你就帮我一个忙，把我们带上山去。我走上山去无所谓，花奈一个弱女子爬山的话，哪有那么多力气？"

吴刚想了想，点头答应："你要看好你的心上人，我最怕姑娘这样看我，浑身不自在。"

净心不屑地斜睨他一眼，回头去招呼花奈了。

一路上花奈都处于掩口不可置信的状态——

"花奈竟然可以御月而行！"

"微风就从花奈发边经过，好美的夜色啊！"

"花奈似乎离月亮更近了呢！"

花奈开心，净心也满脸笑意，似乎忘记这是他本来嗤之以鼻的御月之术。

吴刚忍着面部抽搐，这扶桑来的人怎么这么大惊小怪的，一副没见过世面的模样。

他们在桂树前停下，几缕月光化于无形。此时，落雪斋后面已可以看到天际泛起的鱼肚白。

"这里竟然会有一处宅院！花奈听人说姑射山上有落雪斋，落雪斋主人颇有神通，可是在山下这么多日子都未曾见到落雪斋的一点影子，没想到——净心君你就在落雪斋中生活吗？"她惊喜地看着净心，上前推开了落雪斋的大门。

"喂，你怎么在这里？"天才刚刚亮，净心没想到这个时候开门会看到人，吓了一跳。

薄荷打着呵欠道："公子让我在这里等你们——可是为什么非要让我在这里等，你们莫非自己不认得路？"她说着看到一个陌生姑娘站在眼前，好奇地问："你是——"

花奈向薄荷鞠躬道："我是花奈，请多关照！"

薄荷被她的动作弄得十分疑惑，净心满脸笑容地给花奈带路，吴刚对薄荷道："这是个来自扶桑的女子，净心被这小娘子迷住了，你看他那痴心一片的表情。"

薄荷不敢置信："净心那种死样子还会喜欢上别人？我得赶紧去瞧瞧。"

花奈跟在净心身后，看到影壁前的那汪汩汩涌动的潭水，有些却步。净心忙安慰道："不要害怕，这潭水平常都平静得很，今日不知为何咕咚起来。"

花奈点头微笑："净心君请放心，花奈不害怕！"

书房里的万象图光芒闪烁，即使在白天，书房外面都可以看得到那耀眼的光芒。

花奈又停下脚步问："净心君，这是什么？"

"这便是我们公子的万象图。相传这万象图是上古神物，能通古今，贯经纬。万象图有灵性，遇到有缘之人才会发光，这几日不知为何日夜发光。"净心介绍着万象图，对有些怔忪的花奈道："花奈请走这边，公子在厅堂中等我们。"

花奈收回视线，轻声答应着，随净心迈上三层矮阶，来到厅堂门前，却停了脚步。只见门上挂着透明的珠帘，珠帘微微摇摆，时而互相碰撞，发出清脆的声响。虽然未有日光的照耀，但珠帘却不时闪过别样的光泽。

净心掀帘进到厅堂，只见柴公子正坐在八仙桌前看着玄武喝水。玄武从小碗中抬起头来，吸吸鼻子对柴公子道："殿下，玄武又闻到海的味道了。"

柴公子摸摸玄武的脑袋，回头朝净心一笑："怎么不让客人进来？"

净心这才发现花奈并没有跟进来，他笑了笑帮她掀起珠帘："花奈，请进来吧，这就是我家公子！"净心忙着介绍，"公子，这是花奈，有事想要请公子帮忙。"

玄武爬到柴公子身上，慢慢钻到他袖子里去了。

"小女子花奈，来自扶桑，请柴公子多多关照！"花奈向柴公子深深地鞠了一躬，浅笑盈盈，带着一丝害羞与期待。

柴公子唇边泛起一丝笑意，然而这笑意并未达到眼角："花奈小姐，幸会！请坐！"

花奈又鞠躬致谢，这才小心翼翼地坐下，双手置于膝上，头微微低下，身子前倾，全然毕恭毕敬的模样。

"公子，花奈千里迢迢来中土是为了寻找父亲。公子你一定要帮帮她！"柴公子虽然笑着，净心却觉得他并不热情，这完全不符合公子平时的作风。净心以前对来落雪斋找公子求助的人总是一副不耐烦的表情，公子还为此刻意教训过他："来者便是客，你要这么每日黑着脸的话，还是不要出来见人了！"

可是今天，对客人黑着脸的不是他，却是公子，虽然公子看起来淡淡的，但以净心对他的了解，公子的态度与平日迥异。

薄荷端了茶进来，想到吴刚的话，刻意打量了净心几眼，这个人怎么会有如此痴情的眼神……这是幻觉吗？她生生地起了鸡皮疙瘩。

薄荷递上一杯茶，花奈双手接过，柔声道了谢，柴公子不说话，花奈也只是手中捧着茶杯，低头不言。

"花奈，你和令尊是怎么失散的？当时情形如何？"净心很费力地想打破这尴尬的气氛。

花奈看了一眼柴公子，轻声道："当年父亲向往中土文化，尤其喜欢中土书画，我们便跟着商船从扶桑坐船来中土，学习中土绘画技艺，可是，后来遇到了战乱……我便和父亲失散了，我独自回到扶桑。花奈梦中总能见到父亲，他向我倾诉思乡之情。花奈苦于孤身一人没办法来中土寻找父亲，直到不久前又有船队来中土，花奈才搭船前来，希望能找到他一起回故乡。"

"战乱？"柴公子忽然想到了什么似的，本来冷淡散漫的表情凝重起来，思忖片刻道："你们是哪一年来的？对当年的事还记得什么？你说清楚一点。"

"时间过去太久，花奈都记不清楚了。只是记得我们来中土之后不久，就发生了战乱，父亲带着花奈在山间隐居避祸，没想到在隐居的地方竟然遇上了父亲最崇敬的画师。父亲跟着那位画师学了好久的画技，终日废寝忘食地作画，终于学成技艺，谁知——谁知那日我们遇上了一队乱兵，我和父亲就失散了，我四处寻找都找不到他的踪影。后来又有商船回扶桑，我便跟着船队一起回去了。可是这么多年来，花奈心中无时无刻不在思念着父亲，时常在梦中看到父亲倾诉自己的痛苦，所以花奈又一次来到中土，希望能找到父亲。"

大胤末年来中土的扶桑画者……柴公子似乎想到了什么，又问："花奈姑娘的父亲怎么称呼？"

"父亲法号雪舟。"花奈低眉轻道。

"雪舟法师！"柴公子想起当年在相国寺的一面之缘，又想起那位面相和善眉宇间颇有庄严之气的扶桑法师。花奈的父亲竟然是雪舟！他心念一动，缓声道："雪舟法师自小出家，似乎并未曾娶妻生子。"

"花奈是父亲收养的孤女。"花奈抬头看了柴公子一眼，无辜的大眼中盈满了泪水，"花奈从小就被亲生父母抛弃在雪地中，是父亲收养了我，不然，花奈早就死了。"花奈满脸哀凄，又想起了悲惨的身世。

净心心疼不已，没想到这么可爱的花奈有着这么悲惨的过去。

"多年前，雪舟法师在相国寺的时候，在下曾经和他有过一面之缘。"柴公子缓缓道。

"啊，柴公子见过我父亲？"花奈激动地站起身来，声音带着些许颤抖，"花奈就知道一定不虚此行。"

"但是，"柴公子定定地看着花奈，"当年在相国寺相见，雪舟法师说他孤身一人随商队来中土，并未说他带了一个女儿，莫不是他竟然忘记自己有个女儿？"柴公子说话间将盖子用力盖在茶杯上，发出一声清脆的丁零之声，门上悬挂的珠帘如被风吹般摇摆，发出叮叮当当相互撞击的声音。

花奈面色微变，她低下头，双手紧紧揪住衣摆："那时候，我还……我还……"她低头思索片刻，又道："家父后来因画入迷，神魂时常有些不清明，到后来，他竟然不认得我了。"

柴公子道："既然如此，请到书房来。当年发生之事，也许可以弄明白。"

净心大喜："花奈，公子既然答应了你，一定会帮你找到父亲的，你放心！"

花奈也喜上眉梢，露出一抹甜甜的笑容。

净心忙起身带路："花奈，这边来！"

净心开心地先走出厅堂，才又想回身帮花奈掀帘。谁知那珠帘自己向两边分开，让出一条路来。

出了厅堂向右拐入游廊，不过几丈远处就是书房。

柴公子在前，花奈紧随着他，净心在后，三人来到书房前。

书房门上也挂着珠帘，珠帘似乎感到有人过来，自动向两边分开。花奈微一迟疑，迈步进了书房，她一眼就被万象图吸引了全部的注意力，不由自主地向万象图走去。

"这就是万象图吗？净心君你跟我说的可以实现我愿望的就是万象图吗？"花奈似乎极力抑制着自己的激动。

净心点头，可是他发现这万象图闪烁着黑色的光泽，偶尔也有金光微闪，整个画轴微微抖动。这让他满心疑惑，万象图怎么会有这么奇异的波动？

"花奈小姐，进入这万象图中也许就可以见到雪舟法师，只是进到里面会遭遇万般艰难险阻，如果迷路的话就再也回不来了。你愿意进去吗？"柴公子指着万象图问道。万象图的颤动越来越剧烈。

花奈慢慢走向万象图，指尖轻点，万象图缓缓展开。她低着头，几乎完全背对着柴公子和净心，没人注意到她唇边泛起一丝笑容，口中还默念着什么，万象图震动得越发厉害了，书桌上的笔筒甚至都抖动了几下。

净心吓了一跳："发生了什么事？这万象图这几日奇怪得紧，我实在不放心花奈你一个人进去，我陪你去——"

净心话音未落，万象图凌空飞起。一股黑气从画纸中飞出，在空中如水墨在水中氤氲点染，一个女子的影像在空中被勾勒出来，隐约可见那轮廓身姿窈窕，梳着凌云髻，似乎还打了个呵欠。

净心被吓到了，呆在那里说不出话来。

花奈露出惊喜之色，嘴唇开合，继续默念着什么。黑气中的女子影像越来越清晰，万象图渐渐被黑气笼罩，逐渐变小，似乎要被那黑气渲染成的女子影像完全吸收一样。

柴公子目光一厉，咬破指尖向前一甩，一滴鲜血被甩在了万象图之上，黑气瞬间散去许多，那女子影像被打乱得几乎不成人形。

玄武从柴公子袖中飞出，化身为一只巨龟。巨龟身上缠绕着一只吐着芯子的巨蛇，这正是玄武的真身。玄武身上缠绕着的巨蛇吐着芯子向花奈袭去，花奈尖叫一声夺门欲出，刚碰到珠帘就如扎在针尖上一样瞬间跌了回来。

万象图重重地跌回书桌上，女子的影像完全消失，又变成了一股黑气，想要重新钻回万象图中去。柴公子赶上一步想要抓住黑气，却只抓在掌心一缕黑丝，其余的黑气都潜回万象图中去了。

净心被这情景吓住，半晌才回过神来，忙去看花奈。花奈面色苍白如雪，本来文弱的花奈揽住净心向正要缓缓卷起的万象图中拼命一扑，玄武身上的巨蛇芯子猛然伸长，将花奈卷了回来，净心却掉进了万象图中。

听得书房里动静不大对劲，薄荷喊了吴刚来看。只见书房内柴公子面色凝重，右手摊开，正在看着掌心发呆。一条足有一丈多长的锦鲤正在地上抽搐，它有着红色的纹理，红色之上有黑色的心形斑点。薄荷进来的瞬间，一只将近屋顶高的龟蛇巨兽正化身成为一只巴掌大小的小乌龟——这是玄武？

薄荷惊叹一声："玄武的真身竟然是这么庞大的巨兽？！"看到屋里只剩下柴公子一个人，她又呆住了："净心去哪里了？花奈又上哪里去了？这条这么大的锦鲤是哪里来的？"

吴刚跟在后面进来，看到锦鲤拊掌道："这只小锦鲤我曾经见过！"

薄荷抚额："你确定这条鱼很小？"

柴公子将那缕黑气收于怀中瓷瓶内，对薄荷和吴刚道："你们看家，近日落雪斋不接待任何客人。"说罢，万象图又金光闪烁，柴公子置身于金光之中，慢慢消失无形。

"你见过公子那么严肃的样子吗？"薄荷看着吴刚问。公子虽然看上去还是很平静，但是她感觉到他极力压抑的激动，又想起昨日公子才说的什么分离什么离开，心中一阵慌乱："你说，公子会不会离开我们不回来了？"

玄武慢慢吞吞地道："刚才画中雾气连成一个女子的影像，正是齐光姑娘。齐光姑娘是殿下的心上人，殿下定是去追她了。"玄武打了个呵欠又道："这条鱼身上有东海的味道。"说着将头缩进壳里，又去睡觉了。

薄荷呆住，眼中瞬间酿出两团水雾。

吴刚最怕看到女人哭，忙道："你看这种锦鲤，名贵得很，三百年前我真的在东海见过这条鱼。"

"东海？这种鱼可以在海里活吗？"薄荷果然被转移了注意力。

"我见到它的时候，是在东海的一艘孤船上，它被一个僧人养在钵盂里，因为这种锦鲤太少见，所以我记得很清楚——啊，对了，花奈说曾经在东海见过我，我给她和她父亲引路……这条锦鲤就是花奈！"吴刚明白了，难怪花奈那么说。

"你是说这条鱼是花奈？"薄荷不可置信地看着面前这条比她还要高的锦鲤，轻轻用手指一碰，锦鲤一动，把薄荷吓了一跳，忙向后退去，不小心踩到了玄武身上。玄武正睡得香甜，被她一踩，下意识地弓身一甩，没想到它那么小的身躯力气依然那么大，薄荷正好被它甩到了锦鲤身上。饶是薄荷身姿轻巧，奈何冲力太大，让锦鲤受惊，它一跃而起，薄荷惊叫不已，锦鲤向门外撞去，又被珠帘挡了回来，重重地摔在地上，薄荷被它压在身下。

这一番折腾已经将书房弄得乱七八糟，书桌上的笔筒和几本书已经掉在了地上，一把椅子被推撞到墙面上。这书房被弄得如此一塌糊涂，实在是前所未有。

吴刚忙上前去把万象图摆好。目光移到万象图上时，身体似乎被定住了："咦？"

"喂，能不能把我先弄出来？我快被压死了！"薄荷被压得气若游丝。

吴刚看到薄荷只有头和一只手在外面，其余身体都被锦鲤压在下面，哈哈大笑，用力将薄荷从锦鲤身下拉出来。

薄荷虚脱地坐在软榻上："那么娇小的一个女孩子怎么会成如此庞然大物？"

吴刚一边盯着万象图，一边笑："你以为都像你一样，怎么修炼都只是一棵小草？"

薄荷正要反驳，吴刚急道："你快来看！"

只见在万象图中，柴公子刚才抓在手心里的那缕黑烟似乎逃跑一般在很多已经定格的画面上飞跃而过，柴公子紧追在后，犹如一道白光。

眼花缭乱之间，薄荷和吴刚看到万象图上强光一闪，黑烟和白光一起从图中飞出。白光化作柴公子，黑烟在空中游移飘荡半晌后落地，成为一个女子，这女子身形有些虚幻，却也看得清楚她梳着高高的凌云髻，穿着紫色宫装，秀眉入鬓，面容秀美绝伦。她缓缓站起身来，定定地看着柴公子，柴公子也看着她。二人虽然没有说话，却似乎有千言万语。

薄荷忽然发现自己在这里无比多余，那两个人站在一起是多么珠联璧合。公子寻找了几百年的心上人回来了，她低头拉着正看得津津有味的吴刚走了出去。

屋内再无他人，只有柴公子和齐光默默相对。

许久，还是齐光先打破沉默："你无论如何都要追上我，是要把我送到冥界去吗？"声音清冷如冰。

"我不会让冥王带你走的……当年，是我对你不起。"柴公子伸手想要碰触齐光，但还是垂了下去，"你……都好了吧？"

"你都知道了还来问我？从你抛弃我那一天开始，我就和你再无瓜葛。"齐光冷声道。

"即使你恨我，但你……为何要和那个人混在一起？他逆天而行，召唤万象图中的邪气，你为何……"柴公子满眼痛楚。

"那又怎样？当年你父皇要赐我死，是他凭空出现救了我一命，他让你在我和那些尸骸之间选一个，你选了那些死去的人都没有选我。"齐光强自压抑着激动，"哪怕我只是个陌生人，我也是活生生的人，为何还比不上那几万尸身？在你眼里，难道我连死人都不如？柴劭，你就是这么对我的？我从来没想过会受到如此侮辱！而这侮辱，居然来自你！"她心中气极，眼泪忍不住地滚滚而下。

柴公子心如刀割。她的那些痛苦，几百年来，他无一日或忘，也感同身受。他选择了让那些战死的士兵留下全尸，不用被砍下人头做成京观，却舍弃了那个他最心爱的人。

"可是结果怎么样呢？哼哼！"齐光抹去眼泪，隐去脆弱，露出一丝冷笑，"那些死人被做成了人头塔，好几万颗人头，被做成了好几座京观，还被建了白塔镇压亡魂。你放弃了我，也没有帮得了你那些士兵。"

柴公子看着她满脸戾气，叹气道："你当年身受重伤，一点生机都没有，我师父把你放入万象图中，我也与万象图结了盟约。我找到一切和当年有关系的人进万象图中去，便是要重演当年的历史，一点一滴地重建有你的那个世界，让你觉醒，让你活下来，弥补我对你的亏欠。我们从此以后就在一起，你想到哪里我就陪你到哪里，再也不管这世间纷扰，就只有你和我，好不好？"他边说，边向齐光伸出手来。

齐光犹豫地抬起自己的手："你说真的？我要做什么你都陪我吗？"

"天涯海角，我都陪你去。"柴公子握住她的手，她的手颤抖而冰凉。

"好，我要你陪我到万象图中去。"齐光露出热切之色，"我在万象图中游荡这么多年，发现我可以在里面改变历史，重新缔造一个世界。那子虚纸人村、刘治造反，都是我指点的，在万象图中，我们可以跨越所有时空，按照我们的意念来操控这个世界。到时候……"齐光握住柴公子的手，"到时候，我们可以再建立一个世界，你我泽被天下苍生！"

"齐光，天下人人皆是命，众生皆是平等，我不会陪你去万象图中操控百姓，你好好再修炼些日子，回到现实中来我也会尽全力让你把身体修炼完整，到时候我们并肩携手走遍天下，岂不更好？"

"不，那不是我想要的。"齐光目光暗淡下来，从柴公子手中抽出自己的手，"你说过你什么都答应我，会做一切来弥补当年的过错。"

"可是，这是不同的，你听我说——"柴公子忙着想解释。

"你都是在骗我。"齐光看向地上的锦鲤，声音再次冷若寒冰，"你现在把这条鱼弄醒，别的都不劳你费心了。"

"她是被那个人派来窃取万象图的。"柴公子眼中划过一道厉色，"她念的咒语是要召唤你，你形体不全，怎么能被她召唤离开这里？一不留神，你就会灰飞烟灭。"

"灰飞烟灭也比浑浑噩噩被人操控做个蝼蚁强得多！是他，让我知道活着的真正意义。当年你没有选我，如今，你又一次要和我走不同的路吗？也许，我们本就是不同的人——既然如此，"她向前走一步，在柴公子耳边轻声道，"我本来并没有受伤，那人虽有万象图却苦于进不得，他刻意打伤我，又留下破绽让你师父将图夺走，将你救走。为了救我，你必定会启动万象图，将我置于图中。我早就醒了，在图中布下无数陷阱。既然你对我如此无情，就不要怪我无义。"

柴公子愣住，满脸震惊："你并没有受伤？你很早就认识他，你在利用我？"柴公子感觉一阵头晕目眩，这么多年来，他以为自己看淡了一切，唯一的执念就是救回齐光。

当年灭国之战，父皇临时收回虎符，换了主帅，大胤军队瞬间分崩离析。主帅被姜国斩首，他身受重伤被敌军抓去。他惊诧地发现，奄奄一息的齐光也被姜国抓了。

他们被置于姜国国师的帐内，那国师笑得温柔和煦，向他拱手行礼："太子殿下光临，真是蓬荜生辉。本国师也不为难于你，给你两个选择，一个是这位美人的命，另一个就是刚刚战死的几万大胤战士。我们姜国有个惯例，战死的敌人都会被砍头封土做成京观，以彰战功。殿下，你来选。"

柴公子永远记得他痛苦地做出选择之后齐光眼中瞬间熄灭的火焰。国师哈哈大笑，来到齐光身边："我早就告诉你，他不会选你，你现在相信了吗？"

这一切犹在眼前，这些伤痕经历了无数岁月，并没有变淡，反而越来越清晰。

吴刚正在外面闲坐着，他忽然看到一只花雀在书房门外徘徊，他蹑手蹑脚地走过去。那花雀似乎完全没有提防，他向前一扑，将珠帘扑开一道缝隙，那花雀飞进书房中，化身成一个长身玉立的男子。男子眼看柴公子犹自心神不定，他一手揽过薄荷，一手向万象图抓去，万象图凭空而起，向那人手上飞去。

谁知万象图忽然在空中停住，从里面飞出一道影子，那影子出万象图而成人形，正是水云子，他随手一捞，竟将万象图抓在手中。

薄荷听到这边的响动，匆匆跑进来，珠帘一掀，那人抱着齐光闪出门外，一阵笑声远远传来："多谢姑娘掀帘之恩，琴高来日定当图报！"

薄荷愣住，不知到底发生了什么事。吴刚讪讪一笑："我把坏人放了进来，你又把他放走了！"

水云子将万象图放回桌面，控诉地看柴公子："有人来抢万象图，你竟然眼睁睁地看着被抢，而你甚至都不允许我带去参加百仙宴。"

柴公子才从恍惚中回过神来，看着险些被抢去的万象图，苦笑着摇头。

"喂，你们看净心！"水云子指着万象图叫道。

净心是疼醒的，浑身好像被无数人踩碾过一样疼痛不已。他想站起来却没有力气。放眼四顾，他发现自己身在一片广阔寂寥的旷野，四周阴冷寒凄，寒风悲啸，冷月迷蒙，满眼蓬断草枯，耳边不时传来寒鸦喑哑的叫声，尖厉刺耳。有一只秃鹫尖厉地叫着向净心扑来，他惊叫一声用手捂住头，那秃鹫并没有攻击他，而是落在他身边，用尖喙撕裂了什么，然后低头啄食。

净心定睛一看，惊叫着，霍地站起身来倒退几步，那秃鹫啄食的是一个人的内脏，他看到心脏犹自隐隐跳动。

这是什么地方？

借着朦胧的月色，他看到了无数的尸体，几乎是一个叠着一个，满眼鲜血与尸体，犹如置身于修罗场。天气寒冷，充满尸体的地方并没有发出臭味。他甚至还听到了低低的呻吟声，竟然是来自正在被秃鹫啄食的那个人。净心克服了恐惧，拾起一块大石向那秃鹫投掷过去。秃鹫被惊飞，他喉结滚动慢慢走过去。他实在不忍心看这个还未死就被秃鹫开膛破肚的人。

"你……你还好吗？"净心的声音有些颤抖，他是第一次这么近距离接触这样的场面和这样被开膛破肚奄奄一息之人。

"一……一……"这人眼看就活不成了，却还想说什么。

净心虽然在万象图中看过无数残酷暴虐的场景，但是他活到这么大却都是待在落雪斋中，从未经历过如此场面，即使平时看上去冷漠又毒舌，那个冥王还总说他是冥王继承人，然而他的心性终究如同看起来一般，只是个十几岁的少年而已。

"你想说什么？"净心再离那人近一些，只见他头上裹着赤色头巾，已经被鲜血染红的单衣手臂上用线缝着"胤"字，这莫非就是当年公子的国家——大胤的士兵？

他贴近那士兵头部，听他反复说着"一"字，灵机一动："你是说你的衣服？"

那士兵点点头，衣服早已破旧不堪，上面沾满了泥泞和鲜血。那士兵又说了一个什么字，吐出一口鲜血，咽下了最后一口气。净心解开他衣服，发现衣服后背上竟然贴着一幅画，这幅画不知是什么材料所制，竟然没有破损，上面沾染的鲜血竟可以用手指擦去。

这画面上隐约可见百草丰茂，大河之上一个人骑在一条大鲤鱼身上，似要破浪而去。

秃鹫的叫声越来越密集。

刚被吓走的秃鹫虎视眈眈地在不远处盯着这边的动静，目光锐利，似乎随时都会扑上来。尸体虽然很多，但这个士兵无疑是最新鲜的。本来靠吃尸体生存的秃鹫，此刻竟然开始杀掉奄奄一息的活人，凶残如此，让人看了胆战心寒。

这士兵和他年纪差不多，却已经命丧黄泉，尸体难存。净心咬咬牙，在越来越多的秃鹫的虎视眈眈之下，他不敢再看，将那柔软如羽的画叠成小团藏在衣内，赶紧离开这里。

脚下尸体累累，他甚至需要踩在尸体上才能前行。一路都能看得到乌鸦秃鹫啄食尸体，又听得远方有狼吠阵阵。浓雾渐渐弥漫，远山迷离，云雾遮月，净心越走越心惊，身体依然很痛，他有种错觉，似乎永远要在这修罗场中行走，尸横遍野，阴冷凄寒，看不清远方，永远都等不来天亮。

忽然，前面有声音传来，他忙停下脚步去听，那歌声老迈却刚健，就在不远处。

如此宛如地狱之所，竟然有人！

净心心中狂喜，朝着那个方向狂奔而去。前方隐约可见几个人影，他气喘吁吁地奔过去，却惊呆了。几个士兵正在麻利地砍掉死尸的人头，将砍掉的人头顺手扔到布袋中，然后扔到马背之上的筐中。

"你是谁？"那几个士兵警觉地用刀对着他，唱歌的声音也戛然而止。

"我……我……"净心结结巴巴地后退，那些刀割掉人头的时候锋利无比，如果要割掉他的头也容易得很。

"他是我的孙子，各位军爷。"一个老人走上前来将净心拉到身边。那老人衣着破旧，须发皆白，身体已然有些伛偻。

"你早就说找人来帮你，莫非就是这个小孩子？这一个孩子就够了吗？"一个高个子士兵问道，边问边继续砍人头。

"够的，够的，放心好了军爷。"老人毕恭毕敬地道，又拉了拉依然目瞪口呆的净心。

净心忙低下头。

"老头，你继续唱歌吧，一直唱到天亮，不然还真的有点瘆人。"一个士兵吩咐道。

老人点头，苍凉豪迈的歌声又一次响起——

"日光寒兮草短，月色苦兮霜白。鸟无声兮山寂寂，夜正长兮风渐渐……沙草晨牧，河冰夜渡。地阔天长，不知归路，地阔天长，不知归路……"

豪迈悲凉的歌声让净心心生苍凉，随着悲怆的歌声，一颗颗人头被麻利地割下来。

净心眼睁睁看着那些士兵一刀一刀下去，一颗一颗人头被扔进筐里，如同魔怔了一般想着：那些战死的士兵是否也曾经无数次迷茫，在这长天阔地中找不到回家的路？

那些砍头的士兵渐渐走远了，他们身边尽是没了头颅的尸身。老人停止了唱歌，指了指一块空地道："后生，来和我抬尸体，把有头的放在一边，没头的放到另外一边。"

净心一愣："抬尸体？"

老人呵呵一笑："在这样的地方，你不抬尸体还有什么用？没用的话你还能活着吗？那些当兵的还会回来的。"

"可是……可是为什么要砍掉人头？这些人都已经死了啊？而且——"他指着那些尸体道，"有的人被砍了头，有的却又没有，是为了什么？"

老人抬起一个有头的尸体的肩，看着净心。净心咽了咽口水，只好抬起这人的脚，二人协力将那尸体抬到一片空地边上去。老人边走边道："你看他们的头上都裹着头巾，衣服上也缝着字，这个裹着黑巾肩膀写着'姜'的就是姜国的军队，那些没头的……"

"被砍了头的都是赤巾，是大胤的军队！"净心道，他想起适才遇到的那个年轻士兵就是大胤士兵，只可惜他死得那么凄惨，还会被割头。

"为什么砍人头？过几天我带你去看那京观，你就知道了。这次大胤败得一塌糊涂，几乎全军覆没，灭国就在这旦夕之间了。姜国将大胤战死的士兵割下头，堆成冢，再覆土砌成高墙，这人头砌成的高墙就叫作'京观'。"

"为……为什么……"净心听着心惊，人既已战死，为何还要将他们的头封在土墙之中？

"对他们来说，这些人头便是战功，赫赫战功啊！"老人苦笑一声，"天下大乱，那些权势之人不光不把百姓的生死放在眼里，这些征战的士兵们也命如草芥。"

天边已经泛起了亮光，又一队人马过来，老人不再说话，只是让净心卖力搬动尸体。

"喂，老头，不要偷懒！我看你这孙子挺精神，不如跟我去当兵吧！"割头的高个子士兵骑马而来。

净心的心提到了嗓子眼。

老人笑道："军爷您别看他结实，其实身患肺痨，半夜里能咳死，小老儿也没有银子给他治病，若是军中有好大夫……"

那士兵和身边骑马过来的人讥笑道："这老头还以为军中可以白白吃米，还想让他那病痨孙子当兵来……"二人骑马呼啸而过。

净心松了口气，感激地看向老人。

太阳升到高空的时候，来往不歇的兵马才停歇了。整个荒原上只有老人和净心两个人了。老人让净心坐下歇息一会儿，他接过老人递过来的水葫芦痛饮几口。他从来没有受过这种苦，从来没想过自己会跑来抬尸体，想到这里，心中酸楚，不觉眼泪满眶。

老人安慰道："我看你不像受过乱世之苦的人，但既然沦落到此，只要能保住性命就是万幸，其他都不重要。放心吧，孩子，你只要在我身边，我定会保护你周全。"他眼中充满慈爱，笑容里都是温情。

受了无数惊吓的净心感觉到一阵阵暖意，似乎这修罗场也没那么可怕了。

在落雪斋大家都待他很好，三公子身为堂堂的神仙，甚至时常被他欺负，然而那全然不是亲人才有的感情。净心心中一热，开口呼唤道："爷爷！"

老人愣住，泪水瞬间模糊了双眼，胡须甚至都颤抖起来。他攥紧净心的手，连声道："好孩子！好孩子！"

他们需要把有头和无头的尸体分开，无头的尸体是大胤军队战死的士兵，头被割去做了京观，身体堆作一处用火焚尸，以防发生瘟疫。有头的尸体是姜国士兵，遗骸会被带回姜国故乡，埋葬在家乡土地上。

此刻正是严冬，尸体保存时间尚久，老人和净心花了三天时间将尸体分好，到后来很多尸体已然被秃鹫和乌鸦残害得目不忍视。净心本来穿着单薄的衣衫，在清理尸体的时候就寒冷难耐，老人把一个尸体上的皮甲解下来给净心，倒也能耐得住寒冷。

那日正好下了大雪，焚烧尸体的火总被飘然而下的大雪掩灭，好容易才燃烧起熊熊烈火，净心拉着老人远远地逃开，已经走出老远，爬上一座山，还能看得到浓烟，嗅得到那令人作呕的味道。他们在山上远远地看到运尸回乡的马队渐渐融入苍茫的天地之间。

老人看着即将消失在视野中的马队和远处的滚滚浓烟，喟然长叹："姜国胜了，改天换日，从此再也没了大胤。"

净心立于这萧瑟的天地间，虽然只是短短几日，但他已然不再是以前那个净心了。他摇头道："姜国胜了又怎么样呢？那些士兵还是死了，不管姜国再打多少不胜仗，失去他们的家人哪里开心得起来？"

老人点头："人若是死了，便无贵无贱，最后总是同为枯骨。"他又用手抹抹眼睛，"这仗想来已经打完了，只是我那孙儿也许再也回不来了。那些姜国士兵至少还能回到老家去安葬，我孙儿也许在哪里也被割了头颅做成京观，死而不宁。"

净心听老人的声音带着哽咽，上前抱住他干瘦的身躯。

宁做太平犬，不做乱世人。

他早就听过这句话，但是从未如今日这般深深地理解它的含义。

老人就住在不远处的云城。

云城离京城不远，是京城外最后一道防线，然而此刻早已被姜国攻占。他们没有回云城，绕山间小路向更加山野的地方走去，沿途竟然也遇到不少同路人。人人都知晓山野中也许会有野兽，但不约而同地舍弃官道大路而选择坎坷崎岖的小道。对他们来说，那些带着刀箭武器的姜国士兵比山间野兽要恐怖得多。

他们一路向南而去，远离国都，远离京城。很多人结伴而行。

从北方来的姜国大军占领大胤京城之后，建国四百多年的大胤朝灭亡了。姜国朝廷派军队向南继续征战，又将沿路向南逃跑的大胤子民都抓了回去。

净心搀扶着老人等待上船，太越就在眼前。过了大河就是太越国的属地，他们就安全了。

太越偏居一隅，虽然富庶繁华，但是历代太越皇帝都重文轻武，休养生息，从不兴兵作战，又因为他们安视大胤为宗主国，有大胤护佑，这么多年来，反倒过着安宁的生活。

大胤国破，太越皇帝下令接收南逃而来的大胤子民，使得他们免受姜国屠戮，算是报答大胤朝廷这么多年来的护佑。姜国对太越虎视眈眈，但太越以大河为屏障，又派了精兵把守，姜国一时半刻却也无能为力。

"船来了！"

岸边的人们高声欢呼。谁知怎么从天而降一队姜国士兵，远处也传来兵马呼啸之声。船忙离岸驶向河中，可一大半的人没来得及上船。很多人奔向大河时，被箭射中，船上也有很多人被射杀，一时间鲜血染红了河面。

姜国士兵以太越的船为挟，强自渡河。最远只到湍急的大河中心，就被河对岸的太越军队以乱箭阻挡，只能再退回去。

河面上死伤无数，净心和老人还有很多人都被押解回了北方。

又过去了几个月，离开的时候是皑皑白雪，此刻已是桃花开尽，柳絮飘摇。

他们没有被释放，也没有被杀掉，而是被送去做苦役——建一座佛塔。

"爷爷，你看！"净心震惊地看着前方。

他们来到京郊，那里竟然有此起彼伏的矮山，定睛看去，那哪里是山？那是无数人头被土封成的一座座人头冢。

"这是京观！"老人声音颤巍巍地道。

"那都是我们大胤的战士。"有人悲哀地道。

众人一阵沉默。

有一个老妪抹着眼泪道："我儿几年前出征打仗，再无音信，不知在不在这里面。"

"我刚才听几个当兵的说，皇帝在皇宫里夜夜做噩梦受妖邪折磨，受国师指点要在这里建镇魂塔，看来是这京观作祟。"有人悄悄道。

不多时，这些人就被呼喝着开工干活，有几个妇孺被带下去做别的活儿。

老人时时走神，心不在焉的样子。

"老头，你快点，休要偷懒！"随着不耐烦的呼喝声，一道鞭影抽了下来，老人背上又是一道伤疤，他立时扑地不起。

净心不顾监工军士的喝骂声，将装着石块的木筐从背上放下来，去搀扶老人。

"爷爷，你怎么样？"净心担忧地搀扶着愈发虚弱的老人。

"我总是觉得上面那个头，是我孙子的。"老人声音微弱，眼睛却一直看着京观。

"什么？"净心愣住。

"真的！我虽然老了，但是我的孙儿，我怎么不认得？"

"谁让你停下的，快去干活！"满脸刀疤的赤膊军士一鞭向净心抽过来。净心挡在老人身前，搂着老人闭目等待疼痛，谁知鞭子并没有落下来，却听得那军士一声哀叫。他睁眼看去，只见面前一个身着白衣的年轻文士以一柄拂尘挡住长鞭，稍一用力，军士连同长鞭就一起飞到了几丈之外，倒在石块砖砾之间，痛苦地哀叫着。

这文士面容秀美，一双凤目流转，平添一番妖冶之姿。

"国师，这些都是前朝遗民，想要逃到太越去，又被抓了回来。"文士身后一个朝廷官员觉得这些大胤遗民都应该去死，非常不解他为何阻止那军士用鞭子抽这些干苦力的人。

白衣文士侧头看他，那官员忙低头向后退去。

老人奄奄一息。他长途跋涉几千里到了太越却又被抓了回来，如今又被送来做苦力，他就如同将熄之烛，已经到了生命的尽头。

"老先生，又见面了！"白衣文士看着老人，忽然笑了出来。

老人看了他一眼，先是茫然，后来又似乎想起什么似的，面露惊恐之色："你……你……"他本就身子虚弱，此刻又被惊吓到，眼前一黑，晕了过去。

无人知晓这容貌秀雅、气质平和的国师怎么会把他吓得晕过去。

"将这位老人家送到我府里去。"文士眸光微闪，一眼瞥过净心，净心忙低头避开他的目光。那文士微微一笑："你也跟来吧！"

文士的府邸就在离皇宫不远处，门匾上书写着"国师府"三个大字，府邸占地广阔，富丽堂皇。净心没有心思观看，坐着老人的轿子直接抬进了房间，御医已经等在里面。

净心没被允许留在房内，而是被一个小丫鬟带了出去。

这丫鬟带他到了客房，不一会儿又端来了托盘，里面是饭食和点心。她表情严肃，一板一眼地道："国师吩咐，客人就当是在自己家里就好了。"

净心边用膳边流出了眼泪，他又想起了落雪斋。他已经记不得离开落雪斋多久了，公子、吴刚、薄荷、三公子，甚至那只小乌龟玄武，都让他思念不已，只是那些又遥远得好似前世一般，乱世、尸体、京观、凶狠的军士、慈祥的爷爷，才是他真正的人生。

不多时，有人来喊他，说是国师有请。

他在老人的门外遇到国师。国师笑着拍拍他的肩："你爷爷可跟你提到过我？"

"你是什么人，我爷爷都不一定认识你，干什么跟我提起你？"净心对着国师心中不喜，看他笑容也颇为可恶，不耐烦地回答道。说完却又后悔，这看起来温文尔雅的国师会不会发火？忽然，净心听到一阵轻笑声，循声望去，只见一个小小的绯红色的身影一闪而过，那个身影，怎么那么像花奈？不会的，花奈怎么会出现在这里？可是，这万象图中应该是几百年前，也许，真的是小花奈？他的心狂烈地跳动起来。

国师对他的态度毫不在意，继续问道："你爷爷有没有画过一幅画给你？"

"没有。"净心满心都是那个消失的绯色身影，如果那个人是花奈的话，那她说战争年间就离开中土回扶桑显然是谎话。

国师不再多问，而是让他进去探望老人。

"孩子，你来爷爷身边。"老人拉他坐在身边，他的脸色好看了一些，但看上去依然脆弱得紧。

净心坐在床边："您没事就好了。"

"孩子，看到你就想起我的孙子。他叫阿宝，被抓去当兵已经好几年了，和你也差不多一般大。我帮那些姜国人清扫战场就是想若我孙儿不幸殒命，我也能在这么多尸体中找到他，带他回家。"

净心听到老人说的话，心中大恸。他紧紧握住老人干枯的手。

老人让他凑近一些，轻声道："既然又遇上这人，爷爷便命不久矣。你现在告诉爷爷，你身上那幅丝绸画是从哪里来的？"

净心思忖片刻："画……我差点都忘记了，那是我遇到的一个快死了的士兵身上的，他当时还没死，但是已经被秃鹫啄开了胸膛，我赶走了秃鹫，他跟我说他衣服中有什么，我就找到了这幅画，当时随手藏了起来——他，还没来得及说什么就死掉了。"

"那个兵，便是我的阿宝。"老人强忍着，但仍然哽咽着说出来。

"什么？那个人……那个人就是……"净心话都说不完整了。

"我无意中看到之后，一直没有问你，我知道他一定出事了，否则那件衣服他一定不会离身，画也不会……我不敢去问你是怎么得到这画的，就怕听到……我的阿宝，我的阿宝啊……"老人捶床而哭，银须也在颤抖。

"你告诉爷爷，你是在哪里……在哪里见到我阿宝的？"老人声音早就沙哑，眼泪滚滚而下。

"就在那个战场上，就在和爷爷您相遇的那个战场上。"净心轻轻道。

老人剧烈地咳嗽，狂呕出几口鲜血。

净心忙要起身去叫人，老人拉住他，摇摇头。他闭上眼睛，似乎看到自己亲手抬过的尸体中就有阿宝的身影，是他亲自将亲孙的尸体堆上那座没有头的尸山之上，生火将他烧掉。他一直期盼能找到他的阿宝，只是没有想到，没有想到啊……如果，他能再快些，那些当兵的去找他收拾尸体的时候他不犹豫，再早一会儿，也许就能见到孩子最后一面。

净心帮老人擦去嘴角的鲜血。半晌，老人才稍稍平静一些，他让净心扶他坐起来："你看外面那个人，那个白衣国师，你要提防他。"

"知道了，爷爷。"净心答应着。

"我姓李，叫作李在。有件事，我从来没有跟别人说过，若是再不说，就会跟着我长埋地下。今天讲给你……"老人声音沧桑，他极力想要忘记的往事又一次涌上心头。

李在从小拜师学画，年纪轻轻绘画技艺就有大成，被征入宫中成为首席画师，名满天下。四十多岁的时候，他的技艺已臻化境，天下爱画之人都以能受他指点一二为荣，从者如云，俨然尊师。他计划画一套神仙图，将从古到今流传的神仙传说都画出来，第一幅画便是流传至今的"琴高乘鲤"的传说。仙人琴高入涿水取龙子，控赤鲤而出，与众人告别，得道成仙。他画了又画，只是鲤鱼身上的赤色纹路他用尽各种颜料调色都不满意。

他四处打探，查遍典籍，终于知晓涿水附近的湖茜草可以制成最接近锦鲤的那种红色。

于是，他带了几个仆从弟子，千里迢迢来到涿水取草调色。

涿水滚滚东流不息，涌向大荒。周围芦草萋萋，奇花异草遍野，远山影绰不清，犹如仙境。他要寻找的湖茜草在河边生长得郁郁葱葱。他激动不已，当下就决定结庐而居，在这里作画。

陪伴他而来的仆从弟子盖了茅舍，就在此地制作研磨颜料。他时常一个人敞怀游历，心胸开阔，逸兴遄飞。

正是月圆之夜，他毫无睡意，在月下拄杖缓行，只见前面有什么正闪着金光。他循着光芒而去，不觉越走越远，翻过一个山坳，来到一处从未来过的地方。

那光芒越来越近，只见草地上一卷画轴正闪闪发光，光芒忽明忽暗，那画卷微微颤动，似有什么要破纸而出。

他抢前几步，想打开卷轴。一缕强光射出，几乎可与明月争辉。画轴光芒照耀方圆一里有余。待光芒稍弱，他听到有人说话。他心中诧异，并没有出声，只是悄悄地走近。

高高的苇草之后，有几个书生模样的人，都头戴儒巾，身着长衫，只是那些穿着似乎并不是本朝的衣衫，仔细看去，像是古服。

一个身姿英挺、长衫广袖、头戴高冠的俊美男子正在与那几个书生告辞："在下这就告辞了！各位保重！"

"仙长一路顺风！"一个书生抱拳，满面依依不舍之色。

"仙长此去山高水远，不知归期。学生万分不舍。"一个书生抱拳叹道。

骤然起了大风，大水滔滔，波如连山。人们的衣衫灌满长风，猎猎作响。从涿水中跃出一条大鲤，那俊美男子飞身来到奔涌的大河之上，大鲤跃到他身下，俊美男子骑上大鲤，在浩渺的大河之上对岸上诸人挥手道别。

仙人已乘鲤鱼去，只剩下罡风依旧。远行的仙人频频回首，岸上之人遥遥祝祷。

李在受到了极大的震撼，这分明就是琴高乘鲤成仙归去的场景！他顾不得想其他事，心中只有一个念头，就是赶紧回去，将所见都画下来。他有一种预感，这幅画一定会成为他一生中最成功的画作。

可是一瞬之间，风骤然停息，河边没有了送行之人，大河平静无波，什么仙人，什么大鲤，都似乎从来没有存在过。

他惊诧不已，莫非这是梦？也许真的是幻觉，已然传说了几千年的神仙怎么会在他面前出现，还把成仙的场景再演示一次？他自嘲地笑笑，然而这幻觉已然足够让他画下一幅传世名作。

他刚转身，就见一人正站在他身后，吓得他轻叫出声。他稍一定神，用手拍拍胸膛："阁下——"他刚说了两个字就面色大变，腿下不稳，险些坐在地上。

面前之人，正是适才看到的乘鲤鱼而去的仙人琴高。

也许，那个仙人并不是琴高，而是眼前这个人幻化出来的……

这人面容秀美如女子，尤其是一双凤目，似有勾魂摄魄之感。他长发散开至腰，白色长衫曳地，气质飘然若仙。

"你看到了什么？"那人笑着问他，声音轻柔和煦，他却感觉到浑身泛上了一层冷意。

"没……我什么都没有看到……"他否认着，不由自主地后退。

那人笑着点头："我叫琴高，你也许听说过我。"

"琴……琴高？仙人琴高？"李在结结巴巴地道。这真的是神话传说中的那个琴高？

"大师，你过来！"琴高忽然向后招呼道。一会儿工夫，从高草后面的山洞里走出一个身着僧袍的僧人，他本来低着的头忽然抬了起来，看了李在一眼又忙低下去。李在瞬间发现那人似曾相识，而他的目光中也似闪过一丝惊讶。

"开始吧！照旧！"琴高和煦地吩咐完，向高草中去了。

那僧人将一把铁锹递给李在："快些挖土！"

李在发现这个人的口音不似中土人。正要发问，那僧人用眼神将他制止。

琴高怀中抱着一条锦鲤过来，锦鲤被放在地上后开始发光，忽然变成了一个七八岁的小女孩。

李在又呆住了，那僧人碰碰他不让他停。

"花奈看到刚才河上的情景了吗？"琴高蹲在小女孩面前笑盈盈地问道。

"看到了！主人乘鲤归去。"小女孩脆生生地道。

"那鲤鱼是谁？"琴高又问道。

小女孩歪着头想了想："是花奈。"她的语气有些犹豫。

"正是花奈，花奈好好听话，将来花奈长大了，我们一起离开这里好不好？"琴高摸摸花奈的脸颊。

"好的，花奈听主人的话，将来一起离开这里！"小女孩这句话说得很干脆，不再犹豫。

琴高正和那小女孩说话，僧人低低地叫了一声："老师！我是扶桑来的雪舟，老师还记得我吗？"

"是你？"他想起这僧人正是几年前从扶桑而来的雪舟，来中土学艺，拜在他门下，他曾经点拨过几句，后来雪舟就离开了，没想到竟然在涿水旁遇到他。

"老师你不要抬头，听我说。我当年离开老师之后，四处游历，遇上了战乱，便就近逃到这山里来避难。不承想遇到此人，他自称是神仙琴高，多年前在这里控鲤成仙，不知何故又回到人间来，携一幅会发光的卷轴。这卷轴也是神物，可演绎过去，预测未来，适才你看到的就是几千年前他成仙的情景……他现在身受重伤，要利用这卷轴的光芒吸引生人，再吸取生人精气，我们现在要挖的坑就是一会儿要埋您之地。"

李在听得惊恐异常，满身鸡皮疙瘩。

"不过不要紧，他有伤在身，不能离开这卷轴的发光范围，等会儿我拖住他，您可以趁机逃走。"

"你和我一起走！"李在忙道。

"不行，花奈被他控制，心智迷失，我不能弃她于不顾。"雪舟摇头拒绝。

"可那只是条鱼。"李在急道。

"她千里迢迢陪伴我从扶桑来到中土，在我心中她不只是一条鱼。

她犹如我的女儿一般——老师多年前就有画神仙图的打算，现在正是好时机。如果学生死了，希望老师将您画的这幅神仙图带到坟前让我看看，学生便心满意足了。"雪舟抬头看向正在认真听琴高说着什么的花奈，忽然用扶桑话大声喊了一句什么，花奈本来言笑晏晏，此刻忽然停住，迷茫地回头看远处的雪舟。

雪舟一步步地走向花奈，又说了几句扶桑语。花奈看起来似乎很苦恼，她看看雪舟，又转而看向琴高，满脸迷茫之色。

琴高依然微笑，但是看向雪舟的目光如带利刃一般。雪舟不为所动，慢慢走向花奈，指着天上明月又说了句什么，花奈也抬头望月，面上露出温柔的表情来，也用扶桑语说了句什么。

一片云飘开，圆月洒下银辉，花奈忽然展开笑颜，向雪舟奔去。

琴高冷笑一声，广袖一展，花奈便被抓了回去，他将花奈收于怀中，花奈挣扎几下化为一条锦鲤，他另一只广袖伸出，雪舟被广袖卷住颈部，腾空而起，被拖到琴高掌下。他脸色发青，却还是向李在使眼色让他赶紧逃跑。

李在拔足便奔，朝那光芒照耀不到的地方跑去。他适才用铁锹只是挖了那么一会儿就看得到白骨森森，此时心中胆寒不已，甚至不敢回头看雪舟怎么样了，是否逃过了那一劫。

老人讲到这里，长长叹气："我在外面等到天亮，就赶忙带人离开了，回去之后惦记着雪舟的嘱托，而这又是我多年的愿望，于是闭门谢客好几载，呕心沥血，画下了那幅《琴高乘鲤图》。没想到这幅画最后成了祸端。穆国丈无意中看到了此画，向我索要，被我拒绝之后，恼羞成怒，让穆贵妃在皇上面前构陷于我。我被定了造反的罪名，坐牢多年，险些丧了性命，好容易死里逃生，家人却都被发配服刑。我家破人亡，只有一幼孙阿宝被一个学生寄放在农家，尚留有性命。我寻去的时候，那户农家也几乎都饿死了。我带着阿宝离开那里，四处漂泊，却不承想，他在我身边才几年，就被抓去当兵。当年我将那《琴高乘鲤图》画在了罕有的极地冰丝之上，后来又把它缝在阿宝的衣服上。"

阿宝知道那画极其重要，命在旦夕都念念不忘。想到这里，二人都是慨然长叹。

净心唏嘘许久，又问道："您是说，那个鲤鱼化成的女孩子叫什么？花奈？"

"是的，琴高和雪舟都是这么叫的。"老人不知他为何会这么问，只是道，"我一直想知道雪舟怎么样了，是否安然无恙，却始终不敢再回涿水去。这么多年了，没想到竟然在这里又遇到了琴高，现在他还成了姜国的国师。此人不知到底是何妖邪之物，总之我命不久矣，你找机会偷偷逃走就是！"

净心听到的这一切若在平时都够他惊叹许久了，然而他又被故事里花奈的出现吸引了全部注意力。他心心念念的花奈竟然就是爷爷所说的锦鲤？爷爷所说的那幅发光的画轴明显就是万象图。那出现在落雪斋的花奈，究竟是寻找雪舟的柔弱女子，还是被琴高控制的傀儡？想到刚刚见到的那一抹绯色的身影，净心觉得自己愁肠百结，简直不知如何是好。

忽然传来两声敲门声，琴高翩然走进房间。

他坐在桌前，自己倒了一杯茶，一边喝茶一边道："我只是想要你那幅画而已，现在也让你见到了你的孙子，你怎样才会把那画给我呢？"

"我不是爷爷的孙子，他的孙子被你们封在京观里了。"净心怒气冲冲地道。

"竟然是这样吗？"琴高看向老人。

老人点头："没错，那画本就在他身上，如今早就被烧掉了。"

"你们——"琴高脸色大变，本来和煦的笑容顷刻间消失，他倏忽间移动到二人跟前，还没看清楚，净心的喉咙就被他的右手锁住。他面带残酷的笑容，说道："我好不容易才见到一幅和当年的情形完全相同的画，只有拿到它，我才可以重回万象图，既然如此，多少心意付之流水，我活得不痛快，你们也休想好好活着……"他俊美绝伦的脸扭曲成古怪的样子，手下力气增大，净心喘不上气来，眼看就要窒息。

"等等，画没有烧，画没有烧，你放开他！咳咳咳——"老人看净心几乎要断气了，忙出声制止，急得又剧烈咳嗽起来。

琴高放开净心，净心扶着桌子也剧烈地咳嗽，半天才缓过神来。

老人沉痛地道："孩子，把画交给他！"

适才几乎走了一趟鬼门关的痛苦经历让净心不再逞强，从怀中拿出那块极地冰丝。琴高抢过，慢慢地打开，哈哈大笑："正是这样，正是这样，当年我就是这般……就是这般——"他笑够了，这才心满意足地把画收起来。他眉眼皆含笑，闲适地坐下："老人家，得知你的孙子被封在京观之中，本国师听了也很难过，你又这么识时务，把画交给本国师，本国师就允你登塔寻他的头颅。"他笑容和煦，声音竟如春风拂面。

忽然，门打开了，一个绯衣少女推门进来，看上去只有八九岁年纪，她笑盈盈地叫道："主人！花奈回来了！"

"花奈！"净心脱口而出。眼前这个孩子虽然年纪小一些，但净心认得她就是花奈。

花奈木然地向他这边看了一眼，又掉转过头去，向琴高走来。

"山头月落我随前，夜夜愿陪尔共眠。心境无边光灿灿，明月疑我是蟾光。"净心大声诵道，这是花奈最喜欢的来自故乡的诗歌，几百年后是这样，相信几百年前也是一样。他又大声喊道："花奈，十五夜是要回家的，你的家在扶桑，你父亲带你来到中土，这么多年了，你不要回到故土吗？"

花奈呆住，她茫然四顾，又满脸骇然。琴高看向净心，冷冷地发出笑声。净心与琴高稍一对视，就觉得再也无法移开视线，整个人就要被他的目光吸收进去，渐渐失去了意识。

忽然，净心脑后一阵剧痛，眼前一黑，便失去了知觉。

"你受苦了！"一个熟悉的声音在耳边响起，净心睁眼一看，竟然是薄荷！他几乎喜极而泣，抱着薄荷不撒手。

"你做什么，放开我！男女授受不亲，快放开！"薄荷嫌弃地想要拉开他，却像被糖黏上一样撕都撕不开。

"你能醒来全靠你认的爷爷，不要抱我！"薄荷挣扎着。

净心愣住，忙到万象图前去看。他被琴高的眼神迷惑，几乎像花奈一般迷失心智，老人看情势紧急，用花瓶在他脑后用力一砸，便晕了过去，这才能顺利回到落雪斋来。

万象图上，白塔已经建好，罩着的就是京观。老人一边扫塔一边陪伴着这几万头颅，他讲故事，他唱歌谣。几万头颅被土封存，根本找不到哪个是他的阿宝，只是他知道，阿宝就是这几万英灵中的一个，而这些战死的孩子们，都如阿宝一般，有家人记挂，天涯迢迢，也想带他们回家。

他又唱起歌谣来——

"苍苍蒸民，谁无父母？提携捧负，畏其不寿。谁无兄弟？如足如手。谁无夫妇？如宾如友。生也何恩，杀之何咎？"

老人忽然想起净心。这孩子忽然就消失不见，似乎从来没有出现过一样。他凭空出现，又凭空消失，想必在什么地方过着美好的生活吧！没有战乱，没有纷争，没有恐惧。想到这里，老人露出笑来，又唱起初遇净心时唱的歌来——

"日光寒兮草短，月色苦兮霜白。鸟无声兮山寂寂，夜正长兮风淅淅……沙草晨牧，河冰夜渡。地阔天长，不知归路，地阔天长，不知归路……"

白塔中几万头颅似乎有灵，静静地听着老人刚健苍凉的歌声。但愿来生，他们能找到回家的路。

净心黯然落泪，薄荷看他如此，碰碰他道："你的花奈！"

花奈！

净心听到这个名字一阵悸动，看向那只一动不动的大锦鲤。净心向柴公子央求道："公子，放了她吧！"

柴公子微一抬手，锦鲤忽然变小，又化成一个绯衣少女。

花奈好奇地四处看看，一脸茫然，看到吴刚之时露出惊喜的笑容："仙人！没想到能在这里遇到您！我和父亲能顺利来到中土，全靠您的指引！"周围的人都在看她，她有些不好意思地笑道："各位都是仙人的朋友吗？初次见面，请多关照！"

她笑容甜美，带着一点羞涩，十分招人喜欢。

　　谢绝了净心的挽留，花奈告辞离开，她说她要找到父亲再回扶桑去。她已经忘记了被琴高控制的往事，只记得是与父亲刚来中土，却不经意间失散。谁都不忍心告诉她，其实已经过去了三百多年。作为凡人的雪舟，不会再出现了。

　　一阵凉风吹来，花奈纤弱的背影似会被吹散。她绯色的身影走出落雪斋，在落花中下山去了。

　　薄荷看着花奈的背影，又看了看柴公子隐忍的痛楚。

　　树树秋声，山山寒色，薄荷不由得也落下泪来。

图书在版编目（CIP）数据

万象图/十三弦著.—北京：中国青年出版社，2021.7

ISBN 978-7-5153-6346-2

Ⅰ.①万…　Ⅱ.①十…　Ⅲ.①志怪小说—中国—当代　Ⅳ.①I247.5

中国版本图书馆 CIP 数据核字（2021）第 054589 号

出版发行：中国青年出版社

社　　　址：北京东四十二条 21 号

邮政编码：100708

网　　　址：http://www.cyp.com.cn

责任编辑：刘霜 Liushuangcyp@163.com 沈谦

编辑部电话：（010）57350508

门市部电话：（010）57350370

印　　刷：三河君旺印务有限公司

经　　销：新华书店

开　　本：880×1230　1/32

印　　张：10.5

插　　页：16

字　　数：250 千字

版　　次：2021 年 7 月北京第 1 版　2021 年 7 月河北第 1 次印刷

定　　价：58.00 元

本图书如有任何印装质量问题，请与出版部联系调换

联系电话：（010）57350337